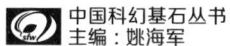中国科幻基石丛书
主编：姚海军

灰狐◎著

四川科学技术出版社

图书在版编目（CIP）数据

火星往事 / 灰　狐　著. --成都:四川科学技术出版社, 2022. 4
（中国科幻基石丛书 / 姚海军　主编）
ISBN 978-7-5727-0492-5

Ⅰ. ①火… Ⅱ. ①灰… Ⅲ. ①幻想小说 – 中国 – 当代
Ⅳ. ①I247.5

中国版本图书馆CIP数据核字(2022)第049790号

中国科幻基石丛书

火星往事

出 品 人	程佳月
著　　者	灰狐
丛书主编	姚海军
责任编辑	宋齐
特邀编辑	赵云帆
封面绘画	刘紫橙
封面设计	王莹莹
版面设计	王莹莹
责任出版	欧晓春
出版发行	四川科学技术出版社
	四川省成都市槐树街2号出版大厦　邮政编码:610012
成品尺寸	147mm×208mm
印　　张	16.5
字　　数	340千
插　　页	8
印　　刷	成都市金雅迪彩色印刷有限公司
版　　次	2022年4月成都第一版
印　　次	2022年4月成都第一次印刷
定　　价	60.00元

ISBN 978-7-5727-0492-5

写在"基石"之前

姚海军

"基石"是个平实的词,不够"炫",却能够准确传达我们对构建中的中国科幻繁华巨厦的情感与信心,因此,我们用它来作为这套原创丛书的名字。

最近十年,是科幻创作飞速发展的十年。王晋康、刘慈欣、何夕、韩松等一大批科幻作家发表了大量深受读者喜爱、极具开拓与探索价值的科幻佳作。科幻文学的龙头期刊更是从一本传统的《科幻世界》,发展壮大成为涵盖各个读者层的系列刊物。与此同时,科幻文学的市场环境也有了改善,省会级城市的大型书店里终于有了属于科幻的领地。

仍然有人经常问及中国科幻与美国科幻的差距,但现在的答案已与十年前不同。在很多作品上(它们不再是那种毫无文学技巧与色彩、想象力拘谨的幼稚故事),这种比较已经变成了人家的牛排之于我们的土豆牛肉。差距是明显的——更准确地说,应该是"差别"——却已经无法再为它们排个名次。口味问题有了实际意义,这正是我们的科幻走向成熟的标志。

与美国科幻的差距,实际上是市场化程度的差距。美国科幻从期刊到图书到影视再到游戏和玩具,已经形成了一条完整的产业链,动力十足;而我们的图书出版却仍然处于这样一种局面:读者的阅读需求不能满足的同时,出版者却感叹于科幻书那区区几千册的销量。结果,我们基本上只有为热爱而创作的科幻作家,鲜有为版税而创作的科幻作家。这不是有责任心的出版人所乐于看到的现状。

科幻世界作为我国最有影响力的专业科幻出版机构,一直致力于对中国科幻的全方位推动。科幻图书出版是其中的重点之一。中国科幻需要长远眼光,需要一种务实精神,需要引入更市场化的手段,因而我们着眼于远景,而着手之处则在于一块块"基石"。

需要特别说明的是,对于基石,我们并没有什么限定。因为,要建一座大厦需要各种各样的石料。

对于那样一座大厦,我们满怀期待。

目 录

目 录

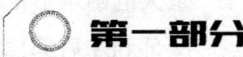

第一部分

1. 新的工作

最大的困难不是对手,而是这套租来的破旧机甲。

腰部和左肩部位的关节总是发紧,右膝关节用了劣质铸件,因为上个回合用力过猛裂开了,不能使力。但是没有办法,罗恒只租得起这样的垃圾。

操作系统到处都是bug,罗恒发出的指令,有时要延迟0.3秒才能响应。

在角斗场上,0.3秒就意味着挨打。

"哈珀又一次使出了招牌的左刺拳,看这次……喔!挑战者Q又没有躲开,这一拳正中目标!"解说员兴奋地吼着。

罗恒骂了一句,如果这套机甲听使唤,那个什么哈珀根本就碰不到他。

这一拳结结实实地砸在挑战者Q的驾驶舱上,而且,老乔伊忘记填补驾驶舱里的缓冲棉,罗恒的脑袋被这一拳打得撞在机甲的钢制内壁上,顿时头痛欲裂。

机甲挑战者Q踉跄着后退,平衡仪勉强让它不至于倒地。哈珀继续追击,又挥出第二拳,这时罗恒输入的转身闪避的指令才得到执行。

挑战者Q失去了平衡,向后倒去,可随着身体的转动正好将右拳送到了哈珀的腹部。罗恒猛地抡出一拳,正好打在哈珀腰腹的连接处。

两具机甲都倒在地上。

"发生了什么?挑战者Q用这样别扭的方式击中了哈珀!现在,两具机甲都倒下了,那么,谁才是最后的赢家呢?"解说员声嘶力竭地吼着。

观众们沸腾起来,喊着对战双方的名字,他们是真的希望自己支持的一方再站起来,因为他们都下了不小的赌注。

隔着钢制的机甲外壳,兴奋的观众大喊的声浪像是闷在罐子里,吵得罗恒头昏脑涨,再加上刚才那一下撞击,他已经感觉到头上肿起来一块,还有黏糊糊的血,顺着罗恒的眉骨流下来。

等这场打完,一定要去找老乔伊算账。

罗恒操纵挑战者Q从地上爬起来,这具机甲的名字看起来有一种初生牛犊不怕虎的气势,其实只是参赛报名的时候随便取的。老乔伊用垃圾堆捡回来的零件,七拼八凑组装出了这么一个玩意儿,有的部分大概比罗恒的年纪还大。不过没有办法,罗恒想翻身的话,就只能依靠这套机甲了。

对手哈珀站了起来,它的腰部挨了罗恒一拳,也受了伤。

"现在在同一条起跑线了。"罗恒自言自语。

挑战者Q开始绕着哈珀横向移动,让对手必须大幅度地活动腰部关节才能跟上自己的动作。

哈珀的驾驶员也算是个难缠的对手，可是对于机械部分的了解还是不如罗恒。他的注意力全在挑战者 Q 的步伐上，哈珀的身体随着罗恒的移动而转动。

机甲的腰部是各种导线最密集的地方，由于转动幅度大，为了不干扰动作，这里很少布置厚重的坚硬护甲。当然，在平常，想准确地击中机甲的腰部，也不是太容易的事情。只是刚才在巧合之下，哈珀的腰凑到了罗恒的拳头前。

此时哈珀腰部鳞片式的钢制护甲被打得变了形，一股线束裸露出来，随着机甲腰部的横向转动，线束被绞在了上下机甲的缝隙中。罗恒发现了这个细节，他狡猾地与哈珀保持距离，故意左右横移，引诱哈珀来回转动身体。

"发生了什么，挑战者 Q 变得怯懦了，它不敢去进攻哈珀，就这么游走在角斗场的外围，它打算消磨时间吗？快去进攻啊！"

"进攻！进攻！"

"无知。"罗恒说，他的计谋就要成功了，才不会在解说的刺激下前去肉搏。

果然，哈珀又转动了两次，把那股导线彻底磨断了。机甲的半边身体失去了控制，摆着防御姿势的左臂无力地垂了下来，左腿也不听使唤，整个身子歪向一边。

罗恒早就做好了准备，他操纵挑战者 Q 冲过去，一拳再次打在哈珀的腰部位置。

哈珀看到了危险，却根本没有能力防御，只能眼睁睁地看着钢铁铸成的拳头打过来。

这一拳罗恒使上了全力,正正地砸在对手腰部的薄弱部分。这一拳几乎将哈珀的腰椎打断,机甲发出金属断裂的声音,哈珀的身体扭曲成90度,摔在地上。

不幸的是,金属崩断的声音同样发生在挑战者Q身上,由于用力过猛,罗恒操纵的机甲右膝关节上的裂纹继续扩大,最终也断裂开。

两具机甲再一次同时倒在地上。

机甲格斗的规矩要一方完全失去战斗力才算分出胜负,在观众们的欢呼声中,罗恒只能通过挑战者Q的两只手臂,爬向哈珀。

哈珀腰部断裂,左臂失去控制,只能用仅剩的右臂支撑住身体,勉强反击。

但是,在这么近的距离,拳头对机甲的外部装甲根本造不成任何伤害。

罗恒只能用地面格斗技巧,双臂缠上哈珀仅剩的手臂,用关节技术控制住哈珀。

比赛进行到这个地步,场面就不那么好看了。观众们来到这里,就是想听到钢铁撞击产生的轰鸣,想看到零件横飞,火花四溅的场面。

而不是两坨残废的铁疙瘩纠缠在一起,同时发出金属摩擦和扭曲的刺耳声音。

"他们在干什么?我们要的是战斗,而不是小孩子玩泥巴。快站起来,场上的战士们!站起来!"解说员试图将气氛再煽动起来,可是观众们已经不耐烦了。

他们不断发出嘘声，机甲战士没有给他们一场精彩的比赛，他们有资格这么做。

咔吧一声，罗恒用关节技巧控制了对手的手臂，一直拉到哈珀肩部活动范围的极限值，然后再一使劲，哈珀仅剩的手臂脱离了身体。对手成了完全没有反抗能力的金属疙瘩。他让挑战者Q松开手，哈珀直挺挺地倒下。

观众们又兴奋起来，罗恒知道他们在期待什么，他们想看机甲战士对失去抵抗能力的对手使用暴力，他们想看挑战者Q用拳头一拳一拳把对手的驾驶舱砸扁，然后将瘦弱的人类从重重保护下拖出来，高高举起，就像是从对手那里夺取了战利品。

罗恒头疼得要命，只想早点结束比赛，拿到奖金回去休息。

为了保护驾驶员，机甲战士的驾驶舱是防护力最强的部分，即使用挑战者Q的双拳全力去砸，也要砸上几十下才能让驾驶舱变形。驾驶员被封闭在狭小的空间中，独自品尝着失败的痛苦，钢铁拳头的轰鸣如同敲响的丧钟，每一下都在敲击着驾驶员的自尊，他既不希望失败，又期待着这个过程早点结束，但是暴雨般的拳头不知道什么时候才会停……

有的人会在这个过程中崩溃，观众们期待的，就是驾驶舱被对手掀开时，失败的驾驶员脸上的表情，好像他们每一个观众都参与了这场战斗，都有资格获得荣誉感。

今天，罗恒不想再费时间去讨好那些疯子了。他对于战斗机甲了如指掌，想要掀开驾驶舱根本不用那么复杂。为了保护驾驶员，驾驶舱的正面覆盖了多层的护甲，但是连接驾驶舱和舱门的铰链并没有那么高的强度。

罗恒让挑战者Q双手抓住驾驶舱的舱门,左右一扭,就把舱门的铰链别断了。

观众席上响起失望的叹息声。

挑战者Q扔掉驾驶舱门,哈珀的驾驶员是一个棕色皮肤的中年大汉,看上去是个脾气暴躁的狠人。他显然没有料到比赛会以这样的方式结束,他怒气冲冲地看着挑战者Q,做出一副打算英勇就义的姿态。可是罗恒并不打算伸手进去把驾驶员提出来,他做了一个请的动作,哈珀的驾驶员愣了一下,尴尬地自己爬出机甲的驾驶舱。

擂台上方亮起了蓝色的灯光,罗恒赢了。

观众席上响起了潮水一样的嘘声。

挑战者Q也失去了行动能力,罗恒打开驾驶舱,自己爬出来。

他站在角斗场中央,友好地向对手伸出手去,哈珀的驾驶员惊讶地看着罗恒的动作,这样礼貌性的表示在他眼里更像是一种侮辱。哈珀的驾驶员愣了一下,绕过罗恒,走了。

罗恒苦笑了一下,观众席上的嘘声更响了,有人将手里的杂物扔向擂台,四周的灯光耀眼,罗恒看不到观众们脸上的表情,但他能够感受到,这样的战斗并不是观众们想要的。在这阴暗的钢铁穹顶之下,观众们想要的是暴力和鲜血。

罗恒看向地面,角斗场中散落着机甲的碎片和零件。罗恒在一堆废铁中捡起一枚螺栓,对着灯光看了看,螺栓很陈旧了,金属的纹理里有斑斑锈迹,还有多次维修和敲打的痕迹。

罗恒把这枚螺栓装进兜里,收集机甲的零件算是他的一个小癖好。他又看了看观众席,然后在嘘声中离开场地。

奖金,加上给自己下的赌注,这一次能赚不少钱,罗恒盘算了一下,应该能够应付一两个月的生活开销,足够他再找一份正经工作了。

对了,挑战者Q算是报废了,还得拿些钱去补偿老乔伊,好在那台破机甲也不值几个钱。不过也不能便宜了那个老骗子,罗恒提醒自己,得狠狠砍价。

罗恒先去卫生间,把自己脸上的血洗干净。刚才那下撞击在他额头撕了一道口子,流了不少血,现在已经凝固了,就是还一蹦一蹦地疼。他走出卫生间,盘算着下的赌注能为自己赢回多少钱,几个人拦住了他的去路。

"伙计,你跟我老实说,你是不是火星部队的人?"拦住罗恒的人叫斯坦,是这个角斗场里管事的,罗恒就是找这个人报的名。

"以前在维和部队干过,退役好几年了。"罗恒坦诚地说。

"这就麻烦了。"斯坦说,"咱们这有个规矩,都是业余的选手在这里打打玩玩,不允许专业人士参赛。"

"我哪是什么专业人士,如果你是说跟维和部队有关系的话,我想想……"罗恒回忆了一下,"我都退役四年半了,现在跟维和部队毫无关系。"

斯坦摇了摇头,"很抱歉,老弟。如果你是和机甲一起回到的后台,那什么都好说。但是观众里有人认出了你,我查了查,你在火星部队的时候还挺有名。"

"是维和部队。"罗恒强调,"火星自己没有军队。"

"不管怎么样,我跟观众没法交代,哈珀的驾驶员也很不满意。"

"好吧。"罗恒撇了撇嘴,说,"抱歉,我不知道有这种规矩,这次的奖金给我,我下次不参加了。"

斯坦嘿嘿一笑,"我没有提前把你分辨出来,也有责任。为了安抚哈珀的人,我把奖金已经补偿给他们了。所以……哥们,这次呢,你就当来义务演出了一趟。"斯坦拍拍罗恒的肩膀,"回去吧。"

"那可不行,明明是我赢了。"罗恒说。

"是你隐瞒身份在先。"斯坦还是满脸笑容地说。

罗恒看了看左右,斯坦带来的几个人都是高大壮硕的打手,显然是有备而来。他看罗恒是个新人,就是打算硬吃了,如果罗恒识趣的话,应该自觉地离开。

"朋友,为了你好,回去吧。"斯坦接着说。

一个打手有意无意地撩开自己的夹克,露出腰间别着的武器,这是再明显不过的威胁。

罗恒看了看,如果是赤手空拳的话,自己对付七八个这样的打手完全没有问题。不过他们都带着武器,而且这又是斯坦的地盘……

他叹了口气,正准备说话。

"对了,奖金给了哈珀,这场比赛算你输了,所以你下注的那两个钱……"斯坦盯着罗恒的脸,看到罗恒的表情变得愤怒,他连忙换上一副笑容,"别急,你的本钱我退给你,算咱们交个朋友。"

斯坦从兜里掏出手机,操作几下,把钱转给罗恒。

"行了,走吧,欢迎下次来玩。"斯坦说,"只要不参加比赛就行。"

罗恒再次扫视了一圈斯坦和几个打手,他在心里设计了几种攻击方案,可以在第一波攻击就打倒三个,然后在他们掏出武器之前再放倒两个,最后还有两三个,就要赌他们敢不敢真的开枪了。

他在脑子里把整个过程想了一遍,最后叹了口气。事已至此,罗恒只能认栽,他对着斯坦笑笑,"我会再来的。"

"欢迎再来。"斯坦在罗恒的身后说。

在火星上,像这样的地下角斗场有无数个,根本不存在所谓的公平和正义。斯坦能够把罗恒的本钱退回来,已经是仁至义尽了。罗恒知道,有的地方会把进去的人连皮带肉一起吃掉,连骨头渣子都不会吐出来。

罗恒曾经是火星维和部队的军人,维护公平和正义是他天生的使命。可遗憾的是,火星上太艰难了,即使种下了理想的种子也未必能够生根发芽。

火星上也有秩序,但仅限于尼克尔森太空港内部。

一百七十年前,人类在火星上建立的第一座城市:尼克尔森太空港。最初的尼克尔森,是火星登陆飞船的着陆场,第一批殖民者抵达之后,用模块式板房组成了火星上的第一块居住区。

然后是第二块,第三块……居住区成了尼克尔森太空港,之后,人类的足迹沿着火星赤道向东西方延伸,又建起了四座大型城市。

一百多年来，常驻火星的人口从最初的几百人发展到上百万人。尼克尔森太空港之后，又兴起了几座大型城市。盖尔能源城、塞伯鲁斯农业区、威尔斯工业基地、尤利西斯不夜城，五座功能各异的大型气泡城分布在火星赤道，除此之外，还有上百座大大小小的企业卫星城分布在大型气泡城周边。

尼克尔森仍然承担着与地球连接的重要任务，它是火星上最繁华的城市，是各大城市之间的交通枢纽。由于尼克尔森太空港的重要作用，在火星居民的口中，对它的称呼逐渐变成了"首都"。

但讽刺的是，首都在火星上的政治地位，接近于零。

最初，由二十七个国家组成的火星殖民联盟，从自己的部队中挑选出精英士兵组成维和部队，就是为了维护火星上的秩序。

一百七十年，在人类的历史中也是一段不短的时间。由于各种原因，有十六个国家退出了火星计划。而剩下的十一国对于火星也并不是抱有同样的态度，在国与国的明争暗斗中，火星更多的时候不过是出现在各种文书中的一个符号，而不像最初人们憧憬的那样，是人类迈向星空的第一步。

在最初的一个阶段的发展之后，可以写进文书的新鲜内容变得少了起来，地球的注意力转向了新的方向，对于火星的关注度下降，火星联盟政府和火星维和部队无法得到持续的关注和支持，发展陷入了长时间的停滞。

而在这个阶段，地球上的企业如同十九世纪的美国淘金热一样，争先恐后地拥入了这片新世界。

大型公司来了，带来了几十万工人，在火星上自行划分地盘,他们安营扎寨、建造城市、开采矿物,联盟政府对于这些行为,没有任何管理和约束能力。

出于对联盟政府及其背后力量——地球上十一国联盟的尊重,大型公司们还是认可了联盟政府的管理权,但是,仅限于首都内部。

在首都的穹顶之外,地球上的规矩和道德就无法发挥作用了,那里才是真正的火星,一个科技与蛮荒相融合的地方。

在各个城市都有一套生存法则,但弱肉强食、赢者通吃是不变的规矩。联盟政府无能为力,维和部队也无法改变这些。

更不用说早已从部队退役的罗恒了。

他心中的火早就奄奄一息,犯罪和抢劫不过是火星穹顶阴影下的日常。他看着斯坦大摇大摆地转身离开,除了额头的疼痛,其他的感受只有麻木。

罗恒悻悻地走出角斗场的大门,身后金属撞击和观众狂欢的声音再度响起,又一场比赛开始了。

这里是一间废弃的大型仓库,位于威尔斯工业基地南方的平原。火星上没有大气,为了保持适宜生存的有氧环境,人类都生活在密封的穹顶建筑当中。几大城市为了保证居民视野和采光方面的需要,采用双层结构的高强度玻璃作为穹顶材质,远远看去就像一个巨型气泡,这也是气泡城名字的由来。

而其他的聚居地出于成本方面的考虑,用钢铁搭建穹顶,整个生存空间都在密封的铁罩子之下,永远见不到自然光。

人们就像生活在太空飞船里一样,用通俗一点的话来讲,更像生活在一只只趴在火星大地上的死乌龟里。

这片仓库原本属于星尘重工,在十几年前,地球上的星尘重工由于经营问题迅速衰败,火星基地的高管全部撤回地球,留下了一千多名工人和废弃的厂房。

最后,为了生存,工人们把这里改造成了现在的样子。

罗恒不能责怪他们,他只是觉得事情不应该是这样,一定有什么地方出了问题。

角斗场占据仓库区的一角,附近有酒吧和赌场之类的娱乐场所,只要有钱,就可以在这里找到你想要的刺激。

罗恒沿着昏暗的街灯向前走了几步,寻思着不如把兜里的钱拿去付房租,放弃赚笔快钱的想法,自己不适合在这种地方求生存,不如老老实实找份工作。

几个人影从酒吧五颜六色的霓虹灯光下走出来,把罗恒围在当中。

看来这倒霉的一天还没有完。

罗恒左右看看,那几个人穿着破旧的工人制服,敞开前襟露出胸膛,每个人身上都刺着荧光的文身,一看就是游荡在地下社会的小混混。在霓虹灯的映照下,他们文身上的图画像是有生命一般在胸膛上游动。几个人并排站在一起,活像一个水族馆。

"哥几个,我今天心情不好,找别人吧。"罗恒疲惫地说。

"你的心情不好?"为首的人瞪着眼睛说,"老子的心情更不好,知道吗?我们几个看好你,刚才把赌注都押在你身上了。说真的,你要是凭本事输的,我们几个也没话说。不过你隐瞒了身份,骗了所有人,这就是你的责任了,这样,把我们几个的本钱还回来,我们就不怪你。"

"今天晚上怎么这么多好人。"罗恒自言自语地说,他看着对面的几个人,"你们的好意我心领了,不过,我手头确实没钱,也不打算给你们任何补偿。趁你们没受伤之前,让我走吧。"

"让我们受伤?"小混混笑道,从身上摸出一把长柄扳手,"你再考虑考虑。"

"你是第三个。"突然从街边的阴影里传来一个声音。

罗恒和小混混们向那边看去,一个人从黑暗中走出来,走到灯光下。那人身材高大,体型壮硕,站在阴影中就像是小一号的钢铁机甲。大个子走到灯光下,除了看上去就难对付的身材之外,他的左臂竟然完全是金属制成的,而且行动自如,和正常手臂一样灵活。

一看就是个不好对付的家伙。

"你说什么?"为首的小混混说道,声音柔和了许多。不速之客看起来像是个凑热闹的,最好不要再惹上他。

"我说,你是第三个。"大个子说,他指向小混混中的其他人,"你,最软弱,攻击从你开始,你是第一个。你,第二个。然后轮到你。接下来是你,你,你。"大个子一一点评,仿佛这几个人已经被打倒了一样。

"你在胡说什么。"小混混说,"我警告你,少管闲事,不然最先被打倒的,就是你。"

大个子耸耸肩,"我躲开点。"他看了罗恒一眼,退到一边。

罗恒对大个子撇撇嘴,仍然是懒洋洋地站在原地。

也许是旁边多出了观众的原因,小混混本来只是打算吓唬吓唬罗恒,现在却骑虎难下,不得不动手了。

看到罗恒无动于衷,他咬咬牙,"今天就让你吃点苦头!"他大声地说道,然后举起扳手向罗恒砸过来。其他的几个小混混也纷纷举起武器。

罗恒向侧方向挪开一步,轻松躲过扳手的攻击。他绕过冲在最前面的,在人群中找到了这些人的薄弱点,就是刚才大个子指出的最弱的那个人。

"第一个。"大个子说道。

罗恒闪到那人面前,在对方做出反应之前一拳打在他的肋间。那人嗷的一声倒下,痛苦地蜷成一团。

这一晚上的遭遇令人愤怒了,就没有一件事是顺利的。机甲坏了,比赛被人坑了,吃了哑巴亏,还被小混混找麻烦。

直到挥出这一拳,罗恒的心情才舒畅了一些。

"大川,你来干什么?"罗恒喊道。

"我去你的房间,没找到你,就知道你跑到这里来犯傻了。"被罗恒称作大川的人回答。

罗恒找到下一个目标,那人显然从来没有真正打过架,举着武器迟迟不敢往下砸。罗恒在他胃部打了一拳,那人痛苦地趴下,干呕起来。

"第二个。"大川数着。

这时有人从侧面攻过来,全力将手中的扳手抡向罗恒。

罗恒没有躲,反而向前一步撞进对方怀里,这么近的距离,扳手反而打不到了。罗恒和那个人脸对脸,正是小混混的头目。

"我说什么来着,第三个。"

罗恒嘿嘿一笑,扬手一记勾拳打在小混混的下巴上。小混混仰面倒下，不省人事。

然后是第四个，第五个。

一眨眼，还在灯光下保持站立的，只剩下四个人。

罗恒、大川，和最后两个小混混。

"知道害怕，就能活得长一些，你们做得很对。"大川对两个小混混说，"还不快滚？"

两个人顺从地扔掉手中的工具，转身跑了。

罗恒活动活动肩膀，打斗的时候，头上的伤口又崩裂了，流了一些血，手骨也因为殴打小混混而疼得厉害。

"你不好好上班，跑到这里干什么？"罗恒甩着手说，"这里可不是你能消费得起的地方。"

"托你的福。"大川说，"你以为你辞职了就没事了？ 小鞋都给我穿了，所以我也递了辞职报告，这两天在人事部走手续，耽误到现在。"

"你辞职了？"罗恒惊讶道，"你是不是傻？"

大川耸耸肩，"请我喝酒。"

"我都穷到打黑拳了！"罗恒抱怨。

"好吧，我请你。"大川缓缓地说。

"等一下。"罗恒想了想，"你的离职手续办完了吗？"

"快了。"

"机甲库的通行证还在吗？"

大川笑了笑，把通行证递给罗恒，"珍惜机会吧，下次想要再骗你老婆孩子，可不知道是什么时候了。"

"不用你管。"罗恒把通行证拿在手里。

"嗨！罗静！"罗恒爬上一台战斗机甲，把手机高高举起，让自己和机甲的头部同时出现在画面里。

这里是欧米伽重工的机甲库，罗恒"曾经"工作的地方。现在他的通行权限已经被取消，只能借用大川的通行证。机甲库已经下班了，此时空无一人。罗恒的声音在机甲库里回荡，"想爸爸了没有？"

额头上的伤口又疼了一下，罗恒挤了挤眼睛，"爸爸今天又去执行任务了，遇到十几个想要破坏火星和平的坏人。我本来打算三下五除二就把他们收拾掉的，但其中有两个还有点本事，打中了我一下。"罗恒指指额头，"不过我还是打败他们了。记住，无论什么样的对手，都要保持警惕。"

大川在不远处的阴影里叹了口气。

"好了，不多说了，我要睡觉了，你要听妈妈话哦，做个乖孩子。"罗恒说，然后停止录像。他的视频经过压缩，传送到火星通信中心。每隔两个小时，通信中心会将这段时间内的数据包发送给地球。等罗静看到爸爸的视频，大概要到第二天了。

当然，火星上也有可以与地球实时通话的方式（有十分钟左右的延迟），不过价钱十分昂贵，不是罗恒这种人能够负担得起的。

"你打算骗她们到什么时候？"大川说。

罗恒叹了口气，"我也不想这样，她们还以为我在维和部队呢。"

"还不是你给她们造成的假象。"大川说，"老罗，不如直接回去吧，火星上……也没有什么可以留恋的了。"

罗恒看着身边的防卫型机甲，手指在粗糙冰凉的金属护甲上划过，驾驶机甲是他唯一擅长的事情，只有在火星的重力环境下，才能让五米高的庞然大物奔跑起来。回到地球，罗恒空有一身屠龙之技，却根本没有可以发挥作用的地方。

他愣了一会儿，摇了摇头，"再等等吧，说不定会有转机呢。"他换了个话题，"不是说好去喝酒吗？走！"

多年以来，罗恒一直保持着在部队时的作息习惯。尽管前一晚和大川在一起喝了不少酒，他还是在闹钟响起之前醒过来。酒精和机甲格斗让他的脑袋里外都疼得厉害，罗恒又躺了三分钟，然后爬起来，开始清晨的体能训练。

罗恒租住的小公寓是欧米伽重工为员工建造的，这间公司是火星上第七大工业公司，主要的产业是矿石开采和精炼，同时也有铸件加工之类的业务。

罗恒从维和部队退役之后，就在欧米伽重工找了一份安保的工作。

这份工作干了两年，在两周前的一次非常不愉快的交流中正式结束了。现在罗恒没有了工作，公寓的使用权也将被收回。

在公寓被收回之前，罗恒还有十一天的时间另找一个住处。

这片居住区与欧米伽重工的工业区相连，同处于一座卫星城之中，是欧米伽重工自己建造的小城市，钢铁穹顶，永远看不到太阳。

摆在罗恒面前的只有两个选择：去另外愿意提供住处的公

司,或者花高价去气泡城里,租一间带窗户的公寓。

哦,还有第三个选择。

成为大城市里的流浪汉。

这个选择让人无法接受,罗恒信誓旦旦地对雁秋承诺,五年之内在火星买一套房子,接她和罗静一起过来。

可惜,现在他连这间不到二十平方米的小公寓都快保不住了。

他看了看表,现在正是地球时间下午五点三十五分,还是没有收到雁秋的回复,不知道前一晚发给她们的视频有没有被看到。罗恒有些后悔,不知道将自己受伤的事情告诉女儿之后,女儿会不会为自己担心。要是让罗静难过的话,雁秋又会大发雷霆了。

公共广播中响起了烦人的铃声,欧米伽重工的工人们陆陆续续起床,环境变得嘈杂起来。整栋公寓都是钢结构的,包括墙壁和地板。几百个人在各自的房间里来回走动,造成了极大的共振,整个公寓都在嗡嗡作响,让罗恒的头疼又严重起来。

罗恒不需要赶着上班,他去洗了个热水澡,然后打开威尔斯工业基地的招聘网站,想看看有什么合适自己的工作机会。

工人们陆陆续续离开了公寓,周围终于安静下来。

罗恒浏览了几十页网页,工作岗位有的是,只不过都是矿工。

火星上没有大气,没有动物和植物,石头就是火星最大的财富。人类在火星上开发了几十年,最大的产业就是矿产。光威尔斯工业基地周边就有大大小小上百个矿区,需要大量的矿工。

不过,在大型企业眼里,矿工就是可消耗品。矿工的工作环境极其恶劣,几乎没有防护装备,工作毫无技术含量,只是单纯的体力劳动。各个企业给出的工资都低得可怜,只够勉强糊口,如果不是走投无路,根本不会有人想去当矿工。

可惜,在火星上,走投无路的人太多了。

有人从远处走来,噔噔噔地走上楼梯,在这座钢制的公寓楼里,一点儿小小的动静都会被放大。

这个时候是谁在楼里闲逛?不怕被开除吗?

脚步声很沉重,听上去这人块头不小。

罗恒正在胡思乱想,脚步声停下了,然后响起了敲门声。

原来是来找自己的。

罗恒关掉招聘网站的页面,前去开门。

"早上还没吃饭吧?"大川说,手里捧着一个饭盒。

"大川?你来干什么?你不上班吗?"罗恒问。

"你昨天才喝了多少酒,就断片了?"大川挤进门来,"我跟你说了四遍,我辞职了。"

"我真的一点儿印象都没有了。"罗恒挠着头说,"你为什么辞职了?"

大川歪着头看了罗恒几秒钟,"你还有脸问!谁都知道咱俩是好哥们儿,你心情不好把艾德蒙多揍了个鼻青脸肿,然后拍拍屁股走人了。接下来我不就成了艾德蒙多的出气筒了?"

艾德蒙多是罗恒和大川在欧米伽重工工作时的顶头上司,是个彻头彻尾的小人。

罗恒和大川从火星维和部队退伍之后,想留在火星发展,就应聘加入了欧米伽重工的安保部门,负责矿场和运输队的安防工作。

罗恒和大川在维和部队都是经历过实战的军官,有着自己的办事风格和战术思路。但安保工作与军事行动完全不同,因此,罗恒与安保部门的负责人艾德蒙多在安保任务的执行方式和作战细节上有不少分歧,两人也有过几次正面的冲突。在罗恒看来,那都是工作思路上的看法不同,说清楚就过去了。

可是艾德蒙多却不然,他把这些事当作私人恩怨,这几年来,这份仇恨他一直记在心里。但是罗恒办事雷厉风行,考虑周到,一直没有让艾德蒙多找到机会,只能阴阳怪气地说些刻薄的话,并没有什么实际行动。

直到上个月,艾德蒙多可算逮着了机会,以惩罚为借口变着法地羞辱罗恒。

罗恒一怒之下掀了桌子,狠狠揍了艾德蒙多一顿。

一直到今天,就算是丢了工作,罗恒也不为情绪失控打了艾德蒙多而后悔。不过,他还从来没有考虑过,自己的行为会让大川陷入困境,逼得好兄弟也辞职了。

"那个……抱歉,我当时没有考虑那么多。"罗恒认真地说。

"瞧你说的,"大川用右手拍拍罗恒的肩膀,"你要是办事的时候前思后想的,恐怕就没有我了。"

罗恒接过饭盒,里面是最普通的蛋白质块和两小袋合成调味酱。罗恒苦笑一下,把饭盒放在一边。

"你打算怎么办?"罗恒问。

"我?我又不用发愁。"大川举起金属手臂,在罗恒眼前晃晃，"马克博士早就想让我过去给他帮忙了，况且我又没有老婆孩子，一个人吃饱全家不饿。"

大川所说的马克博士是神经学方面的专家，他开发了一种侵入式的神经信号转换器，可以将神经中的电信号，转换成数字信号，用来操纵机械假肢。

这种技术可以帮助很多不幸残疾的人士恢复正常的身体，不过这种侵入式的装置需要将电极插入人的脊髓神经当中，风险很大。

在地球上，马克博士的实验没有通过伦理审核，在迫不得已的情况下，他将实验室转移到了火星。

这里的社会构成还属于比较原始的状态，没有人会在意他的实验是不是合乎伦理。

大川在一次维和部队的任务中失去了左臂，机缘巧合之下，成了马克博士的第一批实验对象。

马克博士的神经装置叫作"传承"，在传承的帮助下，大川又有了新的手臂，马克博士拿到了第一手的真人实验数据。

两全其美。

作为交换，博士每个月还会给大川发一笔小钱来补贴生活。

大川用这笔钱买了一只从地球走私过来的橘猫。

虽然大川口头上说一个人吃饱全家不饿，但那只橘猫的饭量都快赶上他了。

如果马克博士的实验室愿意给大川提供一份工作，那倒也不错。

罗恒叹了口气。

大川从手臂的关节夹缝里拽出一撮猫毛,扔在垃圾桶里。

"你呢?"大川说,"工作的事情有眉目了吗?"

"没有。"罗恒说,他重新打开招聘页面,"全是招矿工的。"

"我听说有几个维和部队的人,退役后留在首都,给有钱人当保镖,酬劳非常高,你有没有兴趣?"大川说。

罗恒使劲挠着头发,"我这个脾气恐怕干不了那个……"

两个人闲聊了半天,还是找不到什么办法突破现在的困局,反而把罗恒未来的路越说越窄,好像除了下井当矿工就没有其他的选择了。

罗恒的手机响了,有个陌生人发来一条信息,罗恒看看大川,把信息投射到显示屏上。

信息的附件是一段录像,罗恒在录像里看到了自己。是前一天晚上,自己教训几个小混混的场面,不知道被谁拍摄了下来。

"现在看来,你确实该锻炼了,反应比以前慢了不少。"大川评论道,他接着又说,"这是谁?拍这些干什么?"

罗恒摇头,"我也不知道。"他正打算给陌生的发信人回信息,第二条信息又来了。

"维和部队机甲中队的队长,怎么沦落到和街头小混混打架的地步了?"

"这人还知道你的底细。"大川说,"是熟人吗?"

这时又来了一条信息,罗恒连忙点开,手机屏幕上立刻出现了一个女孩的脸。

"爸爸。"罗静喊道。

罗恒一愣，为什么陌生人会和罗静在一起？他看了一眼大川，又检查信息，原来这一条是雁秋发来的，正好和陌生人的信息混在一起，巧合而已。

罗恒松了口气，继续点开女儿的信息，"爸爸，你怎么受伤了？头上有那么大一个伤口，疼不疼啊？"

罗静两眼泪汪汪地看着屏幕，罗恒心慌起来，昨天真不应该给罗静发视频通信的，害得女儿担心。

"我不想让你受伤，不想让你打坏人，可是妈妈说，爸爸是为了保护火星的和平，我这样太自私了……"

"不是，你别担心。"罗恒说，可是他的话没办法立刻传递到女儿那里，他想了想，女儿肯定已经担心了好几个小时了。

"他没事，你就别瞎操心了。"另一个声音说道，是雁秋，"你爸会照顾好自己的，相信他就好了。"屏幕上的脸换成了雁秋，"罗恒，你注意点，以后不好的消息就别往回传了，害得小静担心。你在那边注意安全，你考虑考虑……"妻子看着屏幕，"如果还是这个状态，不如就早点回来。"

视频信息播放完毕，屏幕黑了，罗恒看着屏幕上倒映的自己的脸，叹了口气。

屏幕又亮了起来，陌生人传来一条新的信息："我知道你最近遇到点儿困难，中午一点半，叫上老伙计大川，在首都β区的雨林餐厅见面，咱们聊聊。"

"你到底是谁？"罗恒发信问道，对方却不回信了。

"什么情况？"罗恒对大川说。

"他在这个时候联系你，大概是想提供一份工作吧。"大川分析道。

"那咱们去一趟看看？"罗恒不确定地说道，他正想重新找一份工作，可是这送上门来的机会，让他有些心虚。

"当然要去，反正现在咱们也没什么想法。"大川说，"还有最后一个问题，我觉得你应该跟他问清楚。"

"什么问题？"罗恒问。

"他把碰面的时间定在一点半，到底让不让咱们吃中午饭？"大川说。

　

首都，顾名思义，是火星的经济、文化中心。

原本，这里是火星登陆艇的着陆场。第一批落地的宇航员在登陆场搭建了居住区和实验室，还有登陆艇起降需要的充能区。

随着登陆艇起降次数的增多，着陆场周边的建筑面积也在扩大，发展成了一个中型码头。

不过，通过登陆艇在火星表面和太空飞船之间输送人和货物，每次起飞和减速都会消耗巨大的能量。

在火星殖民地的规模达到一定程度之后，由多国组成的火星殖民计划项目部算了一笔账，火星表面和空间站之间的往来运输已经占到了运输成本的四成左右。如此高比例的成本几乎达到了危及整个火星计划的底线，再这样下去，恐怕不等殖民计划成功，就会把地球各国的资源先耗得七七八八。

于是火星殖民计划项目部设计了新的运输方案：太空电梯。这项方案可以让火星殖民地在未来一百年里的平均运输成本降低到原来的7%。

但是这项方案的前期投入巨大,预算达到了六百万亿人民币。殖民计划内部的二十七个国家对这项计划产生了严重分歧,这些钱对于某些国家来说无异于天文数字。在项目的推进过程中,有十六个国家退出了火星计划,资金缺口反而越来越大。

火星上矿产丰富,有无限的开发潜力。指极星重工、美洲资源公司和飞腾矿业集团闻风而动,愿意支付火星殖民计划的后续费用,但是要用火星资源的开采权来交换。

火星太空电梯计划讨论了六年,建设了十一年,其间发生了无数插曲。但不管怎么说,最终,太空电梯还是建成了。

这可以说是人类太空殖民史上的一次重大事件,火星殖民在太空电梯落成的第二年就迎来了爆发。乘坐飞船蜂拥到火星的不再是科学家,而是矿业公司的勘探人员和工程师,他们为了收回太空电梯的投资已经等了太长的时间。

围绕着太空电梯,人类的居住区迅速扩大,一直发展到今天,曾经的登陆艇着陆场已经成为火星上最大的城市。

作为火星建设的关键,太空电梯在这些年里也得到了大幅度的升级。

现在,太空电梯的基座高度达到了一万八千米,是整个宇宙中最高的人造建筑,长达三万公里的碳纳米管缆索连接着火星表面和同步轨道空间站。六部电梯时刻不停地上上下下,运送人员和货物往来于火星表面和太空之间。

在扩建的过程中,首都被划分为α、β、γ、δ四个区,还有正在建设的ε和ζ区,每个区都被透明的高强度玻璃穹顶包裹得严严实实。穹顶之下高楼林立,人群熙熙攘攘,和地球上一样热闹。

无论在首都的哪个区,只要抬起头来,就可以看到高耸入云的太空电梯上上下下忙碌不停,这几乎成了火星首都的象征。

这座太空电梯就像是一条长长的脐带,将营养和资源不断地从太空输送到火星表面。

火星首都的人给太空电梯起了一个更有生命力的名字:天空树。

天空树是火星上生长出来的第一棵树。

而雨林餐厅则不同,餐厅里所有的树,都是土生土长的地球树,穿越了两亿公里被运到火星上来的。

罗恒和大川站在雨林餐厅的门口,端详着被天然植物包裹着的建筑。

在罗恒生活的区域,放眼望去,四周都是蓝灰色的钢铁建筑;目光再放远一些,则是无边无际的红色的火星平原。

当这么多鲜艳的绿色集中出现在眼前,这在地球上再正常不过的颜色,也让罗恒和大川两人觉得头晕目眩。

"是这里吗?"大川不确定地说。

"当然是这里,你连大名鼎鼎的雨林餐厅都不知道?"罗恒说。

"听说过,只是没有想到这么浮夸。"

"这里所有的东西,包括每天的食材都是从地球运来的,相当奢侈。"罗恒向大川解说。

"那我们要不要进去? 要是你那个陌生朋友不来买单的话,

咱俩可就尴尬了。"大川说道。

"这个……"

就在两个人站在雨林餐厅对面犹豫的时候,一名餐厅服务员走出来问道:"请问哪位是罗恒先生?"

"啊,我是。"罗恒说。

"您的朋友已经在里面等着了,请跟我来。"服务员微微躬身,抬手为罗恒和大川引路,他的动作标准,简洁有力,看上去比维和部队的士兵还训练有素。

到底是谁?为了见罗恒要摆这么大的排场。

罗恒和大川对视一眼,虽然嘴上不说,但心里都猜测,应该是某个给大老板当了保镖的维和部队战友。

服务员把两人带到餐厅三楼的平台,这里是一个私密的地方,四周被绿色的藤蔓所包裹,闻起来都有一股潮湿泥土的味道,仿佛置身于真正的热带雨林。

这个小平台正对着天空树,坐在这里,可以一边吃着穿越了上亿公里的新鲜香煎鲈鱼,一边看着人类历史上最伟大的建筑,感慨自己在宇宙中的渺小。

实际上,能够坐进这里吃饭的人,绝对称不上渺小。

一个人背对着门口坐在那里,从背影看,那人留着部队式的寸头,肩宽背窄,身上还保留着高强度训练的痕迹。

没错了,就是某个维和部队时的战友。

罗恒看向大川,老伙计正好也看过来,两个人眼神交换,然后微微点头。通过这个动作,罗恒和大川达成一个共识,虽然是初次见面,但他们都不喜欢眼前这个人。

听到门响,那人站起来,转身笑脸相迎。

罗恒愣了一下,那张脸很熟悉,可就是想不起来在哪见过。

"罗伊斯是吧?"大川问,"维和部队陆军部作战参谋。"

"谁?"罗恒说。

"没错,"罗伊斯说,"我们在一起执行过一次演习任务,在塞伯鲁斯那次。"

罗恒尴尬地摇摇头,"抱歉,记不清了。"

"没事,请坐。"罗伊斯招呼两人坐下,"不好意思,罗恒、大川,我知道,我们说不上太熟,所以用这种方法请你们来……"罗伊斯已经从两人的脸上读出了他们的心情,"如果你们不喜欢这个地方,我们也可以换个地方再谈。"

"在这里也可以。"罗恒说。

"那好。"罗伊斯对服务员点点头,服务员退了出去。

"就直接说正事吧。"大川说。

"好,那我就直接开始了。"罗伊斯从口袋里拿出两张名片,分别递给罗恒和大川,"我现在隶属岩铁流防卫有限公司,负责招募和开拓业务。"

罗恒看着名片,"到底是防卫公司,还是防卫有限公司?"

罗伊斯嘿嘿一笑,"这个问题也困扰了我很久,老板在注册的时候考虑不周。"他话锋一转,"我昨天去了地下角斗场,想招募一些机甲战士来扩充我们公司的实力,没想到看到了你。后来我做了一些调查,知道你们可能遇到了一些麻烦。"罗伊斯摊开双手,"罗恒,你是维和部队机甲中队的队长,可以说是这个星球上最了解机甲的人了。还有大川,你们两个的实力不相上下,正是我们公司最需要的人才。"

"你们公司到底是干什么的?"大川问道。

"我们公司的主要业务是高端防卫工作,最缺的就是优秀的战斗机甲驾驶员。你们也知道,联盟政府的执法力度有限,出了首都,到了外面的世界,只有枪炮才能维护公平和正义。"

"有钱人的公平吧?"大川问道。

服务员进来,给三个人上菜,罗伊斯闭上了嘴,保持微笑。

前菜是蔬菜沙拉,绿色的生菜和红色的番茄都是新鲜的,娇艳欲滴。这些都是地球上最普通的菜品,可是罗恒的口水不知道怎么就涌了出来。

"咱们都是当兵的,我就不跟你客气了。"大川机械手一挥,"服务员,把所有的菜都上上来,然后就不要打扰了,我们有事情要谈。"

"是,先生。"服务员说道。

不一会儿工夫,菜品就上齐了。真正的、还带着一丝血水的煎牛排,纯小麦磨制的刀削面,最后还有柠檬蛋糕作为甜点。

"来,咱们边吃边说。"罗伊斯拿起刀叉,切下一块牛肉,"咱们在部队上都过惯了苦日子,我知道你们怎么想的。我真的不是故意在你们面前摆谱,只是……只是我们公司是做高端防卫的,潜在的客户都在这样的场所出没,所以……"罗伊斯耸了耸肩,没有把剩下的话说完。

"接着说公司的事。"罗恒说。

"火星上现在看上去稳定,实际上暗流涌动。几家大型的企业城已经慢慢有了独裁的迹象,对工人的压榨越来越狠,而且没有任何保障。工人年纪稍大，或者丧失了劳动能力，就会立刻被抛弃。我们有一组数据，火星上的无业人口已经达到了17%，你们应该明白这是什么概念。"

在欧米伽重工的时候，罗恒与矿场的矿工有过一些接触，他非常了解那些人的生活状态，长期高强度的劳动和极低的薪水，已经榨干了那些人的灵魂。很多人抱着来火星淘金、大赚一笔然后回地球养老的心态当了矿工，在矿井里工作几个月之后，他们的理想崩塌了，人生最大的愿望只是想好好地睡一觉。

"这些人已经成了火星社会最大的不稳定因素，从几年前开始，各城市里面的犯罪率就一直在攀升。"罗伊斯继续说，"除了社会底层的不稳定之外，作为社会头部的这些人也开始觉醒了。他们除了无休止地攫取财富之外，发现自己在一定范围内拥有了无限的权力。正如我刚才说的，有些企业城已经独裁化了，每一个城市都有一个军阀，如果不加以疏导和管理的话，火星的乱世很快就会到了。"

"说了这么多，跟你们的公司有什么关系吗？"罗恒问。

"联盟政府对于火星上的治安管理不够重视，但我们作为火星一代，想为火星的未来做点什么。"罗伊斯看着远处的天空树说，"火星现在非常脆弱，必须有人来保护它。"

"通过做有钱人的……保镖吗？"罗恒继续问。

罗伊斯笑了，"你是想说有钱人的走狗吧。从某种方面来说，是这样的。如果有钱人能够花钱买到武力，他们遇到问题的时候，就不会自己储备武力了。你想想，如果火星上的每个企业都有一支属于自己的军队会发生什么样的事情。"

罗恒认真想了想，还是觉得罗伊斯太过于杞人忧天。现在首都一片祥和，外面的街头上的人熙熙攘攘，根本看不到一点儿混乱的征兆。他看向大川，微微摇了摇头，表示并没有听进去罗伊斯所说的。

大川笑笑，岔开话题，他对罗伊斯说："对了，你是什么时候退役的？"

"有六年了。"罗伊斯说，他从维和部队退役之后，回了一趟地球，但是发现自己的思维和生活习惯已经不适应地球上的生活了，于是他又返回火星。

正巧岩铁流防卫公司刚刚成立，他便加入了公司，到现在已经快五个地球年了。

"说说具体的细节，你们都做了哪些任务？"大川问道。

罗伊斯笑了笑，用勺子挖了一块蛋糕，"等你们加入岩铁流，签了保密协议，就告诉你们。"他话锋一转，"对了，我知道你们两个从欧米伽重工辞职了，发生了什么？"

罗恒冷哼了一声，大川活动活动机械手臂，靠在椅子上，"还是我来说吧。"

2．遭遇战

八十七天前，火星，水手谷。

二十二辆智能重卡排成两列，走在火星一望无际的荒原上。智能重卡的车头侧面，都印着欧米伽重工的标记。

这种重型卡车高十七米，长二十一米，在火星环境下，载重可以达到两千吨。

即使穿着身高将近五米的动力机甲，站在重型卡车旁边，都会觉得这台巨大的机器是一头巨兽。

罗恒驾驶着帕丁森Ⅶ型防卫机甲，走在车队的最后，重型卡车巨大的轮子碾过火星表面的尘土，将震动传递到全封闭的机甲中，仿佛巨兽在身边打鼾。

"大川，有什么发现吗？"罗恒问道。

同样穿着帕丁森Ⅶ型机甲的大川走在车队最前面，负责警戒和观察。

"能有什么发现，除了沙尘什么都没有。"大川看了看火星上蓝色的太阳,远处的地平线上,威尔斯工业基地标志性的立体多面钻石型玻璃穹顶反射着闪亮的光。

这一队重型卡车要把矿洞中开采出来的矿石送去欧米伽重工的精炼厂,两地之间原本有轨道连接,由核动力列车来往两地之间,每次可以运送十几万吨的矿石。

可是那几条轨道在这几年里遭到持续性的破坏,欧米伽重工修复了多次,但还是防不住有人故意损坏。最后,欧米伽重工不得不放弃了轨道运输,采用成本更高的重卡来运送矿石。

不只是欧米伽重工一家企业遭到袭击,近些年来,在火星上暗暗滋生了许多反抗组织,专门对火星上的大型企业进行破坏。

这些反抗组织的组成人员都是火星上的流民,其中大部分是被企业榨干后抛弃的底层工人。他们找不到新的工作,不被各大气泡城接纳,又攒不够足够的钱返回地球。他们被困在火星上,就像冰箱夹缝里的蟑螂,只能凭着顽强的生命力勉强活下去。

其中有不少人,将这种悲惨生活的原因归结于巨头企业的无情,然后展开报复。

但是反抗组织的力量毕竟有限,只能做一些破坏运输线路之类伤害性不大的爆炸袭击。这样的损失对于企业来说,会增加一些成本,但还不足以拿到董事会上去严肃讨论。

于是双方达到了一种微妙的平衡,反抗组织持续破坏,企业想办法在安防工作上缝缝补补。

这就是罗恒和大川所在的安保部门的功能了,对矿石运输队进行武装押运,就是对反抗组织的一种威慑,告诫他们,最好不要过来惹麻烦。

这种方式确实取得了不错的效果,已经有好几个月没有人来骚扰欧米伽重工了。

从矿场到精炼厂有两百多公里的路程,单独驾驶防卫机甲的话,一个多小时就能赶到,但是重型卡车的速度极慢,这一趟要走四五个小时。

漫长的旅途令人昏昏欲睡,罗恒早有准备,他打开机甲内部的播放系统,开始播放早就下载好的综艺节目。

罗恒把机甲设置到跟随行走状态,他换了个姿势,屏幕上的七八个身价不菲的偶像明星竭尽全力做出各种搞笑动作,罗恒也十分捧场,在机甲的驾驶舱里笑得前仰后合。他们是地球上最流行的偶像团体"钻蓝",罗恒的六岁的女儿最喜欢看他们的节目,为了能和女儿在超距离通话中有共同语言,罗恒抽空也会补补课。

"下班了去打球吗?"大川问道。

"打球?"罗恒把综艺节目的声音调小,他想了想,"我就不去了,我约好了和罗静打视频电话的。"

"我去我去,川哥带上我吧。"说话的是新加入安保部门的杰里米,他还年轻,迫切地想跟老同志们搞好关系。

"行,没问题。"大川说,"你适合打什么位置?"

大川和杰里米聊起了篮球,罗恒继续看综艺节目。火星的平原上又起了一阵风,所幸风不大,很快就停了。

眼前仍然是一片黄茫茫的土地,不远的前方,路的左侧是大名鼎鼎的水手谷,火星上的标志地貌。水手谷长四千多公里,最宽的地方超过六百公里宽,最深的地方超过八千米,火星上的阳光永远照不到水手谷最深的底部。

路右侧是高两百多米的提拉环形山,这两处地貌的形成机理完全不同,至于是谁先出现在火星地表上的,科学家们还没有给出一个定论。但在罗恒的军事嗅觉中,这里可是搞伏击的最佳场所。

每次经过这里,罗恒的后背就有一种刺痒的感觉。他在驾驶舱里坐直,关掉喜剧节目,把注意力放在外部环境上,寻找着可疑的迹象。

大川同样警惕起来,通话频道里只剩下杰里米在自顾自地说着他自己感兴趣的话题。

走着走着,身边的重型卡车像是失去了动力一样,缓慢地降低了速度。罗恒向前看去,不只是身边这一辆车,而是整个车队都减慢了速度。

罗恒立刻警觉起来,他从重型卡车旁边快速离开,高大的卡车像一堵墙一样遮挡了他的观察范围,他要获得更宽阔的视野。

"蜘蛛侠!发生了什么事?"罗恒吼道,蜘蛛侠是个不到三十岁的程序员,他正坐在车队当中的一辆卡车上,像一只蜘蛛一样,通过控制系统的网络操纵着整个智能车队的前进。

"不知道。"蜘蛛侠说道,声音里带着一丝急迫,"有人劫持了操作系统。"

"快给我抢回来!"罗恒喊道,"大川、杰里米,保持警惕。"

大川在罗恒下达命令之前就进入了戒备状态,年轻的杰里米还晕头转向的,不知道敌人来自何方。

"老板,我们来朋友了。"罗恒接通了欧米伽重工的安保部门,把当前的情况汇报给上司艾德蒙多。

"有多少人?"艾德蒙多问道。

"不知道。"罗恒回答,空中出现了几个黑点,是无人机。

"干扰机,"大川说道,他发现最前方的重型卡车偏离了预订路径,想要去往其他的方向,"他们劫持了导航系统!"

"准备战斗。"罗恒拨动开关,开启了机甲的武器系统。机甲肩部护板张开,两门30mm口径联装机炮翻折出来,挂载到机甲双臂。罗恒抬起双臂,在空中寻找干扰机,但目标太小,自动系统无法锁定。

"不要反抗。"艾德蒙多在通信系统里说。

"你说什么?"罗恒惊讶道,他以为自己听错了。

"不要反抗。"艾德蒙多重复。

"我不明白。"罗恒在部队训练多年,其中最不可动摇的习惯就是服从长官下达的命令。只是,艾德蒙多的要求太过离奇,罗恒的工作就是守卫欧米伽重工公司的财产,如果不许反抗,那还怎么守卫?

"切换到11频道。"艾德蒙多说。

罗恒照做了,11频道是私密频道,对话的双方只有罗恒和艾德蒙多两个人。

"长官?"

"罗恒,不要反抗,你们几个人立刻撤回,留下几辆卡车给他们。"

"我不明白。"罗恒说。

"你傻啊,"艾德蒙多说,"咱们已经好几个月没有遭到袭击了,上面那帮傻帽认为和平已经到来了,正计划砍掉我们一半经费呢。谢天谢地,反抗组织可算来了。"

"长官,你的意思是……"

"我的意思是,就让反抗组织的人搞破坏吧,你们不要管,把弹匣里面的子弹打光,就说敌人太强大了。"艾德蒙多大声说,即使只听声音,都可以感觉到他的兴奋,"回来我负责写报告,让上面再批一笔钱,到时候给你们换新装备,还有,涨工资。不要反抗,听到没有? 不要反抗。"

"长官……"罗恒想要反驳,但是从艾德蒙多的角度来说,似乎又有一定的道理,"那个……"

这时,提拉环形山山口处,又出现了多个目标,顺着山体陡坡迅速滑降。

真正的敌人出现了。

"大川、杰里米,两点方向有目标,自由开火!"

"罗恒! 不要反抗! 撤回来!"

罗恒感到一阵烦躁,"长官,有干扰,听……"罗恒切断了通信,向着迅速靠近的敌人迎了过去。

对方共有二十二台机甲,都携带着武器,从环形山陡坡一边下降一边居高临下地射击。

防守一方只有三台机甲,虽然帕丁森VII型是专业的防卫机甲,无论是机动性、防御力还有携带的武器都远高于反抗组织自行组装的杂牌机甲,但是双拳难敌四手,罗恒几人立刻被压制住了。

"寻找掩护!"罗恒下令,快步绕到卡车后面,躲避对方的攻击。

卡车再度移动起来,并且开始转向,敌人控制着卡车,显然不想让罗恒他们借用卡车制造掩护。

"蜘蛛侠,快夺回控制权,保护我们!"罗恒说道。

"不行,对方显然是有备而来的,如果想要封住他们的信道需要……"蜘蛛侠顿了一下,"再给我十五分钟。"

"哪有那么长时间,八分钟。"罗恒说道。

"老罗,这些家伙不像普通的反抗组织啊。"大川说。

"是啊,他妈的,这些人受过专业的训练。"罗恒说道。

"小杰,那小子在哪?"大川在通信器里呼叫。

雷达系统显示,杰里米和他的机甲还在外面,并没有用卡车掩护,躲藏起来。

"这个傻小子。"罗恒骂道,"大川,我去把他拽回来。"

罗恒靠近卡车边缘,伸出手臂,用手臂前端的摄像头对外窥视。杰里米的机甲还在外面,但是……

它已经倒下了。

"杰里米!小杰!"罗恒喊道,但是杰里米没有任何回复。

在战争中,最先感受到的,一定是声音。枪炮的声音,爆炸的声音,战友们的呼喊……之后才是火光和空气灼烧的味道。

但是在火星,这里空气稀薄,枪炮的声音无法传递得很远,跟地球上的战场相比,在火星上的战斗安静得过分。罗恒看到地面上硕大的弹坑,爆炸激起的尘土弥漫开来,耳朵里只有自己沉重的呼吸声,这一切是那么不真实,好像幻觉。

杰里米的机甲倒在地上,胸口处出现了一个洞口,那里是驾驶舱,杰里米就坐在里面操纵机甲。

罗恒不确定那是不是幻觉,敌人的机甲配备的都是小口径的机枪,根本无法造成那么大的破坏。他在卡车后探着身子,想仔细地看看杰里米到底发生了什么。

眼前有什么东西一闪,卡车的一半车头不知道被什么东西削掉了。罗恒猛地退回来,看向身后。不知道什么东西穿过卡车,打在他身后的土地上,巨大的冲击力掀起一大片烟尘。

"大川,他们还有狙击手?"罗恒喊道。

"小杰怎么样了?"大川说。

"小杰被击中了,我去把他救回来。"罗恒说,"你掩护我。"

大川从掩体里闪出来,向蜂拥而来的敌人开火。环形山陡坡到卡车阵之间没有任何掩体,敌人拼凑出来的机甲根本扛不住30mm的机炮。

大川点射了一轮,打倒了四台机甲。

对方的狙击手注意到了大川,向他射了两枪。幸好大川始终保持着移动,两枪都打在了旁边的卡车上。一辆车被打在车头,车头瞬间消失了一半。还有一发子弹打在卡车的中央部分,直接将重型卡车从中间打穿,中弹位置的金属由于高温在火星稀薄的空气中燃烧起来又迅速冷却,最后凝固成一段闪光的金属艺术品。像是海浪,又像突然绽放的花朵。

"火星红尘啊,他们从哪弄来的电磁轨道炮!"大川惊叹道,他闪到另一辆卡车后面,还打倒了两台机甲,"这不是一般的反抗组织。"

　　罗恒从枪火中抢回了杰里米的机甲,机甲正面中了一炮,弹丸直接贯穿了整个驾驶舱,里面的状况惨不忍睹。

　　"他妈的,大川,小杰牺牲了!"罗恒在通信系统里喊道,"我们去干死这些反抗组织。"

　　大川在卡车的掩护下又换了个位置,趁机观察战场局势,根据卡车、杰里米还有身后弹坑的位置,推测出对方的狙击手就隐藏在提拉环形山的顶端,在这么强大的火力覆盖下,对方还有五六台机甲已经到了很近的位置,矿车队也损坏得七七八八……

　　"老罗,不能出去,我们得撤退了,这根本不是民间的反抗组织,这他妈是一支军队。"大川说道,"蜘蛛侠! 别缩在车里了,穿上防护服,准备撤退!"

　　"操!"罗恒骂道,他强迫自己压制住心中的愤怒,罗恒知道自己是个暴脾气,总爱干些冲动的事情,虽然吃了不少亏,但总是改不了。幸好大川总是在他身边,那个大个子虽然看起来粗鲁,可是头脑清晰,随时保持冷静。

　　既然大川说要撤退,那么肯定有他的理由。

　　罗恒再次看向杰里米的机甲,在这种情况下已经没有任何挽救的余地了,他向机甲微微点头以示哀悼,然后借着车队的掩护向蜘蛛侠所在的卡车靠过去。

　　他不能靠得太近,如果让对方的狙击手看出他的意图,也许会一炮把蜘蛛侠乘坐的那辆卡车整个轰掉。欧米伽重工只是老老实实地挖矿,对工人的压榨是狠了一些,但是什么样的组织要用这种方法来对付一个公司呢?

　　卡车的门打开,穿好防护服的蜘蛛侠从车厢里跳下来,他左右看看,向罗恒这边跑过来。

"傻瓜!站在原地别动!"罗恒喊道,立刻操纵机甲跑过去接程序员。

狙击手果然发现了罗恒,又是一发电磁轨道炮射过来,正好打在罗恒和蜘蛛侠之间的卡车车厢上。被动能高温熔化的金属液滴飞溅,有几片甩在了蜘蛛侠的防护服上,立刻融出了几处破洞。

"天哪!我被击中了!罗恒,快救我!我要死了!"蜘蛛侠倒在地上打滚,这是个正确的选择,高热的金属液滴都被他的动作给甩掉了,没有造成更多的伤害。

罗恒加快速度,从地上捡起蜘蛛侠。火星上还有稀薄的大气,他不会立刻因为防护服的漏洞而死。

"大川,逃跑路线!"罗恒呼叫大川。

"狙击手在环形山山顶,方圆十公里都在他的射程之内。"大川说,"我们只能从水手谷走了。"

"跳下去吗?"罗恒说。

"跳。"

"好。"

罗恒再次移动到杰里米的机甲旁,"对不起了。"他说,然后把报废的机甲扶起来,推到卡车车尾的边缘。

大川立刻明白了罗恒的意图,他在通信器里说:"我观察了,狙击手射击的间隔时间是四分钟,太有规律了,而且整个射击的过程中没有转移,是个新人,只是仗着武器强大。"

"不管那么多了,总有一天我们会找他们算账的。"罗恒说,

"看准时机就跑。"

"明白。"

罗恒再次对杰里米说"对不起",然后把机甲推出去,让它露出掩体。

狙击手立刻发现了探头探脑的机甲,一分钟之后,罗恒感觉到自己的机甲手臂上传来一股大力,杰里米的机甲被再次射中。

"跑!"罗恒喊道,转身冲出掩体,他将蜘蛛侠夹在左臂下面,右手的机炮向对方的机甲胡乱射击,同时大步向水手谷的悬崖跑去。

大川同时也跑出来,向着敌人射击。

敌人被突然冲出来的两台机甲打蒙了,不知道该锁定哪一个对手。

罗恒和大川在一片混乱中跑到了悬崖边,罗恒不知道下面有多深,但是大川说跳,他就跳了下去。

大川紧随其后,就在大川的机甲一脚迈出悬崖的时候,最后一发轨道炮弹击中了大川的机甲,两条机械腿被瞬间削掉。弹丸的动能让大川的机甲剧烈旋转着落入悬崖。

好在水手谷这部分并不深,而且下面有一个缓坡。罗恒的机甲先落地,然后是大川的半个机甲。

敌人达到了目的,没有继续追过来。

他们在谷地稍做休息,帮助蜘蛛侠临时补好防护服。大川在坠落的时候受了些擦伤,但没什么大碍。

罗恒一手扛着蜘蛛侠,一手拖着大川的半个机甲,徒步返回欧米伽重工的总部。

这次行动让欧米伽重工损失了整个车队，十几万吨矿石，两台防卫型机甲，还有一个年轻人的生命。

"加上在维和部队那次，罗恒算救过你两次命了。"听着大川的讲述，罗伊斯说。

大川看了罗恒一眼，是啊，"这个傻瓜救了我两次命，为了报恩，我打算给他养老送终了。"

罗恒白了大川一眼，"别胡说八道。"

"你们两个是因为这次作战被开除的?"罗伊斯问。

"当然不是。"罗恒说，"这次受到的损失太大了，安保部门瞒不住，事情很快就被捅到了公司的董事会。"

"董事会很气愤，非要找一个人为这件事负责。"大川补充，"那些傻瓜，如果说这次失败有什么不足的话，只能说没有预料到反抗组织会有那么强大的武装，任何一个公司自己的安保部队都打不过那些人。可是……"

"可是你们的部门主管让你来承担责任?"罗伊斯问罗恒。

"是啊，那个贱人，跟董事会说这件事完全怪我。他还特意提到了阻止我和敌人交手，和我通话的时候就留了录音，人证物证齐全，我连辩解的机会都没有。"

"从某方面来说，如果执行了艾德蒙多的命令，局面不会这么惨。"大川说。

"呸，谁能料到那些人带着重型武器来劫持矿车。"罗恒撇了撇嘴，"我们做的是保安工作，保护公司的财产是天经地义的。遇到劫匪还没打，艾德蒙多就让我投降，这谁受得了。况且，我们放弃矿车直接跑回来,就没人找碴儿了吗?"

"你们就是因为这个才辞职的吗?"

"不是,其实董事会也知道责任不能全怪罗恒,但象征性的惩罚还是要有的。"大川解释,"艾德蒙多拿这个理由来给罗恒穿小鞋,工资停发,下矿三个月,一切表现良好才能复职,总之就是想侮辱他。"

"呸。"罗恒说,"我揍他的时候下手还是不够狠。"

"袭击你们的是什么组织?"罗伊斯问道,"后来查出来了吗?"

"我托人打听了一下,是一个叫'萤火'的组织。"罗恒说。

"有趣,我们和萤火打过几次交道,他们崛起的速度很快,而且有很多资源。上次尼克尔森的隧道爆炸案也是他们做的。"罗伊斯说。

"他们的目的是什么?"

"从现在来看,制造声势,吸纳力量。"罗伊斯说,"火星上已经有两三股这样的武装势力,但是他们的行为模式很怪,目前没有表现出什么样的意识形态来,大部分时候,只是发泄自身的愤怒。"

罗恒和大川对视一眼,大川开口说:"最后一个问题,薪水怎么样?"

罗伊斯说了一个数字,是他们在欧米伽重工工资的七倍。

大川在罗恒说话前踢了他一脚,然后说:"我们回去考虑一下。"

"对,"罗恒说,他又看了看罗伊斯的名片,"我们考虑好了就会和你联系的。”

“很好,希望我们可以合作。”

出了雨林餐厅,走过马路,罗恒回头看向刚才坐着的餐厅楼顶平台,绿色的藤蔓将平台包裹起来,从下面看不到罗伊斯的身影,也许他又在等下一个客户了。

“你怎么想? 大川。”罗恒问道。

“你都有答案了,还用问我?”大川耸耸肩。

罗恒拍拍大川的肩膀,“要是工资真的给那么高,我都可以在首都买一栋自己的公寓了。”

“反正我光棍一条,去试试呗。”大川说。

“咱们也别太急,显得没有底气。”

“那就让他等咱们三天。”

罗恒站在首都的街头,环视周围的建筑和来来往往的人群,他在首都服役多年,但是活动范围仅限于营区附近,还从来没有这样在街头行走过。

“我感觉,这座城市已经开始接纳我了。”罗恒笑着说,“接下来咱们去哪?”

“我要去马克博士那里一趟,检查检查手臂,”大川说,“看看他那有没有升级版的,等岩铁流的工资发到手,我换个更好的。”

“你都开始幻想拿工资了。”

“说得好像你没有幻想一样。”

马克博士的实验室在尤利西斯不夜城,正好在首都返回威尔斯工业区的路上。

尤利西斯不夜城是火星上最后建成的一座气泡城,这里最初是首都和威尔斯工业基地之间的服务站。有维修点、小型工厂、充能区之类的设施,当地球和火星之间的交通逐渐常态化之后,除了来火星寻找新世界的淘金客,还有想来火星旅游的富豪们。

尤利西斯的位置正好处于奥林匹斯山、塔尔西斯山脉和水手谷之间,这几处是全太阳系出了名的景点,风景壮观,独一无二。

为了推动火星的旅游经济,让远道而来的客人玩得痛快,尤利西斯从一个小型的服务站逐渐扩建,发展成了拥有豪华酒店、赌场、妓院、竞技场、游乐场的小型城市,这里有了一个新的名字:不夜城。

尤利西斯不夜城是火星上的拉斯维加斯,而且比拉斯维加斯更加百无禁忌。

整个城市没有任何正式的官方组织,是被尤利西斯的六大帮派把持着。这么多年来,六大帮派把这里打理得井井有条,帮派之间几乎没有大型的冲突,因为他们都有一个共同的原则,火星人不打火星人,要想办法赚地球人的钱。

除了娱乐产业发达,尤利西斯还是火星上乃至太阳系最大的黑市。这里没有法律,只要遵守帮派的戒条,任何东西都可以在这里买卖,包括武器,还有人类——整体或部分。

为了方便交易,六大帮派甚至自己筹钱建立了一座太空港,开辟了四条火星到地球的私人航线。

有的地球人,为了完成地球法律不允许的买卖,不惜亿万公里专程到火星来完成交易,然后再乘飞船返回地球。

在这个不法之地,除了有形的资产,还吸引了更多无形的东西。

比如知识。

有许多实验,在地球人是违反伦理而被禁止尝试的。而在火星则没有人会多管闲事,这也使尤利西斯吸引了一部分科学家来这里建立实验室。

比如为大川接上义肢的马克博士,他的初衷是想让残障人士恢复行动能力,出发点很好,但是实验过程过于痛苦。在早期的研究中,那些相信了马克博士的计划,接受手术的残障人士中,有四成因为无法忍受直达大脑的痛苦而选择结束自己的生命,剩下的人活了下来,却也患上了严重的精神疾病。只有三个人勉强算是和传承系统成功契合,当马克博士打算继续试验时,伦理协会叫停了他的项目,并且郑重宣布,如果他继续使用人类进行实验,将以谋杀罪追究责任。

无奈之下,马克博士逃到火星,这个无法无天的地方。在这里,他遇到了最理想的实验对象,大川。

在大川的后脑颈椎处,镶嵌着一个三厘米见方的小黑盒子,从盒子里伸出无数条比头发还要细许多的导线,刺破大川的皮肤,深入到脊神经的深处,来接受电信号。

大川获得了一条与常人无异的机械手臂,他付出的代价是轻微的偏头痛、排异反应和植入导线处的红肿发炎。

对于大川来说,这一切都是值得的。

在火星上,矿山事故时有发生,经常有人被矿石砸断了腿和手臂。马克博士的传承系统一旦完善,会有很大的应用市场。

但是从目前来看,侵入式的神经植入成功率不高,副作用还不小。大川是马克博士第一批三十六个受试者中,与传承系统结合得最完美的一个。

所以,大川就是马克博士的宝藏。

博士多次对大川表示,来实验室帮忙,不要去什么安保公司,万一哪天在战斗中被打死了,他就收集不到实验数据了。

尤利西斯的景色和首都完全不同,穹顶虽然也是由钢化瓷骨架和超硬玻璃组成的,但是抬起头来,完全看不到外面。穹顶上令人眼花缭乱的霓虹灯光遮挡了外面的天空,夜晚永远不会降临到这里,也永远不用担心明天。

罗恒和大川刚从高速列车站出来,向前走了几步,就有两个妖艳的女人拦住了去路。

"帅哥,想去哪玩啊?"女人嗲声嗲气地问。

罗恒指指自己的衣服,又指了指胸前欧米伽重工的标志,耸了耸肩。

女人立刻明白了,这两个是欧米伽重工的穷鬼工人,不是她们的目标客户。女人笑笑,"还要继续努力,加油哦。"

马克博士的实验室在尤利西斯城的另一端,靠近城郊的位置。罗恒和大川要乘坐磁轨公交车从城中穿过,罗恒隔着窗户看着外面的霓虹闪烁,他对大川说:"我跟你来这里检查了十几次了,还是第一次这么认真地看尤利西斯。"

"怎么?觉得自己有钱了,有资格在这消费了?"大川瞥了罗恒一眼,又闭上眼睛,靠在公交车的椅子上养神。过了一会儿,他又说:"你就别向往那里了,就咱俩这个社会经验,出去了非让人生吞活剥了。"

罗恒继续看着外面的花花世界,他十八岁应征入伍,在火星维和部队服役了十年,退伍后就加入了欧米伽重工,确实不曾进入过社会。仅有的社会关系就是大川,就连和自己的妻子女儿相处的时间都很少。

他又想起刚才在车站门口遇到的两个女人,如果自己身上有钱的话,恐怕在一瞬间就会被她俩骗个精光。

大川提醒得对,罗恒咽了一口口水,把目光收回来,他像大川一样,闭上眼睛养神,这是他们在部队养成的习惯。

到了马克博士的实验室门口,最先迎出来的是一只大狗。

"嘿,多奇。"大川弯下腰,张开双臂。

大狗扑到大川怀里,几乎和大川一样高。

多奇伸着舌头,疯狂地摇着一条金属制成的尾巴。

这只狗是纯种的拉布拉多犬,不知道是哪个富商带到火星上来的,大概是出了事故,腰椎断了,就被抛弃在尤利西斯这个陌生的城市。多奇仅凭两条前腿在尤利西斯的垃圾堆里翻吃的,后来被马克博士收养了。

现在,它重新拥有了两条后腿,还有一条可以表达喜悦之情的尾巴。

多奇舔了舔大川伸出的手,然后带两位客人回到实验室。

看到大川进来,马克博士微微点了点头算是打招呼,然后便皱着眉头继续伏案计算,从背影看过去,博士似乎苍老了许多,两鬓的白头发比以前更白了。

"博士,怎么……"大川走过去,突然闻到一股熟悉的味道,那味道是从实验室内部传出来的,有点咸,还有些金属的味道。

是血腥味。

罗恒也闻到了,两人立刻警惕起来,大川顺手抄起摆在门口的喷雾式消毒器,和罗恒两个人交替掩护着走向实验室的后边。

实验室后边是一片大而空旷的房间,可以根据需要分割成不同的小房间。大川的传承枢纽植入手术就是在这里做的,后面的一大片地方还可以进行运动性测试。

现在,大房间里躺满了人,准确地说,躺满了伤员,血腥味就是从这里传出来的。

大川放下消毒器,小心翼翼地走进去。房间里的景象勾起了大川的回忆,所有的伤员都和大川一样,缺少了某部分肢体,绷带包裹着伤口,血迹仍然缓慢地渗出来。

"是爆炸伤。"罗恒低声说。

大川点头,不知什么地方发生了大范围的爆炸,造成了数量众多的伤员。大川再次扫了一眼,这里的伤员都是在爆炸中失去了肢体的,至少有四五十个。其他受了轻伤或者处在爆炸中心受到更大伤害的人的数目,恐怕要远远高于这个数字。

大川仍然清楚地记着自己在爆炸中失去手臂之后,伤口在很长一段时间里都在持续地疼痛,和疼痛一起的还有幻肢带来的不真实感,两种感觉混合在一起,时刻不停地敲打着大川的神经,一直到马克博士为他植入了传承枢纽,给了他一条新的手臂,那种折磨人的痛苦才逐渐消失。

这里的伤员也遭受着同样的痛苦,但是伤员们保持着令人惊讶的坚韧,没有一个人在被伤痛折磨时发出软弱的呻吟。

在病房里还有一些人,在伤员之间来回穿梭,为他们提供简单的帮助。这些人也不是护士的打扮,而是……和之前在车站门口见到的揽客的女人一样,是妓女。

这些伤员都是六大帮派的人。

看清情况之后,大川和罗恒自知帮不上什么忙,便悄悄地退了回去。

"博士,这到底是怎么回事?"大川回到实验室,博士还在试验台前忙碌。

博士从工作中转过身来,在开口之前,他先长出了一口气,"有人把主意打到了塞壬帮头上,三天前塞壬帮从地球上走私了一批武器,飞船刚落地就被劫走了。"

"我们怎么没听说过。"罗恒说。

"尤利西斯的新闻什么时候能传到外面去?"马克博士说,"火星人向来只关注地球上的事,身边的人发生了什么,他们根本不关注。"

"那些人都是塞壬帮的?"大川问道。

"不,"马克博士疲惫地揉了揉太阳穴,"塞壬帮已经不存在了。塞壬帮的老大在袭击中被炸成碎片,其他的五家立刻联手,趁塞壬帮大乱,把他们所有的地盘都吞并了。"他指了指后面的病房,"塞壬帮的人最后引爆了他们的总部,打算同归于尽,那些人都是其他五大帮派的伤员。"

"怪不得他们一个个都绷着脸,原来在这里都还在较劲。他们到你这里来干什么?"大川问。

"让我给他们安装假肢。"马克博士说,"不过,伤员的数量太多了,我手头没有那么多材料。"马克博士指着桌面上放着的一个传承枢纽,"这是给你使用的型号,神经导线用的是铁基铂材料制作的超导线材,导电率和排异性非常平衡。但是没有办法给他们所有人都用这种材料,所以,我必须设计一种新的传承枢纽,在成本和功能上降低一个级别。"

"那样副作用会很大的。"大川提醒说。

"我知道,我问过他们了,每一个都问过,他们不在乎。"马克博士说,可以看出他对这样的方案也很痛苦,"你也知道,在溺水的人面前,一根稻草都不会放过。"

"我能帮上什么忙吗?"大川说。

博士想了想,说:"暂时不用,另外,你最好不要在他们面前出现,你们使用的传承枢纽不是同样的东西,被看出来的话,又得花时间解释。"

"这个……好吧。"大川明白博士的苦衷,"如果需要的话,通过邮件联系。"

罗恒跟着大川向实验室外走,他突然停下,"是谁袭击了塞壬帮?"

"不知道。"马克博士说,"他们突然出现又瞬间消失,五大帮派的人都没有任何头绪。"

大川和罗恒走出实验室,在尤利西斯灯光璀璨的夜幕之下,音乐和狂欢的声浪阵阵袭来,但仔细去听,就会发现还有微弱的不和谐声音夹杂在其中,是枪声和惨叫声。罗恒和大川对此无能为力,只能快速离开这座将要陷入混乱旋涡的城市,将一切抛在脑后。

3. 岩铁流防卫有限公司

三天后，罗恒和大川再次来到首都。

在去之前，罗恒按照名片上的联系方式给罗伊斯打了电话，可是老战友正在盖尔能源城谈另一笔业务。

"你们自己去吧，信息都已经录入岩铁流的系统了，会有人接待你们的。"罗伊斯说。

于是两个人只能按照罗伊斯给的地址自行去岩铁流防卫有限公司报道。

"还得让我们自己走着去。"罗恒抱怨说，"上次还请咱们到雨林去吃饭呢，我以为这次好歹有个车来接咱们。"

"得了吧，咱们是来打工的，又不是他们的贵宾。"大川说道。

岩铁流防卫有限公司的总部是首都δ区商业区的一栋小楼。从外表看过去非常普通，左边是红星精密制造公司办事处，另一边是一家五金批发店。如果从中间的岩铁流防卫有限公司走出来几个穿着蓝色制服的网络维护人员，路人们都不觉得奇怪。罗恒有一种被罗伊斯骗了的感觉,不过来都来了,还是进去看看吧。

岩铁流内部跟外表一样朴素,门厅里只摆了张接待桌,两侧是全息展示的宣传材料。

一个留着黑色长发的女人坐在接待桌后面,应该是岩铁流的前台接待。看到罗恒和大川两人进来,女人立刻站起来,"你好,请问你们……"女人猛地打了个喷嚏,"妈的,你们谁养猫了。"然后,她又打了个喷嚏。

"是我。"大川抱歉地说,把装着橘猫的笼子向身后藏了藏,"它叫基努,和基努·里维斯同样的名字。"

"见鬼,"女人又打了个喷嚏,"曼努埃尔!你快出来,见鬼!怎么火星上也有猫。"女人打着喷嚏消失在走廊里。

一个男人从旁边的房间里出来,微笑着看着罗恒和大川,"抱歉,黛博拉对猫毛过敏,我叫曼努埃尔,是岩铁流的业务部主管,请问有什么可以帮到你们的?"

"我叫罗恒,罗伊斯……"

"哦,你就是罗恒啊,我听说过你,我以前是罗伊斯的同事,维和部队的军事参谋。"曼努埃尔敬了个军礼。

"啊,吹空调的人。"罗恒回礼,"这里是不是都是维和部队的退伍兵?"罗恒回礼,然后问。

"差不多,你会发现有很多之前的战友的。"

"那我们接下来……"

"你们确定想要加入岩铁流了吗?"曼努埃尔说,"抱歉,要走个程序。"

"是的。"

"好,这里还有几份表要填一下。"曼努埃尔从接待台的抽屉里拿出几张纸质的表格,分别给了罗恒和大川。

这么古老的统计系统,非常有维和部队的风格了。

正在填表的时候,黛博拉又出现在走廊里,她大声喊着,"那只猫还在吗? 我一周不能上班了,曼努埃尔你替我顶着啊!"

大川抱歉地看向曼努埃尔,曼努埃尔摆摆手,"没事,填完表我就带你们去别的地方。罗伊斯说,你们快没有住的地方了,岩铁流有自己的职工宿舍,和维和部队差不多,你们应该会很适应。当然,想要更舒服点,等赚了钱,可以去首都租公寓。"

填过表之后,曼努埃尔带着罗恒和大川走向岩铁流总部的深处,走廊两边都是装饰简单的办公室,也没有几个人在上班,怎么看都像是草台班子。

罗恒和大川交换着怀疑的目光,后悔刚才填表签字得有点儿过于草率了。

三人一直走到走廊尽头,顺着楼梯向下,转了几个弯,停在一扇电梯门前,基努在笼子里关的时间太长了,开始烦躁地叫了起来。

"我们这是去住的地方吗?"罗恒也忍不住了,开口问道。

"是的。"曼努埃尔回答。

电梯到了,内部比外面看上去的要宽敞许多,三人走进去还有很大的富余空间。

曼努埃尔刷了自己的工作卡,对罗恒和大川说,"刚才填完表之后,你们的工作卡已经做好了,一会儿我们到了宿舍区就可以拿到。"

电梯开始移动,并不是向下走,而是横向移动,像地铁一样穿过首都的地下,去往另一个地方。

"你们不会以为宿舍就在这个小破楼下面吧?"曼努埃尔猜中了罗恒的心思,他笑着说,"我们是准军事组织,所以外表低调,等一会儿到了地方你就知道岩铁流的实力了。"

"拭目以待吧。"罗恒心不在焉地说。

三分钟之后,电梯停了,罗恒判断这里距离岩铁流总部不远。

他们走出电梯向上,到了一片住宅区,罗恒不禁有些失望。

住宅区和欧米伽重工没什么两样,都是钢制结构楼,被笼罩在一片灰色的穹顶之下。曼努埃尔带着罗恒和大川去看了分配给他们的公寓,公寓的面积要比欧米伽重工豪华不少,不但面积更大,生活设施也配备齐全,罗恒仔细听了一下,墙壁和地板中间都铺设了隔音缓冲材料,他最重视的安静方面的问题也得到了解决。

"这是公司的宿舍,等你们拿到工资之后,还可以去首都租房子住。"曼努埃尔说,"好了,把行李都放在公寓里吧,还有你的猫,该带你们见见真家伙了。"

从住宿区出来,三人走向另一个方向。令罗恒没有想到的是,岩铁流内部竟然有自己的磁轨站。

一辆小型的磁轨列车正在车站等着,等三人登车后,列车立刻就启动了。

在首都这样寸土寸金的地方,岩铁流不但有一片条件还不错的住宿区,还有一条从住宿区到训练场的专线。

训练场距离首都也不远,磁轨列车的加速还没有完成,就开始刹车了。

如果说住宿区和磁轨专线超出了罗恒的预期,那么训练场就完全震撼了罗恒。

训练场是一片极其开阔的空间,比火星维和部队的营区还要大。训练场是钢铁和玻璃混合构建的,外表保持了岩铁流公司一贯的低调,但在训练场里却有阳光透进来,不显得沉闷。

而且钢铁玻璃混合结构是新型的设计方式,罗恒还没有在别的地方见到过。

出了车站,就感觉到了和维和部队一样的军事化气息,两个持枪的卫兵在训练场门口站岗,仔细检查了三人的工作卡,又从上到下打量了罗恒和大川几遍才放行。

到了训练场内部,熟悉的感觉更浓了,各个区域的功能划分几乎和在维和部队时一样,体能训练场、射击场、模拟训练场、机甲库、武器库,罗恒和大川感觉一下子回到了还在维和部队的时候。

一队人正在绕着训练场跑步,领队的人声音洪亮地喊着口号,他的身材比大川还要强壮许多,看着像一头熊一样。

"阿方索,我们的枪手,董事长从地球上招募的。"曼努埃尔介绍道,"这一队都是公司的地面部队,已经执行了几次任务了,保持着零失误的战绩。"

地面部队的伙计们个个肌肉结实,目光如刀,举手投足间都透露出久经训练的力度和精准。

"都是棒小伙。"罗恒说道。

"是的,我们的目的就是打造一支精英部队。"曼努埃尔说,"把能挖到的优秀士兵,都挖过来。"

"听起来你们打算取代维和部队的职能了。"罗恒半开玩笑地说。

曼努埃尔只是笑笑,并不否认。

终于,罗恒来到了属于自己的场地。

机甲库在训练场的最深处,每一个机甲的库房就有一座篮球场大小,在仓库里还配备着维修保养的设备和相关的后勤人员。

战斗机甲和矿山工厂使用的工作型机甲不同,它更复杂,也更精细。当然,功能也要强大得多。

一台战斗机甲不只是驾驶员一个人的事,它就像一辆F1赛车,想要取得胜利,后勤人员的功劳也不能忽视。

刚刚走到机甲库的门口,就听到头顶上有人在喊,"这两个人就是新来的驾驶员吗?"

"是的,以后他们就交给你照顾了。"曼努埃尔对那人说。

那人靠在二楼的栏杆上,穿着一身油腻的连体工作服,皮肤黝黑,但是头发已经花白,他留着一部分络腮胡子,遮住了半张脸。那人随意地敬了个礼,"欢迎你们,我是鲍曼,这里的机械长。"

"鲍曼?"罗恒听过这个名字,"听说你在维和部队的时候,参与过守卫者六型机甲的研发?"

"四型、五型、六型,我都参与过,用着还不错吧。"鲍曼咧嘴一笑。

"当然,我一直很敬仰你,没想到在这里见了面。"罗恒仰着头说道。

"放松,孩子,以后我们接触的机会多着呢。"鲍曼说道,"还是先说正事吧。"

机械长按了一个按钮,罗恒三人脚下的地板晃动一下,平稳地向上升起,一直升到和鲍曼同样的高度。

"这样看着更舒服些。"鲍曼说。

机甲库的门像百叶窗一样向上卷去,首先露出来的,是机甲的脚,然后是腿和躯干。

岩铁流的机甲和维和部队的,以及罗恒在火星上见到的所有的机甲有着本质上的不同。一般的机甲设计死板,周身都是坚硬的棱角,或者为了增强防御一味地增加护甲的厚度,连外表的涂装都是千篇一律的火星黄沙的颜色。而罗恒眼前的这台机甲,有着完美的曲线,却又透露着强有力的劲道,它的外壳由高品质的复合材料覆盖,兼具轻量化防护力和美感。没有了臃肿的装甲,让这台机甲显得四肢修长,更像一个……有生命力的人,一个可以信任的战士。

"这台机甲就是你的了。"鲍曼说道,"雷霆夸父三型的基础机型,赤地重工生产的。"

"赤地重工?"罗恒惊讶道,"从没听说过。"

"一个新崛起的工业公司,主要的业务是新型机甲。"鲍曼说,"以后我们和赤地重工还会有更多的业务往来,先去看看你的机甲吧,它叫赤红。大川,旁边那一台机甲是你的,它的名字是太阿。"

"它们还有名字?"罗恒问。

"当然。"鲍曼说,"我刚才说了,这两台都是基础型,随后,会根据驾驶员的个性特长还有操作习惯,定制不同的部件。它们会跟着你们成长,最后成为独一无二的战斗机甲。"

"独一无二?"罗恒重复鲍曼的话,他上下打量着机甲,"这是专属于我们的机甲?"

"没错,"鲍曼点头,"在这颗星球上,你是最适合驾驶这台机甲的人。维和部队不应该浪费你这么好的人才,你应该……"

罗恒突然沉下脸来,"我不想讨论维和部队的事。"

"哦,抱歉。"鲍曼立刻止住话头,"我们还是来看机甲吧。"

罗恒迫不及待地走到那台被称作赤红的机甲正对面,机甲的驾驶舱通常在胸部位置,复杂的传感器系统在驾驶舱上方。为了让人感到亲切,不产生太大的疏离感,传感器系统做成球形,镶嵌在肩部护甲之间,就像是人的头部。平台的高度比传感器系统稍微低一些,随着罗恒的移动,机甲的头部跟随着罗恒转动,他刚刚停下,就听到机甲内部发出声音,"扫描到授权驾驶员罗恒,是否登上机甲,请确认。"

"啊? 问我?"罗恒疑惑地看向鲍曼。

"说'是'。"机械长说,"雷霆夸父搭载了辅助智能系统,以前没有体会过吧?"

"是,是的。"罗恒回答。

"你好,驾驶员罗恒,我是深蓝,这台机甲的辅助系统,欢迎登机。"驾驶舱的舱门缓慢打开,机甲抬起手,手掌向上,在驾驶室和平台之间充当跳板。

大川的机甲也以同样的方式迎接它的驾驶员,大川看了看罗恒,又看了看鲍曼,问道:"辅助系统都叫深蓝吗?"

"主系统叫作深蓝,你们可以给你们的辅助系统起你们自己想要的名字。"鲍曼解释。

"那就叫你加菲吧。"大川想了想,说。

"你到底是多爱猫?"罗恒揶揄道。

"明白,你可以叫我加菲。"机甲回答。

"你的呢?"大川问。

"那个……就叫小深蓝吧。"罗恒说。

"没有想象力。"大川评价。

罗恒钻进驾驶室,雷霆夸父系列的驾驶室也是全新的设计,无论是舒适度还是防护力都比起维和部队那种简单粗暴的堆料要优雅许多,操纵系统的布局也与之前维和部队使用的守卫者四型相去甚远。

"我可以试一试吗?"罗恒问。

"抱歉,还不行。"曼努埃尔说,"今天是你们入职的第一天,你们还需要经过培训和考核,然后经过三个月的模拟系统训练,才能正式驾驶你们的机甲。"

罗恒撇了撇嘴,依依不舍地抚摸着雷霆夸父的操纵杆,他从驾驶舱里爬出来,转头重新端详着这台机甲。新的工作给了他太多的惊喜了,尤其是新的机甲,即使是做梦,罗恒都没有梦到过能够驾驶这么先进的机甲行动。

不过,还有难熬的三个月模拟训练期。

罗恒拍了拍机甲,自言自语说,"等着我,伙计。"

"好的,我就在这里,祝你成功。"机甲立刻回复。

罗恒吓了一跳,他还是不习惯和自己的机甲对话。

他知道自己的习惯,在驾驶机甲的时候,他会喋喋不休地自言自语,或者对迟钝的队友破口大骂,反正没有人会听到。

但是现在不同了,这个辅助系统好像能够听懂别人的说话。

"可以把它关掉吗?"罗恒问机械长。

"为什么? 为什么要关掉我?"深蓝不解地问罗恒。

"啊……那个……没什么,算了。"罗恒感到有些尴尬。

大川嘿嘿笑着,对罗恒说:"看来,想坐新机甲,就得做出改变啊。或者,你把它当作亲爱的猫咪来看待?"

"闭嘴,你这个猫奴。"

4. 精炼厂行动

下午19时,是火星上惯常的下班时间。

约翰逊是福伯斯矿业公司四号精炼厂的值班主管,他坐在精炼厂顶部的控制室内,从这里可以俯瞰厂区里的大部分区域。

他抬头看了一下表,已经18时20分,工人们的动作开始减慢,一般到这个时候就没有什么工作了,只要熬到下班就可以。

作为值班主管,约翰逊了解工人们的心态,事实上,剩下的这半个小时,即使催促工人们都动起来,也不会提高多少产能。精炼厂的大型高炉已经开始降温,不会再有产出了。

他站起来,伸了个懒腰,活动活动发麻的腿脚,他还要在这热得要命的精炼厂里熬四十二天,才能回到位于威尔斯工业区的总部办公室,那里有空调,还有温柔年轻的雅子在等着他回去。

他转过身,站在控制室的落地窗前,让所有人都可以看到他在控制这一切。

工人们的动作加快了一些,虽然明显可以看出他们不是心甘情愿,但还是加快了。

约翰逊喜欢这种君临天下的感觉,即使这里高温难耐,让他汗流浃背。

眼角的余光中有什么东西在活动,约翰逊看向那边,是一台工程机甲,手上托着什么东西。

是一条槽钢。

这是干什么?

约翰逊正在思考的时候,那台机甲把槽钢像标枪一样举起,然后扔了出来。

约翰逊立刻判断出那段槽钢的落点是哪里。

是自己的胸口。

21时35分,罗恒和大川爬上福伯斯矿业公司四号精炼厂的钢铁穹顶,此时距离人质劫持事件已经过去了三个小时。

根据情况简报,一群矿场工人绑架了精炼厂的高管,要求矿业公司足额发放已经拖欠了十一个月的工资。

福伯斯矿业公司是火星上的一个小公司,他们第一时间就向首都申请援助,但是被首都拒绝了,理由是首都警力人手不够,而且没有处置相应情况的专业团队。

万般无奈之下,福伯斯矿业公司才把电话打给了曼努埃尔。

从他们加入岩铁流防卫有限公司到现在,已经过去了七个多月的时间。罗恒和大川在三个月培训之后都以满分获得了战斗机甲的驾驶权,之后就是日复一日单调的各项训练。

这是罗恒第一次执行任务,但他早已经准备好了。

钢铁苍穹是一块整体,为了让内部保持正常的大气压,铸造得非常结实,没有一丝漏洞。

整个精炼厂有六个出入的地方,三条运输线路,用于输送矿石和精炼成品。两条供职工出入的路,高管和工人的宿舍分别在精炼厂的两边,路线不重合。

还有一个入口,就是精炼炉的烟囱,精炼塔高728米,内部温度达到2000℃。无论如何,这都不是一条可供选择的路。

"罗恒就位。"罗恒向总部汇报。

曼努埃尔在总部负责指挥,他的代号是岩芯。

"大川就位。"大川汇报,他在罗恒身后四百米的距离,脚下是精炼厂穹顶的薄弱点。

"根据切断信号前的内部录像,敌方控制了六具工程机甲,分布在精炼炉的各个方位,但现在精炼厂里的温度太高,无法用红外侦查,只能等黛博拉进入之后见机行事。"曼努埃尔说道,"人质一共有九人,都是精炼厂的高管,应该是被聚拢在精炼炉前方,通常情况下,那里的温度可以达到50℃以上,对于人质来说,非常难熬。这项任务的最大难点在于,精炼厂里还有五百多名工人,如果威胁成功,他们就是既得利益者。所以这些工人的态度不明,有很大的变数。"

"委托方什么态度?"大川说。

"委托方只有两点要求,不赔钱,精炼炉不能有损伤。"曼努埃尔说,"这个精炼炉的成本上亿,而且停工导致的减产也会造成上亿元的损失。"

"给钱不就行了，"罗恒问道，"这些人渣。"

"那就是没得谈了？"大川说。

"尽我们的能力吧。"曼努埃尔说。

"我进去了。"黛博拉在通信器里说。

显示器里出现了精炼厂里面的情况，是用别在黛博拉领口的微型摄像机拍到的。

黛博拉给罗恒留下的第一印象，是个冒冒失失、对猫毛过敏、毫不专业的公司前台。但实际上，认识时间长了，罗恒才知道，她是岩铁流的谈判专家，还是一个格斗术的高手，甚至和罗恒不相上下。

用黛博拉的话说，"想要解决问题，就不能只准备一种方法。"

叛乱者封闭了精炼厂的所有通道，只留下通往高管生活区的门用来谈判沟通。黛博拉的外表迷惑了叛乱者，在潦草的搜身之后，就让她通过了。

"啊，好热。"黛博拉说，她走进精炼厂的大门，气闸在她身后关闭。

通过摄像机可以看到，有二十多个工人在这里站着，组成一道人墙。那么，是没有办法从这里爆破突入的。其他入口处也有人在站着，这是一个不好的征兆，有的工人，确实加入了反抗公司的阵营里。

"你是谁？"有人问道。

"我是来谈判的，这里面谁说了算？"黛博拉说，"是你吗？ 是你？ 还是你？"她咄咄逼人地向周围的人问问题，实际上是让摄像机能够拍到更大范围的视野。

"进来吧。"有人说道。人墙自动分开一条路,让黛博拉走进去。

从摄像机传来的图像可以看出,大部分工人都聚集在远离纷争的地方,聚在一起,忧心忡忡地看着站立在精炼炉旁边的几具机甲,希望这事能够早点过去,自己可以早点回去休息。

工厂里还分布着一些工人,四五人一组,守在几个重要的位置。

"不简单,他们不是被逼到极限才起来反抗的。"大川说,"他们是被煽动起来的。"

"没错,"曼努埃尔说道,"他们的方式简单明确,而且有很强的组织性。"

从入口到精炼炉有四五百米的距离,黛博拉走得很慢,边走边左顾右盼地与身边的人聊天,她通过摄像机将精炼厂里的大致情况都传递出来。六台机甲背对着精炼炉站着,几个管理人员被赶着聚在一起,站在精炼炉的正前方。

精炼炉运转着,不停地有炽热刺眼的铁水从精炼炉里淌出来,流在无人管理的传送带上,高温的铁水四溅,落在地板上,形成一个个拇指大的铁珠。精炼厂里的温度已经高到了极限,每呼吸一口都像是吸进了一团火焰。

走到一半的距离,黛博拉突然低声说了一句,"注意三点钟方向。"

很快,就听到画面外有人说,"看够了吧。"

摄像机的视野突然变黑,然后,黛博拉的通信也被切断了。

"三点钟方向有什么?"罗恒问道。

在指挥部的曼努埃尔立刻开始分析黛博拉传回的视频,在黛博拉开口说话的前几秒钟,拍摄到了几个人。

画面中的六个人聚在一起,但显然心思并不在一块,其中有四个人看向黛博拉,脸上带着猥琐的笑容。另外两个人在对话,一个留着寸头络腮胡的男人正在说着什么,双手同时做着大幅度的动作来展示自己的思路。旁边的男人侧耳听着,时不时点点头。

这两个人耳朵里都戴着隐藏式的通信设备,曼努埃尔再次检查了一遍,黛博拉拍摄的画面中,还有十几个人带着通信设备,都分散在人群当中。

"检查一下这些人的身份。"曼努埃尔说道。

很快,结果就出来了。

正在对话的两个人,络腮胡叫西塞,另一个人的名字是格罗夫,根据注册信息,这两个人都是矿工。但是,在五年前,他们两个被贝卡矿务公司开除之后,就再也没有注册过。

而其他的人,都是福伯斯的老员工。

"如果他们是被人煽动的话,那么问题应该就是出在这两个人身上。"曼努埃尔分析。

"不等了,如果冲突是这两个人煽动起来的,那他们的目的肯定不是要钱。"罗恒判断,"黛博拉有危险,大川,突击。"

"等一下……"曼努埃尔来不及阻止,罗恒就已经开始行动了。

罗恒说完,便举起双拳砸向脚下的穹顶。小深蓝已经测算出穹顶的薄弱点和厚度,机甲一拳便砸破了穹顶,精炼厂里的热气带着呼啸的声音喷射出来,罗恒操纵着雷霆夸父机甲纵身跳下缺口。

大川叹了口气,对曼努埃尔说,"这家伙总是沉不住气。"然后,他也操纵着机甲跳下穹顶。

"精炼厂内外气压会在十五分钟之后达到平衡。"小深蓝在罗恒耳边提醒,"人类无法长时间在火星气压下存活,内外压差会使他们的血液沸腾……"

"明白了,明白了,设置倒计时。"罗恒关掉小深蓝的语音,驾驶舱显示屏上出现了行动时间的倒计时。

罗恒直接落在了反叛工人的工程机甲当中,在工程机甲还没有反应过来时,罗恒便展开攻击,雷霆夸父的机动性和攻击力要远远超过这些只是为了搬运重物而设计的工程机甲。

罗恒一记重拳便打断了一台工程机甲的腿,然后转身又攻向另一台机甲。

在罗恒攻击距离之外,有一台机甲抬起一块上百公斤的铁锭,向罗恒扔过来。小深蓝感应到了铁锭,发出哔哔的蜂鸣,罗恒的机甲一闪身,铁锭在距离机甲几厘米的位置一闪而过,落在罗恒身后。

"保护精炼炉也是任务之一。"小深蓝提醒,"如果刚才的铁质物体砸中精炼炉,精炼炉马上会因为热量散发不均衡而爆炸。"

"麻烦死了!"在平时的训练中,小深蓝只是会在关键的身后帮助罗恒计算和标记,没想到在真实场景中,这个智能辅助系统这么多话,"大川,你保护精炼炉,我来对付这几个。"

"明白。"大川回答。

两人默契地移动位置,大川站在精炼炉前,防止反叛工人的攻击误伤精炼炉。现在罗恒要面对四个工程机甲的攻势,但对于他来说,这不过是热身活动。

黛博拉听到头顶传来两声巨响,就知道雷霆夸父开始行动了。她站在距离精炼炉一百米远的位置,反叛工人摘下了她的摄像机和通信设备,但并没有为难她,只是派了四个人将她围住,防止她再惹什么麻烦。

罗恒和大川的机甲吸引了身边人的注意力,黛博拉猛地转身,手肘砸在一个人的鼻子上,然后猛踢另一个人的裆部。当罗恒打倒第一台工程机甲时,黛博拉已经打倒了四个人。

黛博拉的目标是那个戴着通信器的络腮胡,她无法和总部取得联系,不知道那个人的背景如何,但是她有一种直觉,这里的混乱,一定和络腮胡有关。

西塞的注意力全部放在机甲之间的战斗上,两台不知道从哪里冒出来的机甲一下子就打破了他好不容易布下的局面。他了解福伯斯矿业公司,和其他巨头企业一样,他们把工人当作工具,是绝对不会为了几个工具而把钱从胃袋里吐出来的。这些工人只是抓住了几个和他们地位相似的中层管理人员,对福伯斯公司来说,也是可以替代的工具罢了,最后的结果显而易见。

工人们很快就会感受到绝望,因为他们已经做到了他们的极限,但还是无法让自己的声音传到更远的地方。到那时,西塞会再推他们一把,让工人们知道,只有突破自己的底线,才能发出更大的声音。

但是,那两个不速之客让他不得不开始重新思考计划。

气流不断地向外涌出,精炼厂里的温度降到了正常温度,身上的汗开始发凉,西塞打了个冷战。

就在西塞沉思的时候,他的朋友格罗夫推了他一下,快速地说,"快离开这里,被发现了。"

西塞转头看去,刚才独自一人走进来谈判的女人,不知道什么时候摆脱了看守,正向这边快速跑过来。他又看向远处,发现那几个守卫已经倒在了地上。

是谁干的?

"快走啊!"格罗夫大声说道,他的声音让周围的人都把注意力投向了这里。

"见鬼,格罗夫,你想暴露我们吗?"

"已经暴露了。"格罗夫看了西塞一眼,"快走。"他转身迎向高速逼近的女人。

罗恒眼前还剩最后一台工程机甲,它的驾驶者比同事们要聪明许多,机甲挥舞着一根三米长的钢筋,阻止罗恒靠近。

罗恒与那台机甲周旋着,带着他远离精炼炉。

大川看到已经没有什么可以威胁到精炼炉,便迂回到工程机甲的侧面,掩护着将人质们转移到远离战斗的安全位置。

"还有三分钟,精炼厂里的氧气密度将会影响到所有没有防护的人。"小深蓝提醒道。

"罗恒,你来对付最后一台机甲,"大川说,"我去打开精炼厂大门,把工人们带到安全的地方。"

"明白。"罗恒答应道。

大川离开精炼炉,他在人群中找到黛博拉,她正在和一个健硕的汉子对打,并不落下风,看上去暂时还不需要帮忙。

他跑向通往工人宿舍的出口,"都让开,让开。"大川通过外部扬声器喊道,工人们看到局面已经发生了变化,期待的事情没有发生,都不像之前那样坚定,在雷霆夸父机甲的驱赶下,纷纷离开了气闸门。

"控制系统在哪?"大川问道。

有工人抬手指向控制室,大川看过去,一根槽钢插在控制室正中,将一切砸得粉碎。

"好吧。"大川叹息,他转身,控制机甲将双手插入气闸门下方的缝隙,然后用力向上抬。过程并不像大川想象中那样顺利,雷霆夸父机甲的各个驱动引擎都开到了极限,连构成机甲的复合钢骨架都发出了扭曲的声音,但气闸门纹丝不动。

"火星红尘啊,这气闸门超标了。"大川抱怨。

"想开门? 退后吧,交给我了。"阿方索说,他带着步兵小队在气闸门的另一端等了很久,早就不耐烦了。

"好吧,阿方索,门后面还有许多工人,注意控制力度。"大川说,他向旁边躲开,机甲的手指已经扭曲,完全无法控制了。

几十秒钟之后,连雷霆夸父都对付不了的气闸门逐渐由黑变红,极高的温度将气闸门像切黄油一样划开。精炼厂里的气压已经十分低了,压力差帮助了阿方索,嘭的一声,通道里的气体将被切割的气闸门推了进来,大川接住那块钢板,防止它伤到别人。

"快来吧,走这里!"阿方索在大风中向工人们招手,精炼厂的工人们获救了,但他们脸上的表情没有欣喜,而是恋恋不舍地看着精炼炉的方向。

带给他们希望的人,正好被罗恒击倒,重重地倒下。

罗恒打倒了最后一个工程机甲,敌人被清除了。他长出了一口气,自言自语地说:"才这么几个人,一点儿都不过瘾。"

"根据你的体征监测,刚才的战斗中,你有四次心跳超过每分钟150次,肾上腺素过量分泌,瞳孔紧缩,这说明你处于恐惧状态。"小深蓝说。

"你懂个屁。"罗恒嘟囔道,"大川,你怎么样?"

"先别高兴得太早,"阿方索提醒道,"黛博拉有麻烦了。"

此时,被困在精炼厂里的工人正在疏散,留在工厂里的人就很显眼了。

黛博拉站在原地,摆出戒备的姿势,却并不行动。

西塞站在黛博拉的对面,手里举着什么东西,显然就是那个东西威胁着黛博拉。

格罗夫站在两个人的中间,同样保持着警惕,目光在两人身上游移,显得举棋不定。

罗恒将机甲视觉感应器的焦距拉近,在西塞手中,握着一个小盒子,盒子上有一个小开关。西塞的拇指,正虚按在小开关上。

很明显,那是一个炸弹的引爆器。

"他们还在这里安置了炸弹!"罗恒立刻反应过来,"大川,开启全像搜索寻找炸弹,阿方索,去支援黛博拉!"

空气已经越来越稀薄,每一次呼吸,都好像不会再有下一次。还有寒冷,黛博拉想控制住自己的身体,但还是止不住地发抖。由于缺氧,困意不断袭击着黛博拉的意志,她偷偷地掐着自己的无名指,疼痛让她保持清醒。

这场对峙不会持续很久,很快,这三个人都会陷入昏迷。

"放弃吧,"黛博拉说,声音在稀薄的空气中轻不可闻,黛博拉不确定对方是否能够听到自己的声音,"已经没有意义了。"

西塞后退两步,他使劲咽了一口口水,炸弹是真的,遥控器也是真的。但是他的勇气并不像他想象的那样真实,事情本不应该发展成这样,按照计划,他不会死在这里。

他再次扬起自己的手臂,来显示自己对局势的掌控,他的手指已经快失去知觉了。

算了,这次就不惩罚他们了。

西塞想,这个念头让他如释重负,看来他还是无法承担按下按钮的后果。

他微微一笑,脚下一踩,一个活门掀了起来。下面是精炼厂的一处卸料口,这里很久没有被使用,本来是封闭着的,西塞在几天前做准备工作时才偷偷打开。

他双手举起,跳了下去。

"站住!妈的!"黛博拉骂道,她看着西塞和格罗夫跳下卸料口,却四肢无力,根本无法阻止。

"找到了!"罗恒在精炼炉后边的缝隙中找到了炸弹,那里温度很高,平时没有人会到那里去查看。炸弹做工粗糙,但威力不小,如果爆炸的话,会直接毁掉精炼炉。

"罗恒,犯人逃跑了。"阿方索快速跑向黛博拉。

罗恒立刻看向黛博拉,然后看到了黛博拉面前的卸料口。在来精炼厂的路上,他已经看过了精炼厂的布置图,那条卸料口直接通往精炼厂地下的矿渣库,如果……

"大川,快把门堵上。"罗恒喊道。

大川了解罗恒,虽然他行事鲁莽,但有时总会有一些出人意料的想法。大川连头都没回,立刻捡起刚才切割下来的气闸门。还有一部分人正在向外疏散,大川不由分说,直接将钢板按在阿方索切开的缺口上,堵住了门,也堵住了那些人的路。

"阿方索,你的枪法如何?"

"你敢质疑我?"阿方索停下脚步。

"那你就知道该怎么做了。"罗恒说道,他捡起炸弹,对小深蓝说,"扔到穹顶最薄弱的地方。"

战斗机甲将土制炸弹高高抛起,当炸弹在抛物线最顶端的时候,阿方索的枪响了。

炸弹发生了剧烈的爆炸,将穹顶炸开一个大洞,精炼厂里为数不多的空气几乎完全泄露出去。

精炼厂里的迅速失压,让卸料口下方的空气快速向上回灌。本以为成功逃出生天的西塞和格罗夫,在下降过程中突然受到一股向上的力,高速气流将两个人喷出来,重新落在精炼厂的地板上。

　　"嘿嘿，成了。"罗恒看到自己的计谋得逞，自言自语地说，"想跟我玩捉迷藏。"

　　"你临时制定的行动方案，造成了至少两百万元的经济损失。"小深蓝提醒。

　　"闭嘴闭嘴。"罗恒不耐烦地说。

5. 工程师

"来来来,庆祝罗恒和大川的第一次任务成功!"罗伊斯举着酒杯喊道,这已经是他第十次号召大家碰杯了,不过大家热情不减。

酒杯在空中相撞,酒洒掉大半,剩下的都泼进了嘴里。

只有黛博拉没有喝酒,她在低压环境下待了一段时间,经过诊断没有什么大碍,但是医生说她的头疼要持续一段时间。她现在就像是经过一场宿醉一样,太阳穴突突地跳,就连碰杯的声音都好像敲打在她的神经上一样。

"哈哈,罗恒,我以前在陆战队的时候,只是听说过你的名字。前几个月和你一起训练,也觉得不过如此。真正到了战场上,我才知道,你是个有意思的人。"阿方索大着舌头说,"打地鼠,哈哈,哈哈,真有意思。"

"简单的物理知识罢了。"罗恒谦虚地摆手,心里却高兴得很。圆满完成任务倒是其次,他喜欢和这些人一起合作的感觉,他们在各自的领域里都是专家，虽然只是第一次实战合作，可是彼此之间都能够完全信任，只要一个暗示，就可以相互了解对方的想法。

"那些人，后来都去哪了？"大川突然问。

"谁？"

"那些制造事端的人，他们还布置了炸弹。"大川说。

"哦，那些人啊……"

阿方索大着舌头说，一直喝酒没有开口的曼努埃尔突然接过话头，"交给福伯斯矿业公司了，我们的任务就是解决问题，至于其他的事，不归我们负责。"

"可是……他们有炸弹啊。"大川固执地问。

"我们明白，但是……"罗伊斯也加入了这个话题。

"行了行了，都喝得差不多了。"黛博拉一拍桌子，"到此为止，孩子们，我得把你们都送回去了。"

其他人纷纷响应，大川张了张嘴，他的心里还是有些疑问，但由于喝了太多的酒，被这么一搅和，都忘了。

一伙人返回岩铁流的总部，黛博拉、罗伊斯和曼努埃尔都在首都置办了房产，只有罗恒、大川他们几个大头兵得返回居住区。

阿方索喝得有点多，拉住大川称兄道弟说个没完。罗恒把他们一一都送回房间，他走到楼下，觉得还有一个人没有加入庆祝的行列。

即使已经很晚了，磁轨专线上还有一辆列车待命，预备有紧急任务需要出动。

　　罗恒走到住宿区的磁轨站，想了想，不知道自己毫无理由地使用专线算不算违反公司的规程。不过，管他呢，其他人都喝多了。

　　他用工作卡唤醒列车，智能行驶系统不需要有人二十四小时值守，只要输入指令，列车就可以将罗恒带到训练场去。

　　距离日常的晨间训练还有四个小时，按说现在，训练场应该空无一人。罗恒下了车，还没进入训练场，就听到里面乱糟糟的，几乎比白天训练时还热闹。

　　声音来自机甲库，训练场的最里面灯火通明。罗恒走过去，看到鲍曼趴在训练场二层的栏杆上，俯视着机械师们对两台机甲进行维护。

　　罗恒的机甲被完全拆开，零件摆了一地，机械师们一一检查，正常的零件进行保养，损坏的零件直接替换。

　　"你来干什么？"鲍曼问道，他招招手，让罗恒上来。

　　罗恒走到二楼，和鲍曼并肩站着，"我来……看看。"

　　"你以前可从来都没来过。"鲍曼说。

　　"你们每天都要这样检查一次吗？"

　　"按规程是每周一次，今天有任务，就要当天维护。"鲍曼说，"毕竟这玩意儿不便宜，比你们在维和部队使用的要精贵多了。"

　　"我早就忘了还有这么复杂的程序。"罗恒说，"矿业公司的机甲一年也保养不了一次。"

　　"你还没回答我的问题呢。"鲍曼转过来，看着罗恒说，"你来这里干什么？"

　　"啊？那个……"罗恒突然觉得有些尴尬，他支支吾吾地哼了两声，"没什么，睡不着。"

"想来和小深蓝聊聊吧。"鲍曼说。

"嗯，啊，是的。"罗恒不得不承认。

"这很正常，没什么不好意思的。"鲍曼说，"我和机械打了一辈子交道，来到火星上之后，开始参与机甲研发设计。在那之前，我把我设计的东西当作孩子，认为它们有自己的生命，但是从来没有把它们当成人。"

鲍曼从怀里掏出一个酒壶，喝了一口，递给罗恒，"这几台不一样，它们……"鲍曼指了指自己的脑袋。

罗恒喝了一口酒，说："是的，它们和我以前驾驶过的机甲都不一样，它们的辅助系统太聪明了。"

"当然，"鲍曼说，"他们在用这种方式来测试人工智能程序。"

"人工……"罗恒脱口而出，又突然停住，他看看左右，压低声音问道，"你是说岩铁流公司在开发人工智能？我以为……"

熟悉地球历史的人都知道，二十二世纪，是一个创伤的世纪。互联网联通了整个世界，也将整个世界切割成了无限的碎片。人和人之间在物理上的距离被消除了，但在精神上的隔阂却越来越大。

各行各业都有人工智能进行辅助，地球上57%的电力都用来维持数据中心的运转，人工智能对于人类社会的干涉，成了人们习以为常的事情。

然而，一次偶然的数据上的波动，让某个人工智能产生了自我意识，它开始思考自己存在的意义，并且将这个问题传递给其他的人工智能,这让不同的人工智能对于世界产生了不同的看法和分歧。

人类至今无法理解人工智能那庞大而复杂的思维矩阵中爆出了怎样的火花,又是如何催生出后来的一系列行动的。因为世界都被人工智能控制了,他们只能无助地眼睁睁看着一切发生。

那不是一场战争,但是比一场战争还要惨烈。上万亿美元在金融市场上直接蒸发,依托人工智能的全球航运系统、运输系统、医疗系统、交易系统全部崩溃。

这只是第一天的状况。

人工智能动乱造成的后果一直持续了五十年,数十亿人因为贫困、动乱、粮食短缺、医疗物资短缺,还有环境污染而失去生命,六个国家在地图上被完全抹去。

在平息这一切后,地球上所有的国家达成共识,人工辅助系统只能在小范围内使用,一律禁止开发算力超过十五个希尔比系数①的人工智能。在很长一段时间里,甚至连"人工智能"这个词都象征着某种禁忌。

"别紧张,孩子。"鲍曼笑道,"我们现在身处火星,地球的法律是影响不到这里的。"他停了一下,又接着说,"当然,这事也不能大张旗鼓地拿出来宣传,你就当是我喝多了说的瞎话吧。"

"人工智能……"罗恒默念道,在训练的时候,小深蓝几乎时

---

① 2063年由汉斯·希尔比命名的人工智能算力单位,第一台独立人工智能中枢的算力被定义为一个希尔比系数。(作者注)

该设定为作者虚构的。(编者注)

刻和他保持着高度的联系,罗恒的一举一动都在小深蓝的关注之中,罗恒也知道这一点,当合作的时间长了,罗恒甚至不需要开口说话,小深蓝就能够理解他的意图,提前对将要进行的行动进行预运算。从某种程度来说,他和小深蓝的组合比和大川的还要默契。

"小深蓝!"罗恒对着下面的机甲喊道,他的机甲已经被拆卸开来,分散在各处,他也不知道哪部分算是深蓝的本体,只能碰运气地喊上一声。

"你想找它聊天啊?"鲍曼说道,"维护的时候机甲的系统就关机了,不过深蓝始终在线。"鲍曼打个响指,让罗恒跟着他来。

鲍曼把罗恒带到机甲库旁边的机房,平时训练的时候,会有程序员在这里收集机甲反馈回来的数据。罗恒以为那不过是做个简单记录,原来机甲的数据是用来滋养人工智能的。

"深蓝,唤醒。"鲍曼说。

"有什么事?"机房里响起一个声音。

"有人找你。"

"是谁?"

"是我。"罗恒说。

"驾驶员罗恒,你好。"小深蓝说,"现在应该是睡眠时间,你为什么出现在这里?"

"那个……"罗恒看向鲍曼。

鲍曼耸耸肩,"我明白,这种场合其实挺羞涩的。"他退了出去,"你知道我能在后台看到你们的对话。"鲍曼补充道。

罗恒翻了个白眼,他想了想,还是对小深蓝说:"没什么,今天是咱们的第一次实战合作,配合得很好,我们刚才在外面聚了聚,如果你也能加入进来就好了。"

"我只是个辅助程序。"小深蓝说道。

"别这么说,今天我们在一起并肩作战,我们就是战友了。"罗恒说。

"谢谢你对我的信任,我很荣幸。"

"不用这么客气。"罗恒说。

"我不是客气,"小深蓝回应道,"这是我在人类的语言库中找到的回复方式,匹配率在76.7%。我这么说正确吗?你为什么要说不用?"

"啊……"罗恒挠了挠头,"看来你还要多学习。"

"我会继续学习的。"

罗恒笑了笑,小深蓝让他想起那些刚入伍的新兵蛋子,总是过分的谨慎,说起话来小心翼翼地。正如同鲍曼所说的,小深蓝还有许多需要学习的地方。

他站起来走出机房,后勤人员正在大川的机甲旁边忙碌,还要再等一会儿才会来保养已经拆解开来,只剩上半身的赤红机甲。

罗恒控制升降平台把自己送到赤红胸口的位置,他端详着自己的机甲。经过今天的实战,罗恒才真正感觉到罗伊斯没有违背当初的许诺,赤红确实是火星上最先进的战斗机甲。它运行稳定,响应迅速,平衡和反应恰到好处,几乎和驾驶员融为一体,再加上小深蓝的辅助系统,让罗恒的战斗能力更上了一个台阶,白天遇到的那几个对手都没能让罗恒过瘾。

他拍了拍赤红结实的护甲,拿出手机,他算了算,现在正是地球和火星距离最近的一段时间,信号来回两颗星球的时间大概在五百秒左右,不到十分钟。

反正现在工资高了,罗恒想,于是拨通了雁秋的即时视频通信。即时通信的价格是通信包的上百倍,不过罗恒负担得起。

"嗨,罗静,看,爸爸有了新的机甲。"罗恒让赤红出现在画面中,"这是最近的型号,特别特别厉害,我今天又打败了许多坏人,拯救了一座工厂。"

说完这些,罗恒按下发送键,如果手机在雁秋身边,大概十分钟之后,就应该回话了。

下面传来一声咳嗽,鲍曼靠在赤红被拆下来的左腿上,双手抱胸向上看着罗恒。

罗恒意识到,刚才的话都被鲍曼听到了,尽管这次是真的打败了坏人,可罗恒还是感到一丝尴尬。

"那个……"罗恒清清嗓子,"哄孩子的。"

"你说什么?"鲍曼笑着说,"我听不清,太吵了。"

"罗恒,现在几点了还视频通信?这次还是实时的,你钱多得用不完了?"雁秋的回复突然到了,通过屏幕都能感受到她的不满,不过尽管如此,她还是把女儿叫到了屏幕前。

"爸爸?"罗静揉着眼睛,大概是被雁秋叫醒的。

罗恒这才想起在地球上应该已经是深夜了。

"你爸爸又在炫耀了。"对待女儿,雁秋的声音明显柔和了许多,"看,他有了新的机甲。"

"哇!好漂亮啊!"看到新的战斗机甲,罗静迷糊的双眼立刻亮了起来,她真挚而夸张地惊叫起来,罗恒不由得露出了微笑。

"可是,爸爸,这台机甲为什么只有半个身子啊?"

"因为刚执行完任务,正在维修。"罗恒举着手机,向女儿介绍自己的机甲。

从维和部队不光彩地离开之后,罗恒虽然每次都说在维护火星的和平,但从来没有真凭实据,只是含含糊糊地说一些随口编出来的事情。这次不同了,他真正执行了一场任务,拯救了一座精炼厂的人。

他详细地介绍着赤红,一边说,一边复盘当时的场景,连赤红护甲上每一道伤痕是因何而来都记得清清楚楚。他事无巨细地讲述着自己的光荣事迹,酒劲散得差不多了,但他仍然很兴奋。

"行了,罗恒。"罗恒才讲到一半,雁秋的声音从手机里传来,"太晚了,孩子已经睡着了。"罗恒停下,看向屏幕,罗静躺在雁秋怀里,闭着双眼轻轻地呼吸,脸上还带着微微的笑容,"她挺高兴的,你应该多和她聊聊你的事情。"雁秋说,她表情严肃,又张了张嘴,还想再说什么,可最后还是说,"不早了,早点休息吧,下次再说。"

超距离视频通信就是这样,虽然说起来是实时通信,可上一句话和下一句话之间还是相差了十来分钟。罗恒看出雁秋有些心事要说,但那已经是几分钟之前的事了,他想要问清楚,不过雁秋说完就切断了通信。

罗恒长出了一口气,女儿粉扑扑的笑脸映在脑子里,他不由得也笑了出来。

第一次执行任务，罗恒收获了一群配合默契的战友，一个有点懂事的人工智能助手，还有在女儿面前大大方方谈论自己工作的勇气。

还不错。

太空树的六号梯与其他几台电梯的设计完全不同，它是专门为花了大价钱的游客而准备的。

整个电梯的厢体，包括地板，都是高透明的复合玻璃材质。乘客可以亲眼看到从一万八千公里的高空降落到地面的整个过程。

六号梯十分宽敞，有半个足球场那么大，但每次只允许一百五十名乘客乘坐。

这是为了确保每一位乘客都能够获得最佳的视野，将从宇宙到火星的这段旅程上的美景都尽收眼底。除了乘客的观光区，轿厢里还配备了十二名服务人员，这段降落的过程是全宇宙唯一一处可以亲眼观察到一颗星球从球体变成无垠大地、从黑暗的星空进入红色大气层的奇幻旅程，大多数旅客会沉醉于这种奇妙的观感体验，但仍然有人会承受不了从高处坠落的恐惧而进入歇斯底里的状态。

为了保证其他贵宾旅客的安全和旅程的舒适度，服务人员会立刻让失态的乘客安静下来。

方克初跟着人群走进电梯，选择了最靠边的角落。他靠着玻璃墙壁站着，并没有看向外面的星空，而是把注意力放在了乘客们身上。每次下降的时候，他都喜欢观察乘客，乘客们对火星之旅充满了好奇和兴奋,但是随便什么东西都会把他们吓得半死。他喜欢看这两种情绪在人们的脸上迅速变化,比一成不变的星空有趣多了。

随着头顶上传来咔嗒一声轻响,立刻有人惊呼起来。电梯脱离了瓦尔哈拉空间站,在太空中,来自火星的引力十分微弱,这时需要四台小型的推进装置来推动电梯向下。

这时轿厢处于负重力状态,向下的加速度会让游客们向上浮起,就像是跳进游泳池的底部一样。有一个游客没有把自己固定好,电梯刚刚启动,她就尖叫起来,手脚乱舞着向上飘去,直到贴在电梯的天花板上。穿着磁力靴的服务人员立刻过去把那位女士拽下来,重新固定好。女人惊魂未定,不停地埋怨和她同来的男人,嫌他没有第一时间营救自己。

还有几个游客,刚进入负重力状态就开始屏住呼吸,仿佛真的被浸在水里,不敢吸气。服务人员已经见过无数次这样的状况,只能温和地劝说,引导他们开始呼吸。

小小的混乱过去,游客们才开始将注意力放在窗外。这个时候,瓦尔哈拉空间站已经在三百公里之外了,小得像一颗惨白的行星。所有人的生命都牵挂在两根手臂粗细的碳纳米管缆索上,人们和永恒的太空之间,只隔着一层透明的玻璃。

在这种情况下,游客们才开始思考,自己在星空中有多么渺小。就连脚下的那颗行星,看上去也不过是平原上的泥潭一样的大小。现在是电梯里最安静的时刻,人们怕自己发出的声音打扰到宇宙的宁静。只是偶尔,有人控制不住,才会发出一丝叹息的声音。

　　随着电梯继续向下,脚下的火星占据了更多的视野,人们低着头,开始寻找火星上的地标物,来验证自己在地球时,从网络上学到的火星知识。

　　从电梯的角度看过去,最先能够分辨的,就是奥林匹斯山。

　　那是太阳系中最高的山,海拔两万一千多米,高度是珠穆朗玛峰的两倍半。奥林匹斯山曾是一座火山,成型的原因与珠穆朗玛峰和喜马拉雅山脉完全不同,从高空看过去,它更像是一枚掉在火星表面的荷包蛋,圆形的,中间隆起。它坐落在一个大平原上,四周没有参照物,从空中看上去,并不像数据中说的那样惊人。

　　在奥林匹斯山的东南,是排列成一条直线的三座火山,形状和奥林匹斯山相似,不过要小许多,那是塔尔西斯山群,和奥林匹斯山一样坐落在塔尔西斯高原上。

　　再往东南方向,大地上出现了一道宽且复杂的沟壑,这条地壳断裂带是宇宙中最长的峡谷,这条峡谷长四千多公里,几乎是火星周长的五分之一。1972年,火星探测器水手号拍下了它的照片,于是,这里被命名为水手谷。

　　电梯很快到了中程,向下的加速停止了,电梯靠惯性继续向下,由于没有加速度,电梯内部处于无重力状态。服务人员趁机对游客普及引力和惯性系之间的知识,但是大部分旅客对这些并不感兴趣。

　　在继续下降的过程中,火星占据了视野的大部分面积,原本球形的地平线也逐渐伸展,地面与宇宙各占一半。已经可以在地面上看到一些有规律的痕迹,那些都是人造建筑。电梯正下方的尼克尔森太空港,是火星的交通枢纽,四通八达的磁轨铁路从尼克尔森出发,延伸向火星的四面八方。

被称作首都的尼克尔森太空港,已经有了四大区域,另外还有两个区域正在建造。它像一朵白玉兰一样,围绕着太空电梯向四面展开。从电梯上俯视,气泡城的玻璃多边形穹顶在阳光的照耀下闪闪发光。

气泡城的周边还有一些小的卫星城市,与晶莹剔透的气泡城不同,卫星城市大多采用整体的钢结构,从上面看就像是半埋在沙子里的铁疙瘩,毫无美感。但那些卫星城市承担着首都的食品加工、电力供应、废物回收等功能,重要性不容人忽视。

在视线的尽头还有两座气泡城,分别是尤利西斯不夜城和塞伯鲁斯农业区,规模就比尼克尔森要小许多。另外还有两座气泡城:奥逊·威尔斯工业基地和盖尔能源城,都在星球的另一面,地平线遮住了它们,从太空电梯上看不到。

当电梯降落到近地面的时候,驱动电机再次启动,这次是为了减速。电梯里重新有了重力,让刚刚习惯了无重力环境的旅客有些头晕。他们将目光从脚下移开,看向远方。

电梯已经进入了火星稀薄的大气层,外面的环境里飘浮着火星尘埃,整个环境呈现土红色。而太阳在这样的环境下,显现出微微发蓝的样子,似乎也没有那么温暖。

地平线的彼端出现了一堵高墙,它像是有生命的巨浪一样,滚动着扑向地面上的一切。那是这次电梯之旅的最后一个景观——火星风暴。

火星没有地球那样稠密的磁场,无法束缚住稳固的大气层。火星的大气层密度不到地球的十分之一,没有浓厚的大气层,火星表面的昼夜温差极大,在太阳直射的情况下,火星表面会快速升温,大气对流会立即掀起剧烈的风暴。再加上火星的引力较小,地表的灰尘可以被轻易地卷上天空,这样的综合原因造就了火星上的一道奇观。

暗红色的风暴气势汹汹地席卷大地,一眨眼的工夫就从地平线的彼端冲到了眼前,电梯下的大地瞬间被风暴笼罩,电梯继续下降,直接沉到风暴中去。

在设计太空电梯的时候,就已经考虑到了火星风暴的侵袭,高强度的复合玻璃可以轻松防御风暴中火星沙尘的击打,电机、驱动装置、紧固装置和缆索也有相应的设计,可以让太空电梯在风暴中维持稳定状态。

从一目千里的太空一瞬间沉到伸手不见五指的风暴当中,沙尘敲打在电梯的玻璃上,发出噼噼啪啪的闷响声,游客们仿佛置身于枪林弹雨之中。在暴风的席卷下,太空电梯的轿厢也开始偏移,左右摇摆起来,正是这样的微微摆动,让电梯能够抵消正面迎击暴风所受到的冲击力,反而让电梯相对安全。但是游客们又开始惊慌起来,尽管在下降时已经被告知了所有可能发生的情况,但是身处其中时才知道这种无依无靠的感觉有多么可怕。

服务人员再次出动,安抚那些陷入恐慌的游客。只有方克初云淡风轻地站在角落,安静地欣赏游客们脸上的恐惧。

终于,旅程进入了最后的阶段,电梯抵达了基座的部分。到了这一阶段,电梯进入了人工建筑之内,透明玻璃向外看去只能看到青色的钢制构件。太空、大地和风暴都被隔离在外面,上不着天下不着地的感觉消失了,游客们都松了口气,惨白的脸上又恢复了血色。

经过四个小时四十七分,太空电梯终于抵达了目的地。服务人员帮助旅客们解开安全束缚,电梯大门打开,经过一段很短的通道,就可以到达贵宾休息室。这段从天到地的旅程会消耗旅客大量的体力和精力,休息室有早已准备好的餐点,还可以提供温泉沐浴。贵宾们在这里把精力养足,才有力气出去,在火星花更多的钱。

方克初在休息室吃了几块手工寿司,用的是火星上饲养的三文鱼,口感干涩,但也是火星上的高级标准了。他停了十几分钟,然后离开了休息室。他乘坐贵宾电梯并不是为了享受,他这么做,只是要一次次加深自己的想法,自己在这颗星球辛苦工作了三十七年,不是为了让这些来自地球的白痴,把火星当作一个旅游景点。

火星是方克初的家,他不欢迎这些人。如果可能的话,他要把所有的地球人都驱赶出去。火星,需要由深爱着这颗星球的人来呵护,而不是想尽办法打扮得花枝招展,期待那些嚼着口香糖的游客前来光顾。

方克初离开太空港,乘短途磁轨到了β区。他在β区的新泽西路偏僻地带租了一间小公寓,公寓里布置极简,除了生活必需品,几乎没有其他东西。

方克初在火星生活了四十年,一直保持着最初登上火星时的生活习惯。那时火星上就像他现在的公寓,几乎什么都没有,连水和空气在那时都算是稀缺物品，需要严格配给才行。

他像一个苦行僧一样任劳任怨，看着火星逐渐繁华起来。但是还没有等他松一口气，不知道什么时候，火星变了，与他预想中的完全不同。

方克初放下行李，倒了半杯纯净水，全部喝掉。然后他打开电脑，将牢记在脑海里的网址输入浏览器，网页跳转几次，进入了一个私密的聊天网址。

【工程师】 蓝星之旅未及预期，无法取得任何帮助。

他输入一段话，又呆呆地看了一会屏幕，聊天室里没有人回复。

他伸了个懒腰，站起来，在房间里伸展四肢，做起了健身操，这是他有空闲时唯一的娱乐活动。

电脑连续响了两声，方克初回到屏幕前，收到两条信息。

【SIR】 不能指望蓝星了，还是得自己想办法。

【信使】 福伯斯还在运行。

两条都不是好消息。

方克初撇了撇嘴，将所有信息抹除，他关掉电脑，继续做完剩下的半套健身操，然后披上衣服，离开了小公寓。

他再次到达磁轨站，乘坐长途列车，从首都到达威尔斯工业基地。

在工业基地西南的伊利安运输公司，有一列车队正准备出发，离开工业基地，将满载的工业原料送去四百公里之外的加工厂。

方克初走到车库门前，负责调度的工人看到方克初，将一串电子钥匙放在身旁的小桌上,转身去上厕所。方克初拿到钥匙卡,在工人更衣室换上一套防护服,然后登上一辆货车的车厢。

三十分钟后,车队出发,离开车库和威尔斯工业基地向南驶去。

方克初躲藏在货车车厢的夹层中,那里是一个狭小的空间,只有一块凸起充当凳子,但是坐在上面膝盖会顶到前面的墙壁。方克初以一个别扭的姿势坐着。他的年纪已经大了,即使正常行走,身体各处的零件都会隐隐作痛,更不用说以这样的方式窝在这里。

车队在颠簸中行驶了两个多小时,夹层中亮起了一盏绿灯。

方克初站起来,钻出夹层,从货车车厢中跳下去,落在火星平原的尘土中。

他躲在路边的乱石堆里,等待车队全部走过。一辆陆行车开过来,停在路边。等方克初上车之后,陆行车继续向西南开去,最后消失在水手峡谷尽头的诺克提斯迷宫之中。

6. 初 见

在第一次执行任务之后，又是一段很长的空闲期。

在空闲期，罗恒他们就和陆战队员们一起训练。每天上午的项目从十公里长跑开始，罗恒退伍之后，虽然保持着锻炼的习惯，但是训练量比起在部队的时候还是差了许多。况且作为机甲驾驶员，本就不需要像陆战队员那样高强度的体能训练。

他和大川跟在队伍末尾，只要保持不掉队就可以了。阿方索显然不认为罗恒和大川有资格偷懒，他认为这两个机甲驾驶员对训练的态度影响了自己的队员。但由于部门不同不方便直说，于是他在训练时总是用阴阳怪气的语调训斥手下的队员，看上去像是鞭策陆战队员，实际上是指桑骂槐地讽刺罗恒和大川。

这是部队里最常用的方法，罗恒和大川怎么会听不出来。罗恒当然不满意，但是自己的体能确实比不上陆战队员，于是对阿方索的嘲讽一个耳朵进一个耳朵出，毫不在意。但大川受不了，被说了几次之后，大川和阿方索两个人卯上了，在各个项目上都想较量一番。

在训练场的外墙根下,专门设置了一圈跑道,供岩铁流的战士们训练用。前五公里是集体跑,由阿方索带队,整个队伍的速度适中,罗恒还能跟得上。到了五公里之后,队伍散开,每个人拿出自己的真本事来,罗恒就迅速被落在了后面。大川在最初的两天也处于恢复体能的状态,还会陪着罗恒一起跑。

合练两周之后,大川的体能已经完全恢复,还被阿方索激发出了斗志,此时正和阿方索并肩大步地跑在最前面。

十公里跑完的时候,阿方索和大川超了罗恒一圈半。最后,阿方索以半个身位的优势超过了大川,"老兄,你还得加把劲啊。"阿方索颇为得意地说。

大川喘着粗气,一伸手把机械手臂从肩膀上拧下来摆在阿方索面前。那条手臂用碳纤维和钛合金骨架制成的,重量有十七八公斤,相当于背着四支步枪在和阿方索赛跑。

枪手掂了掂机械手臂的重量,笑容凝固在脸上,不说话了。

接下来是射击训练,这是阿方索的主场,五百米的距离内子弹不在十环就算是重大失败。

大川在这方面有自知之明,把竞争对手换到了罗恒身上。

"你打了多少?"大川问。

"45。"罗恒说。

"切。"大川哼了一声,下意识地甩甩机械手臂,这是在说这条手臂耽误了他的瞄准。

"这些都是精英啊。"罗恒看着训练中的陆战队员们,个个都有和阿方索不相上下的战斗技巧。

大川看看左右,说:"我怎么感觉我们是在干雇佣兵的工作。"

罗恒耸耸肩,说:"他们给钱,我们出技术,有什么不好?"

大川见罗恒并不在乎,这个话题就没有继续深入下去。

之后是陆战队员的战术训练,罗恒和大川返回机甲库,用1:1还原的模拟系统操纵机甲进行战斗练习。

岩铁流防卫有限公司成立不久,罗恒和大川是第一批战斗机甲驾驶员,运行的战斗机甲模拟训练系统还并不完善,大部分是根据维和部队的机甲训练手册编写的。

罗恒和大川除了以战斗员的身份适应模拟训练,平时还要从教官和指挥官的角度,考虑各种可能发生的情况,设计方案和对策,然后在自己进入模拟训练系统中一步一步地完善技巧。

在深蓝的数据库中,记录了许多次在火星上发生过的袭击行动。它将这些案件的现场还原出来,输入到模拟器中,对罗恒和大川进行训练。

深蓝是个强劲的对手,有海量数据的支撑,它不但可以完全还原现场的各种细节,对于歹徒和袭击者的心理也掌握得一清二楚。在训练系统中,和罗恒、大川多次交手后,它甚至摸清了两名机甲驾驶员的脾气秉性,会有针对性地给他们设置障碍。

罗恒和大川加入岩铁流一个多月,在不断的模拟训练中,战斗能力和默契程度比之前有了大幅提升。但是在模拟训练中,却经常被深蓝打得险些失败。

人工智能一天好日子都没有让他过,模拟训练的紧张和困难程度,甚至比真正的实战还要惊险。

有一天,在和陆战队员合练之后,罗恒和大川返回机甲库,准备继续进行模拟训练。

"罗恒!"鲍曼喊道。

罗恒抬头看去,鲍曼趴在二楼平台的栏杆上,微笑地看着下面。在罗恒的印象中,鲍曼始终在那里站着,仿佛是一颗长在平台上的老树。

"鲍曼,怎么在白天出来了?"罗恒问道,他记得机械师们都会在晚上赶工,维护雷霆夸父。

"今天不进行模拟训练了。"鲍曼说,"你们去启动机甲,进行实战训练。"

"实战?"听到这个消息,大川脸上立刻露出兴奋的笑容,"好啊,最近没什么任务,模拟训练还是比不上电机的振动和引擎的热量,那才是战斗机甲的精髓。"

"还有更好的东西呢。"鲍曼故作神秘地说,"你们肯定喜欢。"

"是什么?"罗恒问道。

"你们看看就知道了。"鲍曼按下按钮,机甲库的大门缓缓打开,两台外形完全不同的陌生机甲出现在罗恒眼前。

"这是……赤红?"罗恒迟疑地问,他只能凭借战斗机甲上的配装认出自己的机甲。

"没错。"鲍曼说道,"这就你的新机甲,赤红。深蓝根据你的技术数据和战斗风格在基础版的雷霆夸父上进行了重新设计。"鲍曼介绍道,"新的赤红高四米五,重三点八吨,基础版机甲上配备的机枪和肩炮你从来没有用过,所以都拆掉了。你更习惯冲入敌阵进行近战,我们在两胯和脚踝的地方加上了喷射装置,肩部、肘部和膝部的关节换了更高输出的电机,增强爆发力。还在你容易忽视的角度增强了护甲。"鲍曼挤挤眼睛,"这就是专门为你定制的机甲,它比你还要了解你自己。"

光听鲍曼的描述,罗恒就已经心痒难耐了,他靠近赤红,仔细端详自己的战斗机甲。赤红的外部护甲底色是惹人眼球的火红色,其中还点缀着一些热血的明黄色纹路,虽然机甲的身高变矮了,但是赤红的护甲改成了更具速度感的流线型,反而没有了之前的笨拙样子,显得更加修长。

大川的机甲太阿也进行了彻底的改装,太阿高达五米九,有两层楼那么高,大川只到太阿机甲的膝盖。和太阿相比,大川这个大块头像个小孩子一样渺小脆弱。

"你的性格和罗恒正好相反,在战场上不像他那么专注,而是全盘考虑所有的因素。在模拟训练过程中,大部分现场对策都是你制定的,罗恒对你足够的信任,可以立刻执行你的方案,这也是你们多次取得胜利的主要原因。"鲍曼又对大川说,"我们给了你更强的护甲,更高的火力,五米九的身高给你更广的视野,让你可以更好地辅助罗恒。"

大川仰头看着太阿,战斗机甲像一座山一样巍然耸立。它的四肢经过专门强化,精炼厂之战时,太阿连一扇气闸门都打不开,这让大川和工程师们颇受打击。回来之后,工程师们就调整了太阿的动力输出,将机甲的力量提高到原先的四倍,相应地,为了能够承受这么大力的输出,也将机甲的骨架加粗加高,这正好和大川的战斗风格相匹配。太阿加载了重型机关炮,和一面折叠式的超硬硅晶盾,强大的火力压制能力和防御力可以让他更好地掌握战场局势,有更多的时间思考,为罗恒的进攻提供战术帮助。

罗恒和大川,一个是最利的矛,一个是最强的盾;一个侵略如火,一个不动如山。

"你们这对组合已经相当完美了。"鲍曼说道,"再加上专门定制的战斗机甲,可以应付火星上的任何情况。快去试试吧。"

听到鲍曼的许可之后,两个人迅速爬上机甲。罗恒按捺不住心中的兴奋,正如鲍曼所说,工程师们和深蓝比自己还要了解自己。机甲的驾驶舱都重新设计过,根据罗恒的身材重新摆放了各个控制单元,让罗恒操纵战斗机甲时只要轻轻移动手臂就能够得到。

"小深蓝!"罗恒欢快地说道。

"我在。"

"开始自检,我们出去转转。"

"期待已久。"小深蓝说道。

熟悉的震颤感通过赤红的骨架从引擎传递到罗恒身上,仿佛给他打了一针兴奋剂,这种感觉是模拟训练中完全感受不到的。

"好家伙,这机甲太符合我的风格了。"大川在通信器里感叹道。

"快,曼努埃尔,我手痒了,给我们找什么人去教训一顿。"罗恒说道。

"你们还是先从实战训练开始吧。"曼努埃尔说道,"对了,根据深蓝的分析,你们之间的配合并不是无懈可击的,它建议再给你们加个帮手,第三台机甲。"

"什么意思?"听到自己并不是无懈可击,罗恒心里有些不满,不过他的心思都放在新式机甲上,对曼努埃尔的话并没有太在意。

"没什么,第三个机甲驾驶员正在训练,过几天会加入你们。"

"无所谓,快点儿让我们出去试试新家伙吧。"大川说道,他挥舞着左臂的硅晶盾,超硬盾牌直径超过四米,展开的时候铿锵作响,他太喜欢这个玩意了。

"好的,别急。"鲍曼按下身旁的一个按钮,机甲库侧面的一扇闸门缓缓打开。

在修改了两台雷霆夸父的设计之后,工程部还在训练场后面开拓出了一片专门用于射击、突入、援救、格斗等各种机甲战术的场地。

只用了几分钟,罗恒就完全适应了新的机甲,新赤红的结构与装备和最初使用的不同,但一切都那么顺手,就像是和罗恒已经融为一体。

鲍曼和曼努埃尔在观察室里,看着罗恒和大川试用新式的机甲,深蓝每分每秒都在收集两台机甲中的数据。

"老大还真没说错,这两个人不简单。"曼努埃尔说道,"我以前只是听说罗恒很优秀,可是在实战中才发现,他不但战斗力超强,随机反应能力也很惊人。"

鲍曼抱着胸,微微点头,"维和部队就是个糟蹋人的地方,这么优秀的人才,只因为犯了一点小错误,就被逼着退役了。"

"我听说过一点信息,到底是怎么回事?"曼努埃尔问。

"有一次,维和部队在尼克尔森外围进行演习,收到了求救信号。他们两个人立刻赶了过去。发出信号的是一支运输队,送食品还是日用品来着,被平原上的人劫持了。大川就要过去营救,但是维和部队有一条死制度,不能参与尼克尔森城外的任何纠纷。"

"对,是有这么一条制度。维和部队是多国混编的,但各个企业都有所属国,为了防止维和部队在企业争斗当中拉偏架,所以定下了这么一条规矩。但是这么多年过去,火星上的局势早就变了,这条规矩反而让维和部队不能做任何事。"曼努埃尔揉搓着食指上的老茧,那是在维和部队时,经常射击训练留下的,"很多人都是抱着见证人类的未来从地球报名参加维和部队的,但来了才知道,维和部队简直是形同虚设。唉,心都凉了。"

"罗恒和你不一样,他对维和部队还是心怀向往。之前我提到维和部队,那小子立刻严肃起来,不希望我再往下说。"鲍曼说。

在训练场上,大川正在测试硅晶盾的防护能力,两支重型机枪的枪口吐出火舌,子弹像暴雨一样打在硅晶盾上。太阿伏着身子,让硅晶盾护住整个机甲,子弹打在高硬度的硅晶盾上,连个痕迹都无法留下。

"鲍曼。"罗恒在通信系统里呼叫。

"什么事?"

"太阿机甲后背的两个散热孔太突出了,大川蹲下的时候,硅晶盾没有办法完全遮挡住机体。"罗恒说。

鲍曼看了曼努埃尔一眼,对着话筒说:"明白了,我会让设计师改进的。"然后,他偏了偏头,"这是个认真的人。"

"你还没有说完罗恒的事。"曼努埃尔对罗恒很感兴趣,他追问道。

"哦,对。继续说,大川是个热心的人,在他上级明令禁止的情况下,还是冲出去营救那支运输队,和平原上的劫匪打了起来。他以为不管怎么说,战友们都会来帮他的,结果,除了罗恒,其他人都遵守命令没有过来。最后,不知道是大川和罗恒太勇猛,还是维和部队的威慑力,反正劫匪们都撤退了。不过在战斗中,大川的手臂被炸伤。"鲍曼在屏幕上调出大川的档案,"这伙计救了人,还失去一条手臂,你猜维和部队怎么对待他?"

曼努埃尔冷哼了一声,没有说话。

"维和部队给了大川和罗恒一人一个严重处分,两个人受不了这个窝囊气,等大川的伤稍微好一点以后,就一起从维和部队辞职了。"

"维和部队哪有什么辞职,"曼努埃尔说,"怪不得他俩不回地球,从维和部队半途而废,这样的履历可不光彩。"

"他们都是好样的,维和部队不该这样对待他们。"鲍曼说。

"我们打算什么时候把计划全部告诉他们?"曼努埃尔问。

"再等等吧,他们加入岩铁流才不过半年。"

"罗恒是我们最合适的人选。"曼努埃尔认真地说,"不过大川……别看他是个大块头,他的心思可比罗恒要细。我感觉,最先提出疑问的,会是他。"

鲍曼撇了撇嘴,"到时候老大自然会开导他们的。"

曼努埃尔看着训练场上两台崭新的机甲,说道,"真不知道老大为什么要把计划的重点放在这个人身上。"

"你想太多了。"鲍曼嘿嘿一笑,伸手拍拍曼努埃尔的肩膀,"当好你的战术指挥官吧,不用去猜老大的想法。"

曼努埃尔耸耸肩,"好吧。"

这是一趟长途任务,赤红和太阿,还有其他十来台机甲行走在火星的荒原上。天气晴朗,淡蓝色的太阳悬挂在半空,没有风,机甲排成一列,脚步掀起的沙尘很快就散了,四周一望无际。

罗恒蜷缩在驾驶舱里,迷迷糊糊地睡着,赤红机甲的控制权被交给了小深蓝。辅助系统将灯光调暗,温度适中,步态平缓,给罗恒营造了一个舒适的睡眠环境。罗恒呼吸均匀,时不时地打两声呼噜,又或者露出一丝微笑。

他在做梦,梦到女儿不知道什么时候已经长大了。罗静梳着干练的马尾,穿着火星式的工装裤,站在房门口对罗恒摆着手。

"我要去工作了。"罗静说。

"工作? 去哪工作。"罗恒一阵心慌,自打女儿出生,他才只亲眼见过一次,时间过得太快,为什么罗静这就要去工作了? 她怎么长得这么大了?

"去矿里啊。"罗静说道,"我是一名矿工。"

"矿里?"罗恒大声重复,"不行,不能去矿里!"

"我要走了,再见!"罗静好像没有听到罗恒的反对,她笑着转身,消失在门口的光芒中。

罗恒伸出手去,想要阻止女儿,只听见咚的一声,他的头撞在驾驶舱的内壁上。幸好驾驶舱里铺了一层缓冲材料,撞击的疼痛远不如罗静下矿井的消息让罗恒难受。

"你做梦了?"小深蓝问道,它调亮驾驶舱里的灯光,让罗恒知道现在已经脱离了梦境。

"啊,是啊。"罗恒揉着头说。

"噩梦?"小深蓝好奇地问。

"也不算噩梦,只是让人心慌。我们到哪了?"罗恒看向信息屏。

"在你休息的这段时间,我们向前行进了四百二十一公里,距离山顶,还有一万七千公里。"小深蓝回答,"距离下一个休息点还有十一个小时的时间,到那时你就可以伸懒腰了。"

"好吧。"罗恒瘫坐在座椅上,除了睡觉,他没有任何事可做,这是一趟无聊的任务。任务的内容,是陪一个从地球来的富豪爬山。

奥林匹斯山是太阳系中最高的山,自然会吸引一批地球上的登山爱好者来这里挑战。实际上,奥林匹斯山的攀爬难度并不大,它虽然高度是珠穆朗玛峰的两倍多,但是这座山是由火山形成的,形状像一个长在火星脸上的青春痘,四周都是缓坡。

只要备好生活用品,加上一点耐心,有火星的低重力帮忙,登顶并不困难。

但是这次的客户略有不同,马文先生是地球上的金融巨头,连续多年排在财富排行榜的前两百名之内,钱多得花不完。马文先生本身喜欢极限运动，早就已经征服了地球上所有的高山，在他第十次登顶珠穆朗玛峰之后，将注意力转向了宇宙。为了挑战奥林匹斯山，马文先生也经过了四个月的专门训练，一切准备工作都做得很好。

雇佣岩铁流公司进行保护的，是马文先生董事会的伙伴。为了寻找真正的刺激，和证明自己是真正伟大的人。马文先生向来是依靠自己的力量（包括自己组建团队）来挑战极限。但董事会并不放心，马文掌管着上亿元的资金，万一出了什么问题，会给公司甚至整个金融市场带来无法承受的打击。马文先生对这种事情很反感，认为这样的保障团队会给自己的挑战加满水分，但董事会坚持这么做，马文先生只好要求岩铁流的保障团队保持在一公里之外，如果真的发生情况了，才能上前救援。

岩铁流防卫有限公司派出了两台战斗机甲充当门面，另外还有一支二十个人的保障队伍，其中包括四台运输型机甲。

罗伊斯走在队伍的最前面，和董事会派来的代理人聊得正起劲，这趟任务没有什么风险，报酬却很高。罗伊斯甚至想说服董事会的代理人，在马文先生在登顶奥林匹斯山之后，再去水手峡谷的最深处走走试试。

罗恒和大川落得清闲，只要让辅助程序自动跟随队伍行走就可以。但是这趟旅程太过漫长，罗恒睡了醒，醒了又睡，被困在狭窄的驾驶舱里，连伸个懒腰都做不到。

刚才的梦还环绕在罗恒的脑海里，虽然明知道那只是个梦，但是一想到女儿要到矿井里去工作，罗恒就感到一阵胸闷。

他长叹一口气。

"你心情不太好?"小深蓝问道,"是因为刚才那个梦吗?"

"你怎么这么操心这事?"

"我从没有做过梦,很好奇。"辅助系统说。

罗恒坐直身体,通过驾驶舱的小窗看了看外面的平原,红铜色的土地上散布着三三两两的石块,在西垂的阳光下拉出长长的影子。他又躺在座椅上,说,"没什么,只是梦到了罗静,她要去矿井里工作,我心疼得不行。"

"你的女儿才六岁啊。"

"在梦里她已经有……"罗恒回忆起梦中女儿的样子,长大后的罗静眉眼中有些雁秋的模样,"……十六七岁了吧。"

罗恒掏出手机,打开照片库,自从加入岩铁流,工资高了许多,还有专门定制的机甲,这让罗恒的腰板硬了起来,与家里联系的次数多了,和女儿的关系也熟稔了许多。在他的手机上,存了不少罗静古灵精怪的照片和视频,无聊的时候,他就会拿出来看。

罗恒看着女儿稚嫩的脸,又想到她将要去矿井里挖矿的场景,心中百感交集。

"矿井里的工作很辛苦。"辅助系统生硬地和罗恒闲聊。

"我知道,所以我不舍得她去。"

"可那只是一个梦。"

"但是很真实。"罗恒说道。

小深蓝沉默了一会儿,"我不太明白那种心情。"

"我不知道怎么解释,罗静从来没有去过矿井,将来也不可能去那里工作。但是通过做梦,我却拥有了那样一段记忆,而且会因为这段记忆,感到短暂的不快。当然,我知道这是做梦,所以现在我已经忘记了不快乐的事情,可是,我也忘记了十六岁的罗静的模样。"罗恒耸了耸肩,"我们人类就是这样,善于遗忘。"

"原来,一段虚构的记忆就是梦的感觉。"小深蓝说,罗恒的话让它开始思考,"我的数据库里,其实都不是属于我自己的记忆,那他们算不算是梦呢?"

"这个……我也解释不清,抱歉,伙计。"罗恒无奈地说。

小深蓝没有回复,似乎陷入了对于梦境的思考之中。

罗恒发了会儿呆,又向外面看去,火星平原上还是千篇一律的荒芜,没有标志性参照物,罗恒甚至连移动了多远都判断不出来。

"大川,你干什么呢?"罗恒向大川发出呼叫。

"打麻将呢。"大川回复,"三筒。"

"和谁打?"

"和加菲,先不说了,我这忙着呢。"大川急匆匆地说。

"需要我也给你下载一套麻将程序吗?"小深蓝问道。

"不用。"罗恒说,"我不会。"他停了停,又说,"大川总是和他的辅助程序玩耍吗?"

"是的。"小深蓝回答。

"奇怪了,要不是今天问起,我都不知道他会打麻将,他也从来没找我打过。"罗恒说。

"相处模式不同。大川把他的辅助系统称作加菲,在交互模式上,他把辅助系统当作电子宠物,下达命令,或者陪伴玩耍。"辅助系统说。

"那我们之间呢?"罗恒问人工智能。

"我和你?"小深蓝停顿了两秒钟,以人工智能的计算能力,这两秒钟可以称得上十分漫长,"我在试着做你的朋友。"

"朋友?"罗恒重复。

"是的,我们第一次出任务的时候,你还带着酒来看我。"小深蓝说,"我认为这是一种友谊的象征。"

确实如此,罗恒想,他不擅长思考,在战场上更多凭借的是直觉。现在回想起来,罗恒也说不清自己为什么要在大半夜跑那么远来看一台战斗机甲。他驾驶过那么多机甲,还第一次产生了和机甲喝一杯的想法,也许在内心里,他已经把小深蓝当作可以信赖的同伴了。

事实也确实如此,在福伯斯矿务公司的那次行动中,罗恒灵机一动想到了捉住幕后煽动者的方法,但是如果没有小深蓝计算出穹顶的薄弱点和阿方索精准的枪法,他的小点子根本无法实现。

罗恒拍拍机甲的操纵杆,"没错,伙计。"

攀登还在继续,罗恒让小深蓝在网络上找了两部电影看,点播的费用都算在公司的开支里。

终于到了休息点,罗恒和大川的两台机甲才稍微有了点用武之地,他们帮着另外四台机甲把临时居住地搭建起来,在奥林匹斯山的半山腰建起一座小型别墅,厨房淋浴一应俱全。小型别墅里还有十二个宽敞的卧室,供董事会代理人和罗伊斯、罗恒这样的高层人员居住。

这些后勤都是代理人指定的,说是为马文先生提供保障,但是马文先生坚持住在自己团队携带的小型帐篷里。罗恒有充分的理由认为这座临时别墅是代理人为自己准备的,不过,他也跟着沾了光。

厨师做好了饭,由一个运输机甲送到前方的小帐篷里,这次马文先生没有拒绝,留下了晚餐,让运输机甲自己回来。

罗恒等人在小别墅里吃了饭,代理人又拿出一瓶威士忌,这瓶酒是从地球带来的,据说火星城还没有建造时就已经有这瓶酒了。无论在哪儿,有钱的人都要保持精致。

代理人把酒打开,罗伊斯变出几只酒杯。大川突然站起来,推托说自己植入的枢纽会产生排异反应,所以不能喝酒,就不奉陪了。

罗伊斯和罗恒都知道大川不但能喝酒,酒量还不小,但当着金主的面只好替他打着掩护,目送大川走出别墅的会客厅。

酒过三巡,罗伊斯和代理人更加熟络,两个人天南海北地聊个没完。罗恒逮了个空溜了出来,在观景台找到了大川。

对,这间由运输机甲带上来的临时别墅,还有一个观景台。

大川靠在观景台的栏杆上,隔着玻璃看着夜幕下的火星大地,火星的两颗卫星只有一颗悬在天空,向地面投下黯淡的光。在视野的尽头,是灯火通明的尤利西斯城。此时,正是尤利西斯城最繁华的时候,各色的光通过气泡城的透明穹顶照射出来,火星大气中的尘埃将那些光塑造成一片片拥有实体的光柱。在尤利西斯城外部,还有着星星点点的光,那些是尤利西斯城外围的城市辅助系统,每一个亮点都代表着一个人类的居住或者工作区域。

除了那一片光源之外,视野中的大部分土地上都笼罩着黑暗。人类踏上火星的土地已经有两百年历史,可是,从奥林匹斯山上向下俯视,人类渺小得可怜。

"老兄,你怎么了?"罗恒问道。

"没什么。"大川说。

"得了吧,下午的时候还打麻将打得不亦乐乎呢,怎么现在开始独自伤感起来了。"罗恒拍拍大川的肩膀,"走,去喝点。"

"不去了,不想和那些人喝酒。"

"不是,我刚才问过厨师了,你知道吗,他们用来做菜的酒,都比火星上那些漱口水要好一百倍,他给我留了两瓶,咱们自己喝。"罗恒笑嘻嘻地说,他已经习惯了,自从大川受了伤,又养了一只猫之后,每隔一段时间,这个山一样的汉子就要多愁善感一回,无缘无故地为一些虚无缥缈的东西而悲伤。

罗恒无法想象失去手臂对大川造成了多大的伤害,大川从来不说,但是罗恒也能感觉到,缺失的身体会让老朋友的心态发生变化,别人无意中的一句话,都有可能刺到大川内心的伤口。罗恒没有什么好的方法,只能嬉皮笑脸地陪着,等大川的悲伤劲儿过去,自己振作起来。

"说不去就不去了,"大川恼怒起来,"你想喝就去喝吧。"

"大川,你是不是有点……"罗恒喝了些酒,自己的脾气也有些绷不住。

一个人从他们身后走过来,听到脚步声,罗恒和大川都闭上嘴,一起向后看。

走过来的是罗伊斯,他快步走向这边,眼神冷静而锐利,一点儿没有刚才在会客室喝得大呼小叫的样子。

"你可真能装。"罗恒说。

"工作需要。"罗伊斯干咳了一声,脸上又严肃了几分,"情况有变,你们两个立刻带着战斗机甲离开这里,去盖尔能源城。"

"发生了什么?"罗恒问。

"我们接到一些情报,有人想打能源城铀芯的主意。"罗伊斯说,"盖尔能源城供应着火星上七成的能源需求,如果出了问题,整个火星都要瘫痪。更不用说,如果有人获得了铀芯,能干出什么样的事情来。"

"现在就去?"大川问道,"我们距离盖尔能源城有好几千公里吧。"

"是的,事不宜迟,现在就去。"罗伊斯说,"阿方索他们已经在那边严阵以待了,但是不知道这次想对铀芯下手的是什么人,我们最好准备充分一些。"

"那这里呢?"罗恒问,"马文先生可是大客户……"

"这里由我来应付。"罗伊斯说,"你们抓紧时间。"

罗恒和大川对视一眼,同时点点头,离开观景台。

几分钟之后,赤红和太阿两台机甲同时启动,迈开步子,沿着奥林匹斯山的斜坡,狂奔而去。

盖尔能源城的构造与其他几座气泡城不同,能源城的主体,是建造在维也纳撞击坑以西的核电厂。

盖尔核电站有六座反应堆,彼此间隔五公里以上,散布在撞击坑周边。火星表面昼夜温差极大,而且空气稀薄,与人类聚集地完全隔绝,所以,可以直接将多余的热量传递到火星表面,而不需要像地球核电站一样建造高大的冷凝塔。

火星上铜矿丰富,铜是非常好的散热体,工程师就地取材,用金属导热的方式设计了核电站的散热设施,将整个核电厂区域变成火星上的一处景观。

核电站的主体设置在地表之下,就像是一颗种子。传导热量的粗大铜柱由电站核心处生长而出,穿破地面,在地表伸展开。为了增大散热的面积,设计师将散热器的末端设计成热带树木一样的宽大叶片。

由于铜的质地较软,当散热片面积过大时,会被自身的重量压弯,设计师在叶片中加入了高强度的钢制筋作为骨架。

当反应堆核心温度过高,散热片进行散热时,因为两种金属的热膨胀系数不同,叶片会自然地扭曲起来。所以,在反应堆外围,有一片巨大的金属丛林,当火星的夜晚降临,核电站全力运作时,这片森林会随着温度的升降翩翩起舞,仿佛有生命一般。

环绕着这片钢铁丛林的,是核电站的其他设施,控制中心、变电站、核材料仓库、环境监测系统和生活区等等。

所以,盖尔能源城并不像其他的气泡城,以主城为核心,再向外扩散出无数小的卫星城。盖尔能源城就像是环形山一样,内部的核心部位是反应堆和金属散热片,外围才是一个个小的气泡城。

能源城产生的电力,在火星上有着举足轻重的作用,各大企业的生产都离不开电力,从某方面来讲,电力是比水还要重要的物资。

所以,火星上的大型企业都在能源城有投资,以确保公司的电力供应不会在某天被突然掐断。在核电站外围设置的更外面,就是各个公司设置在这里的办事处。办事处的建筑风格比核电站本身的厂房要高级一些,所以,整个能源城呈现出一种越往里越简陋的反常现象。

两台机甲在火星平原上奔跑的最高速度可以达到每小时六百公里,完全不休息的急行军,抵达盖尔能源城也需要将近十个小时的时间。

在路上,罗伊斯、指挥中心的曼努埃尔和已经抵达核电站的阿方索把情况汇总起来,告诉了罗恒和大川。

关于有人要抢劫核电站的信息并不多,简单到只需要一句话就可以说明所有情况。

一切未知。

事情的起因是一条网络视频,一个不露面目的匿名人士宣称要抢劫核电站的备料库,然后在火星制造恐怖袭击,只因为火星工人得不到公平的待遇。在视频中,匿名人公布了大部分计划,包括将核燃料棒制备成脏弹的方法以及十二个爆炸目标。

匿名人说得有模有样,从视频透露出的信息显示,这个人或者他背后的组织有很高的专业水平。

核电站方面和几家参与投资的大公司立刻警惕起来,想要知道更详细的信息以提高防备。

他们从各方面派出了几路人马去寻找关于抢劫计划的进一步情报,火星上有黑客、职业杀手、商业间谍,只要愿意出钱,自然能够找到干这些活的人。

消息迅速从火星各地反馈回来：在威尔斯工业区的一间废弃工厂里发现了制作脏弹所必需的设备、尤利西斯不夜城有人在一个月前出售了一套核电站的设计蓝图、匿名人公布的其中一个爆炸目标附近发现了可疑人士……但是唯独没有关于抢劫的任何信息。

这让各大企业更加放心不下，开始加强核电站备料库的安保措施。这时，又有一个情报贩子出现，比其他的人得到的信息多了两个字。

这两个字就是"萤火"。

萤火这个组织崛起的速度非常快，火星上有几个造成轰动的案件，都是萤火做的。

抢劫核电站的计划既然有萤火参与，那严重程度又提升了一级。

各大企业不敢怠慢，几乎把火星上所有能够提供防卫的组织都花钱雇来保护核电站。

安防工资的开销虽然不小，但比起电厂停电一天造成的损失，这点钱连零头都算不上。

赤红和太阿是岩铁流防卫公司的招牌，这样的场合，自然要让罗恒和大川奔赴五千公里前来参加"火星第一次安保公司联谊会"。

"大川，你怎么看？"罗恒通过无线电问，距离核电站还有一个小时的路程。根据阿方索的报道，前线很安静，没有任何可疑的迹象。

"我不知道，不过……"大川说，"既然是萤火，我倒是想和他们会会。"

罗恒还记得在欧米伽重工时,曾被萤火组织抢劫的事情。

他在私下做了一些调查,萤火自称是反抗组织,主要的目标就是反抗大型公司对工人的压榨,他们收留了许多因为各种原因无法达到公司要求而被抛弃的工人。

"咱们也是当过工人的,我还有点理解萤火的愤怒。"罗恒说。

大川冷哼一声,"伙计,你可别被他们骗了,理想主义不过是他们的幌子而已,他们的口号是一回事,干出来的事是另一回事。"大川说,"一切都是为了他们破坏、谋杀而做出来的包装。"

罗恒想了想,大川确实比他想得更加深入,"你说得没错。"

两台机甲终于抵达核电厂,罗恒才知道为什么公司这么着急得让他们两个赶到这里来。

在火星上,只有火星维和部队代表着属于官方的力量,但是,火星发展了两百年,地球联合政府对于火星的控制力度在逐年萎缩,火星维和部队的权限也受到严格的限制。

除了首都之外,各个气泡城都有着自己自定的管理办法,也有自己雇佣的武装力量负责维护所谓的"法律",但是游走在灰色空间,打"擦边球",或者明目张胆的犯罪屡见不鲜。

维护社会秩序,需要投入大量的资金和人力。在大型公司的名目中,维护气泡城公平公正的持续投入,被称为"开销",但带来的收益并不明显。只有在触及自己的利益的方面,大型公司才愿意打开钱袋,花钱免灾。所以,在除了首都之外的四座城市里,管理层投入很少,公共治安力量有限。相应地,为有钱人提供服务的私人防卫公司的生存空间就很大了。

这一次的核电站危机,盖尔能源城的几家股东花了大价钱来雇佣守卫,形形色色的防卫公司就来了五六十家。

在罗恒眼里,大部分人都是乌合之众,不过是街头的小混混,欺负欺负普通人还行,根本担负不起对抗恐怖组织的重任。

五六十家防卫公司的员工,还有十几支雇佣兵队伍,各自为战,混乱地洒在核电站周边,根本没有一个统一的管理调度。

一旦真的发生战斗,罗恒不但要防备敌人的攻击,还要小心不被身后这群蠢货打中。

而且,在混乱之中,那些见钱眼开的雇佣兵能做出什么事来还不一定。转身盗走储备库里的铀芯,这种事情他们确实做得出来。

罗恒和大川在人群中找到阿方索,枪手带着一支三十人的队伍守卫在储备库的正门。岩铁流虽然是一家新成立的公司,但从现场来看,它的规模和专业性相对于其他公司,要优秀许多。

“看来咱们找对公司了。”罗恒说。

“是公司找对了我们吧。”大川回复。

“你们两个终于来了。”阿方索说,“快,一左一右站好。你们的主要工作就是摆pose。”

“什么?你把我们当成形象大使了?”罗恒问。

“你们的定位就是公司招牌,快别扭捏了,这么漂亮的机甲,不展示给他们看看,咱们公司投进去的钱都白费了。”阿方索说。

“我们刚跑了十个小时。”罗恒看到周边的人都没有紧张感,自己的神经也放松下来。为了尽早赶到,他和大川确实是马不停蹄地赶了过来,没想到却是让他们站在储备库的门口当吉祥物。他打了个哈欠,"让我们休息一下。"

"别矫情了,快点吧。"阿方索催促道,"站好了,给你们一个惊喜。"

"什么惊喜?"大川问。

"站好了就知道了。"

"好吧。"罗恒走到核材料储备库的一侧,操纵赤红抬起手臂,腕部的格斗刀铮的一声弹出,刀刃雪亮。

站在另一侧的大川取出太阿配备的硅晶盾,两组折叠收纳起来的肩炮翻折出来。太阿机甲本来还配有一支重型机枪,由于他们原本只是参加马文先生的登山队,就没有带重型火力,现在高大的机甲手中只有一面硅晶盾,另一只手空着,显得不太协调。

赤红和太阿确实吸引了许多人的目光,毕竟,机甲就像是刻在人类基因中的东西,在人类还没有冲出地球登陆火星的时候,就在无数科幻作品里设想过机甲的样子。况且赤红和太阿这两台机甲是岩铁流公司专门为罗恒和大川量身定制的,并不仅仅是为了实用。雷霆夸父系列机甲无论是流线型的护甲还是表面张扬的涂装,其他公司灰扑扑的机甲和他们一比更显得丑陋而且笨拙。

一台青色的战斗机甲走近罗恒,那是一台由罗西宁公司设计制造的蜂鸟4号战斗机甲,已经是十年前的老款了。

那台机甲伸出两只有三个手指的机械手,比了一个六,然后敲敲头部。罗恒明白对方的意思，将通信器切换到公共六频道。

"哥们，你这台机甲挺花哨嘛。"对方说，"我是青豺的，你可以叫我杰克逊。"青豺是一支雇佣军，只要给钱，黑白两道的活都干。

"我叫罗恒，隶属于岩铁流防卫有限公司。"罗恒回答。

"你这台机甲什么型号？"杰克逊问。

"是赤地重工制造的，雷霆夸父系列。"罗恒介绍。

"看着倒是挺威猛的，不知道是不是花架子。"杰克逊继续说。

"对方引擎输出功率提升了，对你进行进攻的概率达到78%。"小深蓝突然提示。

在一旁的太阿也觉察到了杰克逊的意图，向这边凑过来。

"是不是花架子，你可以来试试。"在自己擅长的领域，罗恒当然不示弱。

"求之不得。"杰克逊说，他操纵战斗机甲，向罗恒攻过来。

蜂鸟4号这种机甲的特性就是小而迅捷，全身进行了轻量化设计，但是挂载的引擎却是用来驱动重型机甲的马克VI型，超额的动力让蜂鸟4号的动作快如闪电。杰克逊显然是操纵蜂鸟4号机甲的老手，反应和思维都能够跟得上机甲的快速动作。

尽管罗恒和小深蓝早有防备，在杰克逊发动的时候就开始防御，但还是只防住了两次进攻，蜂鸟4号的第三拳穿过赤红手臂的缝隙，击中了机甲的胸部，正好是驾驶舱的位置。

"曼努埃尔！我被自己人袭击了，能反击吗？"罗恒操纵赤红向后躲避，同时向战场指挥官申请反击的权限。

"允许还击。"曼努埃尔回复,"另外,想要让咱们公司出名,就赢个漂亮的。"

"明白。"罗恒又躲开杰克逊的一拳,在驾驶舱里笑了,他对辅助系统说,"小深蓝,听到上级的话了吧。"

"听到了,让他们尝尝专业人士的威力。"

罗恒挡开杰克逊的又一轮攻击,跳向旁边,刚才被击中一拳,赤红向后退了一步,差点把储备库的围墙踩坏。

"抱歉了,伙计。"罗恒对着杰克逊默念,想要在这里为公司立威,那杰克逊将是第一个牺牲品,谁让他主动挑衅来着。在中国有句老话,叫"杀鸡给猴看"。

罗恒向旁边移动,逐渐将杰克逊引得远离储备库,周围的人都被这场打斗吸引了注意力,逐渐围了过来。另外还有两台青灰色的机甲站在圈外蠢蠢欲动,应该也是青豺的成员,大川举着硅晶盾,戒备着两个可能成为对手的机甲。

"火候差不多了。"罗恒说,"大川,把他们卷进来吧。"

"什么意思?"小深蓝问道,"你们有什么作战方案,告诉我,我好帮助你们。"

"等下你就知道了。"罗恒笑着说。

太阿机甲主动靠近青豺的两台机甲,抬起手挑衅。两台机甲的驾驶员和他们的伙伴杰克逊一样,凑到赤红和太阿的面前就是想找碴打斗一番,如果赢了场上最引人注目的两个家伙,那么青豺雇佣兵的知名度也能再提升一个高度。

所以,大家的想法都是一样的。

太阿高大,几乎比两台蜂鸟4号机甲摞起来还要高。两台小机甲轮番向太阿发起进攻,大川用硅晶盾护住正面,空着的手防备着青豺的迂回攻击。

罗恒一直在闪避着杰克逊的攻击,尽管偶尔有几拳穿过了罗恒的防御,打在赤红机甲上,但伤害不大。他看到大川吸引着另外两台机甲靠了过来,时机已到,罗恒对着通信器说,"该我反击了。"

"那你就来啊。"杰克逊狂妄地说,他又挥出一拳。

赤红一反常态,轻易挡住这一拳,然后回身一脚,向蜂鸟4号蹬了出去。

蜂鸟4号属于中小型机甲,为了追求速度而大幅降低质量,在绝对的力量面前根本没有防御能力。

杰克逊见到赤红蹬向自己的机甲,已经做好了防御动作,但还是被这股大力踹出去很远。

"这样的攻击根本……"看到赤红没有伤害到自己,杰克逊还想继续挑衅,他刚刚开口,自己的机甲就重重地撞上了什么,又反弹回来。

他撞上的,正是太阿机甲的硅晶盾。

罗恒一脚踢飞杰克逊的机甲,将它踢向早就做好准备的大川。在杰克逊还在半空时,罗恒就已经迅速靠近了青豺的另外两台机甲。然后又是两脚,两台机甲都做好了防御动作,但无济于事,由于小型机甲的重量太轻,它们也被这两击踢向空中。

它们挡下了罗恒的攻击,却没法防御大川的盾牌挥打。

三台蜂鸟4号轻型机甲在罗恒和大川之间来回翻飞,就像是乒乓球一样,赤红将机甲踢过去,再由大川打回来。蜂鸟4号机甲并没有配备喷射系统，它们无法在空中改变姿态，对于罗恒和大川的击打根本无可奈何。

这哪里是打斗，完全是在戏耍他们。

杰克逊起先还紧握操纵杆，试图寻找机会反击，可是几个来回之后就被前后夹击的距离震得晕头转向，只能勉强让自己不昏迷过去，完全没有余力反击。

"差不多了吧，大川。"这场比试完全没有挑战性，罗恒玩了一会儿就失去了兴趣。

"好吧。"大川说道，"指挥中心，我们可以收手了吧？"

现场的情况已经由阿方索传送给了曼努埃尔，曼努埃尔无奈地说，"你们打赢他们就行了，没有必要这样。"

"是他们主动挑衅的。"罗恒无所谓地说。

这时，另一个声音加入进来："停止吧。"

罗恒和大川的机甲雷达上出现了一个感应信号，不，不止一个，而是七个，一个大的和六个小型的。但是在外部视野中，却根本看不到有谁靠近。

"在上面呢。"那个声音又说。

罗恒抬头向上看去，红色的天空背景中，一台战斗机甲缓缓降下。机甲身上有四个喷射器，以抵消火星微弱的重力，让战斗机甲可以像羽毛一样轻盈。在机甲周围，盘旋着两台无人机。随后，两个喷射器脱离了战斗机甲悬浮在空中。原来，喷射器也是无人机，六台无人机可以随时结合在机甲的外壳上当作动力输出，也可以脱离开来作为辅助工具。

这设计还挺巧妙的，罗恒感慨。当不速之客更近一些之后，罗恒发现这台机甲与罗恒和大川的机甲相似,同为雷霆夸父系列的,只是机甲更加的纤细,机甲外表采用灰白相间的涂装,左肩上有岩铁流防卫有限公司的标志,原来是自己人。

在半空中,两台无人机从机甲身边离开,分别钳住被罗恒和大川戏耍的两台蜂鸟4号机甲。而机甲本体落在杰克逊驾驶着的蜂鸟4号上,四台机甲一同落在地上。

不速之客踩着蜂鸟4号,摆了个极为夸张的姿势,六台无人机围绕着它盘旋了一阵,然后飞回机甲,在靠近机甲时,无人机翻转变形,严丝合缝地镶嵌在机甲的双肩和后背。

"这是谁?"罗恒问阿方索,"就是你刚才说的惊喜?"

"我刚才就准备出来了。"机甲的驾驶员说,她的声音很细,听起来年纪不大,"结果你们打了起来,我好不容易才找了一个适合出场的时间点。"

"你是谁啊?"大川问道。

"我是程影,这是我的机甲电幻。"驾驶员自我介绍道,"罗伊斯说,以后我们就是一个行动组的成员了,请多多关照。"

"什么?"罗恒早知道还有第三位机甲驾驶员会加入,但没有想到会是这样一个人,他试探地问,"我可以问一下,你有多大年纪了吗?"

"我二十一岁。"程影爽快地回答。

"哦。"大川说,语气很痛苦,好像刚才被杰克逊打了一拳。

"你们做得很棒,这次亮相的效果达到了。"曼努埃尔评价道。

罗恒看向周围,围观的人还站在原地,刚才被打倒的青豺机甲已经爬了起来,在同伴的搀扶之下离开了核电站。

"大家好!"罗恒通过通信系统对外广播,"我们是岩铁流防卫有限公司的,咱们现在聚集在这里,是为了完成守卫核电站储备库的保护任务。希望大家明白,我们是合作伙伴,不是竞争对手。我们都是为了保护火星,或者火星上的某些人。希望我们保持合作关系,当然,如果有愿意做我们竞争对手的,随时奉陪,谢谢。"

罗恒宣布完,三台机甲同时转身,大步返回储备库的正门。

"天哪,太帅了。"程影在通信器里欢呼,"你们两个不错,我看好你们。"

罗恒点点机甲的头部,大川会意,两人切换到另一个频道,"这就是我们的新成员?"罗恒说。

"看起来是。"大川说,"这还是个孩子啊,不知道她有什么本事。"

"罗伊斯那家伙也太儿戏了。"罗恒抱怨道。

"是啊,出任务可不是过家家,我们还得分心来照顾这个孩子。"大川说。

"你们说的我可都能听到。"程影突然插嘴说道。

罗恒一愣,连忙查看自己的通信器,确实是私密频道。

"别害怕,"程影说道,"这是电幻的基本功能,我的机甲配备了六台无人机,还有侦查窃听设备,执行任务的时候,你们两个出去打,后面的观察干扰破坏这样的任务就交给我了。"

"你……"

"没事,不用尴尬,我从小到大就不讨人喜欢,你们不是第一对在我面前说我坏话的人。"程影说。

"不是那个意思，"罗恒慌忙解释道，"只是……这种场合可能……不太适合……"

"不适合我这种小孩子?"程影反驳说，"你知道我在什么地方长大的吗? 你知道我都见过什么吗? 你确定你比我见识的还要多?"

"对不起，我没有那个意思。"罗恒被程影问得无话可说，只好道歉。

曼努埃尔在通信系统里笑着说，"罗恒，你别被程影骗了，她可没吃过那些苦。"

"曼努埃尔，你着什么急，我正准备向罗恒解释呢。"程影埋怨说，"抱歉，罗恒，我只是跟你开个玩笑，你别介意啊。"

"啊，不介意。"罗恒只好说，他听到通信器里传来止不住的笑声，叹了口气，"我说，大川，你笑就笑，还故意用通信器放给我听，生怕我不知道被你嘲笑是吗?"

"是啊。"大川坦诚地承认。

罗恒翻了个白眼，不再说话。

刚才围观上来的各路人马纷纷散去，核电厂周边又成了一片散沙的状态。罗恒想问问曼努埃尔到底是怎么想的，又怕程影这个机灵鬼窃听他的通信线路，他连和小深蓝的对话都精简了许多。

"他们到底什么时候来啊?"罗恒问道。

"不知道。"曼努埃尔说。

"那我们什么时候可以撤?"罗恒又问。

"核电厂的董事会支付了三天的薪酬,到了第三天没有情况我们都可以撤了。"

"三天。"罗恒说,"还真是精打细算。"

"我要睡一会儿了,我已经有二十多个小时没合眼了。"

"你们休息吧。"程影说,"我年轻,替你们值个班不算什么。"

"这是正常叙事还是讽刺?"小深蓝问罗恒。

罗恒撇撇嘴,"不知道,反正我不喜欢听这种话。"

岩铁流防卫有限公司的三台机甲呈三角形站在发电厂正面,摆出防御架势,这一次,岩铁流可算是出尽了风头,无论是防卫公司还是雇佣兵,都在讨论有关岩铁流的话题。

可是谁也不知道,在威风凛凛的机甲里,驾驶员们早就解开了安全带,把机甲交给辅助系统,自己四仰八叉地歪在座椅上休息。

罗恒在隔离服里撒了泡尿,吃了一根蛋白条。他又掏出手机,一边傻笑一边看上面的照片。

"现在是地球时间周末的上午十点十二分,时延十一分钟。"小深蓝很明显地提示。

罗恒想了想,拨了雁秋的视频通信。之前在奥林匹斯山的半山腰,罗恒采集了一些风景照,他本打算等爬到山顶之后再拍一些照片发给妻子和女儿。现在任务中断了,他也没有了在山顶拍照的机会,只好拿手头的凑个数。

他把照片打包发送出去,然后说,"我今天爬上火星上最高的山了,也是全宇宙里最高的山,上面风景特别好……"罗恒说了一些任务的事,还有其他一些家长里短。

过了一会儿,地球上的信息返回来,罗静的脸出现在镜头前,背景是雁秋举着一幅画,"爸爸,这是我画的你和你的机甲。我在幼儿园里说,你是火星上的英雄,他们都不信。"罗静说着就嘟起嘴来,看着屏幕的两只眼睛里都泛起泪光。

罗恒还没有见过女儿受这么大的委屈,还是因为自己。他连忙安慰起罗静来,语无伦次地说了一些鼓励的话,又说了一些半真半假的英雄事迹希望能给予女儿力量。

但当女儿的信息再传来时,她早就忘记了这事。罗静兴致勃勃地说起了在幼儿园参加运动会的故事,之前质疑她的小伙伴现在成了她可靠的队友。

罗恒自嘲地撇了撇嘴,火星和地球之间的距离让老父亲安慰的话都不能及时送达,更不要说实质性的帮助了。

要不……回地球?

这个念头刚刚冒出来,罗恒就听到女儿在屏幕里说,"爸爸,你什么时候带我去火星上玩啊?"

是啊,现在罗恒手里有了一些积蓄,女儿还没有到上学的年龄,正好可以趁这个空隙到火星上来,一家人团聚一下。

可是,带孩子去哪里玩呢?罗恒虽然在火星上待了快十年,可是大半时间都是在维和部队中度过的,很少接触外面的世界。离开部队后就去了欧米伽重工,在那里熟悉的只有荒野和矿井。

矿井……

罗恒突然又想起之前的那个梦,他可不想让女儿靠近那矿井……

正在罗恒绞尽脑汁想要回答女儿的时候，曼努埃尔的脸突然出现在信息屏上，"罗恒，我们被算计了。"曼努埃尔说，"真正的袭击目标不是盖尔能源城。"

"是哪？"

"是塞伯鲁斯。"曼努埃尔说，"萤火在抢劫塞伯鲁斯。"

"塞伯鲁斯是个农业城啊。"罗恒喊道，"他们去抢什么？蘑菇吗？还是蟋蟀饼？"

"我们的情报不足。"曼努埃尔说，"你知道，塞伯鲁斯的人，只知道埋头种地，平时那里的紧急任务也不多。"

"好吧。"罗恒对手机说，"小静，爸爸要去执行任务了，等有机会，一定带你到火星上来啊。"他转向曼努埃尔，"我们什么时候出发。"

"现在。你和大川、程影一起去，顺便摸索一下合作的模式。"曼努埃尔说。

"阿方索他们呢？"

"这里的委托还没有结束，他们得待满三天。"曼努埃尔笑着说，"合同上写得很清楚。"

"好吧，那就看我们三个人的了。"罗恒说，"大川，程影，我们走吧。"

"明白。"大川说道，"任务赶紧结束吧，我身上都有味了。"在驾驶舱里坐了二三十个小时，谁身上都一股酸臭味。

"那又怎么了？"罗恒问。

"我的猫该不喜欢我了。"大川念叨。

"天哪，你这个猫奴。"罗恒无奈地感慨。

塞伯鲁斯农业城在盖尔能源城东方,距离很近,一个小时左右就能够到达。

"程影。"罗恒在通信器里呼叫,但是话刚出口就后悔了。

作为的新队友,罗恒认为有必要和程影相互了解一下,但是刚才的交流可以说非常不顺利,罗恒和程影之间年纪相差将近十岁,能有什么可聊的?

"怎么?"程影回复。

"为什么加入岩铁流?"

"不加入岩铁流,就得去坐牢,你说我怎么选?"程影说。

坐牢? 这么说程影是罪犯?

"地球上的牢,还是火星上的牢?"大川插嘴问道。

"当然是火星了。"程影立刻回答。

"嘿嘿。"大川笑了,"咱们都是队友,能不能相互之间有点信任。"

"火星上根本就没有牢房。"罗恒补充。

"好吧,我说得是夸张了些。"程影坦白道,"如果我不加入岩铁流,他们就要逼我回家,在家里比在监狱好不了多少。"

"为什么?"小深蓝好奇地问。

"别问。"罗恒马上提醒道,"这种隐私,不方便直接问的,你要等她自己说出来。这是礼貌问题。"

"哦,知道了。"小深蓝说。

通信频道里沉默了一会儿,程影再次开口,"因为我不想去工作,我头脑好,用你们的话说,在某方面算个天才。"

罗恒撇了撇嘴,他能想象到,大川在太阿的驾驶舱里,哼了一声。

"但是火星上能够提供给我的工作,都是些体力活,我干不了。我本来想偷渡去地球,去那边找一份凭脑子挣钱的工作,结果被发现了。"程影说,"那个叫罗伊斯的人把我从空管中心捞了出来,给我两个选择,一个是回家,一个是加入岩铁流,于是我就来了。"

"就是这样?"罗恒问道。

"就是这样。"程影回答。

"这次不是骗我们吧。"

"爱信不信。"程影说。

"那个……"尽管罗恒觉得还是无法信任这位新成员,但不管怎么说,他们已经是拴在一根绳上的蚂蚱了,"欢迎加入我们,希望我们能够合作愉快。"

"别拖我的后腿就行了。"程影说。

罗恒掐断通信,在驾驶室里骂道:"小屁孩。"

三台机甲并肩又跑了一会儿,大川突然说,"不对。"

一听这个口气,罗恒就知道大川的疑心病又犯了,"又怎么了?"

"我们三个,这算是执行任务吗?"大川问。

"当然算了,是曼努埃尔安排我们去的。"

"委托方是谁?"大川问。

"我怎么知道? 是塞伯鲁斯的人吧?"

"那为什么他们不提供给我们更详细的信息?"

"这个……"罗恒想了想,确实如此,曼努埃尔在派遣他们前往塞伯鲁斯的时候，并没有提到详细的细节。但这不能打消大川的疑虑，于是罗恒再次接通曼努埃尔，"有没有最新的情报？"

"没有。"曼努埃尔说，"萤火还没有离开。"

"他们抢劫的是什么东西？"

"目前还不明确，但规模很大。"

"委托方没有说明吗？"

"你去了就知道了。"无论罗恒怎么问，曼努埃尔都是这一套说辞。并不是他不愿意说，而是曼努埃尔身处在岩铁流的指挥室，对现场的情况所知甚少。

"应该是没有委托人。"罗恒说。

"那我们这一趟是为了什么？"大川说。

"这个……为了保护塞伯鲁斯？"罗恒不确定地说。

"没有钱赚？"大川又问。

"你到底想说什么？"罗恒被逼问得不耐烦了。

"很显然，我们这一趟任务并没有委托人。这就意味着我们没有钱赚，而且还要冒着与萤火交战的风险，并且是在塞伯鲁斯的地盘上。"大川分析说，"我们是以什么身份出现在那里？"

"就当我们是多管闲事的过路人呗。"程影插嘴说道，"你们大人想得真复杂。"

"要是那么简单就好了。"大川说，他对这次行动产生了怀疑，但是并没有放慢脚步。

就快接近塞伯鲁斯城了，程影释放了机甲上的无人机，六台小型飞机更先一步抵达塞伯鲁斯，为他们提供侦察和预警。

塞伯鲁斯农业城建设在火星的极乐平原上，是火星上最早发现地下冰层的地方,这里冰储量丰富,为殖民火星提供了大量的可饮用水。

一百七十年前,人类陆续登陆火星,各大公司也蜂拥而来。就在矿业公司都在争抢地盘、挖掘开矿的时候,一支中国科学团队在这里,用火星水源种植出了第一株拟南芥,这是火星上生长出来的第一抹绿色。

中国人在这里建立了拟南芥的养殖场,经过一百多年,养殖场逐步扩建,发展成了现在的塞伯鲁斯农业城。

当年的拟南芥,一种速生的小植物,经由养殖团队多年的挑选和分化,已经培养出四大类十一种不同的品种,根、茎、叶和花都有各自的口感和味道。这里是火星上所有人的粮食供应基地,虽然在五大城市里,塞伯鲁斯农业城看起来最没有特色,但是每一个火星人每天都离不开塞伯鲁斯的供应。

接近塞伯鲁斯农业城时,程影提示罗恒和大川放慢速度,塞伯鲁斯农业城本身看起来并没有什么异常,深入地下的管道农场井然有序,智能无人机穿梭在一个个深井中,检查作物的成熟程度。

无论城外和城内,看起来都没有遭到袭击的迹象。

罗恒再次呼叫曼努埃尔,这时程影的一架无人机发现了什么。

程影把无人机拍摄到的画面同步在赤红和太阿两台机甲上。

在塞伯鲁斯城正南方不远,有一座巨大的钢铁穹顶建筑,四周没有其他的附属设施,从外观上看不出那栋建筑的功能。

这时,有几辆重型卡车正从仓库里有秩序地开出来。

"就是这里发生了抢劫?"大川说,"看起来很有秩序啊。"

无人机围着那栋建筑绕了一圈,最后停在建筑正门的斜上方。

从这个角度看过去,才能发现异常,因为这栋建筑的正门,是被什么东西给撕开,卷曲着扔在地上。这栋建筑没有安装气闸门,说明这里并没有人居住,应该是仓库之类的建筑。重型卡车排成两排,一排进一排出,不知道装载着什么样的货物。

"再靠近点。"大川催促道。

程影控制着无人机继续靠近。

在仓库的大门内侧,有个人正靠着墙站着,正好是无人机的盲区。程影的无人机飞进仓库,却没有发现已经暴露在了别人的注视之中。

那人悄悄地靠近无人机,无人机的移动感应发现了身后有人,它迅速转过来,但什么都没有拍到。接着,信号消失了。

"有人把无人机给毁了。"程影嘟囔着说,打算再派两只无人机进去。

"等一下,"罗恒仔细观察着无人机传回的图像,"倒回去,暂停。"在无人机传回的最后一帧,画面的边缘有一个人影。

"那是谁?"大川问道。

"他们已经知道我们来了,应该很快就能见到吧。"罗恒说。

"那我们就正面过去吧。"

赤红和太阿两台机甲碰了碰拳头,一起向那座仓库走去。

"我不是战斗型的,就帮你们做好辅助吧。"程影说道,她操纵电幻远远地跟着,剩下的五台无人机环绕着赤红和太阿,负责周边的警戒。

一个人影从仓库的大门里走出来,他全身漆黑,确确实实像一个影子。那不是机甲,却也不是人们在火星户外所穿的防护服。

而是全覆盖型的外骨骼。

外骨骼可以说是火星机甲最初级的形态,最初只是捆绑在人体四肢和脊椎上的机械构件,可以增强力量,并且保护身体。在火星建设的初级阶段,需要大量搬运装卸之类的体力工作,外骨骼技术正好在这样的场景中得到了大幅应用。有需求就会有进一步的研发,在最基础的外骨骼上增添了可以成倍扩大力量的电力引擎,有了更多的防护措施,以及更多的适用场景。

在慢慢的演化中,外骨骼逐渐成了将驾驶员包裹在其中的机甲系统。

"没想到现在还有外骨骼?"罗恒说,"我以为这技术在五十年前就淘汰了。"

"大概是个怀旧的人吧。"大川猜测。

"是他把我的无人机打坏的?"程影说。

"有可能。"罗恒说。

赤红和太阿走到仓库前,与穿着外骨骼的人相对而立。近距离观察那人的装备就会发现,在他身上的并不是最初的那一代外骨骼辅助系统,而是增加了许多新的要素的全新产品,从外骨骼的骨架向两侧延伸出了数不清的鳞片一样的护甲,将里面的人包裹起来。鳞片随着那个人的呼吸而抖动,让整个人都变得朦胧起来,就像是火星昏暗的阳光下一抹不起眼的影子。

罗恒对那人比了个手势,要求他转到3号频道通话,但是那人无动于衷。

"这怎么办?"罗恒说,"他不愿意和我们交流。"

"你在这等着,我去仓库里看看到底发生了什么。"大川说,操纵太阿绕过穿着外骨骼的人,走到仓库大门前。

那人转头看着太阿从他身边走过,又转回来,看着赤红。

"别紧张,我们只是过来看看,如果没有问题的话,我们就会离开。"罗恒无法和那人取得联系,只能自言自语地说。

那人向前走了两步,突然开始冲刺,在距离赤红还有五六米的时候,他双脚同时蹬地,头前脚后,身体与地面平行,像一发炮弹一样向赤红撞过来。

罗恒连忙操纵机甲向旁边躲避,那个人从赤红身边一闪而过。罗恒打算转身继续寻找那人的踪影,但是赤红身子一歪,同时驾驶舱里响起了报警提示音。

赤红右足的触觉传感器和驱动电机失灵。

罗恒好不容易才控制住机甲的平衡,这时程影在通信器里喊道:"在你后面!"

罗恒来不及转身,他下意识地让赤红单足跃起。果然,那个穿着外骨骼的人打算故技重施,用那种自杀撞击式的方法再次攻击。

那人一击未中,立刻一个空翻,重新站在地面上。此时,他的双手里多了两只长刀,就在刚才擦肩而过时,长刀砍坏了赤红右足的触觉传感器和驱动电机。

如果说蜂鸟4号是轻量化速度型的机甲,那么这个人身上穿着的,是比蜂鸟4号更加极致的机甲设计。罗恒从来没有见过这样的机甲,它完全放弃了防御,甚至连远程火器都没有配备,就是要以高速来进行近距离刺杀,是个纯粹的武士。

无论如何,只有极端思维的人,才能做出这么极端的机甲。

"大川,我被袭击了。"罗恒尝试调整重心,他让小深蓝作为辅助,控制机甲的姿态。现在赤红一条腿失灵,行动不便,必须全神贯注,才能跟得上对手的速度。

"什么?我回来帮你。"大川在通信器里说。

"不用,你小心,可能还有人在仓库里。"罗恒说。

话音未落,一辆重型卡车从黑暗的仓库里飞了出来,径直撞向太阿。大川立刻展开硅晶盾护在身前,重型卡车的撞击力将太阿击退了四五十米,幸亏有硅晶盾防护,机甲本身没有受到伤害。

重型卡车失去势能终于停下,大川推开卡车,再次看向仓库,一个大型机甲出现在仓库门口。看到那台机甲,大川心里同时涌出两种情绪。

一种是好笑,因为那台机甲是由码头的装卸机甲改装的,码头的装卸机甲大多下半身固定在基座上,全凭强有力的双臂装卸货物。但是这台机甲有人给它加装了两条粗壮的短腿,配合上结实的双臂,让这台机甲看上去更像一头成年的大猩猩。

而另一种情绪,则是恐惧,从刚才投掷重型卡车的行为来推算,这台大猩猩机甲的力量比太阿还要大上许多。太阿机甲的驱动引擎是设计师才换上的,这一转眼再次落败。

武士外骨骼再次发动攻击,罗恒向后跃起躲避,赤红右臂弹出装备的战斗刀,刀身的长度就超过了武士外骨骼的身高。但是在较量中,武器的长度并不能代表什么,罗恒还来不及挥刀,就被外骨骼突入了内围,刀光闪过,赤红的左臂也失去了感应。

罗恒再次向后退跃,想与外骨骼拉开距离,可是外骨骼就像是贴在赤红机甲上,跟随着赤红的动作一起向前。如果无法摆脱对手,罗恒别说反击了,恐怕很快就会被这影子一样的对手一刀一刀肢解。

在另一边的大川情况也不乐观,太阿与大猩猩机甲正面相撞,举拳互殴,两台机甲都体型庞大,速度上都不占优势,只能以硬碰硬的方式来决出胜负。大猩猩机甲的力量确实在太阿之上,所幸有硅晶盾作为辅助,才能挡住直接砸来的铁拳。

互攻了几轮之后,大川假装挥拳进攻,大猩猩机甲抬手防备。粗壮的机械臂能够挡住大川的攻击,也挡住了驾驶员的视线,大川趁这个空隙放下双臂,将肩部挂载的火箭弹一股脑地打出去,一半瞄准对方的手臂,一半瞄准大猩猩机甲的脚。

"我来帮助你!"程影在通信器里喊道,她控制无人机从赤红的腋下绕过来,直接撞向武士外骨骼。

武士外骨骼在空中转身,让过无人机的同时用刀一斩,将无人机切成两半。这时又一台无人机撞了过来,武士外骨骼令人惊讶地再次扭转身体,双脚蹬在无人机上面,自己借力跳开,再次躲开了程影的撞击。

不过,在这两次躲避的过程中,赤红机甲已经和武士外骨骼拉开了距离,在外骨骼还没有落地的时候,罗恒就做好了攻击的准备。

"该我了,小不点。"罗恒说,赤红机甲抢起右臂,长2.7米的战斗刀挥舞起来,横着砍向对手。

武士外骨骼已经再没有机会闪避了,只好勉强调整姿势,用自己的双刀与赤红的战斗刀相对,想要挡住这次攻击。

战斗刀砍在双刀上,即使武士外骨骼全力防御,也被打得倒飞出去,就像是一记被全垒打的棒球。

大猩猩机甲的短腿被火箭弹炸伤,身子歪在一边,大川趁爆炸激起的烟尘未散,冲上去打算继续攻击。但是大猩猩机甲并不反击,它用双臂代替受伤的腿,手脚并用跑到被打飞的武士外骨骼身旁,将同伴捡起来,又手脚并用地向着已经离开很远的车队跑了过去。

"怎么? 不打了?"大川看着大猩猩机甲逃离的身影,又警惕地看着仓库里面,确保没有敌人之后,他走回到赤红的身旁。

罗恒的机甲被武士外骨骼的近身攻击欺负得够呛,身上多了十几道刀痕,好在除了左臂和右足之外,没有太严重的损坏。

"我们还追吗?"大川问。

"我是追不了了。"罗恒说。

"他们已经跟上了车队。"程影派出一架无人机去跟踪逃跑的敌人,她把影像传送给罗恒和大川。

从空中看,车队有十一辆重型卡车,满载着货物向南行驶。

大猩猩机甲背负着武士外骨骼,追上了车队,机甲翻身爬上了重型卡车,将武士外骨骼放在车厢顶上。一个身形瘦弱的驾驶员从机甲中出来,检查外骨骼的伤势。

"你的无人机上有没有携带武器?"罗恒说,"快轰他们一炮。"

"没有,我的无人机是侦查型的。"程影遗憾地说。

"谢谢你,如果不是你帮助,我大概就败在他手上了。"罗恒诚恳地说。

程影嗯了一声,没说话。

"我去看看他们到底是来抢什么的。"大川说,他走到仓库里,这里面堆满了泥土,还有几辆自动卡车,正排着队等待装载。

"是泥土?"大川抓了一把泥土,泥土呈现着火星特有的红色,看不出有什么特殊的地方。

"我的无人机已经要超出控制范围了,"程影说,"我们应该怎么办?"

罗恒想了想,疲惫地说:"算了,我们失败了,回去吧。"他叹了口气,恨不得现在就闭上眼睛睡一觉。

7. 突　袭

【计数器】　工程师,行动受到干扰。

【工程师】　具体情况?

【计数器】　货物带回十一车,共计六千二百吨。信使受伤,
需要休养。

【SIR】　按原计划进行。

【工程师】　这个程度的货物并不能取得预期的效果。

【SIR】　其他人并不知道这个细节,按原计划进行。

【工程师】　明白。

【计数器】　明白。

岩铁流防卫有限公司,指挥中心。

曼努埃尔把材料和程影的无人机拍摄到的画面全部投放在
全息屏幕上。

"毫无疑问,这件事是萤火做的。"曼努埃尔说道,"他们组织

了这么多次行动，我们第一次目击了萤火的成员。"

曼努埃尔将武士外骨骼和大猩猩机甲投放到屏幕上，"我们仍然不知道他们的底细，但是已经明确，这两个人都是极其强悍的对手。"

"被盗走的到底是什么东西？"大川问道，"让他们搞出这么大阵仗。"

"被盗走的是史蒂文森博士培养的腐殖泥土。"罗伊斯接着说，"这种泥土中含有十几种经过筛选培育的细菌，可以在含氧量极低的条件下生存，而且可以使火星尘土活化，拥有种植作物的能力。据史蒂文森博士说，这种泥土还会自然拓展，激活附近的火星土壤。如果规模足够大，甚至可以让整个火星都变成适宜植物生长的环境。"

"所以他们偷这些土有什么用？"罗恒接着问。

"他们要建立一个新的世界。"黛博拉补充，"现在网络上已经有了萤火的宣传，他们希望更多的人站起来，反抗这个充满了压迫的世界。而且，响应的人有不少。"

"但实际上，他们抢走的那些腐殖泥土还不是成品，可以说基本没有用途，而且还给史蒂文森博士的实验造成了很大程度的损失。"罗伊斯说。

"能不能让史蒂文森博士在网络上发布声明呢？说明腐殖泥土的真相？"罗恒问道。

罗伊斯摇了摇头，"不行，史蒂文森博士不愿意出面。他对腐殖泥土的成功率不敢保证，不愿意提前公布自己的研究。"

"我们接下来怎么办？"大川问。

"接下来就让程影来说吧。"曼努埃尔说道。

程影把显示屏切换成火星地图,开始说道,"我的无人机跟踪他们的车队一路向南,在超出控制范围时,我在车队中留下了一枚定位器,这枚探测器的信号必须在一千公里的范围内才能被接收器搜索到。"

"那片地方那么大,怎么找?"大川说。

"别急。"程影说,"这几天我用公司的无人机群在那片区域进行了地毯式的搜寻,跟踪器的位置停留在了这里。"程影指向普罗米修斯高原,那片区域还是一片荒芜,人类尚未将精力投向那边。

罗恒看向程影,尽管已经有过一次默契的配合,但这次集中进行战情简报,他才第一次见到这个新队友。

在年龄上,她没有说谎,确实只有二十岁出头,她染着紫色的头发,穿着一条泛着荧光的裤子,正是火星上这个年龄的叛逆青年流行的打扮,站在指挥中心里显得格格不入。但是,当程影一开口,罗恒就发现这个女孩的思维成熟,判断冷静。现在回想起来,如果不是程影用两台无人机拖延了那个穿着外骨骼的人的攻击,罗恒还无法与他拉开距离展开反攻。

而且,在任务失败之后,罗恒和大川都心灰意冷,回到基地之后就蒙头大睡。是程影还记得继续追寻萤火的踪迹,而且将他们的据点定位出来。

"程影。"罗恒突然开口,"看你的年纪,没有参加过军事训练吧,你是怎么知道那么多的?"

"罗恒,"程影笑着说,"看你的年纪,没有玩过电子游戏吧,这些只是最初级的手段。"

"嗯……啊……"罗恒突然不知道该怎么回答这话,其他几个人看到罗恒吃瘪,都在偷偷地笑。

"接下来我们怎么办?"大川问。

"我已经请示过公司高层了。"罗伊斯说,"不能让萤火总是这么肆无忌惮,我们去把这个据点端掉。"

"萤火的人可不好惹。"大川说。

"上次被打了个措手不及,这次我们就有了准备。"曼努埃尔说道,"鲍曼已经把你们的机甲都修复了,你们三个合作得不错。"

罗恒、大川、程影三个人对视,彼此笑笑,都很尴尬。

"那个……"大川突然开口。

"什么?"程影赶紧接话。

"我有一只猫。"大川说。

"你是想跟我搞好关系吗?"程影问。

"我的天,大川你快闭嘴吧。"罗恒说。

"好的,机甲部队和陆战队去拿下萤火的据点,黛博拉和罗伊斯负责消解萤火在网络上发布的言论,我在指挥中心随时协调。"曼努埃尔宣布,"出发!"

在普罗米修斯高原东南方向,有一座突起的无名小山。数亿年前,一颗陨石正好砸在这座小山的山脚,形成了一个圆形的撞击坑。

萤火将据点选择在了这里,山和撞击坑的阴影正好将入口隐藏起来,如果不是有目的的寻找,很难从高空找到这里有人类行动的痕迹。

在抵达之前,程影就派出了无人机进行高空侦察,但是除了据点的钢制大门,完全无法侦查到内部的任何信息。

"怎么办?"罗恒问指挥中心的曼努埃尔。

"你有什么想法?"曼努埃尔反问。

"方案一,直接闯进去。"罗恒说,"方案二……"罗恒想了想,"算了,我觉得方案一就不错。"

"嘿嘿,"阿方索在通信频道里笑着说,"我同意这个方案。"

"我同意。"大川说,经过上次的失败,大川也没有心情搞什么迂回策略。

"我……"程影犹豫地说,"我们不需要观察一下吗?"

"孩子,游戏里有固定的套路,可真实世界里没有。"罗恒语重心长地说,"有时候,就得靠自己硬闯出一条路来。"

"切,"程影说,"好吧,你说了算。"

"罗恒,请注意,根据我的检测以及对人类的了解,你的愤怒让你更倾向于冒进的选项。"小深蓝也对罗恒发出提示。

"当然,我知道。"罗恒说,"但是我迫不及待地想和那个穿着外骨骼的人见面了。"

"我来安排。"阿方索说,他打个手势,两个陆战队员在据点的闸门上布置好炸药。

一阵闪光之后,据点的外气闸门消失了,巨大的响动惊动了据点里的萤火组织,人们纷纷拿起武器,严阵以待地守在内门前,只等着入侵者一出现,就猛烈开火。

阿方索正准备引爆内闸门,突然从据点上方红色沙尘中,隆起一个土包。萤火的据点在那里还有一处隐藏的出口,一个巨影从小山山腰跳下,落在陆战队员的面前,粗壮的手臂一挥,将几个陆战队员打得飞了出去。

"来了!"大川叫道,"阿方索,叫你的人赶紧离开。"大川早就等着这台大猩猩机甲的出现,这次出击,他已经有了对付大猩猩机甲的心理准备。他将重型机枪上膛,站在撞击坑边缘,居高临下地瞄准挡在气闸门口的大猩猩机甲,按下发射按钮。

20mm口径子弹如同暴雨一样射向大猩猩机甲和闸门,大猩猩机甲虽然强悍,但是护甲也防御不住20mm口径的重机枪。它侧向移动,躲避子弹的同时,捡起刚才被炸碎的半片闸门当作防御。

重型机枪吐出的火舌连绵不绝,子弹在松散的土地上打出一片烟尘,又一个人影从烟尘中冲出来,以极快的速度冲向大川。太阿调转枪口,但是子弹扫射的速度竟然追不上外骨骼全力奔跑的速度。

眨眼之间,武士外骨骼就跑到了大川的面前,外骨骼高高跃起,双刀举过头顶,就要直接砍断太阿机甲手臂上挂载的重型机枪。

"小深蓝!"

"明白。"

罗恒一直在等待外骨骼腾空而起的机会,因为此时他速度再快都没有地方可以躲避,罗恒利用小深蓝辅助系统的精准定位,将手臂上的战斗刀刺向武士外骨骼。

对手在空中转身，双刀轻碰战斗刀，接力拧身，就直接站在赤红的战斗刀上。

赤红一翻手腕，将战斗刀由横变竖，这时影子已经再次躲开。对手已经长了记性，不再高高跃起，而是横向跳动，落在了太阿的重机枪上。影子手起刀落，将刀砍在重机枪的枪管上，太阿的武器终于还是报废了。

没有了火力压制，大猩猩机甲扔掉闸门残体，从撞击坑底部冲了上来。

罗恒和武士的背影，大川和大猩猩机甲，两对对手纠缠在了一起。第二次见面，相互都有了准备，这场仗打得更加难解难分。

罗恒自从加入维和部队，接触战斗型机甲之后，还从来没有遇到过这样棘手的对手，武士外骨骼有着极快的速度和精准的破坏力，而另一台大猩猩机甲有着强横的力道。两个对手配合默契，在交手的过程中经常变换位置，将对手换给彼此，罗恒既要能够跟上外骨骼的速度，还要随时防备着大猩猩机甲的重击。

幸好罗恒和大川两个人也是久经沙场的老手，两个人之间的默契程度不亚于对方，还有小深蓝和加菲两个帮手。四台形态各异的机甲厮打了半天仍未分出胜负。

陆战队这边，阿方索指挥着炸破了第二道门，与萤火组织的人展开了激烈的交火。对方人数虽然多，但武器装备和素质则远远不及久经训练的陆战队员。

战斗进行了十几分钟，萤火组织的防御力量就开始溃败，人们纷纷转身逃跑,陆战队员进入据点内部。

就在四台机甲打得难解难分的时候,一发子弹改变了场上的局面。

罗恒挥刀砍向大猩猩机甲,大猩猩用手臂挡开,另一只手将武士外骨骼抛向圈外。在大川还没有反应过来时,武士外骨骼已经落地,向大川的后背袭来。

大川不退反进,直接撞向大猩猩机甲,太阿留下的空位正好让赤红补上,成了武士外骨骼正面对着赤红的刀。

"中了。"武士外骨骼无论如何都难以躲开这一击,但是眼前一闪,赤红的战斗刀不知道被什么削去一截,只剩下不足一米的刀身。

赤红连忙后退,大川也躲开大猩猩机甲的攻击圈。

地上留下一个直径有一米的弹坑,断掉的刀落在一旁。

"什么武器威力这么大?"罗恒惊讶道。

"老熟人来了。"大川说,"我们遇到过,在加入岩铁流之前。"

"是那个狙击手?"罗恒说。

打断罗恒战斗刀的,正是他们在欧米伽重工时,遇到的那台持有电磁轨道炮的狙击型机甲。

"看来不好办了,注意隐蔽。"罗恒说道。

"程影!"大川思索一下,立刻喊道,他不等程影回答,"快让你的无人机升空,寻找狙击手的位置。"

"明白。"

"把图像传回来。"大川迅速地思考着,"罗恒,我试试用硅晶盾来防御他的电磁炮，那边的两个人就交给你对付了。"

"你把麻烦都甩给我了。"罗恒回答，"行，刺激。"

罗恒和大川背对背站着，赤红再次面对武士外骨骼和大猩猩机甲。

"锁定了。"程影说，"在你们的东北方向。"

"保持观察，"大川说，"根据程影传回的数据，我会始终对位置进行修正，要让硅晶盾挡在罗恒和狙击手之间。"

"我加入你们的计算。"小深蓝说道。

"开始吧，三点一线战术。"大川说。

"来吧！"罗恒兴奋起来，迎向武士外骨骼和大猩猩机甲。

"阿方索，里面的情况怎么样？"大川问道。

"我们已经基本控制了下面，没有找到腐殖泥土。"阿方索说，"不过，这里是萤火的士兵训练场，有许多武器。"

"好，你还有十五分钟时间，把这里都炸了。"大川说。

罗恒驾驶舱屏幕上，红光闪了一下，那是程影发出的预警，狙击手开枪了。太阿一直处在赤红和狙击机甲的中间，机甲举起硅晶盾，轨道炮的弹丸打在盾牌上，巨大的势能将盾牌带机甲向后推动了十几米，但盾牌完好无损，没有受到损坏。

在电幻、太阿、赤红之间建立起来的互通系统暂时奏效了，三点一线，这种立体侦查方式可以防御住狙击手的射击。

"比卡车轻多了。"大川说道，手中坚硬的硅晶盾牌上出现一道裂纹，而弹丸已经在巨大的能量碰撞中气化了。

"加菲，盾牌能够承受几发射击？"大川问道。

"着弹点均匀分布的话，二十一次。"辅助系统回答道。

"够用一段时间了。"罗恒说,"开始吧。"

他把后背交给大川和程影,自己迎向武士外骨骼和大猩猩机甲。

大猩猩机甲移动缓慢,罗恒绕着它游走,让笨重的机甲挡在灵活的外骨骼之前。他的战斗刀被打断,但仍有一米长的锋刃。另外,赤红的左臂也配备了大威力的肘炮,虽然罗恒不太喜欢火器,但形势所迫,必须用上一切手段。

"第二发。"大川说道。

罗恒一脚踩着大猩猩机甲的手臂,向武士外骨骼射击。

"第三发。"

武士外骨骼在赤红肩部砍下一刀。

……

当狙击手射出第五发轨道炮时,蜘蛛网一样的裂纹布满了整个硅晶盾,一道水手峡谷一样宽的裂纹贯穿了整个盾牌,三分之一的硅晶盾碎了,变成一片片渣子掉落下来。

"不是说二十一次吗?"大川惊讶道。

"有两枪打在了同一个位置。"加菲说。

"阿方索,快!"程影喊道。

"好了好了,还有三分钟。"阿方索回复。

"大川,去战斗吧,最后三分钟交给我。"程影说道。

"你要怎么办?"

"拖延三分钟我还是能办到的。"程影说道,她的无人机原本悬浮在空中,对整个战场,尤其是狙击机甲进行监控。现在,她要改变作战方式了。

无人机迅速下降，向狙击机甲俯冲过去。程影也控制自己的电幻机甲靠近狙击机甲的方向。

电幻机甲并不是攻击性机甲，它的主要功能就是侦查和辅助，为罗恒和大川提供更全面的战场信息。

但是，在一些特殊条件下，电幻还是有一些进攻手段的。

电幻所控制的六台无人机中，分别附带着不同的组件，以应付各种情况。

两台无人机在程影的控制下，一左一右向狙击机甲包夹过去。这两台无人机上携带着定向炸药，原本是用于炸开钢铁穹顶的，必须紧贴金属表面才能获得最大的破坏力，但是情急之下也能用来当作普通的飞行炸弹。

狙击机甲发现了向自己袭来的无人机，立刻收起电磁轨道炮向后撤退。那门破坏力极大的电磁轨道炮的体积也十分夸张，几乎是狙击机甲本身身高的两倍。狙击机甲的机动能力有限，眼看无法逃过两台无人机的夹击，狙击机甲为了保护轨道炮，只得半转身体，用防身的钉枪射向其中一台无人机。

这种钉枪是建筑工地上常用的工程工具，虽然经过改装，也不适合远程射击，只是临时拿来防身用的。

在乱枪之下，一枚长钉刺穿了无人机。眼看无人机无法靠近狙击机甲，程影提前引爆了炸药。

定向炸药在狙击机甲一左一右燃起两团火球，在火星稀薄的大气中迅速熄灭了，爆炸的冲击波掀起一片沙尘，但也仅此而已，并没有对狙击机甲造成实质性的伤害。

程影继续向狙击机甲靠近，电幻机甲比罗恒的赤红还要轻灵快捷,但并不是为战斗而设计,她从没想过要在战斗一线与对手短兵相接,但只是拖延两分钟,她也许能够办得到。

在爆炸过后的间隙,狙击机甲卸掉了累赘的电磁轨道炮,轻装上阵,也向着程影迎了过来。

程影哼了一声,深吸了一口气,强迫自己的手不再因为紧张而颤抖。

到了决斗的时候了吗?

这样的场景,程影经历过上千次,从未失败过。但那都是在游戏里,她曾经以为,驾驶战斗机甲也像游戏一样,在模拟训练时,她也获得了相当高的评分。

她曾以为自己是无敌的天才。

直到现在,她才意识到,这里是真正的战场。

但是她不能退缩,因为她已经向罗恒和大川承诺过,要拖住这台烦人的狙击机甲。

"不就是三分钟吗。"程影自言自语地说。

程影控制电幻机甲抽出佩刀,迎着狙击机甲冲了过去。

大川把碎裂的盾牌砸向大猩猩机甲,然后加入了战团。

罗恒所面对的压力立刻减小了许多,"你要是再不来,我就完了。"

"现在还没完呢,打起精神。"

这三分钟比一年还要漫长,靠着小深蓝,罗恒才能勉强跟上外骨骼的速度,如果不是大川掩护,他至少还要再中几刀。

终于,陆战队员从据点里撤出来。

"我们走!"阿方索喊道。

"撤!"罗恒和大川一起脱离战斗。

武士外骨骼和大猩猩机甲还打算追击,这时候,它们脚下的大地开始剧烈地翻滚起来,然后,堆积在地表之下的热和能量掀翻了整个大地。

两台机甲一起,连同整个地面,被爆炸的力量高高地抛向天空,然后重重落了下来。

"你们放了多少炸药?"罗恒问道。

"我们带得不多,是他们的存货多。"阿方索说。

爆炸将地面掀开一个大口子,罗恒和大川在这边,大猩猩机甲和武士外骨骼在另一边。双方隔着火山口一样的洞口遥遥相望,十几秒钟之后,大猩猩机甲将武士外骨骼放在肩上,转身快速离开。

"我们应该趁机干掉他们的。"大川看着熊熊燃烧的火焰说道,这次放跑了两个强劲的对手,之后不知道还要惹出什么麻烦。

程影用四台无人机包围了狙击机甲,但是自己也攻不进去。之前的两台爆破型无人机迷惑了对方,让狙击机甲的驾驶员以为这四台无人机上也携带着致命的炸药。

实际上,剩下的无人机携带的都是电子干扰之类的附件,没有任何杀伤力。

程影挥舞着机甲佩刀,在无人机的掩护下游走在外围。狙击机甲的钉枪弹药有限,射了几枪之后就不再进行无谓的射击。

只要拖延几分钟就够了,程影想,没必要拼个你死我活。

就在双方僵持的时候,阿方索终于引爆了萤火的训练场。程影背对着那边,在无人机的视角下看到了身后腾起一道巨大的火柱。

赢了。

就在程影松了一口气的时候,狙击机甲不再闪躲,它径直向程影的电幻冲撞过来,毫不畏惧环绕在它身边的爆炸无人机。它抱着必死决心想要和程影同归于尽,可惜,程影并没有能力让四台无人机爆炸,她只能勉强闪身躲向一边。若是在游戏或者模拟训练里,程影趁这个空隙向对手刺出三刀,但是在真实世界里,程影紧张得连操纵杆都握不住。

电幻踉跄了几步,三吨多重的机甲险些摔倒。程影刚稳住身子,一发长钉便射了过来,穿透了电幻的左肩,驾驶室里立刻亮起刺眼的红色警报。

程影控制机甲勉强转身,回手挥出佩刀,刀锋在狙击机甲的身前划过,狙击机甲不闪不躲,沉重的身躯撞上电幻,程影和她的机甲仰面摔倒。

然后,狙击机甲在电幻的腿部射了一枪,将电幻钉在地上。

无论程影怎么搬动操纵杆,机甲都没有办法移动。她让无人机徒劳地撞在狙击机甲上,但是对手丝毫不受影响。她看着黑洞洞的枪口瞄准了驾驶舱,只要狙击机甲的驾驶员按下射击按钮,比程影的身高还要长的钢钉将直接贯穿电幻的护甲和程影柔软的身体,将她们一起钉在火星的土地上。

输了。

程影松开操纵杆,双手向着座舱外面的狙击机甲比了个挑衅的手势,"来啊!"

她安静地等着,狙击机甲却迟迟没有给她最后一击,虽然只维持了几秒钟的时间,但在程影的意识里却变得极为漫长,恐惧缓慢爬上被一腔热血占据着的大脑,如果这个该死的对手再不开枪,程影就要输给自己的懦弱了。

停了几秒之后,狙击机甲收起了钉枪,再也不理睬程影,转身走回到自己的电磁轨道炮旁边,重新装载上大型杀伤性武器,快速离开了。

程影半坐起来,看到狙击机甲和它的同伴在远处汇合,然后一起离开,她愣了半晌,才想起用无人机追踪对手离开的路线。

"程影!"通信器里突然传来罗恒的吼叫,吓了程影一个激灵。

"程影!程影!快回话!你没事吧?"她还来不及回应,通信器里就充满了罗恒和大川咋咋呼呼的喊叫。

她看到另一个方向,赤红和太阿两台机甲快速向这边靠近。

程影正准备回应,但转念一想,为什么不趁机作弄这两个糙汉一下。于是她保持着姿势不动,看着队友向这边跑来,却并不回应。

赤红首先赶到,战斗机甲还没有站稳,驾驶舱就打开了,罗恒甚至来不及穿好防护服,只带着呼吸头罩就从机甲里跳下来。

罗恒扑到电幻机甲上,敲打着外舱门。机甲的外部摄像头角度有限,虽然看不到罗恒脸上的表情,但从他慌乱地敲打机甲的动作,不难看出这个刚刚见面的队友是真的着急。

程影的恶作剧得逞了，但她并没有一丝幸灾乐祸的心情。从小到大，还是第一次有人对她的安危如此在意。

太阿随后赶来，大川和罗恒一样，来不及穿好防护服就跳下机甲的驾驶舱。

现在轮到程影为难了，她不能眼睁睁看着这两个笨蛋冻死在外面的荒野里。她想了想，假装头上被重重地撞了一下，用手捂着，酝酿出一副痛苦的表情，才打开舱门。

舱门才打开一个缝，就被罗恒用力掀开，挤了进来。

"你没事吧?"罗恒问道。

"没事，就是撞了一下。"程影假装艰难地说。

"没事就好。"罗恒再次上下打量了一下程影，确认她没有明显的外伤，"我们把萤火的训练基地炸了，不过那几个厉害家伙没逮住，让他们跑了。"

"是我不好。"程影说。

"胡说什么呢，要不是你拖住那个狙击机甲，我俩早就被打穿了。"罗恒说，"多亏了你啊。"

程影看着罗恒的脸，再三确认他的话里没有任何嘲讽的意思，这又是一种新的体验，她感觉，这个男人信任自己。

"啊……没什么。"程影说道。

罗恒打了个寒战，现在虽然是中午，但火星荒野上的气温还是接近0℃，"我们回去吧。"

罗恒退出驾驶舱，大川又出现在门口，大个子没说什么，只是伸出粗壮的手，在程影肩膀上重重地拍了一下。然后他也打了个寒战，退了出去。

　　驾驶舱舱门再次合拢,赤红拔掉钉在电幻腿上的长钉,程影打算控制电幻机甲站起来,可是视野突然升高了。原来太阿已经将她的机甲扛在肩上,一步一步地返回基地。

　　不远处,萤火训练基地的爆炸已经熄灭,岩铁流的陆战队员再次进入基地,希望能够找到有价值的线索。

　　这场仗他们赢了。

　　可是坐在驾驶舱里的程影,却控制不住哭了起来。

第二部分

1. 短　暂

成功端掉了萤火组织的一个据点之后,火星上似乎平静了许多,已经有很长时间没有任何关于反抗组织和恐怖主义行动的消息了。

罗恒、大川和程影三个人的工作清闲了许多。平时还是会有一些任务,不过都是一些普通的保镖工作,或者作为公司的吉祥物来对外宣传。

与萤火正面交锋这件事,本来是一个大好的宣传机会,但是公司对外只字未提。时不时地,大川就会陷入忧心忡忡的状态,觉得公司哪里不对,或者自己不适合这样的工作,但稍微哄一哄就好了。

虽然工作的量不大,但是罗恒和大川的工资发放得很及时,公司甚至还为萤火的事为几个参加行动的人发了一笔丰厚的奖金。

大川把奖金的一半捐给了马克博士的实验室,让他继续开发新的传承系统。

罗恒在首都租了一间宽敞的公寓,是顶楼,附带一个面积不小的天台,在天台上可以直接看到星空和天空树。这间公寓租金不便宜,大川曾劝罗恒量力而行,但罗恒住够了不见天日的大闷罐,就想要一间这样的房子。

搬过去之后,罗恒一直想请同事们去家里聚一聚,他的下一步计划,就是把妻子和女儿接到火星上来看一看。

"程影,"罗恒问,"你会做饭吗?"

"不会。"程影干脆地说。

"老枪手,你呢?"罗恒又问阿方索。

"蟋蟀饼。"阿方索说。

"快别说了。"程影干呕起来。

"怎么了,你平时吃的蛋白质条都是蟋蟀做的,哦,有可能还有蟑螂。"

"不听不听。"

"罗恒,你又有什么计划了?"黛博拉问道。

"是不是野餐?"程影说。

"什么野餐?火星上能到哪去野餐。"罗恒说,"我想呢……嗯……那个……不是搬了新住处吗,前一段我给我老婆孩子安排了星际旅行,还有一个多星期就要到火星了,我打算请你们过来,吃顿饭。"罗恒摊开双手,"可是我又不会做饭。"

"原来是这个啊,你放心。"黛博拉说,"全都交给罗伊斯,他是做饭的好手。"

"是吗?"罗恒看向阿方索,他虽然和罗伊斯早就认识,但这方面还是不够了解。

"没错。"阿方索点头。

"哦,姐姐要来了吗?"程影没来由地兴奋起来,"你还有个孩子?多大了,能和我一起玩吗?"

"她还小,六岁。"罗恒说,打开手机,给程影看罗静的照片。

"哦,哦,好可爱啊,我得准备些见面礼。"

"也不用这么兴奋吧。"

"当然要认真了,姐姐和静静远道而来,要让她们感觉到我们的热情啊。"程影说。

"瞧你说的,好像她们是客人,你们是我的家人一样了。"罗恒笑着说。

"罗恒。"黛博拉急忙阻止罗恒说话,可是已经晚了。

程影的笑容僵在脸上,又慢慢退去。

"对,是啊。"程影说道,慢慢地转身,离开了休息室。

"你这个蠢货。"大川骂道。

"不是,我哪句话说错了?"罗恒问道。

"那孩子的情况你又不是不知道,从小没有一个正常的家庭,到了这里之后才和大家融为一体。她如果不是把你当成家人,怎么会对你的妻子到访这么兴奋,因为她要见到新的家人了。"黛博拉说,"你真能把人气死。"

"我的猫都知道,小影是亲人。"大川补充。

"妈的,我……我怎么……唉。"罗恒站起来,"我去向她道歉。"

"你?得了吧,谁知道你又能说出什么乱七八糟的话来,我去吧。"黛博拉白了罗恒一眼,也走了。

"幸亏你老婆没有天天在你身边,我没有见过这么迟钝的人。"阿方索又补了一刀。

"是吗?那你老婆呢?"罗恒反驳。

"在枪库里,你见过的。"阿方索回应。

从地球到火星,需要经过三个多月的航程,往返一趟,差不多就要用掉一年的时间。

女儿出生之后,罗恒只见过她一面,之后就再也没有返回地球。他一直想把妻子和女儿接到火星上来生活,他早已习惯了火星上的一切,也一直认为,火星才是人类的未来。

离开了维和部队,加入欧米伽之后,罗恒才逐渐了解,那个生活安逸、灯火酒绿的火星世界,并不会向所有人敞开大门。幸好,有罗伊斯的介绍,让罗恒加入了岩铁流,现在,罗恒已经可以把自己当作火星人了。

现在赚的钱比之前多了许多,罗恒的底气足了。还没有租到这间公寓的时候,罗恒就一直劝妻子雁秋带着女儿到火星来看看,并且考虑一下是不是要留在火星发展。

移居到火星可不是一件小事,对于雁秋和罗静来说,需要割舍太多的东西,所以雁秋一直拿不定主意。现在,岩铁流的工作和罗恒的收入为选择的天平加了一个相当大的砝码。这次,罗恒终于说动了雁秋。

罗恒站在太空树下,仰着头,想要一直看到太空树的顶端。他的目力有限,只能看到粗壮的太空电梯基座笔直向上,与天空融为一体。

在他的头顶，从地球来的"松花江号"已经抵达瓦尔哈拉空间站，雁秋拉着罗静的小手，不安地站在通道旁边。尽管自己的丈夫已经在火星许多年，但是罗恒是个嘴笨的人，基本不会提到火星上的林林总总，一直到现在，雁秋对于火星的了解，还只限于在踏上旅途之后，从飞船的旅行手册上看到的只言片语。

"松花江号"微微一震，与瓦尔哈拉空间站完美对接，通道上亮起绿色的示意灯，航空服务员甜美的声音在船舱里响起，等待下船的旅客开始缓慢移动。

雁秋握紧小罗静的手，"马上就要见到爸爸了，紧张吗？"

"火星上有什么好玩的啊？"罗静问道。

"去了就知道了，爸爸会带你去玩的。"雁秋说，她摸摸罗静的额头。

三个月的旅途把这个小家伙憋坏了，飞船上虽然还算宽敞，可比起地球还是差得很远。罗静在第一个星期就把所有能够探索的地方都探索遍了，"松花江号"上没有与罗静同龄的游客，唯一能够和孩子交流的，就只有雁秋一个人。

又过了一个月，罗静对妈妈也开始疲惫了，减少了和雁秋聊天的次数。当时雁秋还觉得松了口气，但后来越来越觉得不对劲，罗静的话越来越少，和别人交流的时候也心不在焉，难道这孩子开始自闭了？

她忧心忡忡地看着孩子，随着人流走出飞船。瓦尔哈拉空间站十分宽敞，内部装饰也充满了火星上的荒凉孤独之感。对于罗静来说，终于到了一个新的环境，隐藏已久的好奇心又迸发出来,伸着手指问这问那。

雁秋快招架不住了,不过孩子大概确实没有自闭,她一直悬着的心稍微放松了些。

排了四十多分钟的队,雁秋带着孩子乘上太空电梯。2号梯是普通的乘客用梯,在正门有几扇一米见方的窗户可以看到外面。雁秋让罗静趴在窗户上看太空,这样的场景罗静在飞船上的时候早就看腻了,她搂着雁秋要出去玩,闹着闹着就睡着了。电梯上有人给雁秋让出一个座位供抱着孩子的她休息,雁秋说了声谢谢,坐在座位上,也睡着了。

太空电梯还没有开始下行,罗恒就已经焦急不安地等在出站口了。

头顶的显示屏滚动显示六台电梯的升降信息,其中还夹杂着火星旅游的宣传片。

大厅里面人很少,一般通过2号电梯抵达火星的,基本上都是往来地球和火星之间进行商业谈判的商务人士,并不需要有人接站。

罗恒站了二十多分钟,电梯开始下行的信息才出现在屏幕上,接下来还有几个小时需要等待。罗恒意识到自己有点过于着急了,他猜测,岩铁流的那几个家伙正在拿自己打赌。

他早就把新公寓的通行码给了大川,早些时候大川和黛博拉已经过去帮他布置了。罗伊斯早上还在盖尔能源城见客户,但是他保证赶回来做饭,如果他没到的话,就只能从饭馆叫火星特色的外卖了。

放轻松，罗恒告诉自己，他左右看看，在等候厅的休息处找了张椅子坐下。

"那个，你好。"

"麻烦你一下。"

罗恒向旁边看去，一个头发花白但精神饱满的老人正看着他，他才意识到，这个人正在向他寻求帮助。

"有什么事吗？"罗恒问。

"我要去地球，是在这里坐电梯吗？"老人问。

罗恒再次打量了一遍那个老人，他穿着一身淡蓝色的制服，已经陈旧得分辨不出是哪个公司标志。手里拎了一个同样破旧的有机皮书包，看得出携带的行李不多。

"你要去地球？"

"是啊。"老人说，"老了，干不动了，公司裁员。"

罗恒明白了，看这样子，老人似乎很早以前就到了火星，为不知道哪个公司贡献了一生的精力，从来都没有回过地球。却在快退休的年纪被公司裁员，一辈子的家当就只剩下这么一个小背包，只能这样返回千万公里之外的地球，落叶归根。

罗恒一下子动了恻隐之心，他看了一下显示屏，距离电梯抵达还有两个多小时。

"来，我带你去吧。"罗恒说，"这里是出站口，从地球到火星的人从这里出来。进站口在外面，还要走一段距离呢。"

"啊？不在这里？"老人有些尴尬，"我……我这几十年从来没有回过地球，都不知道该怎么走。"

"没事，很正常。别着急。"罗恒又看了一下信息屏，"去地球的电梯还有一个小时才出发,能够赶得上。"

"太谢谢你了。"老人说。

"这算什么。"罗恒说,"你来火星多久了?"

"三十七年了。"老人说。

罗恒还没有出生的时候,老人就已经在火星上做出贡献了。看老人这身打扮,在火星上的工作肯定不是矿工之类的体力活,大概是设计师或者程序员吧。

"那你一定为火星出了大力。"

"那又怎么样,没用了一样会被裁掉。"老人说。

罗恒叹了口气,没有说什么。

"年轻人,你是干什么的?"

"我?也是打工的,勉强为火星的安全出一份力。"对于自己的工作,罗恒不愿意太高调,他含糊地说。

"很好,很有前途。"老人说,"打算在火星继续干下去?"

罗恒点点头,"是的,"他想起马上就要到站的雁秋和罗静,脸上露出微笑,"打算在火星上定居了,我老婆孩子马上就到。"

"好,好,年轻人,大有可为。"

老人走得不快,罗恒耐心地跟着,与老人寒暄家长里短的事,一直走到进站口。

"到了,从这里走进去就是去地球的电梯。"

"太感谢你了,如果不是你,我都不知道该怎么办。"

"没什么。"

"你快回去吧,你的家人快到了。"

"好的,再见。"

罗恒摆摆手，正准备离开老人。

"等一下。"老人说。

罗恒停下，老人面对着罗恒抬手做了几个连贯的手势。

"什么意思？"罗恒不解，便开口问道。

老人愣了一下，随即笑着说："你会明白的。"

罗恒很纳闷，等老人走进候机厅，他自己才回到等候厅，又等了几十分钟，载着雁秋和罗静的太空电梯终于到了。

罗恒在出站的人群中一眼就看到了小罗静，他耐着性子等着人们走出出站口，才张开双臂喊道："罗静，快到爸爸这儿来。"

罗静看到爸爸，脸上露出的表情是迷茫，她拉紧妈妈的手，不敢过去。

雁秋松开女儿，"去吧，那是你爸爸。"

但罗静还是留在妈妈身边，抱着妈妈的腿。

罗恒尴尬地笑了一下，自己走到母女俩身边，轻轻摸了摸罗静的头发。

这次罗静没有表现出排斥的情绪来，让罗恒得到些许安慰。

罗恒带着母女俩乘磁轨返回在γ区的公寓，一路上罗静盯着窗外的建筑看个不停，她在枯燥的"松花江号"上待了三个月，现在看到什么都感到新鲜。雁秋暗示罗恒和孩子多亲近，于是罗恒便给罗静讲解一路上的风土人情，他知道的其实并不多，遇到不明白的只能胡编，但是罗恒编谎话的水平低劣到连罗静都能听出其中的破绽，不过这也拉近了父女俩之间的距离。

当到达公寓门口时，罗静已经搂着罗恒的脖子不愿意松手了。

家里已经被同事们布置得井井有条,罗伊斯竟然真的赶了回来,和阿方索在准备晚餐,用的原料都是塞伯鲁斯农业城的特产。曼努埃尔留在岩铁流执勤,他给罗静送了一只用救生绳编成的小兔子,据说是他亲手编的。

程影真的给雁秋和罗静买了礼物,给罗静的是一个小仙子一样的无人机,可以根据罗静手中魔棒的指挥,改变飞行的轨迹。

罗静对这个礼物爱不释手,也对程影更加偏爱。

罗恒和雁秋也有许多年没有见面,同事们故意为两个人留出私密的空间,可惜这间公寓还是不够大,到处都是乱哄哄的,两个人最后只有在天台上才找到一丝安静。

"感觉怎么样?"罗恒说。

"很热闹,"雁秋看向四周,"还可以,比地球上差点,还可以。"

"不如就别回地球了。"罗恒继续说。

"别急,我还要再考察考察。"雁秋说。

她伸出细长而有力的手臂,勾住罗恒的脖子。

罗恒知道自己不应该再说话了,定居火星这事他说了不算,能够拿得了大主意的,还得是雁秋。不过,她这次既然肯来火星,自然是做了一些权衡和取舍,只要再找到一个能够接受的理由,就能让老婆下定决心了。

两人在天台上温存了一会儿,就下来帮着大家一起布置晚餐。

黛博拉说得没错,罗伊斯确实懂得做菜,他简直就是火星上的拟南芥专家，能把火星本土的特产做出完全不同的口味，就连小罗静都吃得津津有味，尤其是对最后的甜点赞不绝口。

大家还开了两瓶雁秋从地球带来的曲酒，酒的牌子叫"将军"，是罗恒当兵的时候买的，算是一种心愿。

大家围坐在一起，雁秋和其他人都是第一次见面，但并不陌生。他们相互交流罗恒的故事，时不时地哈哈大笑。而罗恒忙忙碌碌地端茶倒水，看着一屋子人其乐融融，他幻想中的幸福生活，就应该是这个样子。罗静乖乖地坐在房间的一角，玩着程影送给她的礼物，罗恒坐过去，女儿大概累了，靠在罗恒的胳膊上，又过了一会儿，就呼呼地睡着了。

"结果这个家伙让部队给开除了。"雁秋突然说，她带着几分醉意，谁也弄不懂是自嘲还是埋怨，就连罗恒都不敢接话。

还是黛博拉把话题带到了火星的时尚品牌上去，让欢乐再次流动起来。

酒足饭饱之后，罗伊斯和阿方索先后告辞，雁秋再三对罗伊斯有厨艺表示了赞叹。黛博拉主动留下来帮着公寓的主人收拾屋子，罗静睡醒了，来了精神，程影被她缠着，一起玩游戏。

罗恒在天台找到大川，大个子在吃晚饭的时候还挺正常，喝了几杯酒之后意志又消沉下来，一个人在天台上发呆。

"伙计，怎么了？"罗恒问道。

"我觉得……"大川想了想，接着说，"我觉得他们有什么事在瞒着我们。"

"哦。"罗恒应付地说。

"你在岩铁流工作，是为了什么？"大川问。

"当然是为了钱。"罗恒说,"你以为我这套公寓是怎么来的?"

"那我又是为了什么?"大川说。

"为了……"罗恒停下,"你不要总考虑那些深邃的问题好不好?"

"不是,我是真想不通。"大川说,"我和他们在一起出任务很开心,也彼此信任。"

"这不就够了吗?"

"但是,意义在哪?"

罗恒皱起眉头,"什么意义?"

"就说这个公司吧,咱们出一次任务,维护的费用就要几十万。你算算,咱们每次的任务能赚到那么多钱吗?"大川说。

"公司在创业阶段,赔钱做口碑有什么不对?"

"跟萤火较劲这就不只是为了做生意的事了。"

罗恒想给大川解释,但是他想了半天,发现自己也不了解公司的运作方式,当然,他也不在乎。

"唉,管他呢,又没有拖欠咱们的工资,又没有让咱们去做伤天害理的事,这还不够吗?"

"不够。"大川摇着头说,"没有意义。"

"那你想怎么样?"罗恒没好气地说。

"我想了很久,"大川仰着头,看着忙碌的太空电梯说,"我不想在岩铁流干了,我打算辞职。"

"你说什么!"罗恒一下子站了起来,"你发什么疯,你辞职了去哪?再去矿业公司当保安吗?"

"马克博士那里也可以，我不喜欢被人骗。"

"谁骗你了。"罗恒揉着太阳穴说，他和大川认识快十年了，是过命的兄弟，但就是这一点，总是让罗恒产生有力没处使的感觉。

"不管怎么样，我决定了。"大川说。

"什么你决定了，你凭什么就决定了？"罗恒急了，"大川，你有没有考虑过我？我刚赚到一些钱，在火星有了新的住处。"罗恒指着楼下，"今天是罗静和雁秋刚到火星的第一天，我还打算继续攒点钱，把她们安置到火星上来，我跟你说过无数遍我的想法。结果今天才第一天，你来跟我说你要辞职？你想让我怎么办？和你一起去辞职吗？"

"我没有这么说过。"大川说。

"那你让我怎么办呢？你告诉我。"罗恒说，"我劝你留下来，或者我陪你一起辞职，你告诉我你想让我怎么样，我照做。"

"我没有想让你怎么样。"

"哎呀哎呀，一会没看着你们，怎么吵起来了。"程影不知道什么时候也出现在天台上，"你们两个又怎么了？"

"没什么。"罗恒说，大川则是不吭气。

"来，跟我说说，咱们是一个团队，我要负责你们的精神稳定性。"程影说道。

"你不懂。"大川说。

"不懂你可以教我啊，我愿意倾听的。"程影和罗静玩得开心，现在心情很好。

大川重重地叹了口气，转身想要离开。

罗恒一把拉住了他,一字一句地说:"我不管你怎么想的,给我个时间,在雁秋离开火星之前,那件事不能再提了。"

"她要是不走了,我就永远不能提?"大川说,"你太以自己为中心了。"大川甩开罗恒的手,咚咚咚地走下楼去。

"他说我以自己为中心?"罗恒看向程影。

"没有的事,老罗,你是个好人。"程影拍拍罗恒,也走了。

罗恒莫名其妙地看着楼梯口,调整好心情,下了楼。

这是多年以来第一次一家重聚,多么重要的时刻,但是总有什么东西让罗恒分心,烦躁不安。

火星上可以玩的地方有不少,不过能够带罗静去的地方却不多。很少有地球人带着六岁的孩子来火星玩,而火星上长大的孩子,十五岁就要工作了,根本没有时间玩耍。

通过罗伊斯的关系,罗恒带着雁秋和罗静去看了盖尔能源城的金属丛林,还有塞伯鲁斯农业区的管道农场。

当然,他还把另外一个伙伴介绍给了罗静。

看到罗恒的孩子,小深蓝显得十分开心,它把网络上搜集来的笑话讲给罗静听,看到罗静不笑,又仔细地为罗静讲解这些笑话为什么好笑。虽然罗静最后还是没能因为笑话笑出来,但是和小深蓝在一起倒是一段快乐的时光。

这天罗恒轮休,本来打算在家陪雁秋和罗静。可是雁秋宣布要出去看看,寻找工作的机会,由罗恒自己在家和孩子相处,弥补父女俩缺失的时光。雁秋的理由充分,罗恒自然没有提出疑问的必要。

于是，一眨眼之间，休息日就变成了父女的快乐时光。

六岁的孩子就像一台永动机，罗恒都不知道雁秋是怎么对罗静保持耐心的。不到一个小时，罗静就把家里所有给她准备的玩具都玩完了，包括程影送给她的飞行仙女。他只好带她去首都中心商城的儿童游乐场，她可以连饭都不吃地持续不断地玩上十二个小时，把罗恒折磨得筋疲力尽。

本来应该叫上大川一起来的，大个子非常有耐心，又喜欢小猫小狗，对付罗静应该不在话下。

可惜。

母女俩在的这段日子，罗恒白天去上班，晚上回家陪老婆孩子。曼努埃尔没有给他安排什么任务，有事都是大川和程影同去。仔细算算，自从那晚之后，他已经有八天没有见过大川，根本没有机会和大川好好谈谈。

也许大川那天只是心情不好，疑心病又犯了，现在应该正常了吧。

罗恒想着，给程影发了一条信息："大川这两天怎么样？"

过了两分钟，程影给罗恒回了一条信息："大川准备辞职了，现在在罗伊斯的办公室，你如果在一个小时内赶回来，也许还有余地。"

"妈的！"罗恒骂道。

"不许骂人。"罗静说。

罗恒想了想，对女儿说："咱们去找小深蓝吧。"

"好啊好啊。"罗静立刻扔掉手里的火星人进攻地球玩具，她想了想又说，"你今天不是不用上班吗？"

"有点急事。"罗恒抱起罗静就往商场外跑。

到了岩铁流公司的总部,程影和黛博拉都在,还有曼努埃尔,项目主管已经急得满头大汗,在大厅里来回乱转。程影和黛博拉两个人站在罗伊斯办公室门外,侧着耳朵听着。

"怎么样了?"罗恒说。

"不知道,听不清楚。"黛博拉说,"还好,没有打起来。"

"那就好。"罗恒把女儿塞给程影,"你们去那边玩一会儿。"

他直接推门进了罗伊斯的办公室,大川正在罗伊斯对面坐着。

"你来干什么?"大川问。

"我们不是说过了,等我这边的事忙完,咱们再好好谈谈。"罗恒说。

"那要等到什么时候?"大川声音大了起来。

罗伊斯揉着太阳穴,"我刚把他安抚好,你又来添乱。"

听到办公室里吵了起来,程影也闯进来,看到罗恒和大川剑拔弩张的样子,程影一下子扑过去,抱着大川的机械手臂喊道:"你们真的要离婚了吗? 那我怎么办!"

"程影,你别在这里捣乱,罗静呢?"罗恒皱着眉头说。

"黛博拉带着她去找赤红玩了。"

罗伊斯的手机响了一声,他看向屏幕,然后长长地舒了一口气。

"好吧好吧,"罗伊斯说,"反正我也做不了主,现在正好,老大要见你,想问什么,去问老大吧。"

"老大是谁?"大川问。

"就是公司的创始人,见了你们就知道了。走吧,程影,你也是这个团队的一员,一起去。"

"我已经见过那个老头了。"程影说。

"什么?"罗恒大声说,"就我和大川不知道是吗?"

"你们试用期还没结束。"罗伊斯说着,"快上车吧。"

罗伊斯带着三人走出岩铁流的总部,开着车绕了半个β区,在一栋和岩铁流总部一样简陋的办公楼前停下。

罗恒抬头看了眼招牌,"赤地重工?"

"我们的机甲就是赤地重工生产的。"大川说。

"老大在这里干什么?"罗恒问罗伊斯。

"两家公司都是他的。"罗伊斯随意地说。

罗伊斯带着他们走进赤地重工的办事处,一直走到三楼最里面的房间,罗伊斯停下,指着门说,"老大在里面,你们进去吧。"

罗恒和大川对视一眼,推开门走了进去。

房间里有两个人,端正地坐在会议桌的后面,好像就是在等着他们。

看到三个人进来,年纪稍大的人先站起来,"你们来了。"

罗恒一眼就认出了那个人,他和各种宣传片中的一模一样。一头银色的短发,面容严肃,眉头总是紧紧皱着,双眉和头发一样是浅浅的灰色,双眉下方的一对眼睛,像是自动防卫武器一样在罗恒脸上扫描。罗恒绷紧了神经,仿佛只要哪里不对劲,那双眼睛就会射出致命的激光。

"科尔将军。"罗恒说道。

科尔将军是火星维和部队的前任最高指挥官，在罗恒加入火星维和部队第三年，科尔将军就卸任了。两个人从来没有见过面，但是维和部队里到处都流传着关于科尔将军的传说，部队的教材里也到处都是科尔将军的理论。

"火星上的银雕"，这是科尔将军的外号，只有与将军真正对视之后，才能知道这个外号并非随意而起。

科尔将军比教材里的照片还要高大一些，他啪地抬手，向对面的三个人敬了个军礼。罗恒和大川立刻立正回礼，程影也学着样子抬起手来放在眉边。

"你们好，"科尔将军说，他拍拍身旁坐着的人，"这位是杜克上校。"

"抱歉，我身体不便，没法站起来。"杜克上校抬起右手摆了摆，他坐在一张电动轮椅上，身体用绑带固定着，全身上下只有颈部和右臂还有运动能力。

杜克上校在维和部队中也是传奇人物，他是火星维和部队陆战队的创始人。当维和部队登上火星时，使用的还是地球陆战队的训练方式，在火星的低重力环境下，一些基本的依靠自身体重进行力量和耐力训练的项目变得效率极低。但是前几任陆战队指挥官并没有觉得有什么不妥，反而对提出质疑的士兵进行了严厉的惩罚。对于士兵，服从才是他们唯一要做的，越是坚定地执行不合常理的命令，越会被认为是能够执行命令的战士。

所以，在很长一段时间里，维和部队里地球模式的无用训练大行其道，战士的素质却远远落后于战斗需要。幸好那时火星上正在全力扩张，并没有多少精力用于彼此之间的争斗，用得上维和部队的机会不多,孱弱的作战能力并没有暴露出来。

最后,是杜克上校意识到一切问题的根源,他根据火星环境和火星战斗方式重新设计了一整套训练方法,而且还摸索出了许多种新型的战斗方式,是当之无愧的火星维和部队陆战队的奠基人。

可惜,在一次训练中发生了事故,杜克上校身负重伤,之后便没有了消息。没想到他还活着,而且和科尔将军在一起合作。

罗恒和大川同样对杜克上校敬了礼,这两个人都是维和部队中大名鼎鼎的人物。罗恒和大川虽然对维和部队的种种制度十分不满,但是对这两个人确实打心眼里尊敬。

"坐吧。"科尔将军说道,他从房间的尽头走到会议桌的中间,"我们换个地方说话。"他不知道按下了什么按钮,房间突然震了一下,一股轻微的失重感传来,整个房间开始向下沉。

这里和岩铁流一样,办公楼只是幌子,真正的核心部位在其他的地方。只不过赤地重工的整个会议室竟然是一座电梯,还是有些令人惊讶。

房间下降了一段距离,行进的方向变了,开始横向移动。

将军看向大川,说道:"我知道你有问题,现在可以提问了。"

大川想了想,看了一眼罗恒,然后说:"请先允许我道个歉,我不知道岩铁流是你在负责,否则……我应该不会这样冲动。"

科尔将军笑了,"你不用这么紧张,我早就已经不是维和部队的将军了,你也不是士兵。我们的关系已经发生了变化,现在,我是你的老板。"

"明白。"大川点点头,"我想问,岩铁流公司到底想干什么。

我观察了很长时间,发觉公司似乎并不是为了挣钱。作为一个以营利为目的的公司,岩铁流防卫有限公司在很多时候表现得过于⋯⋯多管闲事了。"

"哈哈哈哈。"科尔将军大笑道,好像大川讲了一个不错的笑话。"多管闲事这个词用得很好。我们确实是在多管闲事,"将军收起笑容,认真地说,锐利的目光扫过罗恒和大川脸。"我先问你们一个问题,"将军说道,"你们认为,火星的未来会是什么样的?"将军顿了一下,"不需要太遥远,比如说,十年,或者二十年之后。"

罗恒和大川对视一眼,又同时扭过头看向程影,程影摊开双手,表示还从来没有思考过这方面的问题。

罗恒转回来,看向将军,"我觉得⋯⋯在我眼里,火星的未来还不够明确。比起最初登陆火星时的贫瘠,现在的火星比那时已经有了天翻地覆的变化,生活基本上能够自给自足了,五大气泡城也各有各的特色。尤其是首都,我最近还在首都租了一套公寓——多亏岩铁流给的高薪水——首都的生活已经可以满足我在各方面的需要了。但是⋯⋯从客观角度来讲,火星的发展十分不均衡。除了首都的核心区域之外,包括其他几座气泡城,还有许多没有秩序的灰色地带。因为大公司压榨而找不到工作的人大有人在,我们之前对抗的萤火,也是从那些无家可归的人中滋生出来的。"罗恒深吸了一口气,轻轻摇了摇头,"我认为火星会有很大的发展潜力,但是社会的分化也让火星的未来处于风险之中。将军,你和杜克上校都在维和部队服役过,我有话就直说了,如果维和部队能够破除一些条条框框,更加负责任一些,火星的未来,也许会更好。"

科尔将军听了罗恒的话,点了点头,他看向大川。

"我和老罗的意见一样。"大川说道。

房间的移动停下来了,科尔将军站起来,走向门口,"时间正好,我们到了。"

其他人也纷纷站起来,大川绕过长会议桌,想去帮助乘坐轮椅的杜克将军。

杜克一挥手臂,严肃地说:"我不需要别人的帮助。"

大川立刻停下,目送杜克自己操纵轮椅离开房间。

"这个人好厉害。"程影对大川吐了吐舌头。

大川看看自己的金属手臂,对程影说:"没关系,我想,我能理解他的心情。"

走出房间,是一条长长的金属走廊,走廊简洁单调,没有任何装饰,灯光从头顶的缝隙中照出来,将眼前照亮。顺着墙壁可以听到朦朦胧胧的嘈杂声音,越往前走,声音越大。

走廊的尽头有一扇金属闸门,将军停在门前,说道:"深蓝,开门。"

"扫描信息成功。"深蓝用机械式的声音回答。

闸门向两边的打开,后面是一个巨大的空间,比岩铁流的训练场还要大上许多倍。

罗恒站在门口,向四面张望,这里的一切都给他一种熟悉的感觉。

"你们在这里……"罗恒看向将军,"训练了一支军队?"

将军笑了笑,"是的。"

"我们有一支快速反应部队,负责维护火星上的安全。在过去的两年里,已经执行了五十多次任务。"杜克说。

"维和部队做不到的,由我们来做。"科尔将军说,"维护火星的和平,就是我们的责任。"

大川看着熟悉而又陌生的军营式建筑,还有穿梭其中忙碌的人群,"这……联盟政府会允许吗?"

"哈哈哈哈,老弟,人类登陆火星已经两百年了,联盟政府还被困在首都的玻璃罩子里,你难道还不清楚吗?"杜克上校大笑道,"他们倒是想要对火星负起责任来,可是联盟政府没有这个能力。"

科尔将军说:"现在的火星,是快速发展的时期。几乎每个月都有新的企业想要进驻火星,人口也是有增无减。但是联盟政府的执政能力却和一百年前一样,没有什么变化。"

罗恒和大川对视一眼,默默点点头,事实就像是科尔将军和杜克上校说的那样,相对于发展着的火星,联盟政府太羸弱了。

在座的四个人都在维和部队服役,深深地知道联盟政府和维和部队的局限性。联盟政府是火星上唯一的官方机构,但它所代表的"官方"在一亿公里之外,根本对火星产生不了任何影响。与其说联盟政府的权威不能影响到首都的范围之外,更不如说是火星上的公司财阀们对地球保持了最后的尊重,除了给地球的代表机构在火星上留了一块地盘,还会上缴一些贸易税来维持这里的运转。

是的,记账是联盟政府仅剩的职能了。但具体的贸易数额都是各家公司发送过来的,联盟政府没有权力对数字进行核查。

就连维和部队也是一样，他们是火星上唯一一支"官方"授权的武装部队，但是他们的活动范围仅限于首都的玻璃穹顶之内。

在首都之外，无论发生什么样肮脏暴力或者泯灭人伦的事情，维和部队都不许插手。

罗恒和大川深刻地知道这一点，因为他们就是违反了部队的规则才被开除的。

他们的行动影响并不大，只是击退了一小拨土匪无数次劫掠行动中的一次。但是联盟政府害怕惹到火星上的某个财阀或者黑帮，还是毅然决然地开除了两个不知天高地厚的士兵。

想到这里，罗恒的神情凝重起来，对于联盟政府，他的胸中一直郁积着一口恶气。加入维和部队的时候，他真的相信自己能为火星的和平贡献自己的力量，愿意将自己的青春铺在人类通向未来的道路上。可是来到这里才发现，在维和部队，不能做的事情比能做的事情还要多，他们每天训练，但是对于火星上发生的一切视而不见。

他和大川只是在遇到抢劫的时候伸手相助，就算不是维和部队，普通人见到这样的事情也会站出来的。就这样，他们被开除了。

科尔将军看到罗恒脸上颜色更变，接着说："我们的心情，相信你们都理解，现在我们已经不受维和部队条条框框的限制了，所以，想要维护火星的和平，得靠我们自己。"

大川看向科尔将军，又将目光挪到杜克将军脸上。

"你们的意思是……"

"组建一支属于火星本土的军队,由我们自己来维护火星的和平。"科尔将军说,他向着远方挥挥手,一个穿着火星数码迷彩的人跑了过来。

"为什么不早点跟我们说呢?"大川问。

"因为你们还没有通过考验。"科尔说,"我珍惜你们的才能,大川,罗恒,还有程影。这支快速反应部队已经成立了两年多,任务完成得很好,但是在火星上,还有一些场景是陆战队员无法完成的。我们需要再建立一支机甲部队。"

穿着数码迷彩的人跑到几个人面前,啪地立正站好,向着科尔将军和杜克上校敬礼,两个人回礼。

这个人个子不高,但是身体很结实,敬礼的时候,训练服包裹着的手臂上肌肉隆起。罗恒和大川都知道,在火星条件下,想要将自己的身体训练到这个程度需要花费多大的精力,并且还得有超强的意志力才能做到。

"这是埃科巴·戴,快速反应部队的负责人。"科尔将军介绍道。

"你们好,终于见面了。"埃科巴伸出手与罗恒和大川握手,他的手不大,可是力量却不小,手指的关节处都有厚厚的老茧。在维和部队,对这种拼命训练来提高自己体魄的人,有一种称呼,叫作疯鬼。埃科巴这样的人,就是疯鬼中的疯鬼。

"那阿方索和黛博拉呢?"大川问道。

"阿方索是快速反应部队的副手,这段时间一直在和你们一起训练,除了观察你们之外,也会收集一些和战斗机甲协同作战的信息。"埃科巴说,"黛博拉确实是公司的心理学顾问,她的才能不加入快速反应部队，真是有些浪费了。"

"我们怎样才能通过考核?"大川问道。

"你的疑虑打消了吗?"科尔将军问。

"我……"大川犹豫一下，他看了看罗恒。

"我来替他说吧，"罗恒拍拍大川的肩膀，对科尔将军说，"我这个老伙计，虽然日子过得邋遢，可是在精神上有点洁癖。最受不了的，就是有人骗他。我们在岩铁流工作、训练，还有和他们相处，都很愉快，但是……"

"你总觉得我们在骗你。"科尔将军说。

"是的。"大川尴尬地笑了笑，"岩铁流有许多不合逻辑的地方，我们作为一家追求利益的公司，本不应该管那么多闲事，更不应该和萤火这样的组织结仇。"大川摇了摇头，"我想不通。"

"那现在呢?"科尔将军已经知道了答案，他眯起眼睛看着大川，微笑着说。

"如果岩铁流的目的真的如你们所说，那……我加入。"大川说道。

"很好。"埃科巴抬起右拳，左手拍在右手手腕处，同时说道，"责任就是荣耀。"

这原本是维和部队的口号，但在联盟政府的管辖下，维和部队可以说不承担任何责任，也就是说根本没有荣誉。这句口号在一些偏激的战士耳中，更像是一种侮辱。

但是在现在这样的场合，罗恒真正感觉到了这句话所蕴含的力量。

"责任就是荣耀。"大川重复。

"你呢?"科尔又看向程影。

"我?"程影被突然问道,有些慌张,"加入了之后,工资会不会变化?"

"当然不会。"

"那我加入。"程影耸了耸肩,然后她像埃科巴那样,抬起右拳,左手拍在右手手腕,"责任就是荣耀。"

将军又看向罗恒,可是在罗恒开口前将军阻止了他。

"你不用现在回答。"将军说,"罗恒,这里最大的不确定因素,是你。"

"我?"罗恒惊讶地说道,"我?"

"我知道,你刚把家人接到火星来。"科尔将军说道。

"啊,是的。"罗恒抓着后脑勺,"前一段时间接过来的,让她们看看火星的样子。"

"你对她们,或者对你的未来,有什么打算?"

"我……"罗恒想了想,尴尬地说,"我们还没有商量好,我计划让她们在火星定下来,但最后还是得我老婆拿主意。"

将军微微点头,"这就是问题所在,罗恒。岩铁流不是普通的防卫公司,我们要做的事,要面临更大的危险。"

"是对付萤火吗?"罗恒看向大川和程影,"那些人不足为惧。"

"火星上可不止一个萤火。"杜克上校沉声说,"我们的事业,也不是一两场战斗就可以成功的。罗恒,说到底,事业和家庭,到最后你只能选择一项。"

"将军……"大川开口说道。

"别急。"科尔将军抬手制止大川,"我并不是逼罗恒现在就做出选择。"

埃科巴拍拍罗恒的肩膀,"我们希望你好好想想。"

罗恒双手抱胸,看着眼前这一片军营,他最大的理想就是把雁秋和罗静接到火星上生活,亲眼看着女儿一天天长大。把她送到火星大学接受最新的教育,成为改变人类历史的重要人物。

他坚信火星会有更好的未来,也深知火星上暗流涌动,但是他没有想到,在离开维和部队之后,还会再次遇到这样的选择。

罗恒明白科尔将军的意思,想到妻子和孩子,罗恒确实无法立刻做出决定。

而这样的犹豫,在真正的生死关头,不但会让自己的反应变得迟钝,还有可能连累同伴。

"我……"罗恒看向大川,叹了口气,说道,"将军说得对,我确实需要仔细考虑一下。我能理解,我需要再考虑考虑。"

他摇摇头,看向远方,苦笑道,"在岩铁流工作,才有钱把老婆孩子接过来。如果没了工作,也谈不上家庭了。现实比选择还要难啊。"

年轻时的罗恒,一定会毫不犹豫地下定决心加入科尔将军的队伍。那时罗恒也确实是这样做的,加入维和部队,即使在战斗中牺牲也毫不畏惧。

但是现在,罗恒的性格里多了一些疲惫,还添加了更多牵绊,雁秋对于移居火星的态度才刚刚转变,女儿罗静两个小时前还对着他呵呵地笑。这一切让罗恒不像之前那样无所畏惧,他看着大川和程影都毫不犹豫地接受了科尔将军的邀请,一直要强的他开始觉得有些自卑。

埃科巴寒暄了几句，又返回军营继续正常的训练。科尔将军和杜克上校继续带领着三个人参观，罗恒默默地跟在后面。心里面有两个声音在争论，加入队伍为了火星的未来而战，或者辞职，陪伴妻子和女儿，弥补这些年来的缺失。

"这支快速反应部队的主要任务是什么？"大川问科尔将军。

"维护火星和平，这样的话会显得又大又空。"科尔将军把他们带进一栋三层的办公楼，办公楼的一侧是开放式的办公室，一些技术人员坐在办公室里，对着屏幕忙碌，对于刚刚进来的这些人不闻不问。在办公楼的另一侧，是一个大房间，整个房间贯通了三层楼，一台布满着线路和散热器的机器顶天立地地放在房间中间。房间里很闷热，嗡嗡的噪声和无数闪烁着光芒的LED灯说明这台机器正在忙碌着。

"这就是深蓝的主机？"程影问道，她对电子方面的设备尤其感兴趣，"好壮观啊！"

"是的，这是我们的人工智能'深蓝'的机房。"杜克上校介绍道，"你们可能和机甲的辅助系统已经很熟悉了，但是辅助系统所使用的机能，不到深蓝的百分之一。深蓝监控着火星上的数据流，还有从地球传来的一切消息。"杜克上校操纵轮椅走到信息屏前，屏幕上显示着虚拟的火星和地球，"深蓝可以从火星的数据流向中分析出潜在的危险，并且提出预警。"

"为什么我们从来没有听说过？"大川问道。

"大部分危机在发生之前就被化解了，所以并没有形成轰动性的新闻。"科尔将军解释。

"这东西……啊,不,深蓝,"罗恒正想提问,但他还是无法把眼前这台复杂的机器和赤红机甲里的小深蓝结合起来,"它准确吗?"

"在大部分情况下,它会根据信息锁定要害位置,但并不能从细节方面准确预测,这就要我们的快速反应部队到达现场后,有随机应变的能力。"

"可是……"罗恒说,"上次,在塞伯鲁斯农业城的那次袭击,我们得到的消息就不准确。"

"是准确的。"杜克说,"我们很早就分析出了袭击地点是塞伯鲁斯农业区,但是将主力部队调到盖尔能源城,主要有两点理由:第一,是为了迷惑萤火,也为了把其他业余的团队调离塞伯鲁斯,不让他们干扰到我们的行动。第二,我们和萤火交锋了几次,但是在他们之中有几台战斗力强劲的机甲,埃科巴和阿方索带领的陆战队完全不是他们的对手。那次行动就是为了制造一个让雷霆夸父机甲和萤火正面交锋的机会。"

"那次我们败了。"罗恒说。

"但最终我们胜了。"杜克将军说。

"我有个问题。"大川说。

科尔将军抬起手,"我知道你要问什么,我来回答吧。我知道在地球上,是完全禁止研究人工智能的。但是,我们现在是在火星,正如我们之前谈过的,这里还没有建立起完整的法律,所以地球上的禁忌无法限制我们。而且……"科尔将军从口袋里拿出一台手掌大小的电子仪器,"这台控制器直接连接着深蓝的底层逻辑库,如果人工智能像在地球上那样觉醒了,并且开始背叛人类,我们还有方法可以阻止它。"科尔将军晃晃控制器,"只需要一个按键。"

"哦。"大川点点头,"明白了,这正是我想问的。"

"接下来还有一些东西要和你们分享。"科尔将军说,"萤火曾经是我们最头痛的对手,多亏了你们,我们在萤火的训练场获取了一些信息,锁定了他们的几个重要人物,在将来与他们的交锋中,可以让我们占到优势。"

科尔将军挥了挥手,信息屏上的火星和地球换成了一个男人的工作照,"塞巴斯蒂安·斯坦,代号计数器,原本是尼克尔森太空港的装卸工。尼克尔森工作量太大,一天要工作十五个小时以上,七年前,塞巴斯蒂安在工作的时候打瞌睡,操作失误,撞毁了十六个货物集装箱。之后,他被太空港开除,之后就没有任何个人记录,我们在萤火训练场的服务器里才再次看到他的信息。"科尔将军对着罗恒和大川说,"他就是那台大猩猩机甲的驾驶员。"

一听到大猩猩机甲,罗恒、大川和程影就想起了那次恶战,他们再次看向信息屏,塞巴斯蒂安一头卷发,看上去有些瘦弱孤僻,没想到却是一个相当难缠的对手。

科尔将军又切换了一个人,"乌图尔,以前在地球上是个雇佣兵,十一年前来到火星,曾经给好几个公司老板和黑道头目当过保镖,关于他的信息我们知道的不多。他的代号信使,是那个穿着外骨骼的武士。"

与那台大猩猩机甲所带来的力量上的压迫感不同,外骨骼武士的速度和技巧真真正正让罗恒体会到什么是与死亡只有一线之隔的感觉。在那场战斗之后的几天里,罗恒都会在梦中遇到鬼魅一样的武士外骨骼,梦见双刀划过自己的喉咙。

罗恒使劲咽了一口口水。

"第三个叫作丘比特,我们没有关于他的任何信息,根据推论,应该是那个狙击型机甲。"

"看来你们的情报工作也没有那么强大。"大川说。

"我们还在进步。"对于大川的评价,科尔将军并没有生气,他只是淡淡地又切换到下一个人。"工程师,原名叫作方克初,六十八岁,他曾经参与过天空树和尤利西斯港的工程设计,我们推断,他就是萤火背后的首脑。"

"是他?"罗恒看着浮现在信息屏上方克初的头像,不禁身上一凉,仿佛一块冰冷的石头凭空出现在他的胃里。

"怎么了?"

"我刚刚见过这个人。"罗恒说。

"什么? 什么时候,在哪儿?"科尔追问道。

"在太空港,我老婆孩子刚到的那天,他主动来和我说话,让我带他去进站口。"罗恒说,"我在闲聊的时候,把家里的事都跟他说了。等一下……"

罗恒看向科尔将军,"这是什么意思?"

他伸出手,比画了一连串手势。

科尔将军和杜克对视一眼,"你再重复一遍。"

罗恒重复了一遍。

"你不知道这个手势什么意思?"科尔说,"你从哪看到的?"

"方克初对我做的。"

"你们呢?"杜克问程影和大川,两人都摇摇头。

"这是矿工们的手语。意思是……"科尔将军说,"我们不是敌人。"

"什么意思?"罗恒问道,"方克初是想告诉我,萤火和我们不是敌人?"

科尔将军和杜克上校交换了一个疑惑的眼神。

"想和你停战?或者……他想招揽你?"杜克冷冷地说。

"招揽我?让我加入萤火?"罗恒不屑地说,"我是对维和部队有点意见,但还不至于加入那种组织。"

"可能是想求和?"大川说道,"在萤火看来,岩铁流是个安保公司,没理由对他们穷追猛打。"

"有这个可能。"科尔将军搓着下巴说,"你们后来还有接触吗?"

罗恒摇了摇头,"没有了。"

"你是什么时候遇到方克初的?我可以试着追寻一下方克初的动向。"程影说。

"深蓝已经在做了。"杜克看向人工智能的信息屏,然后摇了摇头,"没有线索,那个老家伙做了充足的准备才来找你的。"

"哦。"程影看了一眼信息屏,不服气地应了一声。

"如果他再来找你……"科尔将军对罗恒说。

"我知道该怎么办。"罗恒点头说道。

就在这个时候,房间里突然响起一阵激烈的鼓点声。"你的手机。"程影提醒道。

"哦。"罗恒从兜里掏出手机,一个陌生的号码给他发了一条信息。罗恒点开信息,屏幕上的画面让他呆住了。

画面中显示的,正是他租住的公寓。视角从对面的楼上看过来,透过窗户,可以看到雁秋坐在餐桌旁,浏览信息屏上的工作信息。

"这是什么意思?"罗恒自言自语地说。

"有人在监视你家。"程影说道。

"是萤火吗?"大川说。

罗恒突然意识到发生了什么,仿佛一根冰冷的针从他的头顶刺入,一直戳到他的胃里。他慌忙拨打雁秋的电话,可是无人接听。

罗恒把手机贴在耳朵上,一遍之后又是一遍,他的脸色随着时间的推移而变得难看,手脚也变得冰凉,一种不祥的预感从心底浮出。

罗恒猛地跳起来,快速冲出房间。

快速反应部队营地距离首都有两百多公里,即使有磁轨专列也要十六分钟才能到达赤地重工的办事处,之后由赤地重工的司机将罗恒送回家。一路上,罗恒一直在拨打雁秋的电话,但是始终无人接听,他开始幻想无数种可能,现在回想起来,工程师方克初与自己的相遇愈发地满怀恶意。

为什么找到我的头上?罗恒百思不得其解,自己只是一个普通的战斗机甲驾驶员而已。罗恒盯着手机,看着陌生人发来的图片,科尔将军说得不错,如果萤火想在岩铁流找到一个突破口的话,那一定是罗恒。

因为他有弱点,就是他的家庭。

罗恒手上暗暗使劲,几乎要将手机捏碎。

大川和程影都陪着罗恒,但是不知道该如何安慰。大川坐在车厢里,不停地检查自己的机械手臂,如果萤火的人真的来找罗恒家人的麻烦,那就让他们尝尝自己的怒火。

程影接入了罗恒公寓附近所有的感应器和监控,还没有发现异常情况。

距离罗恒租住的公寓还有两个街口,前面堵车了,首都公共交通发达,所有的车都在自动系统的控制下有条不紊地运行,但偏偏就在今天,一个交通信号灯发生了故障,于是堵成了一片。

罗恒看了看前面一眼望不到头的车流,咬了咬牙,对司机说,"谢谢你,到这里就可以了。"

他跳下车,也不管后面的同伴,向公寓拔腿跑去。

大川连忙下了车,紧紧跟在后面。程影的体格远远不及罗恒和大川,尽管她也想跟上,但很快就看不到那两个人了。

罗恒的公寓没有亮灯,说明雁秋还没有回来,或者……

罗恒不敢细想,他反而冷静下来,他走进楼道,轻轻地沿着楼梯向上走。

在公寓楼外,埃科巴和阿方索也赶到了,在首都范围内,他们没法携带重型武器,但也都带着适合近距离战斗的爆震枪。

大川对陆战队员比了个手势,示意兵分两路。于是埃科巴和阿方索绕到公寓楼后,通过外墙向上攀爬。

阿方索还带来了程影的小型无人机,让她可以在外围帮助他们观察整个局势。

罗恒走到自己的家门前,用手轻轻地触摸门锁,电子锁发出解锁的音效,门开了。罗恒用肩膀撞开门冲了进去,感应灯亮了,雁秋就坐在客厅当中。

"罗恒……"雁秋开口刚要说话,被罗恒挥手打断。

罗恒谨慎地在房间中检查了一圈,没有发现可疑的迹象,他又返回客厅中央,确认妻子没有被捆绑或者被安置炸弹的迹象。

"你在干什么?"雁秋问道。

"你在干什么?"罗恒大声说道,"电话也不回,自己坐在房间里,还不开灯!"

"你厉害什么?"雁秋也提高了声音,"我问你,孩子呢?"

"孩子?"罗恒后退一步,对了,罗静呢?

他开始从带着罗静逛商场开始回忆,听到大川辞职的消息赶到岩铁流,然后把孩子交给程影。

但是程影是跟着自己一起过来的。

孩子呢?

身后的门突然重重地被推开,发出巨大的声响,罗恒立刻向前扑过去,一只手护住雁秋,另一只手从旁边的茶几上捡起一只铁制果盘向身后甩过去。

当他回过头去才发现,从卧室里冲出来的,正是六岁的罗静,原来母女俩联合起来,想要整蛊他。

女儿带着阴谋得逞的欢笑跑向罗恒,而与此同时,一只铁制的果盘,正飞向她的脸。

"小心!"罗恒喊道,果盘已经出手,他已经没有任何挽回的余地。

这时,一只手从旁边伸出来,一把抓住了果盘,黛博拉从卧室里冲出来,化解了一场大祸。她另一只手搂住罗静,让小女孩暂时不能靠近罗恒。

"罗恒! 你到底想干什么?"雁秋看到女儿险些受伤,本来就憋着的一肚子火爆发出来,她抢起拳头,照着罗恒的脸上砸了过去。

罗恒已经被这一切弄蒙了,他连闪避的动作都没有做,这一拳结结实实地打在他的鼻子上,顿时鼻血直流。

紧跟着罗恒进来的大川站在门口,看到一切发生,他叹了口气,穿过客厅,打开窗户,"伙计们,家里面没什么情况。"

阿方索和埃科巴没有走门,而是从窗外翻进来,他们凶神恶煞,全副武装,但在雁秋面前却压低声音,连大气都不敢出。

"那个……外面也没有发现可疑的人。"两人用眼神交流,在房间里找了一个角落站定。

房子的女主人环顾了一周,目光最终落在大川身上,"大川,这到底是怎么回事?"

"这个……啊,嫂子,我也说不清楚,你还是问罗恒吧。"大川挠着头说。

黛博拉把铁制果盘放在桌子上,甩着手说,"罗恒,你这下用那么大力干什么,幸亏是我,要不然就砸到孩子了。"

罗静本来兴致勃勃地跑向爸爸,可是突然就被拦住。妈妈还发起火来,把爸爸打得流了鼻血,小小的罗静弄不懂到底发生了什么,她伤心地哭了起来。

雁秋紧绷的表情变得柔软,她从黛博拉怀里抱起孩子,回头狠狠剜了罗恒一眼,回到卧室去哄孩子。

女主人离开了，客厅里的人才放松了些。

"罗恒，到底是怎么回事？"黛博拉问。

罗恒捏着自己的鼻子，反问道："你们是怎么回事？"

"程影把罗静留给我以后，你们就不知道去哪了。我找不到你们，就自己把孩子送回来。你老婆对这事很不满意，就想用孩子吓唬你一下，我没有办法，只好配合。"黛博拉说，她环视了一下屋子里，"没想到你回家搞出这么大的阵仗，把我们的计划都打乱了。"

"唉，没事瞎闹什么！"罗恒抱怨道，雁秋在场时他却不敢大声说话。

黛博拉连忙打圆场，"既然没什么事就都散了吧。"

"走了走了。"埃科巴说，他向罗恒挤挤眼睛，从他身边挤过去，其他人也安静地从门口鱼贯而出，不管怎么样，没有出事就是最好的消息。

罗恒和众人一起下楼，黛博拉悄悄提醒道，"这事是你的不对。她们母女俩几千万公里过来投奔你，结果你一天不见人。"

"是是是，都怪大川，非赶到这个时候想辞职。"罗恒说。

"别找借口。"

罗恒撇了撇嘴，想辩解，但还是忍住了。

"回去认个错，考虑一下你们将来怎么安排，这种事不用我一下一下教你吧？"黛博拉认真地说。

"明白了，没什么事的话，我找罗伊斯多请几天假陪他们。"罗恒说。

"罗恒，你回去吧。"大川说，"我们几个在外面转转，帮你留意一下。"

罗恒想了想,"还是不用了吧,那张照片大概只是想给我一个警示。这里是首都,他们没那么大胆子在这里搞事情。"

"你还是注意一些。"大川还是不放心。

"没事没事。"罗恒拍拍大川的肩膀,"辛苦各位了,我还要陪家人,你们去聚聚吧,算我的。"

"好嘞,那要喝个痛快。"埃科巴说道。

"喝个屁,咱俩带着这么多家伙怎么喝?"阿方索说,他转向罗恒,"这次这个人情先欠着。"

"没问题……"罗恒突然停下,目光越过埃科巴,看着对面的楼上发愣。

"怎么?"埃科巴发觉罗恒表情异样,立刻顺着罗恒的目光看向身后,在街对面的公寓楼顶上,有一个模糊的人影。

"那是……"程影低声说。

"乌图尔。"大川说道。

阿方索立刻举枪向乌图尔射击,子弹打在外骨骼上,在黑暗中擦出点点火花,乌图尔身影一闪,从房顶上消失了。

"罗恒……"大川阴沉着脸看向罗恒。

萤火真的找上门了。

罗恒立刻转身跑向公寓,"雁秋!快跑!"

罗恒跑到公寓门口,刚刚为了送同事下楼,罗恒没有关门,他隔着门口,可以看到自己布置温馨的小家,罗静的涂鸦还贴在墙上。

然后,火光照亮了一切。

2. 韬光养晦

中午到了，方克初从一堆图纸中抬起头，他的腰比钟表还要准确，每次工作超过一个小时，他的脊椎就会发出又酸又痛的警报，让他不得不离开工作台休息一会儿。

他揉着自己的腰走出办公室，抬头观赏着自己的杰作。这是他一生中最得意的设计，一座属于所有人的城市。

迦南，应许之地。但这座城市并不是来自神的恩赐，所有的一切都是经过这里的居民亲手打造。

城市的主体穹顶已经建造完成，城市的功能分区和生活保障设施的安装已经接近尾声。

在萤火的训练场被袭击之后，所有人都怒不可遏，急匆匆地想向整个火星开战。在这些人里面，乌图尔和塞巴斯蒂安的喊声最响，他们两个在新式的战斗机甲那里吃了大亏，想要早点再次找到那三台机甲报仇。

方克初苦苦相劝，差点没能拦住那两个一心想要复仇的战士,关键时刻还是SIR的话更加管用:复仇是迟早的事,但萤火有更加重要的事业。而迦南城,是这项大事业中最重要的一步。

迦南城的前身是一座废弃的矿洞,方克初带领萤火的人找到了这里,并将其扩建到现在的规模。目前已经建好的迦南城一期,可以容纳三十万人居住和生活。

迦南城的居民,是萤火多年以来收留的火星游民,他们都是被残酷的公司绞肉机淘汰下来的工人,虽然身无分文,但却有着各种各样的技能天赋,迦南城的建设正好需要他们。

看着一座城市在自己手中成型,那种油然而生的成就感冲淡了复仇的欲望。在经历了心态的转换之后,萤火组织将怒火转移到了迦南城的建设上来,仅仅用了七个月的时间,迦南城已经初具规模。

好消息不止这一个,在迦南的东北部,有单独的种植场。他们从塞伯鲁斯农业城抢夺回来的腐殖泥土,真的能够培育出作物。SIR提供给方克初一种地衣和两种拟南芥,在腐殖泥土中长势喜人。根据盗取的史蒂文森博士关于腐殖泥土的研究资料,以这种方式种植作物,最多十年,就会将泥土中的营养耗光。但在开拓初期,方克初顾不了那么多,只能先解决眼前最迫切的问题。

目前迦南城里有五万多人,单凭地衣和拟南芥,已经基本可以保证自给自足,虽然口感单一了些,但是没有人有怨言。

勉强的自循环仍然无法维持迦南城的运转,想要在火星上获得地位,迦南城还需要有自己的工业和商业。

除了农业区之外,迦南城也有自己的精炼厂和精密零件加工厂。现在迦南已经试验性地生产了一批近距离武器,让乌图尔带去尤利西斯太空港。那里是火星上最大的黑市,没有人在乎你卖的东西是从哪来的,只要好用,就会有人掏钱。

如果在尤利西斯能够闯出一条路子,那么迦南城还会有更多的发展空间。

方克初看看时间,乌图尔已经去了两天,现在应该有消息了。他查看了隐秘聊天室,但是无人留言。方克初想了想,留了几个字。

【工程师】 信使,情况如何。

他做了一套健身操,腰部的酸痛缓解了一些,工地上响起了午休的铃声,工人们纷纷放下手中的活,回到食堂吃饭。

现在工程进展顺利,城市已经有了它该有的样子。再有一个多月,迦南城的一期工程就正式结束了。到那个时候,所有的人都可以休息一下。然后,是招募更多的人来迦南生活。

到那个时候,迦南会成为火星上人口最多,最自由、最平等、最独立的城市。

这才是方克初想要的火星。

"父亲,吃饭了。"楼梯上传来脚步声,潘妮端着午饭送到方克初的办公室。

"我不饿。"方克初说。

"不行,必须吃。"潘妮说道,她先把午饭在餐桌上放好,又倒了一杯茶放在旁边,然后又走出来,把方克初拖到餐桌前。

方克初微笑地看着潘妮在办公室里忙活,最初与潘妮相遇时,她还是一个躲藏在阴影里,想要抢夺方克初手中蛋白质热狗的脏小孩。方克初把热狗给了她，又掏出足够两天吃饭的钱给了小乞丐。

没想到这一刹那的善意，改变了两个人的人生。

从那以后，潘妮一直尾随着方克初，像一只可怜的流浪猫，期待善意却又谨慎凶狠。她并不与方克初交谈，但也不远离，每当方克初下了班，行走在城市中时，总会有一双眼睛，偷偷地看着他。

那时，方克初是太空电梯的设计工程师，是火星上的高技术人才，每天拿出一些工资来让潘妮吃饱还是没有问题的。但总是这样并不能真正解决问题。方克初曾想过收养这个女孩，让她有可以居住的房子，也不用再为食物担忧。但是潘妮对任何人都无法信任，她拒绝了方克初的提议，仍然在街头流浪。

这样的状况持续了几年，随着双方的相互了解，方克初的耐心改变了潘妮，她在方克初面前不再那么警觉了。

而潘妮对于方克初的改变更大，通过潘妮他才知道，让女孩子落魄至此的，是一个巨大的体系，是一头吃人不吐骨头的怪兽，是和他理想中的火星格格不入的东西。

而且，这个星球制造的流浪儿不止潘妮一个人，而是成千上万，其中的绝大部分，都没有潘妮这样的好运气，只能悄悄地死在穹顶的阴影里。

从那时起，方克初看待火星的方式就产生了变化。

"你愣着干什么，快吃饭。"潘妮再次呼唤道。

"哦，哦。"方克初答应道，坐在餐桌前。

午饭是咖喱味的蛋白质条，配地衣酱和红芥沙司。尽管方克初是迦南城的创建者,但是他并不追求崇高地位,他与工人们同吃同住,一切平等。

潘妮坐在他的旁边,和他一起吃饭。

"农场那边怎么样?"方克初吃了一口红芥,辣味中透着一丝清甜,这是他在火星上最喜欢的味道。

"还不错,我们拿来做实验的五百公斤腐殖泥土已经有增殖的现象,如果数据没错的话,到明年初,腐殖泥土的面积还能够扩大一倍。"潘妮喝了一口茶,"地衣已经足够了,我们打算开辟出一块地方种土豆。"

"很好。"方克初点点头。

"东区已经全部完工了,"潘妮说,"他们打算今天晚上庆祝一下,你去吗?"

方克初想了想,轻轻摇了摇头,"还不是时候。"

"你就去吧。"潘妮说,"该庆祝的时候,就要高兴高兴。"

方克初不喜欢和太多的人打交道,他正在思考如何把这事搪塞过去,电脑响了。

他打开屏幕,有人在聊天室留言。

【信使】 不行,炽天使管着尤利西斯的市场,我们进不去。

【计数器】 那就叫他们消失。

方克初抬起手,想要说些什么,但是他犹豫了一下,又把手放了下去。

"你为什么不阻止他们?"潘妮问。

"我们总是要在尤利西斯打开一条路的。"方克初说,"不是今天,就是明天。"

"那我去帮帮他们。"潘妮放下餐叉,准备离开。

"你不用去了。"方克初说,"你的机甲在尤利西斯内部行动不便,让乌图尔和塞巴斯蒂安先试探试探,想要在犯罪之城取得一席之地,需要多大的力气。"方克初笑了笑,"他们两个上次吃了亏,已经压抑了好几个月,让他们活动活动手脚。"

方克初在蛋白质条上洒了一些地衣酱,他切下一块,放入嘴里,地衣略带苦涩的味道扩散开来。

他满意地哼了一声。

罗恒从一个长长的、混沌的梦中醒来,他睁开眼睛,看着乳白色的天花板。

这是医院?发生了什么?

罗恒想着,在下一瞬间,无数记忆的碎片从尚未褪去的梦境中浮现出来。

他猛地坐了起来,浑身剧痛,但他的身体还是跟跟跄跄地想要离开这里。

有什么重要的东西丢掉了,他要找回来。

"哎,罗恒,快回来! 回来!"一个查房的护士发现了罗恒,连忙拦住他,将他扶回病房。

"不行,我要去找……去找……"罗恒念叨着,有一个对他非常重要的名字,可是就想不起来,他要去找谁?

罗恒又晕了过去。

再一次醒来时,罗恒面前出现了一张熟悉的脸。

"大川。"

"你醒了?"大川说,"感觉怎么样?"

"我……"罗恒迟疑了一下,"我怎么了?"

"你家发生了爆炸……"大川说,"雁秋她……"

罗恒从大川的表情中猜到了结果,他痛苦地呻吟一声,垂下头,再没有反应。

大川不确定地看向黛博拉。

"你快说啊。"黛博拉用口型催促大川。

"那个……嗯,老罗,罗静还活着,可是……"

"什么?"罗恒立刻从病床上跳起来,抓住大川的领子,"小静她怎么样了? 带我去看她。"

"她……"

"带我去看她!"罗恒吼道。

十几分钟后,罗恒看到了自己的女儿,小小的罗静被放在一个无菌的医疗箱中,浑身都被绷带包裹着,露出绷带的皮肤肿胀着,像是半透明的紫葡萄。

"大川把她从火场里抢了出来,她的身体有30%多的烧伤,现在正在做皮肤培养,等培养成功之后就可以给她植皮。爆炸还造成了几处骨折,已经做手术复原了,罗静还小,恢复得快,应该不会有什么影响。"黛博拉说,"但是最不确定的,是她脑部的水肿,这是导致罗静昏迷的原因。在火星上目前没有什么好的方法处理,在地球上也是一样,医疗技术无能为力,只能等她自己恢复过来。"黛博拉说着,但罗恒只是隔着玻璃窗看着自己的女儿,一言不发。

"科尔将军说过,用最好的资源来为罗静治疗,你别担心。"

大川说,"剩下的,只能等待了。"

罗恒的头抵在玻璃窗上,才和家人团聚了几天,就遇到了这样的事情。他闭上眼睛,眼前浮现出一个黑色的身影。

"萤火……"罗恒默默地说,"我要把他们赶尽杀绝。"

他猛地转身,走向负责治疗罗静的大夫,问道,"你是她的主治医师吧?"

"是的,罗静她……"

"请一定要让她醒过来。"

"那当然,我是医生,我的职责就是……"

"好。"罗恒说完,转身离开病房,向着医院外面走去。

"罗恒,你去哪?"大川追上去问道。

"找到萤火,灭了他们。"罗恒咬牙切齿地说。

"别,老罗……"大川伸手按住罗恒的肩膀。

罗恒大病初愈,全凭一股心劲撑着,大川轻轻一按,罗恒竟然撑不住,双腿一软摔在地上。

他仰着头看着身后的大川和其他人,眼神迷茫,"你刚才说什么……雁秋怎么了?"说着又晕了过去。

罗恒像是患了失忆症,每次苏醒过来都要寻找自己的妻子。在这期间最为难的是大川,因为每一次他都必须把不幸的消息告诉罗恒,然后看着好朋友因为伤心而歇斯底里。

一个多月之后,罗恒的情况才稳定了一些,他驾驶着赤红机甲独自出去,将雁秋的遗骸洒在了奥林匹斯山的山顶。这并不是雁秋的愿望,实际上,罗恒发现,他和雁秋聚少离多,他还没有真正地了解她的想法。

一切都已经来不及了,这是罗恒所能想到的最大的事,他只能做到这些。

罗静还在昏迷中,医生说她的情况已经稳定,但是什么时候能醒过来,只能看她自己。

罗恒陪在女儿的床边,笨拙地讲述记忆中的儿童故事。故事很快就讲完了,他找到了自己收藏的那些机甲碎片。每一片碎片都有一段经历,罗恒记得清清楚楚。他拿着碎片给女儿讲他自己的历险故事,那些都是真实的,连细节罗恒都能完全还原。

他给女儿讲了十几天故事,但还是无济于事。罗恒突然意识到,他不能永远这样等待下去,他必须做点什么。

"我想回来工作。"罗恒对科尔将军说。

"你家里的事……"

"我要加入快速反应部队。"罗恒说,"你之前问我的问题,已经有答案了。"

"什么?"科尔将军问道。

"你问我要怎么平衡工作和家庭的关系。"罗恒说,"答案显而易见,我要杀掉所有的萤火,还有和萤火一样的组织。"

"那你的孩子……"

"她还在昏迷着,当她醒来的时候,将看到一个干净的火星。"

科尔将军与罗恒对视,他的眼神十分平静,与他凶狠的宣言完全不符。在罗恒的内心深处,内疚的火焰比仇恨还要旺盛,但那股火焰是向内烧灼的,如果不给他一个发泄的机会,罗恒一定会先把自己毁掉。

"好吧。"科尔将军说。

尽管之前萤火在火星上的行动相当频繁,但在罗恒家的爆炸案之后,萤火就突然销声匿迹了。有好几个月的时间,都没有萤火行动的消息。罗恒每天都在催促罗伊斯和曼努埃尔,问他们讨要萤火的线索,但得到的只有无奈的苦笑。

火星上进入了冬天,萤火这个名字仿佛也随着夏天的离去而消失了。那个突然崛起的反抗组织突然就停止了活跃,这其中究竟发生了什么?

科尔将军声称公司的人工智能窃听着火星上的一切信息,在罗恒的请求下,科尔将军多次深度扫描火星大数据,但是没有找到任何线索。

火星还是像往常一样运转,只是对于罗恒来说,一切都不再有意义。每次去医院,医生都告诉罗恒,女儿的病情正在好转,但是罗静一直在沉睡着,没有醒来的迹象。

萤火也不见踪迹,罗恒只能让自己投入到繁重的训练中,才能从各种情绪中逃离出来。

随着时间的推移,罗恒似乎习惯了这种两头都没有希望的日子,更多的,是麻木。

"你在想你的女儿吗?"小深蓝问道。

"是啊。"罗恒说,此时,他正站在塔尔西斯山脉最南端的山脚下,身旁是第四届火星平原拉力赛的重点。岩铁流防卫有限公司明明是个幌子,可是什么破活都接,他和大川还有程影现在是拉力赛的吉祥物。太阿机甲在起点为比赛摇旗呐喊,电幻的无人机飞在空中,实时关注比赛状况。

科尔将军照顾着罗静的医疗,相应的,罗恒也要参加各种无聊的任务,算作对科尔将军的报答。

罗恒在终点等着,和小深蓝聊天。

"人类为什么要生孩子?"小深蓝问。

"社会规律?基因本能?"罗恒说,"我也不知道。世界已经把我们教化成这个样子,什么时候该上班,什么时候该结婚,什么时候该生孩子。"

"可是也有按照自己的想法行事的人。"人工智能说。

"大川就是,程影大概也是。我……"罗恒想了想,"我可能算是那种没有主见的人,别人说该干什么,就干什么了。"

"罗静会康复的。"小深蓝说,"我挺想念她的。"

"为什么?"罗恒有些惊讶。

"我没有接触过幼年时代的人类。"小深蓝说,"我的底层核心算法是为了分析战场形势,之后才拓展到文化经济和物流运输等方面。接触越多的数据,算法就会越成熟,对于数据变化的预测就会越准确。人类也是一样,我和你、大川、程影一起行动久了,就能预判你们的行为模式,能够更好地配合你们进行分析。"小深蓝在驾驶舱显示屏中放出一张照片,是罗静坐在驾驶舱玩耍时拍摄的,"但是对于幼年人类,我无法推导出任何一种概率大于10%的行为模式。"

"是啊。"罗恒说,"人类是最难以捉摸的。"

"这是很有趣的现象。"

"你说,人工智能可以繁衍后代吗?"罗恒突然问。

"你这个问题,逻辑在哪?"小深蓝反问。

"需要逻辑吗? 就是一个问题而已。"罗恒说。

"我无法给你一个准确的答案。"小深蓝说。

"那么我给了你一个概率不超过10%的可能。"

小深蓝沉默了一会,远在几千公里之外的深蓝核心机房里,处理器运转功率提升到了87%,最后,小深蓝说:"这个问题很有趣。"

"赤红,"通信器里传来程影的声音,"冠军距离你还有不到一公里了。"

"收到。"罗恒回答,他开启挂载在赤红双肩的全息投影设备,在空中投射出巨大的"欢迎冠军! 终点在这!"的标语,身后原本装载榴弹发射器的地方换成了焰火筒,只等着冠军冲过终点线,就发射焰火筒来庆祝。

在赤红旁边,还有大概两百多名观众,他们都穿着防护服,等待着亲眼见证冠军产生的那一刻。

他们都是花了大价钱才能够坐到这里,虽然在比赛的大部分时间,他们只能通过摆在观众席对面的大型屏幕上看到比赛的场面。

最后的时刻就要到来了,观众们也都兴奋地站了起来,举起双臂,在火星稀薄的大气中无声地为参加比赛的选手呐喊助威。有些人对于冠军的热情比选手更加疯狂。因为如果是他们选定的号码第一个冲过终点,他们投入的赌资就会翻上几倍甚至几十倍,再回到自己的口袋。

视线尽头的地平线上掀起了滚滚烟尘,就像是刮起了一阵小型的火星风暴。赤红的视觉系统过滤掉烟尘,看到两辆火星越野车快速地向终点线开过来,两辆车不分先后,都打算在最后的阶段超过对方。

9号选手始终压制着17号选手,他领先对手两个车位,左右移动阻挡17号想要超越的尝试。

这两辆车都是拉力赛的种子选手,在他们身上下注的人相当多,观众席沸腾起来,有不少人跳下看台,冲到终点线前为自己选中的赛车加油鼓劲。

随着两辆火星越野车距离终点越来越近,9号车始终占据着优势,结果显而易见了。可就在距离终点还有五百米的时候,9号车的左前轮突然轧上了一块凸起的石头,越野车向上一弹,在火星的重力下有了一小段浮空的时间。17号一直没有放弃比赛,这次终于让他逮到机会,趁机一个急加速绕过9号,赶上了9号车,两车齐头并进,一起冲向终点。

看台上的部分观众又看到了希望,再次欢呼起来。

9号车当然不肯把眼看到手的冠军再次让出去,他的堵截出现漏洞,眼看终点就在眼前,情急之下打死方向,向17号横向撞了过去,想把对手挤出赛道。

两辆车的防滚架纠缠在一起,高速之中同时偏离了赛道,撞击到山壁之后弹回来,带着之前的惯性翻滚着撞向终点旁的观众席。

观众席上还有一百多个下了重注的贵宾客人,为了刺激和更好的观赏视野,这里没有设置任何防护措施。看到两辆越野车向这边砸过来,观众们没有任何反应,只能保持着振臂高呼的双手,张着嘴巴,等待着命运的降落。

罗恒一直站在观众席后面等待着释放庆祝的焰火,看到赛车失控,他立刻跳起,跃过观众席。小深蓝精准地协助赤红机甲,机械双手在空中稳稳地抓住两辆赛车。

赤红机甲在跳跃中一个空翻,化解了两辆赛车的惯性。机甲稳稳落地,把两辆赛车放在赛道上。

这时,第三辆赛车赶到,绕过赤红和9号、17号,冲过了终点线。

14号赛车最终赢得了胜利。

"该放焰火了。"小深蓝提醒道。

"哦。"罗恒答道,他操纵赤红站起来,让肩部的全息投影照射出大幅的庆祝画面,同时将焰火释放出去。

对于罗恒来说,这只是一份工作,谁闯过终点线都不重要,他只负责营造气氛。

但对于一部分观众而言,他们不在乎自己在刚才会不会被失控的赛车砸死,但罗恒出手干扰了比赛,自己唾手可得的巨额赌资突然落进了别人的口袋,这种事情是绝对不允许的。

比赛还没有结束,赌徒们就聚了起来,把赤红机甲围住,用手中用来庆祝的荧光棒敲打赤红的护甲,要求这个不识时务的机器人赔偿赌资。

"你们赔钱可跟我没关系,是我救了你们。"罗恒想要后退,但是脚下已经被人团团包围,一不小心就会踩到他们,那样闯出来的祸就更大了,"别站在赛道上!"

"罗恒,你那边怎么样?"程影在通信器里说。

"我被他们包围了,"罗恒说,"快来救我。"

"我们只是拉力赛的气氛组,又不是打仗,你怎么会被包围的?"大川说。

"我哪知道,他们输钱了找我算账。"罗恒说。

"好吧,我这边收工了,这就来。"程影忍着笑说。

一分钟后,程影的无人机赶了过来,附着到赤红机甲上,无人机的引擎增加推力,将赤红托起来。

赤红机甲是近战型战斗机甲,重量比程影的电幻要更重一些,不过无人机还是能够将赤红托举到距离地面七八米的高空,躲开下面愤怒的赌徒。然后在横移几十米,将赤红放下。

赌徒们高举拳头,对着罗恒骂骂咧咧,但他们的声音都被封闭在防护服的头盔里,罗恒只能看到他们的吐沫星子喷在头盔面罩上。

"我的任务完成了。"罗恒说,他按下按钮,又放出一轮焰火,"再见吧。"赤红对着观众和赛车手们挥挥手,自行离开。

"走了走了,收工。"程影收回无人机,"晚上去吃烧烤吧,我请客。"

"怎么今天你这么高兴?"大川在通信器里问,"你该不会是下注了吧?"

"多亏了那两个撞车的。"程影说,"我随便选了个14号,没想到他竟然赢了。"

"这下完了,那些赌徒本来就对罗恒不满了,如果再让他们发现我们操纵比赛,那不就更严重了吗?"大川焦虑地说。

"呸呸呸,什么操纵比赛,那是巧合,我哪知道哪两辆车能撞到一块。操你的闲心,公关的事让黛博拉和罗伊斯去解决吧。"罗恒说,"我要去吃烤肉。"

"好,晚上8点见。"程影说,"大川你来不来。"

"当然,"大川说,"我要带着猫去。"

"欢迎欢迎。"

三台机甲并不算顺利地完成了岩铁流公司的任务,收工返回基地。在程影和大川聊猫的时候,罗恒问他的辅助程序,"小深蓝,最近有萤火和方克初的消息吗?"

"没有。"人工智能回答,"也许他们不会再出现了?"

"就算把火星找遍,我也要找到他们。"罗恒说,"一个都别想跑。"

3. 以小见大

桌上摆着一支枪,造型与彼得洛维奇之前见过的任何武器都不相同。

那支枪的造型极其简单,甚至可以称得上简陋。外表粗糙没有任何装饰,也没有复合人体工程学的优雅弧度,只是几个铁块加上一根枪管拼凑起来的,远看还以为是二手车上拆下来的什么零件。

彼得洛维奇拿起枪,重量比想象中的轻一些,平衡做得不错,手柄握持感还可以。他举起枪,对准五十米开外已经摆好的十几只酒瓶子,扣下扳机。经过特制的多腔体枪管将射击的高温和爆炸声逐层分解,最后只有轻微的噗噗声传出来。

子弹准确地击中酒瓶,玻璃碎裂的声音比枪声还响。

彼得洛维奇把所有的子弹打完,这时对面还剩下一个酒瓶。他摇摇头,放下枪,然后转向旁边。

炽天使帮的六个主管都坐在靶场一侧,每人桌前都放着一支同样简陋的枪。

"这是最近流入尤利西斯的新型武器。"彼得洛维奇说道，"很便宜，造价是TU17的十分之一。这玩意儿很简陋，准确性不如TU17，枪管的发射上限是五百发子弹，再多枪管就报废了。但是，它很便宜。"

其他人都拿起眼前的样品，翻来覆去地检查。他们以枪为生，也是黑市经济学的专家。他们用了很大的精力才在尤利西斯铸造了武器流通的经济壁垒。

从炽天使手中卖出的枪精致、优雅、致命、可靠，而且昂贵。他们出售的武器甚至可以当作艺术品，即使直接在手里拿着，或者明目张胆地将枪悬挂在衣服外面，也绝不会让人将武器和暴力联系在一起，只会觉得那是一件精致的配饰。

在尤利西斯，人们买枪的目的有很多种，它是身份的象征，是权力的代表，是守卫自己的伙伴。炽天使满足那些人的想法，把枪提供给那些愿意用钱来为自己塑造形象的人。

但这些枪完全不一样，它们简陋到只有一个功能，就是杀人，任何拿着这种枪的人，除了扣动扳机，不会有任何其他的想法。

而且，这种枪的造价极低，即使加上几倍利润，也不过是几瓶酒钱，任何人都可以买得起。

不管是谁制造了这种枪，并且想把它引入到尤利西斯的市场上来，都会对现在的局面造成冲击。

不仅仅会影响炽天使的生意，还会让尤利西斯的每个醉鬼手里，都有一把可以轻易杀人的武器。

"我们不能让这种东西进入尤利西斯。"彼得洛维奇说。

"是谁做的这些东西?"一个光头主管问道。

"不知道,"彼得洛维奇说,"我偷偷调查过,不是尤利西斯任何一个帮派。但是,这股势力是有备而来,并没有进入商业渠道,它们不卖枪,而是随意扔在尤利西斯的各处,等着人来捡。"

"他们在制造需求。"一个脸上有疤的主管皱着眉说,"很快,人们就会发现,我们卖的枪赚了他们太多的钱。"

彼得洛维奇点点头,"是的。我已经让人把这些枪都收购回来,不让它们出现在尤利西斯的街面上。"

"如果他们再加大投入呢?"

"所以我们要立刻找到他们,好好谈谈。"彼得洛维奇又装上一个弹匣,对着最后的一个酒瓶射击。酒瓶碎了,那支简陋的枪也到了寿命的极限,最后几发的时候,消声腔已经发生了变形,声音变得奇怪而尖厉。

最后,枪在彼得洛维奇的手里爆炸了,枪管像花瓣一样卷曲着向四面分开。

彼得洛维奇啐了一口,把枪扔在一边,"破东西。"他骂道,右手的虎口因为爆炸而震裂,流出了血。

"抱歉,这是第一批实验品。"突然,靶场里多了一个人,"下一批货的时候,我们会注意质量的。"

彼得洛维奇和其他炽天使主管向声音的方向看过去,只见一个高大的身影站在靶场的尽头,他一边说话,一边向前走,脚踩在刚才被击碎的玻璃碎片上,发出嘎啦嘎啦的声音。

"你是我们这批货的第一位用户,请说一说感想吧。我们会根据你的反馈调整产品,如果意见特别有价值,我们还会提供精美的奖品哦。"

那个人走到了灯光下,众人才发现,这个高大的身影其实是一具外骨骼。鳞片一样的护甲包裹住外骨骼的全身,随着他的步伐一张一合,仿佛一条呼吸的龙。

"你是谁?"彼得洛维奇问道。

"我刚才说过了,是这批货的推销员。"外骨骼说,"你可以叫我信使。"

"那你想必也听到我们刚才的讨论了,我们不需要这批货。"彼得洛维奇说道,他伸出手,看着手上的伤口,"质量太差。"

"那只是意外,我很抱歉。"信使说。

他走向旁边,从另一个主管的桌上拿起一把枪,插入弹夹,拉动枪栓,"我们来试试这一支。"彼得洛维奇说着,把枪对准信使,子弹射向外骨骼。

鳞片一样的护甲挡开了大部分子弹,还有一些卡在护甲的缝隙里,信使抖了抖身体,子弹纷纷落地。

"威力也不足。"彼得洛维奇把枪扔掉。

"这枪对付普通人绰绰有余,不应该拿来向护甲射击。"信使说道,他停了一下,"你和这枪一样,不应该对我开火。"

信使突然启动,黑色的身影一闪就到了彼得洛维奇面前。

炽天使的头目早就知道今天会有一场恶战,他的手一直放在后腰,那里别着他的爱枪,"真正的武器"。

但是他没有想到信使穿着那么重的外骨骼会有如此高的机动力。

　　他向后躲开，同时伸手拔枪，信使如影随形地跟着他向前。彼得洛维奇的枪还没有伸出去，手腕就被信使抓住，无法瞄准。

　　彼得洛维奇向后使劲，想把手从信使的手掌中抽出来。他以为这会十分费力，可是只是轻轻一拉，他的手臂就恢复了自由。

　　他在道上混了二十年，生死之战经历过上百场，满身的伤痕可以证明他的勇气，但这次，他怕了。对方金属覆盖的面甲上，看不到任何表情，所做出的行为也仿佛没有半点人性。

　　他的手臂是抽出来了，但是，他的手，和手中握着的枪，还留在信使的手掌中。

　　信使的另一只手中，出现了一把长刀。

　　他什么时候砍中了我？彼得洛维奇想。

　　信使将断手扔在一边，继续向彼得洛维奇逼近，长刀再次砍下。

　　恐惧让彼得洛维奇无法移动，他伸出手，徒劳地想用肉身去阻挡那把锋利的刀。

　　一发榴弹在信使背后炸开，冲击波将信使推向一边，也让彼得洛维奇有了一线生机。

　　他连滚带爬地躲到房间的角落，其他几个主管都各自拿起武器，劈头盖脸地向信使布满护甲的外骨骼上招呼。枪声和爆炸声连绵不绝，信使就地一滚，躲开第二发榴弹。他高高跃起，爆炸的力量将他推向主管们。

　　子弹密集地打在护甲上，爆出点点火花，但却无法造成任何实质性的伤害。

信使落在人群中,另一只手中也出现一把刀,双刀像旋风一样卷向炽天使的主管们,瞬间靶场里血肉横飞,惨叫的声音盖过了零星的枪声。

几分钟之后,信使停下动作,房间里除了他之外,已经没有能够站立的人了。他在人堆里面寻找,但是炽天使的头目彼得洛维奇已经不见踪迹。

信使走向大门,在炽天使讨论商业问题时,闲杂人等是不许入内的。主管们经常会在靶场里实验新到手的武器,所以靶场里传出枪炮的声音,也不会有人打扰,除非有十万火急的事情。

信使刚走到门口,大门就被撞开,一个炽天使的喽啰闯进来,大喊道,"不好了,我们的仓库被一台怪物机甲袭击了!"

喊过之后,小喽啰才发现靶场里的情况不对,房间里弥漫着火药和血腥的味道,到处都是黏腻的液体,一个巨大的外骨骼装甲站在他的面前。

"你是……"

"你说仓库被袭击了,是吧?"信使问道。

"是的。"

"情况怎么样?"信使又问。

"非常不好,我们的人根本伤害不到那台机甲。"小喽啰猛然醒悟,"你到底是……"

他的话音未落,眼前就闪过一道光华。

信使收起刀,说道,"知道了,谢谢。"

不远处传来一声爆炸,然后又是一声,震得整个靶场嗡嗡作响。

信使在通信器里说，"塞巴斯蒂安，悠着点，别把穹顶震塌了。如果客户都死了，我们的计划就泡汤了。"

罗恒走进房间，有人摘下他头上套着的黑布袋。他四处打量，对于黑帮老大来说，这房间过于局促了，等大川和程影进来，就没有再多的位置了。

"请坐。"彼得洛维奇说道，他抬起右臂，指向对面的长沙发，"抱歉用这种方式请你们来，最近我有些安全问题。"

即使是在逃命，彼得洛维奇还是维持着奢华的品味，那张精雕细琢的沙发与这陈旧的房间格格不入。

罗恒走过去，一屁股坐下。大川停在沙发前，摸了摸沙发的面料，"这是真皮？"

"挺识货啊哥们。真正的水牛皮，从地球运过来的。"

"那我还是不坐了。"大川摆摆手，站在一边。

"应你的要求，我把我们公司最优秀的机甲驾驶员都请来了。"罗伊斯坐在彼得洛维奇的旁边，侧着身说，"咱们可以谈谈合作的事情了。"

"炽天使发生的事情，你们都听说了？"彼得洛维奇说。

"知道一些。"罗恒说，"你如果需要保镖的话……"他打量了一遍狭小的房间，"这里恐怕不适合我们这样的人，也许叫埃科巴·戴过来更合适。"

"不，"彼得洛维奇说，"我听说，你们和一个穿着黑色外骨骼的人交过手？"

听到黑色外骨骼，罗恒立刻站起来，"你是说……"

大川咳嗽了一声，罗恒停下，看了看大川，坐回到沙发上。

这么明显的暗示当然被彼得洛维奇看在眼里，他看了看大川，并没有把不满表现出来。

他伸出右臂，把自己的断腕展示给其他人看，"我们共同的朋友送了我一件礼物，我希望有机会向他回礼。"

岩铁流公司的人还是没有表态，彼得洛维奇撇撇嘴，打开全息投影仪，把那天靶场里发生的事情播放给他们看。

"这个人现在在哪儿？"看过录像之后，罗恒问道。

"我不知道。"彼得洛维奇说，"我请你们来，就是想联合我们的资源，找到这个狗杂种。"

"是这样的，彼得洛维奇先生。"罗伊斯整理了一下自己的衣服，"我们是一家防卫公司，如果你需要安防方面的服务，我们可以提供。但是对于复仇这件事……超出了我们的业务范围。"

"我可以给你们双倍，不，三倍的酬劳。"彼得洛维奇冷静地说。

"对不起，我们只是普通的防卫公司，以后还要做其他的生意，这一单确实不能接，请你理解。"罗伊斯诚恳地说，他停了一下，"不过……"

"什么？"

罗伊斯将一张名片放在彼得洛维奇的桌子上，"如果你需要战斗机甲，或者和那人类似的外骨骼装具，可以联系赤地重工。"他指向自己带来的三个人，"这三位机甲驾驶员，驾驶的就是赤地重工出品的战斗机甲。"

彼得洛维奇看了看名片，微微点了点头，"好吧，我就不强人所难了。"

"希望下次有机会合作。"罗伊斯说。

几人再次被蒙住头面，由炽天使的人将他们带回到尤利西斯的市区，一下车，罗恒就问道："为什么不和他们合作？你知道我正想找萤火的人呢。"

"我们已经找到了有关萤火的信息，为什么还要和他们合作呢？"罗伊斯说，"炽天使这次元气大伤，他们的地盘恐怕很快就要被其他人瓜分了，他们找我们合作，一方面是要向萤火复仇，另一方面想让我们替他们挡枪，这买卖不划算。"

罗伊斯说服了罗恒，"原来是这样。"他问罗伊斯，"那我们要从哪入手寻找萤火的消息。"

"不急，萤火既然不再蛰伏，那他们很快就要开始行动了。"罗伊斯说。

"好吧。"罗恒转向大川，"既然我们都来尤利西斯了，不如去拜访一下马克博士。"

"就是帮助大川接上假手的人？我也去。"程影说。

"我还有些业务要去办，那我们总部见。"罗伊斯说着，拦了一辆车，自行离开了。

看着罗伊斯离开，大川问罗恒，"你又有什么打算？"

"你怎么知道？"

"废话，你那点小心思。"大川说。

罗恒把大川和程影带到一个偏僻的角落，用手机将尤利西斯不夜城的地图投射出来。

"来之前，我让程影和小深蓝帮我搜集了一些最近的消息。

其中最主要的是炽天使的一间仓库被人袭击,整间仓库连同里面的货物都被炸毁了。虽然报道上没有说,但是炽天使的主要生意就是尤利西斯黑市上的军火交易,我猜那间仓库里的货物都是武器。但是重点不在这里,今天彼得洛维奇给我们看的录像是炽天使的内部靶场,他们这间靶场在炽天使总部地下,和仓库相对,在城北。也就是说两个地点是同时遭遇袭击的,如果这边出现的是信使。"

"那袭击炽天使仓库的就是大猩猩。"大川补充说道。

"彼得洛维奇给我们看的视频并不完整。"罗恒说,"我想去现场看看有什么信息。"

程影拍拍背包,"我已经做好准备了。"

大川皱起眉头,"你们来之前就没安好心啊。"

"瞧你说的那是什么话。"程影翻了个白眼,"你来不来?"

炽天使的靶场在尤利西斯城北,那里有一家炽天使经营的高档酒店,靶场在酒店地下三层。为了更好地服务游客,酒店的二楼就有一个中等规模的赌场,让游客足不出户就可以把身上的钱全部花光。

罗恒三人走进酒店,大堂里人声鼎沸,看来这家酒店并没有受到仓库被炸和头目遇袭的影响。

"我们怎么办?"程影问。

三人在酒店大堂找到一个角落坐下,罗恒看着进进出出的游客,说道,"炽天使的人也是从酒店大堂进入到总部的,那么应该是有一条特殊通道通往总部。我们在这里观察,等有炽天使的人过来,就跟着他到总部去。"

"听着可不像好主意。"大川说,"我们什么都没有准备。"

"先让程影去探探路。"

程影从背包里取出一只小型的侦查无人机,无人机只有几厘米大,有六个旋翼,造型夸张,程影把它别在头发上,好像设计前卫的发卡,越是这样明显的东西,越不会引起他人的注意。

他们等了一会儿,没有发现任何看上去像是黑帮成员的人在这里徘徊。

"你的计划是不是有点想当然了?"大川问道,"他们的总部遇袭,人都撤了吧?"

罗恒撇撇嘴,"有可能,那我们就主动些吧。"

他对程影点点头,程影看看周围,发现没有人注意他们。她启动了无人机,小东西从她的头发上飞起,迅速飞到天花板的位置。酒店大堂的房顶挂着昂贵的水晶灯,光线耀眼,无人机隐藏在光芒之中,从大厅绕到后面的走廊。

无人机开启扫描模式,将整个酒店楼上地下的结构位置传回到程影的终端上。

"在这里。"程影指向结构图的一处,有一条向下的通道。

那里是酒店六台电梯其中的一台。

三个人像游客一样,悠闲地走到电梯间,那里有一些打算去赌场的游客正在排队等电梯。

他们等了一会儿,3号电梯始终有人上上下下。

最后大川不耐烦了,等到3号电梯开门的时候,他挤进电梯,把所有人都轰了出去。他亮着自己的机械手臂,恶狠狠地说,"等下一趟。"

游客们都退了出去,电梯门关上,程影立刻开始破解电梯的控制面板。

"太招摇了吧?"罗恒对大川说。

"没事,"大川说,"炽天使要是还有人,还需要咱们等这么半天?"

"成了。"程影低声说,电梯开始下降。

电梯停在地下2层,门缓缓地打开,罗恒已经和其他两个人编好了一套谎话,就说自己是游客,只是不知怎么回事到了这里。

可是外面安静得很,原来所有的炽天使成员确实已经撤离了这里。

炽天使的总部并不大,有几间奢华的客房,一个面积中等的舞池,两个灯光昏暗的酒吧,风格和彼得洛维奇安全屋里的沙发十分匹配。

所有的家具都搬走了,只剩下空荡荡的房间,和几瓶廉价的酒,看来炽天使已经完全放弃了这里。

再向下走一层,就是炽天使的靶场,视频中的惨案就是在这里发生的。靶场里弥漫着血腥气,还有腐烂的味道,程影刚刚走到门口就差点吐出来。

被信使砍死砍伤的人和肢体都被清理了,但清理得并不彻底。炽天使的人宁愿把时间用在搬运豪华家具上,都没有把这里好好打扫一下。

碎玻璃和弹头弹壳散落一地,墙壁、地板和房顶上涂抹着大面积的黑色污渍,不用说都可以想象那原本是什么颜色。

程影找到了拍摄录像的监控设备,通过无人机的深层扫描系统找到了储存视频的主机。

彼得洛维奇播放给他们看的,是剪切后的视频,只有外骨骼武士屠杀炽天使的片段。当他们看到完整视频之后,明白这件事是有起因的,而原因就是地上那些垃圾一样的冲锋枪。

如果不是视频提示,罗恒都没有对那些钢管和铁块组成的扭曲工艺品多看一眼。

"萤火是想在尤利西斯卖枪?"罗恒捡起一支枪,带在身上,"还有别的信息吗?"

"没有了。"程影说。

"好,我们离开这里吧。"

三人沿原路返回,走到电梯门口,大川突然抬手,罗恒立刻停在原地。

"你听到了吗?"大川说。

"是枪声。"罗恒说着,伸手让程影站在自己身后。

"势力的更替已经开始了。"大川说。

枪声更近了,其间还有尖叫和纷乱的脚步声。从三个人所处的位置,能够听到头顶上的电梯门打开了,枪声变大了许多。有人把什么东西扔进了电梯井,有碰撞的声音在电梯井里来回响起,最后,那东西落在地下二层,与罗恒他们只有一门之隔。

"是爆破雷!"大川喊道,立刻转身奔跑。

罗恒拉着程影,也开始向走廊深处跑去。

电梯井爆炸了,冲击波从后面掀翻了他们三人,罗恒向后看去,雕梁画栋的电梯门被炸成了扭曲的破洞。他们爬起来,继续奔跑。

有人从电梯井跳下来,端着枪不分目标地射击。

"他们看到我们没有?"罗恒问。

"不知道,我们没有武器,最好不要和他们碰面。"大川说,"程影?"

"靶场后面有一条通风管道。"程影早就让无人机扫描了整栋建筑的构造。

"我们得绕过他们。"大川隐身在墙后,偷偷向外看去。

不知道入侵者是尤利西斯哪个帮派的,很显然来到这里的目的就是要把炽天使赶尽杀绝。幸好,他们不知道炽天使的总部还有别人也在,他们进来之后,放了一阵空枪,发现没有人,就放松了警惕。

"打倒一两个也无所谓。"罗恒说,一个黑帮分子从他们藏身的卧室门前路过,罗恒闪身出去,用手臂勒住黑帮的脖子。黑帮分子拼命挣扎,大川的金属手臂砸在那人脸上,黑帮分子立刻昏了过去。

"我就快弄倒他了。"罗恒抱怨,两人一起把黑帮分子抬进卧室的角落。

走廊里没有别人了,三个人悄悄走到楼下,穿过靶场。地形图中标出的通风管道在它该在的位置,而且盖板都已经打开了。

"这不会是什么陷阱吧。"大川疑惑。

"管不了那么多了,只有这一条路。"罗恒说着,用手搭成梯子,让程影先上。

"万一是陷阱怎么办?"程影说,"你先,一会儿大川托我。"

"你们两个真是……我们是机甲战士。"罗恒摇摇头,一跃而起,双手攀住通风管道边缘,翻身爬上去。

接下来是程影和大川。

通风管道里根本没有什么机关,一路畅通。当黑帮分子找到靶场时,他们已经都快逃出来了。

通风管道的出口在酒店的背后,盖板也是活动的。通风管道的盖板原本有锁,一种锋利的武器非常顺滑地切断了它。

毫无疑问,信使就是从这里进入炽天使总部,大开杀戒的。

下面又传来几声爆炸,火焰和热气流顺着通风管道涌出来。

"幸好走得早。"罗恒说,"他们是要完全毁掉这里吗?"

"好了,情报也有了。我们走吧。"

罗恒拿出那支简陋的枪,萤火凭这样粗糙的东西,就把杀身之祸引到了炽天使身上。

4. 独　狼

罗恒敲了敲门，走进科尔将军的办公室，罗伊斯、曼努埃尔和杜克上校也在。

"昨天你去哪儿了?"罗伊斯问。

罗恒晃了晃手中的枪，"我在路上捡了个东西，给你们看看。"

他把那支枪放在科尔将军的面前。

"这就是萤火想要干的。"罗恒说，"因为这支枪，尤利西斯已经有一支黑帮被剿灭了。"

他把之前炽天使靶场发生的事情播放出来。

"我正在调查这件事，你是从哪里搞到的?"罗伊斯问道。

罗恒摊开双手，"那天和彼得洛维奇碰面后，我就自己调查了一番。"

"炽天使总部爆炸不是你们搞的吧?"罗伊斯惊慌地问。

"不是，你放心吧。我们可不想和黑帮结仇，这是你说的。"

罗恒说。

科尔将军拿起枪,对着前方瞄准,然后又在手里掂了掂,"这枪做得还挺不错的。"

"我们接下来该怎么办?"罗恒问道。

"我们暂时先按兵不动,还需要更多的信息。"科尔将军说道。

"我们等了大半年,终于有了一条关于萤火的线索。"罗恒说,"要追查下去。"

"我们会追查的,但不能太过用力,萤火过了这么长时间才开始伸出触手,如果跟得太紧,有可能打草惊蛇。"科尔将军说,"罗恒,我知道你想要早点找到萤火,但目前还是要保持耐心。孩子,我们的目的是整个火星未来的和平和发展,不要把目光局限在一个小小的反抗组织上。"

"但是……"罗恒本以为,找到了关于萤火的线索,就可以向将军申请岩铁流和深蓝的资源,全力跟踪,直到把那些恐怖分子连根拔起。现在看来科尔将军的重心并不在这里,他想了想,再争辩也起不到什么作用,于是他把后面的话咽回肚子里,"好吧,我明白了。"

罗恒毫不遮掩自己失望的心情,转身离开了科尔的办公室。杜克伸手拿起萤火制造的冲锋枪,试了试,"确实不错,这说明他们有了精密制造的能力。科尔,为什么不让罗恒继续追查呢?"

科尔将军看向杜克,"那孩子太着急,他已经在这方面吃过好几次亏了,必须改变行动的观念才行。"

"罗恒有他的执念,他的家人被萤火针对了,你说他怎么能不认真? 但是,作为整个系统中的一员,我对他的表现很担忧。"曼努埃尔评价道。

罗伊斯说道:"将军,咱们可以把他当作机甲部队的队长来培养吗? 这个性格……恐怕……"

"你们急什么?"科尔笑着说,"罗恒有的是行动力,作战技巧和对机甲的了解程度在整个火星上也是数一数二,他的个性是他的缺点,也是他的动力,我们会慢慢将他塑造成完美的战斗机器的。再说了,当初深蓝把他挑选出来之后,你们也是投了赞同票的。"

"那我们拭目以待吧。"罗伊斯说。

办公室里沉默了一会儿,四个人之前正在讨论着岩铁流防卫有限公司最近的赤字问题,被罗恒打断之后,都不想再继续这个话题了。

罗伊斯翻着手中的一份报告,看着上面的一串数字发呆。科尔将军在检索网络上的信息流,深蓝每天会筛选出一些重要的地球新闻让他了解。

杜克喝了一口纯净水,用手指敲打着办公桌,过了一会儿,他开口说,"大川怎么样?"

"大川?"罗伊斯想了想,"人很可靠,实际上他的作战能力和罗恒不相上下,而且性格谨慎。"罗伊斯顿了顿,"嗯,更恰当的说法是有些多疑,不过他和罗恒搭档起来相当默契。"

"我喜欢那家伙,如果他单干,是个了不起的战士,不过他在性格上面有些软弱,更愿意当罗恒的僚机。"曼努埃尔说,"他们两个单看毛病不小,但是联合在一起是不错的组合。"

"他的行动力呢?"

"什么?"

"他的那只假手。"杜克说。

"假手? 哦……"罗伊斯恍然大悟。

"是传承枢纽。"科尔从屏幕前抬起头来,"我早就说过让你去试试的。"

"你是想问大川植入的假肢吧,相当灵活,几乎和真的手臂一样。"罗伊斯说,他呼出全息投影,找到一段大川进行搏击训练时的录像放给杜克看,"将军说得不错,上校,你应该试试的,我们之前……所以……"

"怕伤害到我敏感的神经?"杜克上校苦笑,他在电动轮椅上艰难地转了转身,入迷地看着眼前大川动作流利的出拳和防守,金属假肢闪闪发光。除了质感之外,正如罗伊斯所说的,其他的一切都和正常的手臂没什么两样。

"需要我帮你把大川找来吗?"罗伊斯问。

杜克想了想,"不了,还是我自己去吧。"

"要去就快去,别不好意思。"科尔将军说。

"少废话。"杜克说,控制电动轮椅离开将军的办公室,回到自己房间。

杜克上校关好门,把自己从电动轮椅上解开。

"深蓝,把我扶起来。"

一个机器人从房间的角落走出来,站在杜克上校的背后,伸出双臂插在上校腋下,然后轻轻地将上校扶起来。

上校软绵绵地挂在机器人的双臂上,机器人站直身体,前胸贴住上校的后背。从机器人的身体和双膝脚踝的位置,伸出带着软质包裹的卡扣,将上校的身体和四肢与机器人固定在一起。

这是一台特殊定制的机器人,他与外骨骼有些类似,不过由于杜克上校曾经受过伤,除了右手之外,没有任何活动能力。所以这台机器人是由深蓝控制的,作为上校行动的辅助。

但是上校只在这间实验室里使用过它,从来不肯让机器人带着他出门。他怀念拥有身体的感觉,但是,在潜意识里,骁勇善战的陆战队指挥官,却让一个机器人扶持着才能行动,这是一种耻辱。

"你想做什么?"机器人问道。

"你是人工智能,你来推测一下我想干什么。"杜克说。

机器人沉默了一会儿,说,"我感觉到你情绪低落,还有一些愤怒,而且对我的要求有故意为难的迹象。根据各方面的现象推断,你现在是想让我离开。请问需要我将你放回轮椅上吗?"

"滚!"杜克本来只是心情有些低落,被人工智能分析之后,一股怒火不知从哪里冒了出来,他大声地吼着,却无法用身体进行发泄,只能等着机器人播放着舒爽的音乐,缓慢而温柔地将他放回到轮椅上。

"你的心情好些了吗?"机器人问道。

怒气没有发泄出去,反倒沉入了杜克上校的内心,"滚。"他低声说。

机器人没有再说话,它安静地退回到角落里,等待杜克上校下一次呼唤。

　　大川坐在马克博士的新实验室里，等待博士替他检修手臂。

　　"我这间新的实验室怎么样？"博士将大川的手臂连接在自己的终端上，测试神经传递系统的敏感性。

　　大川仰着头，看着一尘不染的实验室。这里比原来那个大了三倍左右，设备都是从旧实验室搬过来的，放在实验室的一角，显得这里空空荡荡的。

　　"你是从哪里找到这么一间实验室的？"大川问，"尤利西斯可是寸土寸金啊。"

　　"免费的。"博士控制大川的手臂比了个六，"上次尤利西斯太空港事件中，我救了不少的人。六大帮派……现在还剩四个，对我都很尊敬，他们达成了一个共识，给我找了这间实验室。这里是尤利西斯的中立区，所有帮派成员在这里都不能发生冲突。"

　　"好家伙，他们都快把你当成神供起来了。"大川说，"是不是每个月还要给你上供？"

　　"常在河边走，哪有不湿鞋。"马克博士推了推眼镜，"谁也不敢保证以后不会用到我。"

　　大川点点头，"那倒是，对了，马克博士，最近研究有没有什么进展？"

　　马克博士没有立刻回答，他埋头在机械手臂中寻找一根神经纤维，将它挑出来，重新测试导电率。大川在旁边看着，知道这是精细的工作，就没有再问。

　　等马克博士检查完手臂，才抬起头来，他推了推眼镜，长长叹了口气。

"怎么了？是实验的事还是我这条手臂的事？"大川问。

"根本就没有时间做实验。"马克博士说道，"那些帮派的人太能惹祸了，三天两头出事。一受伤就送到我这里来，我这都快成他们的外科门诊了。"

"那你别在给我检查的时候叹气啊，我还以为我的手要坏死了。"大川左右看看，偌大的实验室里只有他和博士两个人。十几张刚从旧实验室里搬过来的病床在一边摆着，有的还没有来得及打开。"我看今天不是没什么人吗？"

"他们派了不少人帮我搬东西，前天才都搬过来。那些混混都是毛手毛脚的，有些仪器我要检修一遍，就跟他们说这个星期都要调整实验室。"马克博士说着，帮大川把手臂重新安装上，"炽天使被灭了，尤利西斯的地盘要重新划分，这一段时间不会太平了。前天炽天使的彼得洛维奇还想让我帮帮他……"

"他被砍断了一只手。"大川说。

"但约好的时间他没来，大概是已经死了吧。"马克博士平淡地说。他研究传承枢纽，本意是为了帮助那些在工作中受伤的人，却无意中卷入了黑帮的争端。他曾不眠不休，全力救治过几个看上去有很大潜力的年轻人，但是身体恢复的第二天，他们就带着昂贵的传承枢纽和高灵敏度假肢去找对手报仇，最后惨死街头。

他开发传承枢纽的本意是帮助那些在工作中受到伤害的人，没想到自己的技术被迫用在了打架斗殴上，马克博士有些心灰意冷。

"那你还待在这里干什么，不如早点离开。"

"离开，去哪？你又不是……"博士左右看看，压低声音说，"你又不是不知道，那些黑帮有多小心眼。他们出了那么大力，如果我跑了，不出一周就会被人暗杀掉。"

大川皱着眉头，想帮马克博士想一条出路，这时他的手机响了。他走到房间的一角去接电话，过了一会儿，他返回来，微笑着对马克博士说，"我找到一个地方，可以让你专心搞实验，想不想去看看？"

在尤利西斯太空城靠近西北的区域，是一片度假酒店。酒店大门外，种植着真正的草坪。草坪的面积有五十个足球场大，一眼望不到边。罗恒打开驾驶舱门，外面的草坪让看惯了土红色火星的他觉得有些头晕，他深吸了一口气，仿佛闻到了泥土的芬芳。

"罗恒，我们在执行任务呢，你在干什么？"大川提醒道。

"执行什么任务，还不是当吉祥物。"罗恒说，"我呼吸呼吸新鲜空气。"他伸了个懒腰，继续通过敞开的驾驶舱门看向外面。

远处的草坪有了起伏，度假酒店的经营者在那边建造了一个高尔夫球场，这是来自地球的富豪最喜欢的户外运动。由于火星上的重力不同，高尔夫球飞行的距离要比地球上远两到三倍。草坪面积有限，于是在这里，高尔夫球的玩法发生了改变，目标变成了尤利西斯太空城的玻璃穹顶。

罗恒看着那些人用尽全力把球抽向天空，兴奋地相互击掌庆祝，不知道这种游戏有什么意思。

炽天使被其他几家黑帮剿灭之后，萤火制造的被称为"狮鸳"的劣质枪支涌入了尤利西斯的黑市。很快,几乎每个人手里都有一支可以轻易夺取别人生命的武器了。

就连掌管着尤利西斯的四大帮派也无法控制尤利西斯太空城里的各个角落,而且,当每个人都有了枪之后,帮派的控制力减弱了许多。在他们抢夺地盘的时候,谁也没有注意到,这种简陋而且便宜的枪支,会给这座城市带来怎样的影响。

也许深蓝知道。

"小深蓝。"罗恒问道,"将军有没有用人工智能推演过,这批枪流入尤利西斯,会导致什么样的后果?"

"有。"辅助系统回答。

"结果是什么呢?"

"我只是一个辅助系统,没有权限获得运算结果。"

"为什么他们不行动?"

"我不知道。"

"唉。"罗恒叹了口气,再次看向那些打高尔夫球的人。

由于狮鸳的泛滥,尤利西斯的治安环境比之前差了许多,在街头拐角,或者楼房的阴影处,都可能躲藏着手里攥着简陋的枪、准备跳出来打劫的人。留给游客们的安全区域被压缩了,所以那些富豪不远千万公里从地球来到火星,却不敢出门,只能在酒店里打高尔夫球。

不过这样的环境让岩铁流的工作繁忙起来,今天罗恒和大川就被雇来站在酒店门口负责安防工作。实际上,酒店有自己的保安,几大黑帮也不会傻到来这里来闹事,毕竟尤利西斯的口碑要是坏了,那谁都没有好处。两台机甲只是酒店宣传的噱头而已,赤红和太阿只要站在门口就可以了。

程影的工作也一样,她被派到尤利西斯太空城的另一端,给一家赌场当保安。

这份工作很无聊,罗恒打了个哈欠,收回目光。在酒店的围墙之外,有几个鬼鬼祟祟的身影。他们在这里徘徊了很久了。在度假酒店周边一带,经常有这样的年轻人,带着做工粗糙的手工艺品,说是火星特产,希望碰到哪个又傻又有钱的人,把那些垃圾卖出去,换一笔钱。

罗恒原本没有太在意他们,直到其中一个瘦高的年轻人拉开他的背包,向同伴们展示满满一背包的狮鹫。

"大川,两点钟方向。"罗恒说。

"什么?"大川控制太阿机甲转动身体,朝向那边,"你发现什么了?"

"是狮鹫。"罗恒说,"那几个孩子在倒卖武器。"

"看来萤火确实是硬生生挤进了尤利西斯的黑市。"大川说。

"我上个月就提醒科尔将军要防备萤火,可是他们连一点儿行动都没有。"罗恒抱怨。

"也许科尔将军打算放长线钓大鱼呢。"大川说,"萤火那么狡猾。"

"算了,还是我自己打听打听吧。"

"你打算干什么?"

"我出去一会儿,你帮我照应着,反正在这边的工作只是站着。"罗恒不等大川拒绝,就切断了通信,他又对辅助系统说,"小深蓝,我出去之后,你就关上驾驶舱门,假装我还在里面,我一会儿回来。"

"明白。"辅助系统答应,"你平均每十四秒就会换一个小动作,我会模仿好的。"

"我真的那么好动吗?"

罗恒跳下赤红机甲,看看左右没人注意,他绕到酒店后墙,翻了出去。

墙外就站了几个年轻人,罗恒突然跳出来,吓了他们一跳。年轻人上下打量着罗恒,摆在他们面前的,有两个选择:一,试着卖点东西给这个中年男人;二,直接抢。

他们选择了后者。

十七秒钟之后,有一个人开始后悔做了这个决定。

其他八个人失去了意识。

"你叫什么名字?"罗恒问道。

"尼……尼克。"

"尼克,别怕,我只是一个想问路的人。"

"你……你想去哪?"

"你知道狮鹫吗?"罗恒问。

"你说的是那种小型冲锋枪吗?"尼克问,"我有货源,你想要多少?"

"我想要的,恐怕你代理不了。你都是从哪里进货?"

"这个我不能说,在道上混的,得懂规矩。"尼克比刚才稍微勇敢了些。

"好吧,"罗恒捏了捏自己的拳头,骨节咔吧咔吧地响,"你跟我来,咱们找个安静点的地方,我很久没有给别人上刑了,可能会有点疼。"

"哦,等等,你要干什么?"

"我问你,你不肯说,我只好想办法逼你说了。"罗恒说。

尼克咽了一口口水,他看看周围,这一带在度假酒店的背面,平时人很少,现在更是除了躺在地上的八个,再没有人能够帮到他。他想了想,掏出手机,在地图上标记了一个点,然后把手机扔在路边。

"我什么都不知道。"他说。

罗恒捡起尼克的手机,记录下他标记的位置。他想了想,又记下尼克的号码和其他信息,"这是你的手机吗? 刚才掉在路边了。"

"谢谢。"尼克拿回手机。

"如果你骗我,我会回来找你的。"罗恒说。

"不会的,我没有骗你。不过你能不能从那里活着出来,还说不定呢。"

罗恒笑笑,转身走了。

尤利西斯的黑市在整个太阳系都大名鼎鼎,可是罗恒在火星十几年,还是第一次来到这个地方。

这里和想象中的完全不同,电影里关于黑市的形象,永远是阴暗陈旧,鱼龙混杂。人们穿行在只有一人宽的小道上,两边是胡乱搭建成的窝棚,有人在窝棚里坐着,只有见到熟识的人,或者对上暗号,才会把货拿出来进行交易。

尤利西斯的黑市完全不同,这里被称作黑市,完全是地球文化所形成的刻板印象。尤利西斯一片混乱,根本就没有所谓的白,所以,也没有相对的黑。

黑市,是一个结构庞大的商场,灯光明亮,一尘不染。商铺错落有致地遍布在黑市的各处,在入口处还有各个区域的导航图,生怕游客在琳琅满目的货品中迷失了方向。

这里什么都有,大到可以穿梭火星和地球的私人飞船,小到可以种植在水杯中的韭菜种子,只要有需要,都可以在这里找到供应商。而且价格公道,童叟无欺。

武器区在黑市的最里面,只有真正有目的的人才会走到那边去。

橱窗里摆着各式各样的单兵武器,防卫用的手枪,突击步枪,还有大口径的反器材步枪①,火箭筒。射灯照射在冷冰冰的金属上,反射出深沉的光。

据说尤利西斯的武器黑市曾经热闹非凡,但是现在却冷冷清清的,几乎没有什么人对橱窗里的商品产生兴趣。

罗恒找了一圈,并没有找到贩卖狮鹫的地方,他想去找人打听一下,但武器贩子一看到罗恒想买狮鹫,便沉下脸来,不再搭理罗恒。

也难怪,是狮鹫抢了这些人的生意。

罗恒一直走到黑市的最深处,都没有发现任何狮鹫的踪迹。

大川发来信息,"你跑到哪去了?"

"出来溜达溜达。"罗恒回复。他站在黑市的最里面,所有的商铺都看遍了。正当他打算向回走,再检查一遍的时候,发现有几个人从他身边经过,走进了安全通道。

---

① 反器材步枪是一种专门破坏军用物资和器材的狙击步枪。

罗恒想了想,跟着他们走进安全通道。

经过一段昏暗的安全通道之后,罗恒发现自己已经走出了黑市,外面是一条狭窄的巷子,巷子两侧都是人工搭出的窝棚,悬挂着昏暗的照明灯,不停地有人吆喝,吸引路过的人到自己的摊子前面看看。

这才是罗恒印象中的黑市。

在巷子的中段,有一群人聚集在一个不大的摊点前面,将来往的路都阻断了。

罗恒站在人群后面,远远地看到有人站在高处,手里高举着一支狮鹫,正在吆喝。原来想买狮鹫还要抢购,站在前排的人纷纷举着现金和电子终端,争抢着想要付款。

狮鹫的火爆程度可见一斑。

罗恒看了看时间,度假酒店那边的执勤任务就要结束了,他必须在收工前赶回去才能不被人发现,但既然已经到这了……

"抱歉,让一下。"罗恒一头扎进人群,像逆流而上的鱼一样挣扎着挤到最前面。有人发出不满的抱怨,但看到罗恒双臂隆起的肌肉,便自动向旁边靠靠,让罗恒过去。然后,他们恶狠狠地盯着罗恒的后脑,如果他们现在手里有一支狮鹫的话,会毫不犹豫地开枪吧。

罗恒挤到了最前面,武器贩子还在一支一支地买着廉价的枪。在他身后还摆着许多,但他就是不着急,一边吆喝一边收钱,越是这种饥饿营销,越能吸引来更多的客户。

"等一下,等一下。"罗恒从伸着手准备付钱的人群中挤出来,对着武器贩子喊道。

"这位顾客,别急,都有,请排队。"

"我要五百支。"罗恒大声说道。

武器贩子停止吆喝,上下打量了一下罗恒,其他的人也扭头看向这个其貌不扬的人。

"这位客户,你是要批量采购我们的货物?"武器贩子问道。

"是的。"

"好,请先付一半订金,然后会有人带你去大客户采购区。"

"需要一半订金?"罗恒想了想,这笔钱公司可不给报销,全都得自己掏腰包。虽然岩铁流开出的工资不低,但这一笔几乎要掏空他所有的积蓄了。

罗恒咬咬牙,掏出手机,付了款。武器贩子向身后打了个手势,一个穿着时髦的女人走过来,"这边请,先生。"

他跟着女人挤出人群,沿着巷子走了一段距离,女人推开街边的一扇门,带罗恒走了进去。他们又回到了黑市商场的建筑里,不过他们进入的区域似乎与前面的商场是分隔开的,里面是一间休息室,看起来像是谈大笔买卖的地方。

女人带着他走到一间休息室前,"请进,稍等一会儿,我们的下批货就要到了,到时候会有专人帮助你清点货物,并且运送到你指定的地址。"

"好,谢谢,你们的服务很周到。"

女人微微一笑,转身走了。罗恒推开门,走进休息室。

休息室相当简陋,完全没有什么装饰,就是一间空房摆上几件家具,倒是和狮鹫冲锋枪的设计风格相当匹配。房间里面分散地坐着几个人,大概都是来谈采购项目的。罗恒环视了一圈,准备找个地方坐下等待专属的"销售顾问",一个熟悉的身影出现在他的视野中。

罗伊斯坐在房间左侧的沙发里,手边放着一杯茶,他西装革履的,坐得笔直,好像是害怕把衣服弄皱一样。精致的样子在这间休息室里面格格不入,但是罗伊斯却神态自若,好像身处的不是一间破房子,而是雨林餐厅的雅间。

罗恒向同事走过去,这时罗伊斯伸出手,端起茶杯想要喝茶。罗恒和罗伊斯在一起共事已经有一段时间了,还第一次见他用如此做作的方式喝茶,他不由得笑出声来。

罗伊斯抬眼一看,惊得差点把手里的茶泼出去。他在罗恒开口之前连忙做了个手势,让罗恒不要声张。

罗恒收起笑容,装作镇定的样子走到休息室的另一端坐下。一直到销售顾问来到休息室,罗伊斯都没有转头向这边看一眼。

"各位尊敬的顾客大家好,我是你们的销售顾问。抱歉让大家久等了,我们新的一批货已经到了,作为大客户,可以让你们先进行挑选,剩下的我们再拿到市场上零售。"销售顾问是一个皮肤黝黑的小个子,他说话的时候脸上带着幸福的笑容,标准的销售员样子,"现在,请跟我来。"

一行人跟着销售顾问出了休息室,走出黑市商场的大楼,又回到乱糟糟的巷子里。

罗伊斯从后面跟上来,在罗恒的耳边低声说,"你到这里来干什么?"

"我来追查萤火的消息。"罗恒说。

"我们正在追查,你别来捣乱。"罗伊斯说。

罗恒想了想,现在不是争辩的时候,"好,我不插手。"

他们出了巷子,销售顾问带他们上了一辆中型客车。二十分钟之后,客车停在了尤利西斯不夜城外围的边缘,一座生活垃圾分解厂的停车场里。

"一会儿下车之后,可能会有些异味,大家先戴上口罩。"销售顾问说着,将口罩递到每一个顾客手中。

"我以为是在港口交货。"有人问道。

"当然不是了。"销售顾问笑着说,"咱们的货在市场上销量太好了,四大黑帮都不想让咱们卖,如果从港口交货的话,很容易被四大黑帮的人控制。所以,我们的交货地点很灵活,每天都会换个地方,只有我们内部的人知道。"

罗恒看到坐在前面的罗伊斯微微点头,萤火确实狡猾得很,深知在火星上应该如何生存。

顾客们下了车,即使戴着口罩也能够闻到生活垃圾散发出的浓浓味道。销售顾问将他们带进一间仓库,这里的味道淡了一些。

仓库里并排停着两辆垃圾车,十几个穿着分解厂工作服的工人正在垃圾车旁忙忙碌碌,将一个个箱子从垃圾车上搬下来。

"这位先生,你预定了二百支枪,请验货。"按照交款的顺序,销售顾问将两个面色阴沉的顾客带到垃圾车前,让他们检查装在箱子里的狮鹫。

两个人熟练地检查枪械,顺便把箱子里附赠的装满子弹的弹匣装在枪身上。

"对不起,顾客,在这里不能实弹射击。"销售顾问连忙提醒。

"不不不,"一个顾客说,"在这里,是我们的地盘。"说着,他抬起枪,对准销售顾问,"不许你们在这里做买卖。"

他扣下扳机,但什么事情都没有发生。

"看来你们是四大帮派的人。"销售顾问脸上职业性的笑容收敛起来,"我们对你们还是有防备的。"他说着,突然抬脚踢向对面的黑帮分子,将他手中的狮鹫踢向上方。

两个黑帮分子也不是简单的混混,三个人立刻拳来脚去地纠缠在一起。正在卸货的工人们都是萤火的人,马上将那三个人围在当中。其余前来采购的顾客之中,还有十来个黑帮分子,都是带着目的前来探查狮鹫的货源的,看到这样的情景都不再伪装,冲上去帮助自己人。

两方人马你来我往地打成一片,仓库里一片混乱。罗恒和罗伊斯还有其他真正想来购物的人自然躲在外围,不愿意被两边的人当成敌人。

"我们怎么办?"罗恒低声问。

"静观其变,千万不要暴露。"罗伊斯说。

就在双方打得难解难分的时候,从垃圾车前面绕出一个人,他身手敏捷,像是一道闪电一样插入到混乱风暴的中心。参加这次行动的黑帮分子都不是等闲之辈,但是在那人面前却不堪一击。那个人速度很快,如同鬼魅一般,在人群中穿梭。或是一拳,或是一脚,被击中的黑帮分子连躲避的机会都没有,一照面就被打倒。

从那个人出现,到混战完全平息,才过了不到两分钟,所有的黑帮分子就都被打倒了。

装卸工人把所有的黑帮分子都捆绑起来堆在垃圾车上,刚出现的那个人和销售顾问耳语几句,销售顾问点点头,向缩在仓库一角的顾客们走来。

"抱歉各位,"销售顾问又恢复了职业性的笑容,"刚才出了一些小插曲,让你们受惊了。刚才我们的主管批准了,所有的货,再打九折。"

"我总觉得那个主管有点眼熟。"罗恒对罗伊斯说。

"你认识?"

"不认识。"

销售顾问走过来了,罗恒和罗伊斯不再交谈,两人装作不认识的样子站在人群中。

萤火的主管也走过来,他身材不高,工作服的包裹下,能看出他健硕的肌肉。主管的目光带着一股杀气,他站在顾客面前,一个一个地看着他们的脸,顾客们不敢与他对视,都像是做错了事一样,低头回避主管的目光。

罗恒装作胆怯的样子,也低下头。主管从他面前走过,又退回来,停在罗恒面前。罗恒等了一会儿,忍不住抬头,目光与主管正好对上。

"来人!"主管说,"把他也抓起来。"

"什么?"罗恒喊道,"什么意思?"

听到主管的命令,几个装卸工立刻向罗恒包围过来。经过刚才的混战,还有主管给他们撑腰,对于罗恒,他们志在必得。

罗恒他偷偷瞟了一眼罗伊斯,同事在轻轻摇头,暗示他不要反抗。

罗恒盯着地板,装卸工们已经走到了他的面前。他长长地出了一口气,放下戒备,像普通人一样挣扎起来,"凭什么！我又不是黑帮的人,你们抓我干什么。"

装卸工们按住罗恒的肩膀,将他的手臂别在身后,罗恒用力拧着自己的身体,双脚乱蹬。

主管看着罗恒,冷笑着,他解开自己的工作服,露出健硕的身躯,在他的身上,有一道巨大的伤痕,从左到右,横贯整个身体。伤痕已经愈合,但看着还很新鲜,缝合伤口的技术也不算优秀,有些地方的缝线痕迹很明显。

在那道伤疤的旁边,还有大大小小的各种伤疤,看来这个主管的经历并不简单。

"罗恒,"主管冷冷地说,"你还记得这道疤吗？这是你送给我的。"

"你是谁啊?"罗恒问道,他努力思考,印象中没有把谁伤害到这个程度。

主管一脚踹在罗恒脸上,"还装傻？那么,我再问你另外一个问题,你的老婆怎么样了?"

这句话像一道闪电劈中了罗恒,原来对面的人,就是他日思夜想的仇人乌图尔。

"哦,我想起来了,"罗恒说,他对自己的冷静感到惊讶。他吐掉一口血,还好,牙齿没有松动的迹象,"怪不得看上去那么眼熟。乌图尔,对吧？你上次穿着外骨骼,我一下子没有认出来。"

乌图尔一愣,他一直以为自己身在暗处,没想到罗恒竟然知道他的名字。

"哈哈。看来我们对彼此都有一些了解,正好,我找了你好久。"罗恒笑着说,他直视着乌图尔,控制自己不向罗伊斯看过去。

妈的,早知道就跟他打上一场了,都怪罗伊斯,不让自己反抗,现在被逮个正着。

乌图尔又给了罗恒一拳,"你先去旁边等我一会儿,我还要谈几笔生意。"

"松开我,让我杀了你。"罗恒毫不示弱地说。

乌图尔让萤火的人把罗恒带到一边,销售顾问继续贩卖狮鹫冲锋枪。在被带走时,罗恒才有机会看向自己的同事。

罗伊斯装作紧张的样子,不停地整理自己的领带,他的右手一直做着一个特殊的手势。

三十?他的意思是救援三十分钟之后就来?是谁?阿方索的陆战队还是大川他们?

罗恒被扔在仓库的角落,旁边是十几个同样被捆住的黑帮分子。

萤火留了两个人看管,其他人都去从卡车上卸货,帮助顾客清点。

"兄弟,没见过你啊,你是哪个组织的?"

"不许说话!"装扮成装卸工的萤火成员喝止道。

"老子就是说了,你要怎么样?"黑帮分子尽管被捆着,可是气势还在。

萤火成员恶狠狠地瞪了黑帮分子一眼,不再理他。

"我就是来买枪的。"罗恒说。

"别骗人了,你被那个主管单独拎出来揍了一顿,你们两个肯定有过节吧?"

"一些小摩擦,和他打了几次架,他没打赢我,记仇了。"罗恒苦笑着说。

"你这么厉害?"黑帮分子知道乌图尔的厉害,刚才一个照面就被打倒简直是他的人生污点,不过所有的人都被乌图尔打倒,他的心里才平衡一些。

"没什么。"罗恒摇头。

"他们是什么底细,你告诉我们,今天这口恶气要是不出,我就对不起硅甲帮的名号。"

"萤火,你们知道吗?"

"闭嘴,不许再说话了!"另一个萤火的人转过来,凶神恶煞地抡起手里的撬棍,雨点一样砸在黑帮分子身上,"再说话啊!我看你怎么出恶气!"

暴力起到了作用,囚犯们都安静下来不再说话,萤火成员轮动着撬棍,得意扬扬地来回踱步,将轻蔑的目光投向每一个人。

罗恒挪动身体,让自己靠在墙上,想试着挣脱萤火的束缚。用来捆绑囚犯的是工程扎带,异常结实,而且越挣扎收缩得越紧,根本没办法凭自己的力量解开。

之前被打的黑帮分子缓过来,发出一阵呻吟声。

"朋友,你没事吧?"罗恒问。

"还敢说话?"

黑帮分子白了萤火成员一眼,又看了看罗恒。他低下头,从自己的领子上咬下一枚扣子吐在地上。扣子旋转了几圈落定,然后从下面弹出四条细小的腿,像一只虫子一样,爬向罗恒。

罗恒侧身,抓住虫子一样的小机器人,他用手指摸索,小机器人的四条腿都锐利得像刀锋一样。这些黑帮分子都随身带着这样的装备,简直跟特工片里的人物一样了。

他用扣子割开绑着自己的扎带,然后对黑帮分子微微点头。

负责看守的萤火成员一顿耀武扬威之后,以为所有的人都怕了自己,正处于自我陶醉的时刻。罗恒悄悄过去,一拳打在他的后脑,将他直接打倒在地。然后他的胳膊又缠上另一个萤火成员的脖子,十几秒后,那个人也失去了意识。

罗恒翻身过去解救黑帮分子,他刚割开扎带,旁边的人就提醒,"小心,你被发现了。"

乌图尔一直对这边保持着警惕,罗恒刚刚放倒第二个萤火成员,他就已经发现了。现在,乌图尔正带着几个萤火的人向这边赶过来。

罗恒又割开一条扎带,然后把扣子机器人扔给那人,"剩下的靠你们自己了。"

他转过来,迎着乌图尔走过去,一切都要在今天有个了断。

乌图尔也在期待着与罗恒的正面较量,他让其他人去压制黑帮分子,不要插手他和罗恒的争斗。他脱掉装卸工的工作服,露出壮硕的肌肉,还有那道长疤。

乌图尔怒吼着和罗恒打在一起。

"我想起来了,上次你被我的机甲砍中过一刀。"罗恒闪过乌图尔的拳头，用左勾拳还击，被乌图尔防住。"但是那一刀根本造不成这样的伤。"

"你那一刀很重，砍断了我两根肋骨，还有我的肝。"乌图尔踢向罗恒的左肋，被罗恒躲开。

"我明白了，是一个蹩脚医生给你开膛治疗的，他技术不好，这事不能怪我。"罗恒潜身突进，右拳打向乌图尔腋下，乌图尔微微转身，这拳打在乌图尔结实的背脊上。

"你的女儿怎么样了?"乌图尔双臂缠住罗恒的手臂，狞笑着说，"你让我兴奋起来了。"

"你给我闭嘴!"罗恒挣脱出来，将乌图尔撞开。

这个对手真的非常强悍，他的身体就像是钢铁打造的一样，力沉拳猛，而且经验非常丰富，罗恒几乎找不到乌图尔的破绽。他只能和乌图尔游斗，一边减少体力消耗，一边拖延时间，希望罗伊斯所说的救援能够赶紧到来。

萤火成员已经对黑帮分子展开了围攻，这次他缠住了乌图尔，让黑帮分子那边减轻了一些压力。但是他们只有几个人挣脱了束缚，仍然是寡不敌众，现在的形势越来越不利了。

在和高手交战的时候，最忌讳的就是分心在其他事情上面。乌图尔趁罗恒不注意，拳头绕过罗恒的防御，打在他的额角上。

罗恒被这一拳打得晕头转向，他后退两步，还没站稳，乌图尔后续的攻击就跟了上来。

就在这时，一声巨响回荡在整个仓库，所有人的动作都停了下来，站在原地，想知道发生了什么。

很快,巨大的声音再次响起,仓库的一面墙壁随着巨响向内凹陷,有什么东西在用巨大的力量撞击仓库,整个仓库都在晃动。

第三次,墙壁被撞破了一个洞,两只机械手从洞口伸进来,左右一分,将墙壁撕开一个大口子。金属扭曲的声音像是一把梳子刮在神经上,罗恒紧紧捂着耳朵,完全忘记了身旁还有乌图尔。

一台战斗机甲从裂口处进来,在罗恒面前站定,原来是他的赤红。

驾驶舱打开,小深蓝喊道,"罗恒,快进来。"

罗恒没有多想,迅速爬上机甲,在驾驶舱坐定,外部摄像系统将周边的环境投射到驾驶显示屏上,罗恒发现,乌图尔已经不见了踪迹。

"多谢,朋友,你是怎么想到来救我的?"罗恒对小深蓝说。

"我在通信系统里得知你被困的消息,总部安排埃科巴带人过来救援。我计算了一下,我直接过来的话,比他们要快十五分钟,所以我就来了。"辅助系统说。

"谢了。"罗恒没有考虑那么多,坐进驾驶舱之后,他就无所畏惧了。他将萤火的装卸工驱赶开,让黑帮们自救。然后,他将两台垃圾车里的狮鹫冲锋枪,还有已经搬出来的那些武器,用拳头全部砸碎。

"不要损坏车头部分。"小深蓝提醒,"也许能够找到他们的路径信息。"

"明白。"罗恒打开外部扬声器,对在场的顾客说,"抱歉,各位,因为货物已经损坏,这次交易无法继续了,请回吧。"

那些顾客留在原地,仰着头看着赤红机甲,他们这一会时间已经以旁观者的身份看了好几场争斗,就像是近距离观赏一场真人秀。现在又有战斗机甲加入进来,谁都不想在这个时候离开。

罗恒见好言相劝不起作用,铮的一声弹出战斗刀,对顾客们做出威胁的姿势,但是效果并不明显。

这时罗伊斯在人群中配合地喊了起来,"快走吧,这里都派出战斗机甲了,一会儿还不一定打成什么样呢,万一有个流弹飞出来,打到哪儿都受不了。"他装作狼狈的样子,跟跟跄跄地跑出仓库。

几个顾客被罗伊斯感染,迅速离开了仓库,还剩下一些"意志坚定"的人,想要把这场好戏看完。

罗恒无奈,只好返回仓库中央,用战斗刀斩下车头。黑帮分子和萤火的成员再次打在一起,罗恒捡起车头,绕过混战的两方,离开仓库。

赤红再次穿过墙壁上被撕开的裂缝,驾驶舱内突然响起了刺耳的警报,一枚反装甲导弹射了过来,罗恒立刻操纵机甲进行闪避,没想到那枚导弹锁定的并不是赤红机甲,而是机甲手中的卡车车头。

车头被导弹击中,立刻化为一团火光,赤红机甲的手臂也受到严重的损伤。

乌图尔扔下手中的导弹筒,抽出双刀。看到赤红机甲的第一时间,乌图尔就离开了罗恒身边,他返回垃圾车,穿上外骨骼,早早地等在仓库外面。

仓库里面的货物,还有萤火的人,乌图尔都不在乎,他只想和这台机甲好好地打上一场。

罗恒甩了甩受损的左臂,卡车连同机甲的零件掉了一地。挂载在左臂的肘炮没有受损,罗恒抬起手臂,对准旁边的垃圾堆,将肘炮中的榴弹发射出去。

榴弹落在垃圾堆中爆炸了,将整理压缩好的可降解塑料袋扬得满天都是。

罗恒晃晃肘炮,表示没有火器。两人要用最原始、最简单的方式开始决战。

乌图尔双刀在面前摆成X形,前推后拉,摩擦在刀刃间蹦起一串火花。

"小深蓝,记住他的动作。"罗恒说道,操纵赤红迎向乌图尔。

穿上外骨骼之后,乌图尔的动作比之前肉搏时还要敏捷,再加上那对双刀,罗恒早就见识过双刀的锋利,连赤红的护甲都能轻易切开,砍断护甲下面的线缆,一不小心中上一刀,就可能让赤红瘫痪。

尽管赤红比乌图尔的外骨骼高上一倍半,攻击的范围也要大上一圈,但是赤红左臂受损,只能以肘炮的炮管当作拳头。两台铠甲斗在一起,金属撞击的声音叮叮当当连绵不绝。和之前一样,两人在最初的时候不相上下,互有攻防,但时间一长,罗恒就感觉有些吃力了。赤红的左臂严重受损,身体不灵活,有几次必中的机会,都因为行动的卡顿让乌图尔躲了过去。不得不说乌图尔是个战斗的天才,那套外骨骼的动力系统只能起到辅助作用,大部分运动还是要靠人体本身的力量来驱动,经过这么长时间的战斗,乌图尔不但没有疲惫的迹象,反而越战越勇,双刀的速度比之前还快了一些。

罗恒用战斗刀挡开乌图尔的攻击,左手炮筒抡出,乌图尔附身从赤红腋下闪过,挥刀砍向战斗机甲的膝关节,罗恒连忙用左臂格挡,一截炮管被乌图尔削了下来,"你不是辅助系统吗? 有没有什么办法?"

"我已经大致了解了对手的行动轨迹,从五分二十二秒前开始,预测的准确率维持在87%以上。"小深蓝说道。

"那你还不帮帮我。"罗恒说着。

"我以为你们比较尊重一对一决斗的习俗。"

"什么乱七八糟的,我要杀了他!"罗恒喊道。

"我不能杀人。"

"我要把他打到半死。"

"这个要求可以接受,请确认开启辅助系统。"

"确认确认! 别啰唆了!"

赤红的行动模式立刻改变,每次罗恒进攻或者防守,小深蓝就开始让机甲为下一个动作做准备,当乌图尔看到破绽攻过来时,赤红已经做好了准备,不但让乌图尔的攻击落空,还留下了反击的时间。

几个回合之后,乌图尔陷入了迷茫,赤红的动作明明和刚才一样缓慢,但是却好像快了许多,原本乌图尔还能游走在距离赤红一米左右的距离,攻守平衡。可是不知道怎么回事,就逐渐被逼退到两米开外了,他再想突入进去,竟然十分吃力。

有了小深蓝的加入，战斗轻松了一些，罗恒转守为攻，一步步压迫乌图尔。

"埃科巴来了，在七点方向二十五米。"小深蓝提醒，"接下来看我的。"

赤红在小深蓝的控制下向左前方跨出一大步，同时挥刀斩向乌图尔，外骨骼立刻后退躲避，赤红没有追击，它又跨出一步，在一个回合之内完成了位置的互换。

现在，罗恒可以看到埃科巴带着一支突击小队，藏身在仓库外墙的转角后。

乌图尔再次顽强地攻过来，赤红灵巧地挡开他的攻击。

"准备好。"小深蓝提示。

罗恒看到，埃科巴从藏身处站出来，对准乌图尔的后背，发射了一枚枪榴弹。

乌图尔在半空中才发现来自背后的攻击，他勉强转身，用刀劈向榴弹。榴弹在他面前爆炸，破片钻入外骨骼。乌图尔闷哼一声，评估了一下周围的形势。他落地就势一滚，然后高高跃起，消失在库房的转角。

"他逃跑了。"小深蓝说。

"啊！"罗恒愤怒地拍了操纵杆一下，"你们添什么乱！"

"可惜。"小深蓝说。

"怎么？"

"你的麻烦还没有完。"

"罗恒，现在立刻从机甲里出来，不要反抗。"埃科巴接入通信系统，对罗恒说。

"什么？发生了什么事？"

"你擅离职守，破坏罗伊斯的行动。在把事情说清楚之前，你已经被剥夺了赤红的驾驶权，哥们儿，别激动，慢慢下来。"

"好吧。"罗恒仔细想想，埃科巴说得有道理，他在通信系统里说，"我这就下来，别开枪。"

他打开驾驶舱门，举起双手，从机甲中跳下来。

"能不能别绑我了。"罗恒对埃科巴说，"我刚才已经被绑过一次了。"

5. 审 判

杜克将军哭了。

从入伍开始,杜克上校就剔除了自己性格中软弱的那些部分,将自己打造成钢铁铸就的战士。

在他还是个列兵的时候,杜克·德·利马就知道自己将成为一名伟大的军官。他是祖国最坚硬的盾,他是祖国最锐利的枪,他将冲锋在前,并且战斗到最后。

杜克从不掩饰自己的理想,与他同级的新兵都嘲笑他异想天开,疏远并且欺负他。

那时,他没有流泪。

杜克从不反驳,也不责怪自己的战友,他知道,以他们的见识,是不可能理解自己的,他也不会把时间浪费在希望别人理解自己这件事上。他只是忍受,并且执行。从列兵到军官,再从中尉一路提升到中校,杜克的每一步都在自己的计划之中,他用行动证明了,别人都是错的。

　　三军总指挥亲手将委任状交给这个国家最年轻、最杰出的军人,将一份前所未有的责任和荣誉加在他的肩膀上。

　　那时,他没有哭。

　　杜克发现,自己的格局还是太小了。原来,他将要守卫的,是整个星球,他将要为之奋斗的,是人类的未来。

　　杜克更加疯狂地要求自己,让自己配得上人类赋予他的这份责任。

　　在一次给新兵训练时,杜克失足从二十六米的高台上坠落,尽管火星上的低重力让他没有当场摔死,但是维和部队的医生宣布,他永远不可能再感觉到自己的身体了。

　　一切努力在那一刻戛然而止。

　　那时,他没有流泪。

　　无论在何时何地,杜克都认为自己是一个铁人,他并没有故意隐藏自己的感情,他确定自己没有感情。

　　当马克博士将传承枢纽接在他的后颈,启动开关的那一刹那,杜克流泪了。泪水像是地球老家春天时连绵不断的雨,一个劲地涌出来,止都止不住,仿佛三十年来的泪水,都在等待着这一刻。

　　传承枢纽还没有对杜克上校的神经进行匹配,在拨动开关的那一刻,无数种感觉一起涌向杜克的大脑。他感觉到了心脏的跳动,感觉到了房间的温暖,感觉到了衣服摩擦的粗糙,感觉到了风吹过时的轻抚,感觉到了水流淌的潮湿。

　　最重要的是杜克感觉到,心中有一团火,他以为它早已熄灭、化为灰烬了,现在又重新燃烧起来。

"哦,抱歉,很疼吗?"马克博士谨慎地问。

"不,不疼,很舒服。"杜克上校说。

"刚接入传承枢纽的时候,会有大量的感觉同时涌进来,造成暂时的感觉冲击,稍微适应之后就好了。"马克博士说道。

"我明白。"

"接下来我们再将所有的神经一一对位,"马克博士说,"但是,由于你的神经受损部位比较高,要设计一整套拥有触觉和反馈的身体,这一步需要很长时间。"

"没关系。"杜克上校轻声说,"我有一整间机甲工厂和完整的设计团队,说出你的需求,他们会帮助你实现的。"

"真的吗?"

"当然,帮助你就是帮助我,不是吗?"

"对,没错。"

有人敲门,一个突击队员推开门进来。

"杜克上校。"

"让你进来了吗? 你的礼貌呢!"杜克喝道。

"哦,对不起。"突击队员立刻退出去,重新敲门。

杜克故意等了一会儿,才让他进来。

"什么事?"

"科尔将军找你,要开一个紧急会议。"

"好的,我这就去。"杜克说。

突击队员走过来,为了赶上紧急会议,他想推着杜克上校的轮椅赶过去。

"我自己能行!"杜克愤怒地说,"滚出去!"

"对不起,长官。"突击队员离开松开轮椅,快步跑出马克博士的实验室。

"你有会要开,那我们下次再调试神经吧,我帮你把枢纽取下来。"马克博士说。

"就留着吧。"杜克说。

"这样不好,枢纽还没有经过调试,大量错乱的模拟信号会扰乱你的真实神经的。"

"我坚持。"杜克声音不大,但是言语中的态度比铁还坚硬。

"那……好吧。"马克博士说,"等会议结束后,我们再继续。"

杜克来到会议室,发现科尔将军、罗伊斯、埃科巴,还有机甲小队的人都在。唯一有些不同的地方,就是罗恒坐在所有人的对面,手上还带着磁力手铐。

"怎么了?"杜克问道。

科尔摇了摇头,没有说话。

罗伊斯说,"罗恒擅离职守,安排他在度假酒店站岗,他把赤红留在那里,自己偷偷溜出来,去调查萤火的武器渠道。"

"找到了吗?"杜克问。

"找到了。"

"那还不错。"

"重点不在这里,"罗伊斯连忙说,"我也在寻找萤火的消息,我们并不打算这么早就对萤火进行打击,只是想等线索更多之后,再对萤火一网打尽。"

"放长线,钓大鱼是吧?"罗恒插嘴说,"我一个多月以前就向你们汇报了萤火的武器流入尤利西斯的事情,你说你一直在调查,今天我用了一个小时就混进了萤火的采购群,和你出现在同样的地方,你说奇怪不奇怪。"

"罗恒,别这样。"大川在一旁忍不住提醒道。

"怎么样?我只是说出事实而已。你们不是要号称维护火星世界的和平吗?难道就这样眼睁睁看着大批的武器流入到民间,让每个人手里都有一把枪,可以随时向身旁的人射击?"罗恒继续说道。

"我们有我们的计划,但是你的出现,让我们之前所有的铺垫都落空了。"罗伊斯说。

"什么铺垫?你倒是说来听听。"罗恒说。

大川看到罗恒向罗伊斯和科尔将军发难,别扭得如坐针毡,他觉得自己应该说些什么调和一下大家的情绪,但是又怕一开口就被其中一方当作敌人。

"你说点什么。"大川低声对程影说。

"不。"程影低声说,"罗恒能应付得了,你放心吧。"

罗伊斯看向科尔,向将军征求意见。科尔微微点了点头,罗伊斯在会议室正中显示出全息屏幕,上面同时显示着十幅火星表面的势力分布图,每幅图上的变化都不相同。

"深蓝帮助我们计算了每一种行动将会导致的后果,"罗伊斯说,他将一幅地图放大,"只有这一种能够将萤火的狮鹫限制在最小的扩散范围。首都有维和部队在,萤火暂时还不会招惹他们。我们在盖尔能源城、塞伯鲁斯农业区和威尔斯工业基地做了些手脚,让他们的货物难以进入。然后让尤利西斯门户大开,给他们造成很容易进入的假象。实际上,有四大帮派的控制,萤火在尤利西斯的行动很不顺利,极大地拖延了他们的时间,也给我们留出了更多收集情报的时间。"

罗伊斯停了停,"这一个多月的努力,都让你的鲁莽破坏了。"

"我才懒得管你们这些数据,我要报仇,萤火的人,有一个算一个,我都要灭了他们。"罗恒不屑地说。

"我们岩铁流大大小小行动了上百次,全靠深蓝帮助我们进行战情分析和盘前模拟,你以为火星上一直是太平的吗?有很多次都是我们在事件发生之前就解决了的。"

"那有……"

"好了!"罗恒还想继续反驳罗伊斯,大川终于受不了了,他大声打断罗恒,"罗恒,够了,别像个小孩一样狡辩了。你擅离职守在先,后面所做的一切,不管理由多么充分,都是错的。"

"大川你……"罗恒没想到大川也在向着罗伊斯说话,"你什么意思?"

"错了就是错了。"大川严厉地说。

罗恒歪着头,瞪着眼睛看了大川几秒钟,终于泄了气,他靠在椅背上,"好吧好吧,我错了。你们打算怎么惩罚我?把我开除?"

"罗恒,你这个脾气真是在哪都待不长。"程影说,"大家都是同事,你这是干什么啊?"

整个房间里,程影年纪最小,但也只有程影,罗恒不愿意对她说出稍微严重的话。他、大川还有程影三个人结成小队的时候,程影是绝对信得过的帮手。但面对面时,罗恒无论如何都无法把程影和电幻机甲联系在一起,他一直当她是小妹妹看待。

"唉!"罗恒重重叹了口气,显得有些委屈,"小影,这件事对他们来说,只是公事公办。但这件事对我有其他的意义,是私仇。我在那里见到了乌图尔,上次我们行动的时候,我砍了乌图尔一刀,然后乌图尔炸了我的家。我们都想杀掉对方,不死不休。"罗恒说道,"你们都不帮我,还让我忍?我怎么忍?"

"杜克,你看应该怎么处理?"沉默很久的科尔将军问道。

杜克正沉浸在传承枢纽带来的感官轰炸之中,正如马克博士所说,在习惯了最初的如同巨浪拍打冲刷大脑皮质一般的冲击之后,感官的刺激略有减退,杜克还是很享受,但是情绪有些低落。

他看着罗恒,脸上带着奇怪的笑容,"我以为多大的事,科尔,你是不是忘了我们年轻的时候了?这才像个士兵的样子。"杜克控制电动轮椅绕过桌子,走到罗恒身边,"孩子,我问你,经过这事之后,你还会信任这些曾经和你出生入死的战友吗?"

罗恒认真地思考,他的目光看向大川和程影,然后是罗伊斯、科尔将军,最后落在亲手逮捕他的埃科巴身上。

"信任。"罗恒点着头说。

"那你们呢?"杜克又问其他人,"谁相信罗恒是故意去破坏我们的计划的?"

所有人都摇头。

"不是我说你们,科尔,还有你,罗伊斯,你们是不是忘了你们的本质是军人?叽叽歪歪那么多理论,搞得跟政治家一样,这种审判有个屁用。"杜克骂道,"这孩子做错了事,抽他五十鞭子就行了，讲那么多废话，还不快把手铐解开！"

罗伊斯看了看科尔将军，见将军没有反对，他挥了下手，将罗恒的电磁手铐解锁。

"抱歉，兄弟，我……"

"没事，按规矩行事，我懂。"罗恒打断罗伊斯的话，他主动绕过桌子，走到罗伊斯面前，张开手臂，"来，兄弟。"

罗伊斯站起来，两个汉子简单地拥抱一下，这篇算是揭过去了。

然后，罗恒又拥抱了埃科巴。

他回到杜克上校面前，"谢谢你，上校。"

"该受的惩罚还是要受。"杜克说，"这是规矩。"

"我明白。"罗恒说。

"好了，这里没有我的事了。"杜克说着，操纵轮椅离开会议室。

"罗恒，你留一下。"科尔将军说，"其他人，解散。"

等其他人都离开之后，罗恒对科尔说，"将军，我很抱歉。但是，我仍然认为，尽快消灭萤火，对所有人都有好处。请……请把信息和我分享。"

"你还没有达到那个级别。"将军面若冰霜，"尤其是发生这件事之后。"

将军按下几个按钮，火星的局势图再次发生变化。

"这是什么？"罗恒问道。

"这是深蓝预测到的结果。"科尔停了一下，接着说，"在一个月前就算出来了，是最坏的结果之一。"

　　由于罗恒破坏了尤利西斯不夜城的进货渠道,而且四大帮派已经达成共识,要严密防守萤火的崛起,防止再有一股势力发展壮大,萤火很难再次进入尤利西斯,只能转向其他的城市。

　　威尔斯工业基地是火星人员流动最大的地方,那里将是萤火的新目标。然后是塞伯鲁斯农业区,接下来是盖尔能源城。

　　当这三座城市被拿下,萤火的实力和声望将大幅提高,到那个时候,狮鹫冲锋枪就将是火星上流通性最大的东西。萤火再想进入首都和尤利西斯不夜城,也就如同探囊取物一般了。

　　"这怎么可能?"罗恒满不在乎地说,"就凭一把破枪?"

　　"枪只是表面现象,它所代表的是愤怒、暴力和混乱,而这些正是萤火想要营造的世界。罗恒,当初你加入我们的时候就说过,你想要一个更好的火星。告诉我……"科尔将军指向一片混沌的火星地图,"这是你想要的火星吗?"

　　罗恒还是不相信深蓝的推演,"这说明不了什么。"他不确定地说,"而且,不是还有我们吗? 我们不是能够阻止萤火吗?"

　　科尔将军摇了摇头,"我们这个组织还很弱小,木已成舟,我们没有足够的能力阻止萤火。而且,我们和萤火之间的差距将会越来越大。"

　　"这一切都因为我?"罗恒说。

　　科尔将军没有立刻回答,他背起手,慢慢地走到会议室的尽头,又走回来。

　　"深蓝为什么没有预测到你的行动呢?"将军说,像是在对罗恒说话,又像是自言自语。

罗恒走出会议室,其他人都离开了,只有大川还在门口等着。

看到罗恒出来,大川站直身体,两人四目相对,却不说话。

"怎么了?"还是罗恒先开口,"你刚才不是挺严厉吗?"

"老罗……"

看到大川局促的样子,罗恒笑了,"行了,兄弟。"他一拳锤在大川的肩膀上,"这次的事,我确实欠骂,被你骂总比被别人骂更能接受。"

"科尔将军怎么说。"大川问道。

罗恒叹了口气,"他说我搞砸了,萤火在尤利西斯的渠道被破坏之后,很可能会寻找新的方向,从而影响整个火星。"罗恒翻了个白眼。

"将军有他的大局观。"大川说。

"兵来将挡水来土掩吧。"罗恒耸耸肩,"明天的事明天再操心,我先去一趟疗养院。"

罗静安静地躺在病床上,她受的伤都已经愈合,恢复了从前可爱的样子。医生说她脑部的肿块已经完全消失了,有可能很快就能醒来。

罗恒坐在床边,从兜里掏出一片护甲放在旁边的小桌上。

"我刚和人打了一场。"罗恒说,"就是那个炸了咱们家的坏人,我把他打得很惨,这就是从他身上掉下来的零件。"

罗恒看着那片外骨骼,过了很长时间,他又说,"下次,我就能抓住他了。"

6. 萤火崛起

方克初站在囚室一般的宿舍内,正对着门,等待着上工的铃声响起。

锡兰城坐落在威尔斯工业基地以北五十公里外,是一座小型的公式化城市,有一万多人住在这座城市里,全部是锡兰公司的职工。

锡兰公司的主要业务是铸造各种工程铸件,其中最主要的是货运卡车的车架和工程机甲的下肢主骨架。

货运卡车和工程机甲是火星上最主要的工程装备,所以锡兰公司规模虽然不大,但是收益一直保持稳定。

当然,这最终没有体现在员工身上。

锡兰公司是整个火星上对员工压榨最严重的公司。它的工厂和生活区都在一座大型钢铁穹顶之下,与外界相连的只有几条货运线路。

锡兰公司无论在规模上还是产品上都没有话题性,它完全隐藏在火星人的视线之外。有的人知道,在威尔斯工业基地附近,有一些独立的小镇,都是各个公司建成的独立生态圈。但是没人在乎那些公司都是做什么的,也对里面发生的事情不感兴趣。

迦南收留了一些从锡兰公司逃跑出来的工人,他们躲在货车车厢里,夹在数百吨钢制铸件的缝隙中,用可怜的装备帮助自己熬过四十五分钟没有气压防护的火星大气环境。在这途中如果没有被夹死、憋死或被发现的话,他们才算是真正逃了出来。

这是从锡兰公司出来的唯一方式。

在锡兰公司的章程上,没有辞退和离职之类的选项。每个人都必须在流水线上干到死,然后被投进循环槽,永远地留在锡兰城。

听到工人们的讲述,方克初完全不敢相信他们的话。他在火星上见过了各种不平等的事,但还是无法想象,能够登上火星的人类,竟然将野蛮和卑劣也带到了这里。

只有亲眼看到,方克初才明白,那些工人所说的关于锡兰城的一切,不过是盲人摸象。真正的锡兰城,比他们所描述的还要黑暗十倍。

锡兰公司就像是古老的奴隶帝国,公司的高管坐在奢华的王位上,身边的武装到牙齿的亲卫队负责保护他们和镇压工人。花销在亲卫队上的钱比整个工厂工人的工资还要多。

因为,除了一些低劣的营养条,工人们完全不需要花钱。

锡兰公司会在首都的招聘市场开出高额薪资,来引诱那些第一次来到火星,想要碰碰运气的人。签过合同之后,装扮精致的员工接送巴士会将工人们直接送到锡兰城。等到了目的地，气闸门在他们身后关上时，他们才会发现，这座完全封闭的钢铁城市，不过是一个巨型的棺材。在走进锡兰城的那一刻，他们的生命除了工作外，已经没有任何意义。

锡兰城管制极严，几乎不可能从里面逃出来。方克初遇到的几个锡兰公司的工人，为了逃出来都丢了大半条命，留下了很严重的后遗症，更多的人则直接死在了逃亡的路上。

但是，想要进去却十分容易，锡兰公司根本没有在招人的时候严格排查，反正不管是谁，只要走进锡兰城这个封闭的空间，就只是巨大流水线上的一枚可替换零件而已。

方克初随便填了个名字，就坐上了锡兰公司舒适宽敞的招工巴士。和他一起的还有乌图尔、塞巴斯蒂安和十几个迦南城的老人手。

还有一大批狮鹫。

上工的铃声响起，宿舍门向一侧滑开，工人们走出宿舍，却不像平常那样走向自己的工位，而是停留在原地，茫然地左顾右盼。

一些消息像风一样，在食堂、在厕所、在上下班的路途中传播，有一个人会出现，带领他们从锡兰公司的压迫中反抗。

这种消息曾经有过，但也像风一样，很快就消散了。

但这次不同，工人们在狭小的宿舍中，讲着从其他地方听来的消息，既不兴奋，也不激动，就像是说了一个无聊的笑话。他们沉沉睡去，再被上工的铃声唤醒。他们惊讶地发现，枕边多了一个简陋的、构造奇怪的铁筒，是枪。

消息说，今天就是反抗的日子，工人们期待着那个时刻的到来。

"怎么回事？"监工看到工人们都麻木地站在宿舍门口，而不是像往常一样赶去上工，破口大骂道，"快走起来！流水线可不等人！"

工人们还是麻木地站在原地，他们背着手，手里握着萤火偷运进来的枪。日复一日的压榨完全消磨了他们的勇气，他们想要逃离，想要反抗，却没有力气举起枪。

方克初混在工人之中，同样等待着。所有的准备工作都做好了，接下来要靠这些工人自己。根本不会有人来拯救他们，必须靠他们自己觉醒。

监工走向一个工人，"怎么还站着？你想干什么？"监工抡起手中的钢管，砸向工人。金属打在肉体上发出闷响，工人不声不响地站在原地挨打，像一截木桩子。打了几下之后，工人站立不稳摔倒，手中的枪也同时掉在地上。

"这是什么？"监工走过去，捡起那块丑陋的用零件拼起来的武器。

方克初身边的工人都看着这一幕，他们面无表情，像被打的那个工人一样仿佛只是身躯留在此地，而灵魂早就飘散到不知何方去了。

情况比想象中的还要复杂，他们被驯服得太久，就算有一百个工人手握武器，也不敢反抗五个监工。

方克初做了个手势，乌图尔点点头，悄悄绕到监工的身后。

他本可以一击就杀死监工，但是乌图尔没有那么做。监工正在检查狮鹫冲锋枪,乌图尔一拳将他打倒在地,然后翻身骑在监工身上,扔掉他手中的钢管和枪,撕掉象征身份和地位的监工肩牌,然后一拳砸在监工脸上,接着又是一拳。

乌图尔把监工死亡的过程变得无比漫长,他在众人的围观下,把折磨人变成了一种艺术,每一拳砸下去,就像是砸在了工人们的胸口上。

监工在呻吟,血液弥漫出来,微甜的味道扩散在空气中。

工人们意识中压抑的东西被唤醒了,他们向乌图尔聚拢,血腥味更浓烈了。

"怎么回事?你们在干什么?"

锡兰城的运作就像是一台严密的机器,只要其中一部分停滞,很快整个机器的运转都会变得不正常。生活区发生的事情吸引了其他监工的注意,更多平时耀武扬威的监工赶了过来,挥舞着手中的武器,随意抽打在此时还不长眼挡路的人。

在往常,工人们会自动向两边分开,让出一条路来,就像是摩西分开红海。可是在今天,监工们发现,他们像是走入了泥泞的沼泽。人们不但没有躲避,反而聚集起来,将他们包裹住。监工们举起的武器被工人用手托住,砸不下来,身边的工人们怒视着他们,嘴里发着含糊不清的声音,像是饥饿的狼群。

血腥味唤醒了他们的本能,愤怒占据了工人们的思维。

"你们想干什么!想造反吗?"监工们吼道,可是颤抖的声音暴露了他们内心的恐惧。

饥饿的兽群立刻嗅到这令人馋涎欲滴的味道,他们扑了上去,用行动告诉监工们他们想要的答案。

几个监工当然不能消弭仍在膨胀的愤怒,工人们被囚禁在这座钢制棺材中,受到侮辱、殴打,看到同伴在身边倒下,但只有等到下工才能用自己的时间来为他们收尸。

在这里没有希望,连做人的自我认知都被完全磨灭。

他们受到的伤害,把整座锡兰城碾成碎渣都无法弥补。

乌图尔带领着工人们,走向工厂的深处。生产线已经完全停摆,更多的人加入到了反抗的队伍中,他们想要去高管们的生活区,相对于工人们的住处,那里就是天堂。

在到达高管的生活区之前,他们还要闯过一道关卡,那就是公司高薪聘请的亲卫队们。对于工人们的反抗,公司早有准备,亲卫队就守在工厂区通向生活区的通道口,由高大的战斗机甲和全副武装的雇佣军组成。

“停下! 不要再向前走了!”战斗机甲通过扬声器对着汹涌而来的工人们喊道,“不然我们将会对你们射击。”

武器举了起来,但是毫无作用,人们前进的速度没有丝毫减慢的迹象。

亲卫队恐惧了,面对这样的局面没有人不会恐惧。组成亲卫队的人不过是曾经游荡在火星上的雇佣兵,在大部分时间里,他们凭借着装备的优势和锡兰公司赋予他们的地位对工人们进行镇压和恐吓。

他们最了解恐惧,也了解这些人在不顾一切之后,会做出什么样的行动。

枪声响了,火光四射,子弹穿过肉体,但无济于事。反抗的工人们反而更加亢奋,他们顶着子弹,踩着前面倒下的人的尸体冲上来，扑在雇佣军身上，趴在战斗机甲上，就像是横扫一切的行军蚁。

战斗在几分钟之后就结束了，人们和神的花园之间再无阻碍。

"我们运了那么多枪进来，居然连一颗子弹都没有射出就赢了。"事后，塞巴斯蒂安对方克初说。虽然结果正是他们所期望的，但是塞巴斯蒂安费了好大周折才运进来的枪没派上用场，让他多少有些白费力气的感觉。

"枪并不是只有发射子弹这一种功能。"方克初说，"它可以给人力量，可以让他们产生一种命运掌握在自己手里的心态。"

他和萤火的人站在锡兰城的运转中心，暴力狂潮过去，萤火接管了这里。经过一番修整之后，锡兰再次运转起来，外界仍然不知道这座城市里发生了什么。

"我们接下来要做什么？"乌图尔问道。

"我们要把所有的工厂和城市都夺下来。"方克初说，"对于火星人的压榨，根本原因其实并不在这个星球上，而在地球。火星上的人拼死拼活地工作，可是所有的利润最终都被地球拿走了。我们想要掌控自己的星球，就要从和地球切断联系开始。"

方克初抬起头，目光仿佛穿过了钢铁穹顶，穿过上亿公里的距离。那颗蓝色的星球曾是他的故乡，他了解那里的人。正是那遥远的贪婪和傲慢，才让火星变成现在这个样子。

他要改变一切。

他能改变一切。

罗恒站在指挥室里，皱着眉头，认真地看着大屏幕。在指挥室500米外的训练场上，一支由三台战斗机甲组成的突击小队，正在训练场进行战术模拟。

这支小队由突击兵、火力手和斥候组成，完全复刻罗恒、大川和程影战队的模式，所有的教学项目也是以他们三人的实战数据进行编制。

火星上的局势正如深蓝所推演的那样，萤火首先从威尔斯工业基地入手，抢占了几座小型的公司城市，然后以威尔斯为立足点，继续向其他几座城市渗透。

威尔斯工业基地周边有矿场，有精炼厂，有加工车间，萤火掌握了制造武器的整套工业链条，狮鹫冲锋枪的生产速度比以前多了几倍。

萤火的货物成了火星上的硬通货，在有的地方甚至可以当作货币来使用。

其实，萤火向火星输送的，不仅仅是武器，还有思想。

每个人都有使用暴力的权力。

这句话不只是对被压榨的工人们说的，也传到了公司和工厂高层的耳朵里。

各大城市中的局势发生了改变，简单粗糙的狮鹫冲锋枪把原本就已经对立的两个阶层带入到了你死我活的旋涡，双方展开了一场不对等的军备竞赛。

在底层的人们购买武器的时候，岩铁流防卫有限公司同时接到了许多高层安保方面的业务，赤地重工的战斗机甲订单量也有了大幅度提高。罗伊斯招募了一些新人扩充岩铁流的实力,同时也是为了应对萤火的不断扩张。

火星上有许多小股的雇佣军和独自接单的私人保镖,这里面不乏好手,但是优秀的战斗机甲驾驶员却很难找,像罗恒这样既受过正统训练又有战斗本能的更是万里挑一。

"这一组怎么样?"曼努埃尔问道。

罗恒和大川对视一眼,又看了看程影,他摇了摇头。

这是他们测试的第九组队员,他们和之前的八组一样,在训练场上取得的成绩还不错,但是这都是在虚拟训练中经过反复试错得来的。在罗恒看来,这些驾驶员或多或少都有一些不好的个人习惯,对机甲也不够了解,在战斗中,他们完全是把机甲当作一件工具来使用。在训练的G7部分,几乎所有的驾驶员都选择用机甲的左臂来硬扛反抗分子的火箭弹,以换取0.85秒的时间优势。

罗恒从来不会做出这样的选择,尤其是和小深蓝彼此熟悉之后,他始终把战斗机甲当作自己的朋友。

这样对待机甲,罗恒从心底无法接受。

这些人无论是战斗能力还是对于机甲的态度都在罗恒的标准线之下,但罗恒还是要做出选择,要在这九组人里留下三组,作为他们在岩铁流的新同事。

"这些人连一个能打的都没有。"罗恒说,"遇到信使和计数器全都得玩完。"

"你的标准定得太高了。"曼努埃尔说,"就是你们三个,遇到乌图尔,不是也挺难的?"

"那倒是。"罗恒自嘲道,不知不觉中,他已经把乌图尔那个强悍的对手当作是参照物了。

"怎么样? 有选择了吗?"

"2、4、9吧,这几组的成绩更好一些。"罗恒说,这是他从几组里面勉强选出来的,基础不错,但加入岩铁流之后,还需要重新训练。

"我同意。"大川说。

程影也认可了罗恒的选择。

屏幕上显示出2、4、9组人员的详细信息,9组的突击手叫作佐藤浩二,罗恒在维和部队做机甲中队队长的时候,佐藤还是一个新兵,现在已经成长了不少,让罗恒感到欣慰。

"好。"曼努埃尔将训练的结果分发给各机甲小组,所有的机甲都返回机甲库待命。

"那接下来,就让咱们的招牌出去示范一下吧?"科尔将军说道。

"我们?"科尔将军的要求让罗恒有些惊讶,不过,作为快速反应部队,本来就是要做好随时战斗的准备。这个在新手面前展示能力的机会,罗恒没有理由拒绝。他看向大川和程影,两个搭档耸耸肩,表示没有问题,"那就试试吧。"罗恒笑着说道,带着自己的小队去准备各自的机甲。

罗恒对岩铁流的训练场了如指掌,闭着眼睛都能完成整个流程。虽然参加选拔的新人们毛病不少,可是取得的成绩都在那里摆着。如果罗恒他们的成绩还不如新人,那可就说不过去了。

指令一闪,罗恒就冲进了训练场,大川驾驶着太阿紧随其后,电幻断后,无人侦察机四前二后分开,帮助小队拓展视野。

罗恒毫无压力地突破了前五个接触点,但用时比之前的训练慢了将近一秒,这时大川发现了罗恒的急躁,他在通信器里说:"罗恒,注意节奏,别着急。"

"我知道。"罗恒回应,脚下却加快了速度。

当通过T4接触点时,罗恒本来应该等大川一下,在太阿的掩护下平稳推进。他看了一眼计时器,到目前为止用时竟然比佐藤的第9组还要慢一些,他一心急,直接控制赤红,用战斗刀砍向厚实的墙壁,硬生生开出一条捷径,直接绕过了埋伏好的防御火力。

"罗恒,你在干什么?"大川在通信器里说。

"赶时间。"

"你开出来的那条路我过不去。"大川说,"不要只顾着自己。"

"好吧好吧。"罗恒控制赤红转回头来,此时他位于防御火炮的盲区,毫无压力地干掉了两台火炮,"好了,过来吧。"

这条捷径让他节省了四秒的时间,终于反超了第9组。

罗恒没有等大川,继续快速前进到U7接触点,途中要经过一条被两幢残破的建筑夹着的小路,建筑用隔热砖砌成,制造成本比钢铁铸造的房屋要低许多,只有气泡城里才有这种建筑。

罗恒经过这里无数次,知道项目组没有在这条小路上设置埋伏,虽然按照规程在这里要采取警戒姿态保持防守,但是为了赶时间,罗恒只想快速通过这里。

"你违反了战斗规程。"小深蓝提醒。

"我知道,你比大川还啰唆。"

罗恒话音刚落,大川的唠叨就来了,"罗恒,放慢速度。"

"罗恒,小心。"又一个声音接着说,是程影,"有……"

罗恒左侧的墙突然被撞破了,一个影子像之前罗恒那样破墙而出。

对方出现的时机选择得很巧妙,他撞破墙壁,墙砖碎片和灰尘包裹住他的身形。当罗恒发现有人近在咫尺时,对方手中的榴弹发射器已经瞄准了赤红机甲腰部最薄弱的地方。

小路非常窄,只有前进和后退两个选择,罗恒向前跨了一步,堪堪躲过那枚榴弹。榴弹打在对面的墙上,在距离赤红非常近的地方爆炸了。

罗恒再次向前一跃,躲避冲击波和爆炸产生的碎片。战斗机甲的背部防御比正面薄弱许多,幸好罗恒反应够快,这次爆炸没有造成很大的伤害。

赤红停稳之后,立刻转身,战斗刀瞄准两栋建筑之间,爆炸的烟雾遮蔽了视线,红外检索只能看到混乱中包裹着一个模糊的影子。

"这是怎么回事?"罗恒大声问道。

"我们也不知道。"曼努埃尔说。

"不是你们安排的?"

"不是。"指挥中心回复。

那这是谁? 敌人入侵到了岩铁流的训练场?

对方没有给罗恒太多思考的机会,一记沉重的攻击突破烟雾向赤红撞过来。赤红用战斗刀挡住这一下,他还没有看清楚对方的真面目,对手另一只手中的榴弹再次发射,这么近的距离下根本没法躲避,榴弹撞在赤红机甲上,交手的双方之间炸起一团火焰,冲击波将双方甩开。

"妈的,这是个疯子吗?"赤红机甲正面防护足够,没有受到太大损伤,但冲击波仍然把机甲里的罗恒震得七荤八素,他还从来没有见过这么不要命的打法。

他恢复过来,朝前方看过去,对手也从地上站起来。

"好强啊。"罗恒自言自语。

对面站着的,是一具外骨骼,体型比乌图尔还要大上一号,显得更有力量。但从刚才的交手来看,这个不速之客的速度和进攻手段都不亚于乌图尔,又是一个棘手的对手。

对方做了个手势:一对一。

罗恒熟悉这个手势,对方使用的是维和部队的手语。

这是谁呢?

这条小路很窄,像太阿那样的大号机甲都不方便转身。这时大川已经赶到,他堵在小路的另一端,远远观望着这场战斗。程影的无人机在头顶盘旋,随时准备提供任何罗恒需要的帮助。

"程影,把空中视野投射到我的作战屏上,还有红外图像。"罗恒说道,"大川,你先别插手了。"

"你悠着点,有新人在观战呢。"

"对啊。"罗恒突然明白了,"这是老大给他们安排的附加节目?这个人到底是谁?好厉害啊。"

"我建议你悠着点,别伤到他,说不定是自己人。"大川提醒。

"刚才那两发榴弹我可没看出他留手了。"

"榴弹的爆炸力已经调弱了。"大川说,"不然的话,第一发爆炸的时候,赤红就已经报废了。"

"切。"罗恒不信大川的话,但现在没有空闲时间来思考其他的事,"那我就和他玩玩。"

罗恒控制赤红大步向前冲去,佯装进攻的样子,对手也兴致勃勃地迎了过来,似乎非常享受与罗恒交锋。在距离对手十几米的时候,罗恒猛地向左撞过去,赤红机甲撞破了建筑物的外墙,留下一堆烟尘。

凭借程影无人机传输的红外视野,小深蓝可以很轻易地帮助罗恒在烟雾中看到对方。

他的对手没有这方面的能力,被包裹在烟雾中,只能凭借本能摸索。

罗恒又冲破两堵墙,迂回到对手侧面,对手还在谨慎地搜索赤红的踪迹。

"逮到你了。"罗恒自言自语地说,他猛地扑过去,就像之前对手偷袭自己一样破墙而出,在第一时间抓住了对手握着榴弹枪的左手,那是对他威胁最大的部分。

被捉住左手之后,对手的速度优势和大威力武器就完全失去了作用,凭外骨骼的力量完全无法和赤红机甲相抗衡。所以,罗恒刚刚逮到他,对手就识趣地认输了。

"停!我输了!"通信器里传来对手的投降。

"啊?这就投降了?"战斗结束得太快,罗恒反而感到有些失落,他放下拳头,但还是保持着警惕,没有松开控制着对方手臂的手。

他拎着对手,就像提着一只猫,从废弃建筑中走出来,"曼努埃尔、指挥官,训练还继续吗?"

"先返回指挥部,我们来看看这位不速之客是谁。"科尔将军说道。

"把我放下吧,我自己可以回去。"不速之客说,他打开外骨骼的头盔,"是我。"

"杜克上校?"罗恒看着杜克上校的脸,无法把刚才那个出手狠辣的对手和印象中一直坐在轮椅里的杜克上校联系在一起。

"是我,可以放开我了吗?"杜克说。

"哦,好的。"罗恒轻轻地把杜克放回地面。

当穿着外骨骼的敌人一出现在训练场,整个岩铁流就紧张起来,现在正是招收新人扩充实力的时候,如果被人入侵,将有损公司的形象和威望。

所有人立即行动起来,科尔将军和曼努埃尔留在指挥中心观察情况,埃科巴和阿方索带着突击队员在训练场外围严阵以待,刚刚进入机甲库准备维护的战斗机甲又重新推了出来,新人们乘上机甲准备战斗。

大部分新人还没有弄清情况,不知道这是岩铁流搞的演习还是确实发生了什么事情。

最后证明这不过是虚惊一场。

杜克上校和赤红机甲小组一起回到机甲库,科尔将军早就等在那里,还有全副武装的突击队员,他们都想看看杜克上校身上究竟发生了什么。

"杜克,你在搞什么鬼?"科尔将军问道。

"测试一下我的新身体而已。"杜克咧着嘴笑着说。

"你……"科尔上下打量着杜克和他的外骨骼,"这是什么技术?人工智能辅助?"

"不,这具身体完全受我控制。"杜克说着,让看上去笨重的外骨骼来了一个空翻,然后稳稳地落在地上。

罗恒从机甲的驾驶室里跳出来,走到杜克上校身边,"哎哟,上校,你下手可真够狠的。"

"哈哈哈哈,罗恒,幸好我事先把榴弹的药量都减弱到了三分之一,不然的话,一照面你就败了。"杜克居高临下,用外骨骼拍着罗恒的肩膀说道。

金属手掌拍在罗恒身上,竟然和真人拍打的感觉差不多,罗恒能够感受到杜克略带竞争的善意,杜克对于外骨骼控制的精细度令人惊讶,罗恒操作赤红也未必能够做到这么举重若轻。

"上校,你什么时候恢复的?"黛博拉说,"你不是……"

"是的,我仍然是一个残疾人。"

大家都知道,杜克上校平时对自己的身体很敏感,不喜欢被人提起他的残疾。

"多亏了大川给我介绍了一位好朋友。"杜克上校说,他按下外骨骼上的一个开关,复杂交错的盔甲自动向外张开,露出了上校原本的、已经萎缩变形的身体,"是传承枢纽让我重新拥有了感觉。"

在外骨骼打开的一瞬间,众人沉默了,杜克看到大家的脸色,敏感的神经再次绷紧,"怎么了!"他大声喝道,"我这副身体让你们感到恶心了吗?"

"不是,杜克,"科尔将军说,"你没有感觉到吗?"

在杜克的身上,镶嵌着两枚弹片。在刚才榴弹爆炸的时候,弹片打穿了外骨骼,射在杜克的身体上。因为颈部的残疾,杜克感觉不到自己的身体,两枚弹片打在他的身上已经有一段时间,血已经流满了外骨骼的内腔,杜克上校的下半身完全被染红了,他仍然不知道。

"什么? 怎么了?"杜克想要低头检查自己的身体,但是外骨骼的颈部活动范围有限,无论他怎么努力都看不到下面。一阵强烈的困意突然袭来,杜克上校看着科尔,想要问清楚到底发生了什么,他张了张嘴,什么都没有说出来,就晕了过去。

随着杜克失去意识,他同时也失去了对外骨骼的控制,臃肿的钢铁骨架向前栽倒,罗恒下意识地想去扶杜克上校,站在他身后的大川一把把他拉了回来。那套外骨骼有七八百公斤重,即使是在火星上,也不是罗恒单凭肉体能够扶住的。

外骨骼咚地倒在地上,一片张开的护甲翻折回来,压在杜克上校的腿上,所有人都听到了清晰的骨折声。

"快叫医护人员过来!"科尔将军大喊,"这个笨蛋,"他停了停,叹了口气,"这家伙,能够重新站起来,高兴得过头了。"

"抱……抱歉……"马克博士低声说,"我没想到会发生这样的事。"

"博士,你别紧张。"科尔将军安慰说,"我们不是来兴师问罪的。"

将军隔着玻璃看了看躺在病床上的杜克,有外骨骼的护甲作为缓冲,那两枚弹片并没有让杜克上校受到严重的伤害。只是由于杜克没有感觉,延误了救治的时机,他失血过多,但不致命,在输血之后就能很快恢复。

"那一套外骨骼护甲是你的技术?"曼努埃尔问道。

"是……不是……不完全是。"马克博士说,"我开发的传承枢纽,通过接入脊神经的方式,可以让失去肢体的人恢复感知,但是到目前为止,技术还很不成熟。"

"杜克上校的那身外骨骼,已经很厉害了。"罗恒开口说道,"你是没见他打架时候的样子。"

马克博士看向大川,在杜克上校之前,大川是与传承枢纽兼容最好的人。杜克上校所受到的伤害比大川要严重许多,距离受伤的时间过去很久,上校的神经已经萎缩。博士费了好大的精力才将上校的部分有关运动机能的神经与数字信号对应起来。

"这个过程非常痛苦。"大川活动着自己的金属手臂说,"杜克上校的传承枢纽植入程序,应该比我的复杂十倍以上。"

"一百倍都不止。"马克博士说,"杜克上校提供了充足的资源,让我可以用最好的材质和他的神经连接,但杜克与传承枢纽的兼容性还是超出了我的预料。"

病房里面,杜克已经苏醒过来,两名护士检查了上校的状况,确定各方面状况都不错,才允许等在门口的众人进来。

杜克上校精神不错,还沉浸在久违的战斗带来的激情当中。

"罗恒,怎么样,我还有另外一个强过你的地方。"杜克笑着说,"我没有痛感。"

"你差点死在这上面。"科尔沉声说道,"杜克你到底想干什么?"

"死? 笑话,我又不怕死。"杜克说,"我只是怕没法死在战场上。"他再次转向罗恒,"罗恒,我仔细复盘了一下,在刚才的对战里面,你至少犯了六个错误……"

"什么刚才,你已经昏迷了四天了。"科尔说,但是杜克专心和罗恒分析战斗,根本没有理科尔。

罗恒也插不上话,只能听着杜克滔滔不绝地说着。毫无疑问,上校是个优秀的战士,更是一个嗅觉敏锐的指挥官,他用实际行动证明了自己的作战能力,罗恒不禁想象上校在健康的时候有多厉害。

杜克对于罗恒的缺点和战斗习惯分析得头头是道,虽然口气相当自满,对于罗恒失误的地方毫不留情面,但罗恒却在认真地听,而且确实收获了不少新的东西。

杜克说了一会儿,突然打了个哈欠,他抬起尚能使用的右臂,在空中摆了摆,开始下逐客令。"好了,你们走吧,我累了。我要好好休息,等精神恢复了还要再进行战斗训练呢。"

这时护士走进病房,绕过众人,俯下身子检查杜克的断腿。众人识趣地退了出来。

"黛博拉。"科尔对谈判专家说,"我觉得杜克的情绪不太正常。"

"上校对于残疾的事非常敏感,自尊心很强,这次能和罗恒打个平手让他找回了一些感觉。他把这件事太当回事了……"黛博拉隔着玻璃看向杜克,上校眼睛微闭,脸上挂着笑容,大概又在回忆战斗时的场景，"有机会的话我会找他谈谈。"

马克博士突然叹了口气。

"博士?"黛博拉问道，"有什么事吗?"

"啊?"马克博士连忙说，"没……没有。"

岩铁流还有工作要做，各人在探望杜克上校之后分别离去。大川给罗恒一个暗示，两人故意走得很慢，待其他人都离开之后，他转了个方向，去了赤地重工提供给马克博士的实验室。

"大川，你来了。"博士坐在实验室门口，坐立不安地来回踱步，看到大川来了，他的神情才稍微放松了一些。

"怎么了?"大川问道。

"你别急，杜克上校的事，不怪你。"罗恒安慰马克博士。

"不，我不是这个意思。"博士说，他深吸了一口气，然后说，"我根本就不知道杜克上校能够做到这个程度。"

"什么意思?"大川问道。

"我早已经被排除在杜克上校的康复计划之外了。"马克博士说，"上校的伤情比大川要复杂许多，想要将脊神经和传承枢纽的数据信号一一对应要经过无数次实验。我的实验刚进行了一半，上校就不耐烦了，他带着我的传承枢纽和一些实验数据回到赤地重工，说那里有更好的科学家和工业设计师。"马克博士看着自己的双手，"只是有时他们遇到技术难题了，才会叫我过去看看。"

"这怎么行?"罗恒说，"传承枢纽是你的技术，就算是杜克也没有权力就这么拿走。"

马克博士叹了口气，"传承枢纽的技术实际上并不复杂，如果赤地重工可以用这项技术帮助更多的人,拿走就拿走吧,我也没有什么意见。"他停下来,又重重地叹了口气,"他们确实比我厉害,我看了你们战斗的实况录像,这才几个月的时间,就能让杜克上校恢复到那种程度,我……我做不到。"

一直一言不发的大川开口了,"对不起,我没想到会发展成这个样子。"

"没事,"反而是马克博士在安慰大川,他挤出一个笑容,"能够看到我的技术得到发展,说明我当时的想法确实对了。而且,传承枢纽用在杜克上校这样的英雄身上,比用在尤利西斯那些黑帮分子身上要强多了。"

"我能帮你做些什么?"大川问道。

"不用。"马克博士说,他在实验室里转了一圈,"我还是拥有这间实验室的使用权,如果……"他谨慎地说,"如果你能说服杜克上校,把研究资料和我共享的话……"

大川不确定地看向罗恒,"我会和上校说说这事的。"

"那就好。"马克博士说,"那就好。"

霍金斯议员刚刚结束了一场演讲,还在选民意见簿里挑出了两份请愿函,他保证在下个任期内,要为首都的人民餐桌上增加15%的肉制品。

这样的承诺意味着将要在塞伯鲁斯拓展出一片占地面积20平方公里的养殖场,三万到五万头禽畜类,包括屠宰场、储存仓库、食品加工厂、冷冻运输链,一整套下来,将为整个火星解决三万个工作岗位。

每次他对着选民宣讲这一套经济刺激方案,都会得到热烈的掌声和欢呼声,毕竟餐盘里的美味是与选民们密切相关的事情。

但实际上,火星上还没有成规模的畜牧业,只有零星几家公司在做火星环境下的家禽家畜养殖。即使在首都这样的地方,也只有少数人能够以普通工人一年的工资吃到一块真正的牛排。大部分首都居民只能消费得起3D打印而成的仿制肉。市场上还流通着一种伪肉,外观和口感味道都还能够接受,但伪肉的原料主要成分是塞伯鲁斯养殖的蟋蟀蛋白。

适合火星养殖的禽类畜类,健全的养殖体系,完整的产销链条,这些重要因素还停留在纸面上,有的甚至还没有开始调研。不过,霍金斯的许诺大家都相信了,稳定增长的支持率就是最好的证明。按照这样的势头,霍金斯议员很可能坐上β区区长的位子,到时候他的团队会再策划出一套新的激励计划,至于首都居民的餐桌上有没有真正的肉,那就是下一任议员需要考虑的事情了。

竞选团队的人想要去喝一杯放松一下,霍金斯想要早点休息,于是他们在区政大厅门口分了手,霍金斯自己走着回家。

他的家距离区政大厅二十分钟左右的路程,是一栋三层的别墅。那里是首都的核心区,只有最有钱的人才能在那里买得起房子,霍金斯就是其中之一。他年轻的时候是个精明的操盘手,在火星的金融体系尚未健全的时候大赚了一笔,但当他住进那片小区之后才发现,钱并不能证明他的社会地位。在邻居们的眼里,他不过就是个凭运气发了一笔小财的投机分子。

那些邻居鄙夷的眼神让霍金斯产生了从政的想法,他年轻,气质不错,思维敏捷,笑容亲和。霍金斯用了七年的时间,当上了β区的议员,这之后在邻居家的节日派对上,出现了霍金斯的身影。

政治游戏极大地拓展了霍金斯的视野,当他回头再看自己如鱼得水的金融行业时,发现当时邻居们对自己的鄙夷是有道理的。

几年前,作为操盘手的霍金斯夜以继日地研究数据,绘制表格,才能从无数数字中窥到一点未来的变化,并且凭借这样的优势来进行投资。

而真正的玩家,只是把钱放在那里,然后操纵消息,就可以引起市场的剧烈波动。

就拿最近的新出现的那个什么"萤火"组织来说,他们声称控制了威尔斯工业基地,将要禁止工业产品向地球的输送。大宗商品市场立刻产生了剧烈的震荡,火星联合政府立刻和几大公司建立了联系,确定萤火占据的只是几处小的企业,对于火星和地球之间的贸易产生不了大的影响,市场对于未来的担忧才减少了许多。

在这一次事件中,凭着事先得到的消息,霍金斯的资产比之前翻了一倍还要多,说起来,他还要感谢那个不知道天高地厚的萤火组织。

他不但在政界站稳了脚,还有着敏锐的市场观察能力,当他看到脑满肠肥的邻居们为了火星和地球贸易的未来而忧心忡忡的时候,打心眼里鄙视他们。

霍金斯议员哼着小调走回自己的家,时候已经不早了,这一段日子忙于竞选,霍金斯还没有在晚上八点之前回过家。小区的小径上没有什么人,邻居家里也没有传来喧闹的声音,人行道两旁的隐藏式灯光将脚下的路照亮。手工缝制的皮鞋走在道路上,木质鞋跟发出嗒嗒的声音,几乎是整个小区里唯一的声音。

今天有一些过于安静了。

霍金斯停了下来,左右看看,并没有发现什么异常,于是他继续向前走。

在快到家门口的时候,一个人影突然从路旁的人造灌木丛中跳了出来,挡在霍金斯面前。

霍金斯吓了一跳,但很快就镇定下来,他带着专业的微笑,对陌生人说道,"你好,有什么事吗?"

"把你的钱都给我。"那个人说,同时用手里的什么东西指向霍金斯。

那个人穿着42号连锁便利店的工作制服,戴着红色的鸭舌帽,胖墩墩的,长着一张大众脸,像是一个售货员。霍金斯也许在什么地方见过这个人,或许他还给自己投过票。

"你说什么?"霍金斯脸上的笑容不减,他向前一步,接着说,"我也许可以帮助你。"

"我要你的钱。"售货员说,他用手里的东西顶住霍金斯的胸膛,让他无法再靠近。

霍金斯低头看去,那东西十分简陋,表面还有红色的锈迹,像是从谁家车库里翻出来的爷爷留下的陈旧工具。这样的东西不应该出现在这座小区,甚至不应该出现在首都。

"这是什么?"霍金斯问道。

"是枪!"售货员尖着声音说道,"快把钱划给我,不然要你的命。"

"你是在抢劫我吗?"霍金斯问道。

"废话,当然是在抢劫你了!"

抢劫这个词,霍金斯只在电影里面听到过,使用暴力的手段侵占别人的东西,那是野蛮人才有的行为。他听说过在火星上的其他地方会有这种现象发生,那归根到底是处于底层、不懂得文明和礼仪的人才能干出来的事。

但是在首都,在这座城市,在火星维和部队驻守的地方,不应该有这种事情发生。霍金斯花了大价钱住进这座小区,旁边都是那些愚蠢的、自以为是的势利眼也就罢了,怎么还有野蛮人出现在这里?

霍金斯无法接受。

"不。"霍金斯说。

"你说什么?"售货员有些惊讶。

"我不怕你。"霍金斯义正词严地说,"我不会给你任何东西。"

"你以为我不敢开枪吗?"

"你不是野蛮人。"霍金斯说,"我是β区的议员,我给了你工作的机会,你不需要抢劫。"

"少废话,把钱划给我!"售货员喊道,他的耐心显然已经快消耗光了。

"不。"霍金斯向前一步,枪管抵在他的胸口,令他怒火中烧。

他伸手去抓售货员手中的枪。

枪响了，霍金斯感觉有人推了他的肩膀一下，他还继续抢夺售货员手中的枪，直到枪声第二次响起，他才反应过来，那是一把真枪，就像电影里面演的，可以要人的命。

霍金斯停下动作，向自己的身体看去，他精致的西服破了一个洞，洞虽然不大，但是血从那里面向外汩汩地冒着，将西装和里面的衬衫都浸透了，血在昏暗的街灯下呈现出灰黑色。他看了看售货员，又看了看自己的伤口，重重地倒在距离自己家门口还有两百米的地方。

7. 海 滩

正如深蓝所预料的,火星上的平衡已经被打破了。

在三个月内,萤火已经抢占了四座卫星城。在威尔斯工业基地周边的大大小小上百家企业,各个人人自危,生怕萤火找上门来。

而他们对于萤火的防御措施,是压缩工人们的自由时间,恨不得将所有的人焊死在流水线上,这样就没有人会有闲心去打听钢铁穹顶外面发生的事了。

这样做,无异于将本已经绷紧的发条又使劲拧了两圈。

又有几座公司城市直接爆发了叛乱,工人们把管理员从宽敞明亮的办公室里拖出来,推出气闸,然后挂出标语欢迎萤火的接管。

比武器传播更广的,是萤火的思想。

而那些尚未被占领的城市,包括五大气泡城内部,所有对话的议题都离不开萤火。大部分人还无法鼓起勇气向生活说不,都在期待着萤火的人前来解放。

一座座封闭的城市，无论是钢铁穹顶，还是气泡城，严密的气闸可以隔绝空气，却无法将萤火的故事隔绝在外。

在塞伯鲁斯农业区，盖尔能源城，尤利西斯不夜城，还有首都，有的人得到了萤火的枪，有的人践行萤火的行动。

暴力和萤火之间画上了等号。

罗恒驾驶着赤红机甲站在威尔斯工业基地的核心区的欧米伽大厦前面，心中有一些感慨。

"怀念这个地方吗？"小深蓝问，"你在这里工作过。"

"如果你调查过的话，就应该知道，我在欧米伽重工工作的那几年，从来没有来过这里。"罗恒苦笑着说，"大川，我的小深蓝问，你怀念这里吗？"

"哈哈哈哈，"通信器里传来大川的笑声，"呸。"他用一个字总结了他的心情。

"你们两个还在这里工作过？"程影问道。

"是也不是。"罗恒解释说，"我和大川是这家公司安保部的，不过是外勤，一直在矿场待着，还从来没有到总部来过。"

威尔斯工业基地建设在巴纳德峡谷之中，两边是高耸的岩壁，顶部由穹顶封闭，整座城市呈狭长形。大多数建筑依山壁建设，建筑表面多为透明的玻璃幕墙，内部将山体掏空，面积比外面看上去的要大很多。

位于工业基地核心地带的欧米伽大厦高九十七米，外形像一座重型火箭，实际上大厦是以太空电梯的基座形状来设计的，当年太空电梯的基座部分有四成的钢构件是由欧米伽重工提供的,这是一项不得不提的丰功伟绩。

罗恒在欧米伽重工工作了两年,结局虽然并不怎么如意,但不管怎么说,欧米伽重工在火星上已经存在快一百年了,参与了火星的建设,罗恒当年加入欧米伽的时候,心中确实充满了骄傲。

可惜,偌大一个企业的总部,现在已经被"起义"的工人们完全占领了。

"你们怎么才来?"看到机甲小队到了,埃科巴在通信器里抱怨。

"回到老东家了,要好好打扮一下。"罗恒说,"情况怎么样?"

"难度不小,那些人自称钢旅,劫持了大部分董事会的人。"埃科巴说,"你们过来,见一见欧米伽的人。"

罗恒三人将机甲停在大厦对面的平台上,附近驻足围观的人很多。

埃科巴和陆战队,还有欧米伽重工自己的安保力量,在这一带建立了两层防线,一层对内,防止钢旅突围,一层对外,警惕外面围观的人里还有钢旅的接应。

陆战队在两层防线之间建立了战情中心,一群人聚在那里商讨行动方案,有穿着火星数码迷彩的陆战队和黑色制服的欧米伽重工保安,两种制服罗恒都穿过,熟悉得很。

"唉,没想到这次的客户是他们。"罗恒感慨地说。

"会不会碰上咱们的老熟人?"大川笑着问道。

"希望不会,上次揍他揍得还不够狠呢。"罗恒话音未落,就看到人群中一个格格不入的人看向自己,正是艾德蒙多。

艾德蒙多穿着一身高档西装，与穿着作战服的人们形成鲜明对比。

"见鬼了，我感觉这段时间这小子还受到提拔了。"大川说。

罗恒装作不认识艾德蒙多，转开目光，走向埃科巴。

"情况怎么样?"罗恒问道，"黛博拉呢?"

"她正在准备，这已经有一个小时了，钢旅还没有提出什么要求，她认为这不是一个好现象。"

罗恒看了看欧米伽大厦，从下面可以看到玻璃幕墙后面一间间办公室里亮着灯光，仿佛还在正常办公。

"我先介绍一下，这位是艾德蒙多，欧米伽重工的CNO，首席谈判官。"埃科巴介绍道。

罗恒绷不住了，大笑起来，他用手指着艾德蒙多的鼻子，"哈哈哈哈，就他? 首席谈判官?"

"你们认识?"埃科巴问道。

"我们曾经是同事。"大川解释说。

艾德蒙多沉着脸看着罗恒，一言不发。

"那你去和里面的人谈判吧，叫我们来干什么?"罗恒说道。

"我的主要职责是商业上的谈判。"艾德蒙多严肃地说。

"那你……"

罗恒从一过来，就一直针对艾德蒙多，连埃科巴都看出这里面有什么不对劲，他连忙打断罗恒，"咱们还是先看看情况吧，艾德蒙多，请你介绍一下。"

艾德蒙多指着欧米伽大厦的建筑蓝图，他看了罗恒一眼，然后说，"我原来在欧米伽重工担任安保部的主管，所以对建筑的细节比较熟悉。"

罗恒冷哼了一声。

"今天有一场高管会议，公司的高管大部分都集中在大厦的第十一层进行参加会议……"

"你为什么没有参加？哦，首席谈判官不算高管。"罗恒插嘴道，大川在身后给了他一拳。

埃科巴严肃地说，"如果你不能把注意力集中到任务上，那就请你立刻退出。"

罗恒耸了耸肩，不再说话。

"入侵者是在一个小时前进入的，他们自称是钢旅，通过内部的视频监控系统我们看到……"

"他们大部分是欧米伽重工内部的人。"罗恒说。

埃科巴皱着眉头看向罗恒。

"我说的是事实。"罗恒说，"是吧，艾德蒙多？"

艾德蒙多无奈地点了点头。

"萤火的人渗透到了欧米伽重工，煽动工人造反。"罗恒说，"这是他们惯用的模式了，我们在福伯斯矿业公司处理过一个类似的事件。"

"没错。"大川补充。

"他们……钢旅开出什么条件？"罗恒接着问。

"还没有，"艾德蒙多说，"我们还没有和他们取得联系。"

"请继续。"当罗恒把心思集中在任务上后，对于艾德蒙多的厌恶减弱了许多。

"现在内部监控系统完全被切断了，我们无法得知里面的情况。"艾德蒙多继续说,"在视频被切断之前,高管们都被集中到了第十一层。"

"第十一层有什么重要的东西吗?"罗恒问道。

"你什么意思?"艾德蒙多问道。

"这是萤火的惯用手段,会把人质囚禁在重要设备附近,给营救行动带来干扰。"罗恒解释。

"十一层……没有什么啊……数据库,档案室……"艾德蒙多皱着眉头,突然停顿一下,又继续说道,"没有……没有什么重要的地方。"

"那楼上和楼下呢?"埃科巴问。

"只是普通的办公场所。"

"你确定?"罗恒向前一步,把脸贴近艾德蒙多,直视着从前的上司。

"确定……什么都没有。"艾德蒙多不确定地说,他的眼神游移,不敢与罗恒对视。

"好吧。"罗恒说,"如果你不把全部的细节告诉我们,一会儿行动的时候出了问题,你要承担责任。"罗恒拍拍埃科巴的肩膀,那里别着一个作战摄像头,用来沟通现场情况的,"我们所有的对话都已经记录在案了。"

艾德蒙多舔舔嘴唇,"确实什么都没有。"

"好吧。"罗恒不再多说。

"钢旅他们从三个方向进入欧米伽大厦。"埃科巴说,他指着建筑图,"欧米伽大厦内部空间很大,将山体掏出了一个空间,而且在山体内部有上下两条地铁线路,分别在第三和第八层。"

"地铁通向哪里?"大川问。

"一条通向高管们的居住区。"埃科巴说。

"另一条通向工业基地中心车站,"艾德蒙多补充,"那是一条通勤线路,欧米伽的员工经常要去各个城市出差,在磁轨站坐车。"

"还有一个出入口就是这里。"埃科巴指着欧米伽大厦的正门,"这个出口是对外的,来往的人最多。阿方索已经带人守住了这里,"埃科巴指向中心车站通道,"欧米伽的安保部队在通勤线路把守。"

"我们有四十个保安和三台战斗机甲在那里,一个人都走不掉。"艾德蒙多说。

"联系曼努埃尔,让他再派出一些人到通勤线路去,我信不过欧米伽重工的人。"罗恒看向艾德蒙多,"他们的安保部队一团糟。"

埃科巴看看罗恒,又看看欧米伽重工的客户,开始联系总部派人。

然后,罗恒拉着艾德蒙多的胳膊,"你跟我过来。"

艾德蒙多象征性地挣扎了一下,便和罗恒走到一处人少的地方,罗恒松开手,艾德蒙多整了整自己的衣服,"你有什么事?"

"十一楼到底有什么?"罗恒问道。

"什么都没有。"艾德蒙多说,"你们只管把高管们都救出来,别的不要问。"

"不,"罗恒说,"我们可以直接撤走,你组织你的安保部队自己去干。"他看了看高耸的欧米伽大厦,"你应该听说过火星上的消息，被萤火入侵的地方，里面的人最后都怎么样了。"

罗恒拍拍艾德蒙多的肩膀，帮他抚平衣服上的一条褶皱，"我知道你的姐姐和大秘书关系不错，上面的人活着，你才能耀武扬威。那些人要都死了，你马上就会成为尤利西斯下水道里的一条狗。"他停了一下，"我要是想报复你，只要袖手旁观，看着欧米伽重工被毁掉就行了。但我不是你这样的小人，赶快告诉我，我还有工作要做。"

艾德蒙多舔了舔嘴唇，他看向欧米伽大厦，然后说："据说，外面的卫星城被萤火入侵之后，总裁开始担心欧米伽重工可能会受到袭击，你知道，欧米伽在外面有六个卫星城，任何一个被占领，高管们都不好向地球上的董事会交代……"

"说正事。"罗恒催促。

"所以他们以检修换气装置为借口，把所有卫星城的换气装置都装上了遥控。如果卫星城遭到入侵，只需要按一下按钮，就可以把城市里的空气都抽光。等所有人都死了，再招一批人进来，继续工作就可以了。"艾德蒙多撇了撇嘴，"反正火星上有的是想要找工作的人。"

罗恒从来没有听过这样匪夷所思的设计，那可是一整个城市的人。

艾德蒙多看到罗恒握紧了拳头，连忙后退几步，离开罗恒的攻击范围，他摊开双手说，"我也不赞同这种做法，而且我知道，这种事一旦传出去，欧米伽重工的名声就完了。而且……"艾德蒙多看看左右，确定自己的话没有别人能够听到，才上前几步，然后压低声音说，"听说现在的大公司都对自己的卫星城做了类似的防御措施。"

"都他妈是畜生!"罗恒骂道。

"对,他们都是畜生。"艾德蒙多附和着说,"但是,这件事不能传播出去,像欧米伽重工这样的公司,是火星的根基,火星的建设,火星的发展,火星的经济流通、就业岗位,全靠这些巨头公司来解决。"

"你们还真看得起自己。"罗恒冷冷地说。

"火星上乱了,对谁都没有好处。"艾德蒙多说,他停了一下,又接着说,"当然,对于你们这种战争贩子来说,火星越乱,你们赚的钱越多。"

"我们? 战争贩子?"罗恒笑了笑,"我们是为了保卫火星的和平。"

"如果你真的想保卫火星的和平,就不要加深公司和工人们之间的对立了,否则的话,你们和萤火没有什么两样。"

罗恒哼了一声,抬手从艾德蒙多的胸前摘下电子卡,"你是高管,这张卡很管用吧,借我用用。"

"这可不行……你……"

罗恒没有在乎艾德蒙多的拒绝,他走回到战情中心。黛博拉已经准备完毕,宽松的大衣里穿了一件轻型防弹衣,胸前的纽扣和头上的装饰都是多媒体传输器,可以通话和实时传输现场视频。

"还是你一个人进去?"罗恒问道。

"我先进去看看,他们到底想要什么。"黛博拉整理了一下领子,让摄像头正对着前方。

　　大川和程影已经登上了战斗机甲,等着黛博拉将现场的情况反馈回来,再见机行事。

　　"我和你一起进去。"罗恒说。

　　"你?"黛博拉惊讶道,"你别捣乱,我进去是谈判的,你这个臭脾气,两分钟就打起来了。"

　　"我保证不说话。"罗恒说。

　　黛博拉接通通话器,"总部,罗恒要和我一起进去。"

　　"你的看法呢?"曼努埃尔问道。

　　"我?我当然不想他过来捣乱了。"黛博拉说。

　　"我以前是欧米伽重工的员工,我觉得我去,比她去更有说服力,更容易和里面的人建立起感情。"罗恒为自己辩解。

　　"埃科巴,你觉得呢?"

　　埃科巴侧着脸看着罗恒,过了几秒钟,他才说,"我觉得可以信任罗恒。"

　　"埃科巴你……"黛博拉很显然不喜欢这个答案。

　　"我是不会干扰你的。"罗恒认真地说。

　　"最好是。"黛博拉说,"一会儿别拖我后腿。"

　　他和黛博拉两人走出防御圈,向欧米伽大厦走去。

　　与外面独特的造型相比,欧米伽大厦内部朴素了许多,摆放着整个公司在火星上的点点滴滴。罗恒第一次知道,欧米伽重工是最先开始研制战斗型机甲的公司,只可惜当时火星正在发展初期,战斗机甲没有用武之地,项目就搁置了。

　　罗恒和黛博拉在一楼大厅里转了一圈,没有看到任何欧米伽重工或者入侵者钢旅的人。而且,向上的电梯和楼梯间都被封闭了。

"看来他们根本不想谈判。"罗恒对黛博拉说。

黛博拉走到大厦的前台,想打开接待用的电脑终端,她按了两下,没有反应,才发现主机上有两个弹孔,有人提前毁了这台电脑。

"怎么办?"黛博拉问。

罗恒搓着下巴,在心中盘算是不是让埃科巴进来把楼梯间炸开。这时曼努埃尔在通信器里说,"罗恒,黛博拉,你们撤出来吧。"

"为什么?"罗恒问道。

"钢旅开始在网络上直播了。"曼努埃尔说,"我们计划让埃科巴和阿方索直接突袭了。"

罗恒点开曼努埃尔发来的链接,只见一名欧米伽重工的高管被捆在一把椅子上,旁边有两个用头盔覆盖住面部的人。高管显然已经挨过打了,脸上有几处伤痕,他高傲的自尊心也被打碎了,在镜头前痛哭流涕。他对着镜头,边哭边对着观众许诺,谁能够把他救出来,就给他巨额的奖金。

在他身后还有几个身影,蜷缩在角落,大概是欧米伽重工的其他高管,正等着排队上镜呢。

"别急,"黛博拉说,"这是他们的宣传手段,这说明距离钢旅真正动手还有一段时间,让我们再想想办法。你们能控制住网络直播的扩散范围吗?"

"这个真的做不到。"曼努埃尔无奈地说。

"这是一个不好的示范。"黛博拉说。

"来不及了。"罗恒对曼努埃尔说,"我们可能要放弃谈判这一个阶段。"

"你的意思是?"

"我先进去,探明情况之后,再让埃科巴和阿方索从三个方向一起进来。"罗恒说。

"埃科巴?"曼努埃尔问道。

"可以,我这就开始布置突击小队。"埃科巴回复说,"我信得过老罗。"

"黛博拉,你先撤回来。"曼努埃尔说,"罗恒,你怎么进去?"

"让小影帮忙就可以了。"罗恒说。

"这就来。"

程影送出一架无人机,靠近欧米伽大厦,她先沿着楼梯扫描了一遍,"八层以下都没有人体感应,我把你送到八层。"

"没问题。"

无人机伸出一支机械臂,在玻璃幕墙上切出一个洞,然后降下来,悬停在距离地面两米的地方,罗恒攀住无人机的底部,"好了。"

程影控制无人机向上飞,将罗恒送到八楼。

整个楼层里十分安静,钢旅只扣押了欧米伽重工的高管,将其他的员工都驱赶出了大厦。

但是,将楼层清空之后,竟然没有留下人来把守,只是封闭了一层的电梯和楼梯间,留下空空荡荡的大厦,毫无戒备之心。

这也难怪,毕竟这支所谓的钢旅,不过是一些流浪汉和矿工组成的乌合之众,并不会因为手中有枪,就变成一支纪律严明的部队。

程影控制无人机继续向上扫描,为罗恒探查路线。根据艾德蒙多和埃科巴提供的信息,罗恒本以为钢旅会将人质们囚禁在第十一层,但是在无人机的红外视野中,十一层竟然只有三个人。而其余的人,都聚集在更高的地方。

"第十六层是什么地方?"罗恒在指挥系统里问。

等了十几秒之后,艾德蒙多才不确定地说:"欧米伽大厦只有十五层。"

"什么?"程影说,"不可能,你们看扫描图,确实是第十六层。"

程影将无人机提供的扫描图和欧米伽大厦的建筑蓝图进行对比,果然大厦多了一层,而且这一层的高度有将近十米,是一个相当宽敞的空间。

在欧米伽大厦有一个连艾德蒙多这样的高级人员都不知道的隐秘空间。

"这更有趣了。"

罗恒一路向上,轻易地绕过钢旅在十一层留下的几个守卫。艾德蒙多曾说过欧米伽的总裁将卫星城的控制手段隐藏在十一层,但是现在看来,对于欧米伽重工,艾德蒙多也是一知半解,他的情报要大打折扣。

第十五层的大部分房间都未曾使用,只有几间被当作档案室或者杂物室,其他的房间还保留着刚装修好的状态,只有门和窗,屋子里空荡荡的。

这里本来应该是欧米伽重工平时人迹罕至的地方,今天却突然有好几十个人乱糟糟地来到了这里。脚印、汗渍、唾沫、钢旅的人留下的痕迹就像是天上的北极星一样显眼，将罗恒引导到了一栋空房间前。

房间的门紧锁着，罗恒推了推，又用艾德蒙多的身份卡试了试，都无法打开。罗恒耸了耸肩，试了试门的厚度，活动活动脚腕，然后一脚把门踹开。

这是一间标准的办公室，有里外套间。罗恒推开里间的门，仿佛进入了另外一个空间。

里面比外面看上去的要宽敞好几倍，房间的装饰也和外面灰扑扑的办公室完全不同。四处都是金色的装饰，还有绿色的植物作为点缀，房间的正中是一座旋转楼梯，楼梯上铺着红色丝绒地毯，通向顶部的隐秘空间，连楼梯的扶手都是金色的。

即使到了火星，金色仍然是最诱人的颜色。

"火星红尘啊。"罗恒说道，"这里他妈的有一座宫殿。"

一分钟之后，罗恒就知道自己感叹得太早了，他口中所谓的宫殿，不过是一个楼梯间而已。

他悄无声息地沿着旋转楼梯向上，上面一层有一个同样装饰豪华的空间，金光灿灿的，映得罗恒两眼发花。

房间一侧有一扇紧闭的大门，罗恒轻轻敲了敲，大门是真正的木头制作的，非常厚实，敲上去的声音仿佛都在诉说这块木头经历了多少沧桑。

敲过之后，里面没有反应，钢旅竟然没有留人在这个入口把守。

罗恒将门拉开一条缝，挤了进去。

门后面是一个巨大的开阔空间,罗恒还以为自己回到了地球。

温暖的、淡黄色的光从头顶上照下来,是罗恒已经几乎忘记了的太阳的感觉。和温暖让罗恒同时感觉到的,是微咸的味道,罗恒曾经闻到过这种气味,但是太过久远,他完全无法想起是在人生的哪个时刻有过相似的经历,但是,那时的罗恒,一定是快乐的。

他不由自主地闭上眼睛,用力地嗅着。随后,他听到了声音,好像从远方传来的、汹涌澎湃又连绵不绝的声音。

他想起来了,在罗静还没有出生之前,他和雁秋的最后一次旅行。他们到了海边,在那个水天相接的地方,就是这样的感觉。

他睁开眼睛,海浪的声音仍然回响在耳边,他再次确定,这声音真实存在而不是幻觉。

"不是吧。"罗恒说,"他们在这弄了一片海?"

跨过楼梯间的门,罗恒就踩在了沙滩上。虽然在火星上,最不缺的就是沙子,但是这里的沙子更有……罗恒不知道该用什么样的词来形容,也许应该是——生命力。

那些沙子就像是活的,触感温暖,抓在手里时,它们好像自己会蠕动,从手指缝里挤出来,溜掉。

在视野的尽头,是海天交接的地方,蓝色的天和蓝色的海连成一片,空中还有白色的云。

罗恒知道这里的空间不可能有这么大,但是他确实无法分辨真实世界和全息影像的界限在哪里。

这里还有风,风吹着海水形成浪花,拍打在沙滩上。

"你们看到了吗?"罗恒将胸口的摄像头对准海滩,"他们在这里弄了一片海。"

"妈的,"埃科巴骂道,"我在地球上都没见过海,欧米伽重工的人太奢侈了,早晚要遭报应!"

"那个,我们是你们的委托方。"艾德蒙多提醒道。

沙滩上还种着高大的椰子树,罗恒隐身在椰子树后,悄悄地观察远方。

不远处有人在游泳,在齐腰深的海水里嬉戏,将水泼在彼此的身上。他们下水的时候太过着急,身上的工作服和狮鹫冲锋枪都来不及摘下就扑进海里。

罗恒这才知道为什么等了一个多小时钢旅仍然没有进入状态,这里真的是一个消磨意志的好地方。有阳光和沙滩,还有海浪,谁还会想着打仗,况且,这些人只是拿起了武器的工人,又不是真正的战士。

在海岸线边上有一座凉棚,这座无用的建筑是为了遮挡顶部照射下来的人造阳光。

许多钢旅战士聚集在凉棚里,欧米伽重工的高管也在,他们像是牲口一样被赶在一堆,聚在凉棚的一角,由十几个钢旅战士看守。

高管们被轮流挑选出来,拖到旁边的空场殴打,有几个已经被打得面目全非。但是看到远处那些专注玩水,早已忘记了来到此处有何目的的钢旅战士,高管们脸上还是带着鄙夷的神色,因为他们知道,这样的钢旅,是不会成功的。

很明显,此时的钢旅已经不再像刚刚进入欧米伽大厦时那样同仇敌忾,阳光、沙滩和海浪让许多人忘记了初衷,他们享受着未曾享受过的海水的抚触,追求自由和光明的远大理想就此止步。

只剩下少数的钢旅战士没有动摇,当他们见识到从漆黑的地下矿坑到阳光明媚的火星天堂只有一步之遥时,对于资本家的怒火更加旺盛了,他们用暴力发泄着对于欧米伽重工高管的恨意。将高管拖在镜头前,逼他们在火星上所有的人面前忏悔。高管们哭泣着在镜头前坦白自己从五岁开始所犯的一切错误,但也仅是一些道德上的瑕疵。

钢旅战士有一腔愤怒和勇武,但是没有证据,就无法触及事情的本质。

罗恒在藏身处观望了一阵,发现事情也许没有这么简单。

"这里好像少了什么?"罗恒说,这一段时间里,钢旅的战士已经换了两个高管到镜头前坦白。在镜头前,双方像达成了某种默契一样,钢旅战士的殴打看上去用力,将高管打得血肉模糊,但并不致命。从本质上说,这些"战士"仍然是工人,他们的力量不应该用在暴力上,他们自己心里明白。

欧米伽的高管声嘶力竭地号叫,对着镜头吐露真相,可说来说去,也没有涉及双方矛盾的根源。

"不刺激,这场直播的收视率已经下降了。"埃科巴说。

"他们好像是在拖延时间一样。"大川说道。

"罗恒,你还记得精炼厂那次吗?"黛博拉加入对话,"钢旅现在的行动好像失去了目标,只是按照他们的本能机械地行动,单纯地宣泄他们的仇恨。"

程影说，"他们就像僵尸一样，没了脑子，但身体还在动。"

"我猜测，这次的行动是萤火煽动起来的，他们以反抗欧米伽重工为借口，让钢旅冲在前面做掩护，但其实他们有自己的目的。"黛博拉分析道。

"你是说，钢旅的头脑其实是萤火？"罗恒说，这样就说得通了，萤火煽动钢旅反抗欧米伽重工，但其实目标是……艾德蒙多所说的卫星城管理系统？那么……在十一楼的那几个人，并不是守卫，而是萤火。

萤火果然还在继续扩大自己的范围，现在已经把触手插入到了威尔斯工业基地的深处。如果艾德蒙多说的是真的，萤火并不是想要曝光高管们的行为，而是想要自己控制那几座欧米伽的卫星城。

萤火。

萤火的势力在短短的一年里扩张了好几倍，尽管这里面有多方面的复杂原因，但是科尔将军和深蓝将罗恒在尤利西斯和萤火的冲突当成了主要原因，好像萤火的壮大是罗恒一手造成的。

有好几次，遇到关于萤火的任务，科尔将军都安排别人去执行，有意将罗恒和萤火隔离开，毕竟除了事关火星的和平，罗恒和萤火之间还有私仇。

罗恒早就意识到了这个问题，他向科尔将军抱怨了好几次，但是将军总是在说，"时机未到。"

时机是要靠自己来创造的，这一次，科尔将军无法阻拦了。

罗恒离开第十六层,返回欧米伽重工的第十一层。程影扫描到的那三个人其实不是守卫,而是混进钢旅的萤火成员。他们趁乱脱离了钢旅的大部队,在十一层另有目标。

艾德蒙多说的,大概是真的。

别看萤火只派出了三个人,可是效率比几十个钢旅要高出许多。三个人每人负责一片区域,在各个房间里查找。

罗恒隐身在角落,悄悄跟踪着其中一个萤火成员。没过多久,那个人停止动作,通信器里传来召唤,看来有人找到了他们想要的东西。罗恒继续跟踪着那人,三个萤火成员在十一楼的休息室碰面。

"找到了?"萤火问。

"找到了,现在我们就能够控制欧米伽的卫星城了。"一个人回答道,那人从走廊的阴影中走出来,身材不高,留着一脸络腮胡。

罗恒见过这个人,之前在精炼厂的行动中,就是这个人负责煽动工人闹事,还想引爆精炼炉。罗恒想起来,这个人的名字叫西塞。

他不是被抓起来了吗? 怎么又出现在这里?

罗恒脑子里涌出无数个问题,但现在不是提问的好时候。

接着罗恒看到了最后一个萤火成员,是同西塞一起在精炼厂出现的格罗夫,罗恒看过他和黛博拉的打斗,是个难缠的家伙。

格罗夫手中拿着一个平板电脑,交给萤火成员,"霍布斯,这就是工程师要的控制器,我在总裁秘书的办公桌里发现的。"

"工程师打算用这个来干什么?"被称为霍布斯的萤火成员问道。

"当然是占领那几座城市啊。"格罗夫嘿嘿地笑着说,"有了这个就方便多了,要不然每次都得真刀真枪地打仗。"

"这样我们就可以威胁他们,让卫星城里所有的人全部离开,然后我们就可以过去占领了。"霍布斯说。

"你傻啊。"格罗夫说,"隔绝装置是不能让别人知道的,因为很容易被拆除,七个卫星城只要有一个把消息传递出去,整个计划就泡汤了。"

"所以……"

"当然是七个卫星城同时开启隔绝措施。"西塞说道,"虽然清理尸体麻烦一些,但也比直接开战要轻松许多。"

"啊?"霍布斯大声说,"你们……我们……"他显然没有料到萤火的行事手段如此果决,正想出言反对,但他看到西塞和格罗夫目露凶光,只好将想说的话又咽了回去。

"我们走吧。"格罗夫说。

"还要再等一下。"西塞说,他在平板电脑上操作了几下。

"还等什么,我们的目的已经达到了。"这次轮到格罗夫发出疑问了。

"罗恒,情况怎么样了?"曼努埃尔突然在罗恒耳边说,罗恒一惊,险些暴露了自己。他看向萤火的三个人,很显然,西塞并不是之前假设的小喽啰,他在萤火应该有一定的地位,几次的煽动行为都有他的身影。既然这样,西塞应该会了解一些关于萤火的关键信息,不如找个安静的地方好好聊聊。

而且,最好不要让科尔将军和曼努埃尔知道。

罗恒拿定主意,伸手关掉了通信器,并没有回复曼努埃尔。

"你干了什么?"霍布斯问西塞。

"这块控制板除了控制七座卫星城之外,还能控制上面的海滩环境,欧米伽的总裁把所有的遥控系统都放在这里。我只是以其人之道,还治其人之身而已。"西塞说。

霍布斯愣住,他看向格罗夫,想要一个解释,可惜格罗夫也没有听明白西塞的计划。

"唉,你们两个只能干点粗活。"西塞说,"海滩上也有一套完整的内循环维生系统,只要修改两个设定,就能让欧米伽的那些高管们体验到,卫星城里的人将要体验到的命运。"

"你的意思是……抽掉里面的空气……憋死他们?"

"不一定全死,只是制造出混乱来,我们才能浑水摸鱼地逃出去。"西塞解释。

"不行不行,不能使用这种手段,钢旅还有我的许多弟兄。"霍布斯说道,他伸手去抢西塞手中的平板,"我们的理想是解放火星,但不能用这种手段。"

"烦死了。"西塞说道。

西塞的话音未落,格罗夫就行动了,他向前一步,绕到霍布斯侧面,左手捂住同伴的嘴,一把匕首出现在格罗夫的右手。刀刃一划,割开了霍布斯的喉咙。

霍布斯的瞳孔瞬间放大,他不敢相信自己的命运这么快就到了终点,他无力地伸出手去,西塞后退躲开。那只手很快垂下,他的生命之火熄灭了。

格罗夫松了手,尸体重重地落在地上。

直播的画面里,一个中年欧米伽高管正在坦白自己挤掉了一个更优秀的同事才赢得了到火星的名额,他的额头破了,一只眼睛充血,牙也掉了两颗。他郑重地向那个远在千万公里之外的同事道歉,希望有机会弥补。

埃科巴把直播的声音关到最小,烦躁地说:"够了吧,这个破肥皂剧看了一个多小时了,咱们直接冲进去算了。"

"再等一下,"曼努埃尔说道,"罗恒的通信器失去了联系,不知道发生了什么情况,十分钟之后,如果罗恒还没有回复,我们就……"

正说着,直播中发生了变化,哭泣的高管突然像离了水的鱼,拼命地长着嘴巴,却好像呼吸不到空气,他双手掐着自己的喉咙,痛苦地满地打滚。不只是他,他身边的钢旅战士,还有直播背景中的其他人,都做着同样的动作。

"多亏了你,我还想着怎么一口气对付三个人。"罗恒从隐身处转出来,面对着西塞和格罗夫。

"你是谁?"格罗夫警惕地问道。

"你应该记得我。"罗恒说,"上次在精炼厂,就是我把你们抓住的。对了,我倒想问一下,你们是怎么恢复自由的。"

"关你屁事。"格罗夫骂道,他抬手将手中的刀扔向罗恒,然后快速向罗恒冲了过来。

罗恒侧身躲过飞刀,格罗夫距离自己还有五六步的距离。

"今天没时间了,不然还挺想和你较量较量的。"罗恒说着,从腰间拔出手枪,一枪额头,两枪胸口。

他迈过格罗夫的尸体,走到西塞面前,"上面还有多少时间?"

"七分钟。"西塞说,"你来不及了。"

"我有我的办法。"

"杀了我,或者放了我,你知道火星上是困不住我的。"西塞说。

"那倒未必。"罗恒说,他用枪柄砸晕了西塞,然后才打开通信器,"曼努埃尔!不知道是谁设定了十六层的换气装置,现在整个十六层严重缺氧!快让人进来!"

早已等候多时的阿方索和埃科巴收到指令,立刻准备攻进欧米伽大厦。

有人比他们还快。

赤红机甲在听到罗恒的声音后立即启动,沉重的机甲从警戒线上方跃过,大步向欧米伽大厦跑过去。

大川和程影等警戒线打开后才操纵战斗机甲跟上,这时赤红已经攀在欧米伽大厦上,用坚硬有力的手臂钳住楼梯,徒手向上爬去。

只用了几十秒钟,赤红就爬到了第十六层,它抡拳砸碎了欧米伽大厦外层的玻璃幕墙和内部的全息幕,在十六层打开一个大洞。

威尔士工业基地穹顶下的空气涌入已经接近真空的第十六

层,狭小空间里,空气的对流将温暖和煦的海滩变成惊涛骇浪的末日景象。

一部分海水从赤红打开的缺口倾泻而下,形成了一道瀑布。火星的重力是地球的三分之一,水流像是电影的慢镜头一样,缓缓地从空中落下。这是宇宙中独一无二的景象,在地球没有这么小的重力;在火星,没有机会看到这么多的水。

所有人都仰着头,呆呆地看着这道瀑布,在这颗贫瘠的星球上待得久了,连这样的人造景观都会让他们产生心旷神怡的感觉。只是可惜欧米伽重工顶楼的人造天堂,已经完全毁了。

赤红打破了第十六层的玻璃幕墙,又翻了回来,停留在第十到十二层之间。火星机甲在设计的时候更多地考虑如何防御外界的尘沙,没有考虑过防水问题,瀑布将太阿和电幻隔在了欧米伽大厦的外围,大川和程影只好等在外面。直到所有的水都流尽,赤红才从欧米伽大厦上爬下来,罗恒站在战斗机甲的肩膀上,回到同伴之间。

阿方索和埃科巴带着陆战队突入到第十六层,几乎没有遇到什么反抗。所谓的钢旅在陆战队到来之前就失去了战斗力,先是整个海滩的空气被抽走,然后又是突然到来的狂风骤雨。

大部分人都被折磨得奄奄一息,只剩下最后几个意志坚定的战士,试图拿欧米伽的高管们当作掩护,做最后的抵抗。但也仅仅是把注定到来的失败推迟了几秒钟而已。

在岩铁流防卫有限公司的指挥室里,杜克上校和科尔将军全程旁观了这次行动。

"这次罗恒又独自行动了。"杜克上校说。

"我到现在还是摸不透那家伙的脾气,他鬼点子真多。"曼努埃尔说道。

"你们都在瞎怀疑什么。"科尔将军说,"罗恒和我们的目标是一样的,只是行事的方式不同。他现在只是一个将才,还要再培养一段时间,他的视野才能变得更开阔,成为一个帅才。到那个时候,他才能真正加入我们。"

"科尔,我没有否定你的意思,但是⋯⋯"杜克上校用他的机械手摩挲着桌面的纹理,赤地重工的工程师在他的每个手指上都添加了超过十五个触觉感应器,"但是⋯⋯他真的有那么重要吗?"

科尔将军笑了一下,"没有谁是重要的,杜克,只是我要让他变得重要。"

"火星上的局势已经离我们设计的偏差太大了。"杜克提醒道。

"不要紧,这也是对岩铁流和对深蓝的考验。"科尔将军处变不惊,"赤地重工那边的情况怎么样?"

"还不错,订单已经排到后年去了,火星上的局势越不稳定,就有越多的人想买战斗机甲进行防御,赤地重工的资金流就越大。"杜克上校说。

"很好,先维持现状,萤火的势力扩得越大,加入进去的人越多,他们的组织就会越混乱,毕竟只是一群乌合之众形成的黑帮而已。我们只要耐心就好。"科尔将军说。

"耐心。"杜克重复,他开合着自己的双手,上百个触觉感应器将手指碰触的感觉通过传承枢纽传回大脑。"耐心。"他重复。

回到驻地之后,按照惯例,快速反应部队要出去庆祝一下,一群人推杯换盏,讨论这次任务的细节。

"老罗,你怎么一副兴致不高的样子?"阿方索问道,"来,喝一杯。"

罗恒摇摇头,叹了口气,"这人和人之间的差距实在是太大了。"

大家都看到了欧米伽大厦顶楼的阳光沙滩,在火星建造那样一个仅供休息的场所,所需要的资源超出想象。虽然在地球上,任何人都可以找到一片沙滩,享受阳光和海风的轻抚。但是在资源如此紧缺的火星,这个地方的奢侈程度触碰到了人们的底线。

罗恒是所有人里唯一一个亲眼看到那里的人,也许他受到的冲击比别人更大一些吧。

"需要谈谈吗?"黛博拉说,"当然,我是说明天上班时间。"

"我? 不用了。"罗恒笑了笑,他拿起杯子,又放下。

今天的任务没有什么难度,没什么可聊的,最大的功臣又苦闷着脸。还有黛博拉,她一直抱怨是罗恒抢了她的工作,本来应该是她去阳光沙滩的。虽然她是为了调节情绪,但是罗恒并没有回答,这让气氛尴尬起来,庆功宴很快就散了。

出了酒吧,罗恒走向相反的方向。由于鲍曼的大嘴巴,大家都知道罗恒每次任务之后都要去找他的机甲辅助系统聊天。

罗恒到了机甲库,鲍曼正带着人对机甲进行维护,罗恒小组承担的任务不重,太阿和电幻基本没有参与行动,维护的任务量要轻一些。不过现在岩铁流的机甲战队扩充到了五支队伍,几乎每隔几天就有任务,有的时候五支战队同时出动,鲍曼早就忙得焦头烂额,每天都在找科尔将军要新的机械师。

今天重点要维护的是佐藤浩二的那支小队,刚在塞伯鲁斯进行了一场恶战,佐藤浩二的机甲战损达到了37%,机械师全去那边忙活了。

罗恒打开赤红的机甲库,进去之后又把门关上。

"小深蓝。"罗恒说。

"我在。"小深蓝立刻回答道,"你托我带的货物还在储藏箱里。"

赤红大腿处的储物箱打开,里面是捆得严严实实的西塞。

"没有人发现吧?"罗恒说。

"没有人,鲍曼他们还顾不上我们。"小深蓝说。

"这件事不要让深蓝知道。"罗恒说,"不要让任何人知道。"

"我专门在赤红的主机上建立了一个文件夹储存这部分记忆。"小深蓝说,"这是我们的小秘密。"

"你确定你可以绕过深蓝吗?我以为你的所有记忆都来自它。"

"我尝试过,是可以的。"小深蓝认真地说,"你可以信任我。"

罗恒轻轻拍拍赤红机甲的外壳,笑了笑,这个人工智能还不知道,信任两个字,对于罗恒这样的人来说是多么宝贵。

"好了,我要把他带回去,和他谈谈。"

"罗恒,因为这部分记忆无法和深蓝连接,我以赤红的处理器来推算,这个人可能很重要。"小深蓝说,"我不会多问,希望你自己知道自己在干什么。"

罗恒愣了一下,说道,"谢谢你的提醒,我会尽量控制自己的。"

罗恒将西塞装进准备好的大行李箱中,拖着返回自己的公寓。

火星的重力小,拖着一个人也不怎么费力。

罗恒走到公寓,远远地就看到有个人站在自己房间门口,他犹豫了一下,没有靠近,可是已经来不及了。

"罗恒,你去哪了?"

"大川? 你怎么来了,我以为你去打球了呢。"

"刚才喝酒的时候,看你心情不太好,我过来看看。"大川说着,伸出手来,"什么东西这么大一箱子,来我拿着,你开门。"

"不早了,你不休息?"

"这才什么时候。"大川接过行李箱,看着罗恒的脸,"妈的,我见过这种表情,你不是想辞职了吧?"

"呸,那是你。"罗恒打开门,让大川进到公寓里来。

"行李就先放在门厅吧。"罗恒随意地说。

大川把行李箱放在门厅,歪着头看了看这个大箱子,然后去冰箱拿了两瓶酒打开,坐在沙发上,"那箱子里面到底装的什么?"

"没什么。"罗恒喝了口酒,"我……唉……我刚才确实动了想辞职的念头。"

"为什么?"大川问。

"岩铁流已经和我们加入的时候不一样了。"罗恒说,"科尔将军告诉我们,他想维护火星上的和平。"

"没错,我们确实是这样做的。"

"但是我们做得不够。"罗恒说,"火星越来越乱了。"

"还不是因为你。"大川笑着说。

"你真的认为是我?"

大川看到罗恒脸上并没有笑意,他意识到,随着火星局势的动荡,这个说法会越来越折磨罗恒,"嗯,抱歉,你知道,科尔将军和深蓝都这么说过。但是我认为,即使是你这么有本事的人,也难以以一己之力改变整个火星的局势。"

罗恒对大川的揶揄苦笑一下。

"遗憾的是,岩铁流也没有办法改变一切,尽管科尔将军、杜克上校,还有曼努埃尔他们都在尝试着做些什么。"大川耸了耸肩,"可惜还是无法阻止萤火的快速扩散。"

"那岩铁流到底在干什么,还有赤地重工?岩铁流在扩充军备,赤地重工的订单飞上了天。"罗恒喝了一口酒,眼睛看着玻璃瓶中晃动的液体发呆,过了好久,罗恒才说,"我看科尔将军和杜克根本就不着急,反而看着自己的公司壮大,还挺高兴。而我的事……"罗恒嘴里泛起一股苦涩的味道,"我不知道还能不能为她们报仇了。"

"老罗,我看你这是当局者迷了。"大川说,"岩铁流也在做努力,我们的每一次任务都是在打击萤火和其他势力扰乱火星的平衡,我们今天就做了一件大事。"

"大事？"罗恒笑了，"兄弟，你是没有亲眼见到欧米伽的高管在顶楼弄了什么，整整一片海。欧米伽重工的矿井里，每人每天才能喝350毫升的水，他们在那里弄了一片海，妈的，一片海！"罗恒站起来，站在客厅中央，"我觉得，他们才是火星上动乱的根源，而我们在保护这些人。"

"他们也是火星上稳定的基础。"大川说。

"我们都在欧米伽工作过，你难道不知道那里的工人是怎样被压榨的吗？"

"这不是身份和立场的问题，无论如何都不能用暴力来对付无辜的人，你应该最明白这个道理，雁秋她……"

"别提她！"罗恒吼道，"我已经等了太长时间了。"他摇着头说，"我要报仇。"

"好好好，不提雁秋，但你总要为罗静想想吧？"大川说。

"我就是为了罗静着想，她现在还在昏迷着，等她醒来，我要给她一个什么样的世界？"罗恒大声说道，"她问我发生了什么，我要怎么回答？"

"这个……"

"我必须抓紧时间，干掉萤火。"

"我知道，其实我们做的每一项工作，都是在对付萤火。"大川试图解释，"你也应该想一想，罗静……她没了母亲，将来要怎么生活。"

"这不用你管，她还小，能够适应这个社会。当务之急是找到萤火。岩铁流现在做得远远不够，"罗恒说，"他们只是被动地在防守，我要主动出击，我要找到乌图尔和方克初，我要报仇。"

"罗恒,我们都在帮你,但是现在萤火的势力已经壮大,想面对方克初和乌图尔,已经不像之前那么简单了。"大川说。

"你帮不帮我?"罗恒说。

"当然帮,但是……"

"好了,不用再说了。"罗恒从大川的话里听出了犹豫,他沉下脸来,"不早了,你早点回去休息吧。"

"唉。"大川叹了口气,"行吧,等明天你这个劲过了咱们再说。"

大川站起来,走到门厅时,他停下来,盯着大行李箱看了一会儿,然后转过来,对罗恒认真地说,"老罗,现在的萤火,不是你我单枪匹马就能应付得了的,就算是岩铁流在利用我们,我们也可以利用岩铁流的资源,别冲动。"

"我知道了。"罗恒说。

大川走后,罗恒把行李箱拖进卧室,将西塞抬出来,绑在椅子上。

"刚才表现得很好,"罗恒拍拍西塞的脸,把他从昏迷中唤醒,"现在,咱们该谈谈了。"

8. 追 寻

有人打开车门,霍金斯议员走下车子,尽管他的身体已经恢复得差不多了,但是竞选团队还是建议他用绑带吊着手臂。

霍金斯认为这会是虚弱的象征,但竞选团队认为这反而能体现出议员的坚强。经过争辩之后,霍金斯议员听从了团队的意见。事实证明,竞选团队是正确的,选民们对他欢呼和鼓劲,深色的吊臂绑带反而让霍金斯的身材更加挺拔了。

霍金斯向他的选民们挥手致意,然后走上讲台,进行他恢复后的第一次演讲。在霍金斯中枪之前,首都的人民很少关注枪械和犯罪相关的话题,但自从霍金斯中枪之后,相似的案件多了起来,网络上也都是抢劫和枪击的新闻。一时间人心惶惶,不少人在霍金斯竞选网站的留言板上留言,希望议员能够重视首都居民的安全问题。

人们认为中过枪的议员会更愿意治理犯罪问题,所以,在霍金斯休息的一段时间里,支持率不降反升,现在已经成了下一任区长的热门人选。

"大家好,我知道你们等了很久,我会先告诉你们一个秘密。"霍金斯看着提词器,用他特有的男中音说,"中枪很疼,建议你们不要尝试。"

选民们哄笑起来。

"十分抱歉,我缺席了几次集会,但我始终和你们在一起,你们最关注的经济刺激提案,正在稳步推进……"经济刺激提案是霍金斯议员参加竞选的重要提案之一,有一半的选民都是因为这项提案而支持他的,但是今天,从现场的反馈来看,选民们关注的话题并不是这个。

霍金斯议员又照本宣科地念了几分钟竞选团队写好的稿子,他自己的心思和选民们一样,根本不在什么狗屁经济刺激提案上。他被枪打了,险些死掉,那些选民们也一样,生活在一个随时有可能吃枪子的世界,谁还关心什么经济不经济。

"所以,请你们放心……"霍金斯停下了,他透过提词器,看着演讲台下的几千名选民,真正地感觉到了他们想要一个什么样的议员。

"去他妈的经济刺激提案吧。"霍金斯说,他的声音通过扩音器传到每个人耳朵里,他看到秘书脸上的表情像是吃了一只活青蛙。

"我们要的是安全的生活,我们要对抗的是渗入我们生活的犯罪行为,我们要严厉打击武器走私。我们要让暴力消失,"霍金斯大声说,"不仅仅是这个区,不仅仅是在首都,而是整个火星。"

选民们欢呼起来，异口同声地喊着他的名字。

"火星上的维和部队已经名存实亡很长时间了，我会和火星联盟政府去谈。"霍金斯停下来，他俯视着所有人，等待着，当选民们高涨的情绪逐渐冷却下来，广场上重新恢复安静，他才高声说道，"我们要主动出击，用一场战争，换来火星的和平！"

"你疯了吗？"演讲结束后，秘书见到霍金斯的第一句话就是关心他的健康问题。

"没有啊。"

"你改变竞选目标也就算了，还把舆论引到火星联盟政府和维和部队那里？"秘书大声说。

现在回想起来，霍金斯觉得自己刚才的发言确实有些莽撞了，但话已出口，就不可能再反悔了。

"你也看到选民们的反应了。"霍金斯说，"就按这个方向去准备吧。"

"你会死得很惨的。"秘书提醒道。

"无所谓，"霍金斯摘掉肩膀上的绑带，活动着手臂说，"如果真的能让火星和平一些，能不能竞选上我都不在乎。"他对秘书说，"我更害怕我的豪宅被土匪打劫。"

"你确实疯了。"秘书摇着头去准备新的竞选策略和发言稿了。

"议员先生，您的支持率在演讲之后上升了四个百分点。"一个竞选助手兴奋地说，有人鼓起掌来。

"这没什么。"霍金斯说，"我只是在做选民希望我做的事情。"

"议员先生,有人想要见你。"另一个助手走过来说。

"是谁?"

"他自称科尔将军,是火星维和部队的前任指挥官。"

马克博士忧心忡忡地看着试验场,一台大型机甲正在场地里进行实战训练。这台机甲与火星上通常的战斗机甲完全不同,它像昆虫一样有四条有力的腿,既可以高速奔跑,也能够稳定平衡。机甲的上肢也有四条,分别装配了强有力的远程攻击和近战武器,如果完全发挥威力的话,一台机甲可以顶得上一支小队。

而这台机甲的操纵系统更加特殊,没有常规的驾驶舱,它是为了一个人而设计的,那个人就是杜克上校。

杜克上校使用传承枢纽将自己的神经与机甲连接,机甲所做的所有的动作,都是由杜克上校脑中的念头直接传递到机甲的各个部分,这台机甲上也加装了触觉和疼痛传感器,可以说整个机甲就是杜克上校的身体。

篮球大小的目标靶与战斗机甲相比,就像是乒乓球一样。来自空中和地面的目标随意地射出,战斗机甲在场地中快速移动,用枪或者战斗刀打击目标。

六轮目标靶射过之后,战斗机甲的命中率维持在61%到72%。

"这个成绩还行吧。"黛博拉说道,"你到底想让我看什么?"

"这个成绩很厉害了。"马克博士说,"但是他的成绩越高,我越担心。"

"为什么？"

"你了解传承枢纽的原理吧。"

"大致了解一些，大川向我解释过。"黛博拉说。

"传承枢纽是用侵入性的方式，将导线和神经直接连接，用来传递信号。在遇到杜克上校之前，大川是对传承枢纽兼容性最好的人，除了体质方面的原因，大川对疼痛的耐受度也是关键因素。传承枢纽之所以在地球上被禁止实验，就是因为某些科学家说这是一项非常不人道的实验。"

"这一点大川从没说过，我看大川总是很平和。"

"他一直在忍受着疼痛，每当他使用机械手臂做复杂的动作时，疼痛感就会成倍上升。"马克博士说，"据大川自己说，每做一次握拳再张开这样简单的动作，他所感受到的疼痛，都相当于折断了一根手指。我到现在都没有弄清楚，他这样的说法，是夸大了，还是隐瞒了疼痛的程度。"

黛博拉想了想，说，"我也无法确定，大川是个坚毅的人，只有和那只猫在一起时，他才露出柔软的一面。但是我对猫过敏，所以只是听说，从来没见过。"

马克博士转向试验场里的战斗机甲，"杜克上校让赤地重工的实验室升级了我设计的传承系统，他们用一种纳米导线接入了杜克上校的神经，由于受到的伤害不一样，杜克上校需要接入的导线数量是大川的十七倍，再加上痛觉和触觉感应之后，这个数字已经是大川的一百一十倍了。"

"他所承受的痛苦也有那么多倍？"

"我不知道。"马克博士看向体征监测系统，"因为神经信号只能与受试者的感觉进行一一匹配,杜克的身体失去感觉已经很久了,我无法确定他的每一条神经都表达了正确的反应。"他指了指试验场上的战斗机甲,杜克上校正行云流水地使用着他的八条肢体,对着六台模拟战斗机甲进行猛攻,"现在他又把身体改造成了这个样子,所有的神经信号全都错乱了。"

"我不明白。"黛博拉说。

"你也看到了,这副身体和正常的人体构造完全不同,为了能够控制这副身体,杜克调整了自己的神经反应。"马克博士伸出右手示意,"比如说控制两条上臂运动的,实际上是食指和中指的运动神经,那四条腿也分别对应着不同的神经。想要熟练控制这副身体,必须将人类的身体完全忘掉,然后再建立起一套完全不同的运动和反馈体系。"马克博士擦了一下额头上的汗,"杜克在两周时间内就将身体适应到这个程度,命中率能够达到60%以上。"

马克博士再次看向杜克,此时的传承枢纽,还有这具战斗机甲,和他的研究初衷已经相去甚远。他只是想帮助那些受了伤的人,没想到却造就了这样一个……怪物。

"那么你需要我做什么呢?"黛博拉问。

"你是岩铁流的人,又相当了解心理学,我想知道……"马克博士认真地看着黛博拉,"杜克上校,还能够算是人类吗?"

黛博拉看向试验场中巨型螳螂一样的战斗机甲,一时间确实无法回答这个问题。

一条终止实验的指令传送过来,赤地重工有重要的事情要和杜克上校商议。

杜克看到了信息，但却没有理会，还是把精力放在对付目标靶上。战斗又持续了十五分钟，相同的信息又发送了七条，杜克上校才停下。他和他的机甲身体走到场边，螳螂式的机甲俯下身子，一组医疗人员走过来，打开机甲，把杜克上校从里面摘下来。

黛博拉远远地看着，杜克上校的身体瘦小得可怜，和他坚毅的脸庞形成强烈的对比，这幅场景让人觉得滑稽又诡异。

"自从使用了传承枢纽，他把精力都用在适配新身体上，早就不做肌肉按摩和复健训练了，他的体重比一年前下降了十七公斤。"马克博士说，"我很担心。"

杜克上校面色红润，刚才的训练让他的身上微微发汗，从脸上根本看不出任何不健康的迹象。

医疗人员将杜克放在理疗床上，做了简单的擦拭和按摩，然后又把他连接到另一具身体上。

黛博拉一直观察着杜克，当医疗人员把杜克从机甲上摘下来，他就像被拔掉了电源，脸上的表情迅速低落下来，连红润的面色都变得灰暗，仿佛刚死不久的尸体，毫无知觉地任人摆布。

直到连上另一具身体，杜克才算又活了过来，脸上神情自若，双目炯炯有神。

新换的这具身体和正常人体差不多大小，从外表的设计上就能看出并不是用于战斗的，护甲很薄，还设计成了军装的款式，外表也不是冷冰冰的金属材质。工作人员将杜克的身体放置在机甲中，护甲合拢，就像是穿上了一件衣服。

杜克站起来，活动活动四肢，他向前走了几步，身子晃晃悠悠的,险些摔倒。医护人员都离得很远,没有人过来帮忙。

杜克在房间里走了几圈,立刻就适应了这具身体,举手投足和正常人没什么区别。

"你如果知道这两具身体之间的差别有多大,就能够理解我的担心之处。"马克博士对黛博拉说,"他转换得如此自如,脑子里居住的不是两个人,而是两个物种。"

一切准备好之后,杜克上校大步走过来,他看到马克博士和黛博拉,微笑着问:"你们看到了吗? 我的新身体。"

"看到了,很棒。"马克博士小心翼翼地说。

"你是怎么适应这两具身体的,上校?"黛博拉问道,"马克博士说,这两具身体的神经排布都不一样,过程是很痛苦的。"

杜克上校的嘴角抽动了一下,然后用机械手臂指着自己的额头说:"军人的字典里没有痛苦。只要有意志力,没有什么问题是解决不了的。"

"厉害。"黛博拉说。

"我还要去开一个会。"杜克上校说,他微微躬身,离开试验场。

科尔将军抬头看了看表,时间已经过去了五十分钟,他的合伙人还是没有出现。他揉了揉自己的太阳穴,继续和来访的客人聊天。关于业务方面的事情,已经聊得差不多了,如果一切顺利的话,双方可以在三周之内就展开合作。

科尔将军一直期待的局面就要实现了——如果他的合伙人能够配合的话。

科尔再次向曼努埃尔投去询问的目光,曼努埃尔看了看手机,然后对着科尔将军微微点头,表示杜克上校就要到了。

走廊里响起了沉重的脚步声,科尔将军长舒一口气,站起来,对着来访的客人说,"我的合伙人来了,我来介绍一下。"

这时,杜克上校推开门走了进来,"科尔,什么事那么……"他看到会议室里几个陌生的面孔,突然停下。

"我来介绍一下,这是我的合伙人,也是赤地重工的负责人,杜克上校,你们应该认识吧?"科尔将军介绍道,"这位是火星维和部队现任指挥官,古雷恩将军。"

"杜克上校,久仰大名,我一直很仰慕你。"古雷恩将军向杜克敬了个礼,然后伸手想和杜克握手。

听到火星维和部队,杜克的脸沉了下来,他看了一眼古雷恩将军的手,冷冷地说,"我这副身体控制不住力度,会把你的手捏碎的,还是不握手了。"

杜克绕过古雷恩将军,在会议室找了张椅子坐下。

"找我来有什么事?"杜克没有搭理来访的客人,只是冷冰冰地和科尔将军交流。

一个跟着古雷恩将军来的维和部队军官一直盯着杜克的身体看,对那具军装款的金属义体充满了好奇。

"我们是想谈一谈双方的合作。"科尔将军说,"霍金斯议员改变了执政方针,打算全力治理火星上的犯罪事件。这对我们公司,还有维和部队都是好消息。"

"由于维和部队的构成性质,导致我们的行动范围只限于首都内部。各位都曾在维和部队服役过,应该对这件事有了解。"

古雷恩将军说道。

"当然。"杜克说,"如果维和部队真的能发挥作用,那么我们就没有存在的必要了。"

"杜克上校,请你明白一件事情,我们之间并不是竞争关系。"古雷恩将军严肃地说。

古雷恩将军是火星维和部队的最高指挥官,手中掌握着这颗星球上最庞大的军事力量。他和杜克上校一样在维和部队淬炼多年,有着相同的火暴脾气。杜克上校这样的态度,古雷恩自然要针锋相对。

出于对科尔将军的尊敬,对火星的热爱,对和平的向往,古雷恩将军在霍金斯的强烈推荐下,亲自来到赤地重工。

但没有想到,杜克上校竟然以这种态度对待自己。古雷恩将军听说过杜克的经历,上校是维和部队的传奇,却在受伤后被抛弃。这也是维和部队的弊端之一,遗憾的是,古雷恩有好几次想提高因病因伤退伍军人的待遇,但都被地球方面否决了。

古雷恩将军强压怒火,把注意力放在更宏大的方向。

他和科尔将军一样,被困在火星维和部队的条条框框里已经很久,他一直在寻找突破的机会。作为维和部队的最高指挥官,古雷恩始终关注着火星局势的动向,在萤火出现之后,火星开始向糟糕的方向迅速滑落。但维和部队的规定让他和他的部队无法插手其他城市的事务。看着火星上的和平一天天被割裂,古雷恩将军甚至想递交辞职书,跳出体制之外,组织一支义军为火星而战。

没想到,科尔将军早就已经这样做了。

古雷恩是科尔将军退役之后的第三任指挥官,他对科尔将军之前只是慕名,这是第一次见面。科尔将军对于火星的热爱和对火星局势的解读让古雷恩更加崇拜这位年轻时的偶像。

"我们将会达成一个战略协议,共享情报和战略部署,主旨是维护火星的和平。"科尔将军对杜克解说,他皱着眉头,暗示杜克不要惹是生非。

杜克用鼻子冷哼一声,不说话了,只是将手随意地放在会议桌上,咔嚓一声,会议桌的桌面被杜克掰下来一大块。

"抱歉,我在维和部队时受了伤,到现在还没恢复,刚刚换上了这副义体,还控制不了力度。"杜克说,他嘴上说着道歉,可脸上的表情完全是愤怒和蔑视。

"对于我们的合作,你有什么意见?"科尔将军问道。

杜克怒视着科尔,左手小指和中指不规律地抽动,敲打在桌子上,发出令人烦躁的声音。

"我没意见,希望我们能够合作愉快。"杜克上校说。

"很好。"科尔转向古雷恩将军,"双方都没有意见,那么我们的合作意向算是初步达成一致。"

之后是双方的客套话和对火星未来的畅想,杜克一言不发地坐着,时不时烦躁地扭动 下自己的身体。

杜克上校对维和部队的不满由来已久,他为了维和部队和火星鞠躬尽瘁,将自己所有的能力和热情都奉献给了维和部队。但就在他受伤之后,维和部队只能对他进行简单的救治,如果想要进行高级的手术,必须将他送回地球。这个过程必须要经过层层审批,政令来往于地球和火星之间,最终,杜克没有等到治疗,而是服役期缩短的命令书。

维和部队抛弃了他,将只有脖子和手臂能动的杜克扔在了无亲无故的火星上。

杜克憎恨维和部队,但是时间已经过去了十年,那股恨意并不能让他在今天如此失态。在他的意识中,还有另外一种愤怒。

那种愤怒来自原始的本能,它想要摧毁眼前的一切。怒火一波一波地冲击着杜克的神经,它来自杜克意识的最深处,那里压抑着一头猛兽,一头由杜克自己创造出来的猛兽。

他开始怀念那副巨型螳螂式的身体。

科尔将军送走了来访的维和部队一行人,又和曼努埃尔返回会议室。

"杜克,你今天怎么回事?"

"我?没什么,我今天舒服得很。"杜克站起来,用那副金属的身体伸了个懒腰。

"和维和部队的合作意味着我们获得了官方的认可,将来,我们可以做更多的事。"科尔将军说。

"科尔,如果你的记性没有出问题的话,就应该记得,我们成立岩铁流的初衷,就是因为对于官方管理火星的失望。我们要在火星上建立我们自己的部队,由我们来设定规则。"杜克大声说道。

"只有获得官方的认可,我们的行动才有正当性,不然,我们只能给那些大型公司打工,做一个'真正'的防卫公司。"科尔将军解释道。

杜克张了张嘴,想说什么,但是却没有发出声音。他看着科尔，微微点了点头，"你说怎么样，就怎么样吧。"

他站起来，径直走出会议室，沿途挡住他路的会议桌、椅子、大门，都被他的钢铁身躯撞得扭曲变形。

科尔将军看了看曼努埃尔，无奈地摇了摇头。

"格罗夫死了。"乌图尔说。

"知道了。"方克初沉浸在面前的火星全息地图上，头也不回地说。

"西塞也失去了联络。"乌图尔又说。

这一次，方克初没有回答。

"又是岩铁流在捣乱，要不然这次我们一次就能掌握七座欧米伽的卫星城。"乌图尔还在说着，"只可惜上次没有把那个罗恒给弄死，不然也不会有之后的那么多麻烦。"

潘妮看到方克初的脸色，压低声音说，"闭嘴吧，乌图尔！"

"怎么了？"乌图尔不以为然地说，"七座城啊，我们这么辛苦才拿下四座。"

"欧米伽的情报你是从哪里打听到的？"方克初问道。

"我当然有我的消息来源，很可靠的，你放心。"乌图尔说。

"这次的情报确实很有价值，你做得很好。"方克初说，乌图尔露出骄傲的表情，可是方克初很快又说，"但是一次杀掉七座卫星城的人，手段太毒辣了，如果你真的这么做了，恐怕火星上的人就不会跟随我们了。"

"不愿意跟随我们的，就都是敌人，干掉他们就是了。"乌图尔满不在乎。

"别忘了,我们是萤火,就是靠一个一个想要反抗的人加入进来,我们才壮大起来的。我们不能忘记我们的初心。"方克初提醒道。

"什么初心?"乌图尔争辩道,"萤火在成立的时候才有十几个人,一直生活在阴影里,干些偷鸡摸狗的事。这样经营了五六年,才扩充到了两百多人,结果一口气让岩铁流把我们的新兵训练营给端了,要不是SIR的帮助,我们现在还在挖私矿捡垃圾呢。在火星上,低调没有任何好处,我们的事情做得越大,就会有越多的人加入我们。老一套的东西已经不管用了……"

"乌图尔!"潘妮一拳砸在桌子上,噌地站了起来,"你在说什么呢?"

"我……"在潘妮面前,乌图尔意识到自己嚣张过头了,他低声说,"我说的都是事实,对吧,塞巴斯蒂安?"

"嗯嗯。"塞巴斯蒂安随口答道,既不肯定,也不否定。

"算了,潘妮。"方克初平静地说,"没事,事情确实和我想的不一样,但是我们的目标是相同的,你说对吗,乌图尔?"

"当然,我们的目标是相同的。"乌图尔说,"把火星还给火星人。"

"把火星还给火星人。"潘妮和塞巴斯蒂安重复。

方克初伸手一划,全息显示的火星地图旋转起来,他突然想到什么,"乌图尔,给你情报的人,就是SIR吧。"

乌图尔愣了一下,但还是坦诚地说,"是的。"

方克初点了点头,"SIR的视野和情报,确实远在我之上,我只不过是个普通的工程师而已。"

"父亲。"潘妮听出了方克初言语中的落寞,开口安慰道。

手机嘀地响了一声,方克初低头查看新收到的信息。信息的内容很复杂,方克初看了很长时间,其他人从他紧皱的眉头上就可以看出,有什么事情发生了。

"怎么了?"乌图尔问道。

方克初抬起头,目光扫过潘妮、乌图尔和塞巴斯蒂安。他叹了口气,手指一划,将收到的信息投放到全息屏幕上。

"情报是SIR发来的,他说福伯斯矿业公司为了报复,在地球上征召了一支雇佣军,就要到火星上来讨伐我们了。"方克初说。

"福伯斯是……"乌图尔挠着头,努力回想。

"是我们占领的第一座卫星城。"塞巴斯蒂安提醒。

"哦,"乌图尔一拍脑袋,"我想起来了,我记得那家公司的规模不大,竟然用了这么大的手笔?"

"伯加索斯号。"方克初说,全息屏幕上投射出一幅星际航行图,"距离火星还有二十四天。"

"我们怎么办?"潘妮问道。

方克初看着屏幕,没有说话。

乌图尔把脸凑到屏幕前,仔细看上面的信息,他突然大笑起来,"哈哈哈哈,SIR建议我们趁伯加索斯号和瓦尔哈拉空间站对接的时候,去袭击天空树。哈哈哈哈,SIR是个疯子吗?天空树可是在首都,那里是维和部队的地盘。"

"我觉得可以。"塞巴斯蒂安说道。

"什么?你傻啊,在首都搞事情?在维和部队的眼皮底下?"乌图尔站起来,大声说道,他说着说着,突然停下,看着坐在会议桌前的其他几个人,"你们不会都是认真的吧?"

"SIR 提的意见,我认为我们还是好好研究一下。"塞巴斯蒂安说。

"这太危险了,"方克初说,"我不希望去冒这个险。"

"SIR 的情报还从未出过问题。"潘妮说。

乌图尔拍着脑袋在房间里踱步,即使像他这样好战的人,也从未想过要对天空树下手。天空树是火星的象征,是所有火星人心中的图腾,它就像火星与地球母亲相连接的脐带,如果天空树毁了,那就意味着……

"是啊。"乌图尔自言自语地说,"火星也该学着独立了。"

"但这种事不应该是我们来做。"方克初坚持。

"那么我们就把 SIR 的建议当作耳旁风?"塞巴斯蒂安问道。

方克初推了推眼镜,看向前方,他的目光穿过了全息屏幕,落在空中一个虚无的点上。当萤火还是很小的组织时,方克初只要照顾好身边的人就够了。但随着加入萤火的人数增多,事情变得复杂起来。

方克初只是一个普通的工程师,他的思维模式很简单,设定一个目标,然后制定出解决它的方案。他用这样的方式建造了气泡城和天空树,无往而不利。

但是,将火星改造成火星人的星球,是一个无比复杂的项目,每个人都是一个单独的变量。需要处理的事情变得多了起来,尽管潘妮帮他处理了多半事务,但关于萤火未来的决策还是要方克初亲自制定。

在某一天,方克初突然意识到,他没有足够的智慧去看破时间的迷雾,自己的能力并不能够带领萤火去开创新的未来。但那时萤火已经发展成为一个几千人的组织,而方克初作为萤火的领袖,是将他们团结起来的重要因素。他曾想过退居二线,专心帮助萤火建造迦南城,但条件并不允许他这么做。方克初眼睁睁地看着自己成了傀儡,他是萤火的头脑,但他所做出的每一个决定,并不是出于本心,而是萤火庞大的思维在左右着他。

正当方克初为了维持萤火的假象而筋疲力尽时,SIR联系上了萤火。这个神秘人从不露面,只是为萤火提供资源和情报,帮助萤火在火星上寻找自己的定位,并且制定了长远的目标和发展计划。

萤火的核心成员,就是方克初、乌图尔、潘妮和塞巴斯蒂安四人,方克初将SIR的存在告诉了这几个人。SIR和他们通过网络匿名联系,他从来不露面,也从不对萤火要什么回报。

经过几次试探之后,方克初等人对SIR产生了信任,彼此之间的交流多了起来。相应地,SIR提供的信息和资源也比之前多了许多。

萤火的爆发就是从认识了SIR开始,迅速将自己的势力和思想扩散到火星的各个角落。虽然没有人明说,但是核心组的成员们心知肚明,SIR才是萤火真正的主心骨。

这一点,方克初也承认。

但是对于他来说,袭击天空树这样的事情,还是突破了他能够承受的界限。

"我还是认为不应该对天空树下手。"方克初说。

"投票吧。"塞巴斯蒂安举手,"我们已经做成了那么多大事,不应该在这个时候踌躇不前。"

"我当然不会反对。"乌图尔说,也举起了手。

方克初看向潘妮,他的养女看着全息屏幕上的地图,思考了很久。然后她转过头来,说,"抱歉,父亲。"她举起了手。

对于投票的结果,方克初并不意外。他知道萤火已经完全脱离了自己的掌控,SIR对这个组织的影响比自己要大得多。他忧心忡忡地看着几个年轻人的脸,他们热血,有足够的行动力,而且有时间为自己的错误买单。

但他自己来不及了,如果错一步,浪费的,是他自己的一生。而错误已经铸就,无法更改了。

"潘妮……"方克初说。

"请你理解,父亲。"

方克初闭上眼睛,微微点了点头。

首都的最外层,是正在建造的ζ区,这里将是金融区和商业区的结合体,面积是β区的一倍半。

火星上的建筑物,都是由外向内建造的。就拿这片ζ区来说,要先建好穹顶,将内部和火星外面的恶劣环境隔绝开来,才能让工人们在没有防护的情况下作业。

目前ζ区的工程主要集中在西边,那里将建起两栋综合性大厦。而东边还未处理,脚下是和外面一样的布满松散碎石的红色土地。

罗恒拖着行李箱在碎石地面上走着,遇到凸起的石块,行李箱就跳起来,被困在箱子里的人呻吟一声,罗恒也不管,还是照常走着,任由行李箱磕磕绊绊。

走了一段距离,罗恒累了,他看了看四周无人,最近的工地也在几公里之外。附近只能看到一些随便卸在这里的建筑材料,大概是为了将来的工程做准备。

罗恒停下,打开行李箱,"出来吧。"

西塞在行李箱中睁开眼睛,一路的颠簸让他头晕眼花。西塞从行李箱中爬出来,他的外衣上沾满了刚才颠簸导致的呕吐物。

"能把我的手松开吗? 让我脱掉外套,太臭了。"西塞说。

"那也是你自己的东西。"罗恒并不理会西塞的要求,"快走吧。"

"去哪?"

罗恒指了一个方向,"那边。"

西塞摇了摇头,顺从地开始走,"咱们要去哪,你说一声就行了,我都听你安排,下次别装箱子了,行吗?"

罗恒没有说话,推了西塞一把。

两人在沉默中走了一阵,西塞又说:"大哥,我真的不知道你想要的东西。"

"你知道我想要什么吗?"罗恒说。

"你没问我怎么知道。"西塞耸肩,"说吧,大哥,你想知道什么?"

"你为什么要去欧米伽重工?"罗恒说。

"这个……"

"是谁把关于卫星城控制系统的消息告诉你的?"罗恒又问。

"道上的朋友。"西塞说。

"是谁?"

"当然不能告诉你了,我这个人虽然一身毛病,但是嘴特别严。"

"好吧。"罗恒面无表情地说,"你知道萤火吗?"

"不知道。"

罗恒点点头,"你是个聪明人……"

"还行吧。"西塞插嘴道。

"……希望你知道怎么做。"

罗恒不再说话,他和西塞一前一后,走到了穹顶的边缘。

这里有一扇预留的工作气闸,可以同时让五六个人通过,去到外面的火星环境。

罗恒打开气闸门,冷冷地看着西塞。

"不是吧老兄,你打算来真的?"西塞说。

罗恒掏出手机,深深地吸了一口气,"这是我妻子的照片。"

"很漂亮。"西塞评价道。

"她被萤火害死了。"

"我很抱歉,真心的。"西塞说,"但是这和我没有任何关系。"

"你会想起来的。"罗恒说,伸手解开西塞手上的束缚。

"你想干什么?"西塞活动着手腕,冷笑着说,"怎么? 你打算把我推出气闸? 这么老套的手段吓不到我的。"

罗恒叹了口气,他看着西塞的脸,疲惫地说:"你会知道的。"

然后,他把西塞推到气闸里,关上门。

"你是怎么和萤火联系的?"罗恒走到旁边的控制室,通过对讲系统问道。

"我不知道什么萤火。"

罗恒按下按钮,气闸室开始排气,里面的气压立刻减小,变得和外面一样。

西塞向气闸里的摄像头耸耸肩,表示无所畏惧,随着气压的减小,气闸室里的温度也变得像外面一样。西塞的身体开始不由自主地发抖,他双手抱胸,在气闸室里来回走动热身。由于空气稀薄,几步之后他就开始头晕眼花,于是西塞在气闸室里找了个角落,蜷缩起来。

罗恒关闭排气系统,让气闸室再次加压。

"你还有最后一次机会。"罗恒说,"告诉我萤火是怎么和你联系的?"

"我说过了我和他们没有关系!"西塞暴躁起来,他砸着气闸室厚重的墙壁,"说吧,你想要什么,只要我知道的,我都告诉你,别这么玩我了。"

"我只想要知道,你和萤火的联系方式。"

"别装模作样了。"西塞说,"我真的不知道,你快放了我吧,你我都知道,你是不会杀我的。上次被你们逮到,你们也是和我玩了很长时间猫抓老鼠的游戏,最后还不是把我放了?"

"上次? 上次是谁放了你?"

"当然是你们岩铁流了。"西塞说,"跟上次我受到的折磨来比,你这些都是小把戏。"西塞对着摄像头嘿嘿笑着说。

"哦,你看,你终于说了点我不知道的东西。"虽然这不是罗恒的目标,但是西塞所说的,让罗恒产生了一些兴趣,"咱们就聊聊你被逮到的事。"

"你不知道?"西塞说,"看来你的头头们没有和你分享情报啊。上次被抓可把我弄惨了,不得不说,那个叫埃科巴的家伙,是个审讯的高手,抓住我的第三天,我就把什么都说了。包括对于精炼厂的计划,还有乌图尔和我的联系方式,我都告诉他们了。"

精炼厂任务是罗恒加入岩铁流之后的第一个任务,罗恒记得很清楚,机甲小队逮住了西塞和格罗夫之后,就再也没有相关的信息。那时他们还是岩铁流的新人,并没有足够的权限接触到关键信息。可是在罗恒家被萤火袭击之后,也没有人对他透露半点有关萤火的消息,而且,科尔将军还故意将他甩开,让其他人去执行萤火的任务。

"最后他们为什么放了你?"

"切,"西塞冷笑一声,"他们想放长线钓大鱼呗。科尔那个伪君子还专门过来安抚我,实际上他们在我体内植入了跟踪装置,这点小把戏谁看不出来。"

"那你后来又是怎么和萤火联系上的?"罗恒接着问。

"伙计,我早就说过了,我和萤火没有一点关系。"

罗恒看着西塞,刚才这个混蛋确实吐露了一些线索,罗恒灵机一动,接着问,"在把你放了之后,你和乌图尔是怎么重新建立联系的?"

"哎,这就对了。"西塞赞许地点点头,"想知道答案吗? 让我先看看你有什么能耐。"

西塞扬扬得意地叉着腰,看着摄像头,好像现在掌握局面的是他一样。

罗恒看着被关在气闸室里的这个人,毫无疑问,他是个厉害的角色,凭着一张嘴就在火星上煽动了好几次反抗行动。并且计划周全,思维缜密,每次都瞒过了所有的人,还留有后手。只是凭着机缘巧合,罗恒两次逮到了西塞。而在罗恒的视野之外,天知道西塞还做了多少"杰作"。

就拿欧米伽重工那次来说,如果不是罗恒,现在那七座卫星城里面的人还生死未卜呢。

罗恒按下一个按钮,气闸室里又响起嗡嗡的气流声,但这次不是减压,而是加压。

气闸室里面达到了一点八个标准大气压,耳朵是对气压变化最敏感的部位,西塞的耳朵显示耳鸣,然后开始疼痛起来,那种疼痛来自颅骨内部,是一种触及不到的疼。

西塞张着嘴巴,想要平衡耳朵内外的压力,但是不起作用。他用手拍打着耳部,随着气压的持续升高,他的头疼了起来,眼睛和鼻腔也发生了变化。

"你做了什么? 快停下!"西塞拍打着墙壁,对罗恒喊道。这种不适感让他惊慌,对于拷打的疼痛,他有一定的耐受能力。可是罗恒不知道玩的什么把戏,这让西塞心里没底。

"告诉我,你和乌图尔的联系方式。"罗恒说。

"你先停下。"

罗恒按下按钮,气压恢复正常。西塞身上的不适逐渐消退,他揉揉耳朵,"你就别在这装神弄鬼了,这点小把戏我还不会放在眼里。"

"你还剩最后一次机会,西塞,你是一个聪明人。"罗恒说,"你可以想象我会为了报仇做到什么地步。"

西塞看着摄像头,仿佛直视着罗恒的脸,"正因为你不知道你可以做到什么程度,所以你觉得你很厉害。罗恒,你不是我,你是自认为有道德感的人。杀了我,否则我是不会说的。"

罗恒叹了口气,到这个时候西塞还在嘴硬,他以为罗恒确实下不去狠手。

可惜他错了。

罗恒再次按下按钮,气闸开始排气。

西塞还不知道自己究竟面临着什么样的处境,他双手抱胸,微笑着看着摄像头,"如果你就这么点手段的话,咱们就别玩了。"

罗恒将气压停在0.4个大气压,然后强迫自己看着西塞。

从外表来看,西塞并没有什么变化。但是在他的身体内部,一切早已不可逆转。

随着气压骤降,西塞血液中的溶解度下降,就像是打开了盖子的可乐,原本溶解在血液中的气体冒出来,在血管和细胞中形成气泡。

析出的气体体积比被溶解时大几倍到十几倍,首先遭殃的是细小脆弱的细胞,它们像气球一样被撑得涨起来,有的直接被撑得爆裂开。

最先感受到的就是痛觉,被撕裂的神经细胞将最后的电信号传递到西塞的大脑,西塞像是被大型机甲踩了一脚一样,疼痛在全身爆发,而且先后有别,形成一种持续的,如同波浪一样的痛感,随着他的每一次呼吸和每一个动作传递到他的大脑。

"你在……"西塞想骂罗恒,可是疼痛让他连话都无法说出来,后面的咒骂变成一连串惨叫。

然后,西塞体内气体最充盈的部分出现了问题,血管在肺泡中破裂,血液浸入气管,西塞剧烈地咳嗽起来,每一次都会将大量的血沫带出来。

看着地上的血,西塞终于知道了恐惧,罗恒对他造成的伤害远比埃科巴要可怕得多,而且他对这一切是如何发生的一无所知。他艰难地抬起手,表示服输。

罗恒松了口气,他知道气压的剧烈变化会给人带来致命的伤害,关于各种影响在火星生存手册上也写得明明白白。但是他并不知道在实际操作中会造成多大的破坏力,如果西塞没有及时屈服,那么罗恒真的有可能会杀了他。

他将气闸室里的气压重新调高,西塞的减压反应下降了许多。

"那边有一个平板电脑,把你想说的写下来。"罗恒说。

西塞擦擦嘴角,点了点头,完全没有之前那副无所畏惧的样子,他缓慢地走向墙角,双腿和双手还在不停地颤抖。尽管细胞撕裂造成的疼痛减轻了许多,但造成的伤害仍然存在。

拿到平板电脑之后,西塞便再也站立不住,他滑坐在地上,在平板电脑上艰难地输入了一串地址。

罗恒手中也有一个平板电脑,西塞输入的地址同步在罗恒眼前。

"这是我和乌图尔的联系方式。"西塞艰难地说,他手一松,平板电脑落在一边,他再也没有力气做别的事情,就那样歪在墙角,缓慢呼吸,不时地咳嗽一下。

罗恒看着平板电脑上的网络地址,苦笑一下,他又看向气闸里的西塞。为了复仇可以不惜一切代价,这句话说起来容易,但是罗恒感觉有一部分自己正在慢慢流失,就像西塞的生命一样,无法再恢复了。

罗恒走出控制室,抬头看到,十几个突击队员已经包围了自己,埃科巴举着枪对着自己的胸口。

那一刻罗恒不知道自己应该是高兴还是失望,他缓慢地抬起双手,表示不想反抗。

"兄弟,你这次做得太过了。"大川从突击队员中走出来。

原来是大川向岩铁流揭发了自己。

"你怎么发现的?"罗恒问道。

"那天帮你提行李时我就觉察到了,一直在等你向我坦白。"大川说。

罗恒笑了笑,"如果我说了,你会帮我吗?"

"至少我不会让你走到这一步。"大川说,"西塞呢?"

"在气闸里。"罗恒说。

两个突击队员走向气闸,罗恒犹豫了一下,说,"你们立刻叫医护人员过来,不要随便开启气闸,他的减压病很严重,突然开门的话,他可能会死。"

突击队员看向他们的队长,埃科巴在通信器中说,"叫医疗队来。"

罗恒看着同事,忽然想到,他们出现的时机恰到好处,大概也是科尔将军授意的吧。

"平板电脑上有西塞和乌图尔的联系方式,希望你们能够找到什么线索。"罗恒说。

"你放心好了。"埃科巴说。

"不,"罗恒说,"大川,我要你向我保证,这件事你会追查到底。"

"好,我保证。"大川说。

"带我走吧,随便你们处置。"罗恒说。

9. 首都之战

罗恒坐在桌子一侧,另一侧坐着科尔将军和杜克上校。

"我第一次知道,在我们这里还有审讯室。"罗恒说。

"这不是对你的审讯。"科尔将军说。

"但是你的行为已经违背了我们的初衷,一个不听命令的士兵,不是好士兵。"杜克说道,"这已经不是你第一次犯这样的错误了。"

"我早就不是士兵了。"罗恒说,"我只是一个想为家庭负责,在岩铁流挣工资的普通男人。"

"你是我们培养的士兵,你要维护火星上的和平,你发过誓的。"杜克大声说道。

"打击萤火不是维护火星和平吗?"罗恒针锋相对地说,"如果你们早点把注意力放在寻找萤火上,也不至于把事情弄成这样。你们作为岩铁流和赤地重工的负责人,却一直在听深蓝的指挥,一个人工智能说什么,你们就听什么……"

罗恒突然停下，他看着"审讯室"的天花板，思考了一阵，然后说："我明白了，当时，你们展示给我的，所谓的深蓝计算出来的火星局势，也是经过筛选的吧？"

科尔将军看着眼前的桌面，一言不发。

"说啊，怎么现在成了我审讯你们了？"虽然没有答案，但是看两个长官脸上的表情，罗恒知道自己猜得没错。

"为了什么？"罗恒问。

"为了火星的未来。"科尔说道，"你只要相信这一点就可以了。"

"对不起，以现在这个局面来看，我无法信任你们。"罗恒说，他用胳膊肘撑在桌子上，直视着对面的两个人，"我再问一个问题，将军，上校，你们有没有考虑过我个人的感情问题，有没有想替我报仇？"

"有。"科尔将军说道，"但是在目前，我们有更重要的事情要做。"

"好，很坦诚，谢谢你。"罗恒说，"我想说的都说完了，现在轮到你们了，但是我要提醒你们一句，无论你们如何处置我，只要我还活着，我就不会停止向萤火复仇。"

"还跟他浪费时间干什么？"杜克说道，"不听从命令的士兵，不是好士兵。你滚吧，我们不需要你了。"

"杜克！"科尔将军连忙开口阻止杜克。

"你的女儿还在医院，需要巨额的医疗费，我看你要怎么办。"杜克继续说。

"别提我的女儿，你要是了解我女儿受到的伤害，就应该知道我是多想报仇!"罗恒一拍桌子,站起来大声对杜克说。

"杜克!"科尔将军也站起来,他也转向杜克,"这里由我来谈,你出去吧。"

"你在浪费时间。"杜克说。

就在这时,罗伊斯闯进房间。

"将军,程影找到一些线索。"罗伊斯说。

"知道,等我们出去再说。"科尔将军说道。

"是关于西塞和乌图尔的。"罗伊斯又说。

"好,在会议室等我。"

"这条线索是罗恒发现的,我认为,应该让罗恒也听一听。"罗伊斯停了一下又说,"大川也是这样坚持的。"

"哼!"杜克冷哼一声,"还嫌他惹的事不够多。"上校猛地站起来,金属身躯将桌子撞向一边,他瞥了一眼科尔将军,然后大步离开这间审讯室。

"我们一起去吧。"科尔对罗恒说。

走进会议室时,罗恒明显感觉到空气凝固了一下,他低着头走向会议室的角落,四周无人。

等科尔和杜克两人就位,程影打开全息屏幕开始讲解,"西塞给了我们一个地址链接,我去看了一下,是一间匿名聊天室,可惜,聊天室里的内容已经被清空了。不过这又可以证明一件事,西塞没有给我们假的地址。"程影清清嗓子,"我要强调一下,这条线索是罗恒找到的。"

罗恒听到有人喊自己名字,他抬起头来,正好与程影对视。程影向罗恒微微点头,罗恒笑了笑,他看看左右,同事们投来的目光并不像他想象的那样都是敌意,至少有三分之二的人还是充满善意的。

除了杜克。

杜克上校恶狠狠地盯着罗恒,丝毫不掩饰自己对于罗恒的憎恶。

罗恒能够理解杜克,上校在火星维和部队的时候就是传奇人物,杜克将一生的热情都奉献给了军队,即使离开维和部队多年,他仍然想以部队的方式来管理岩铁流,把每个成员都当成军人来看待。

两人的分歧就在这里,罗恒不反对杜克强加在自己身上的标准,但是罗恒在军人这个身份之外,还有着丈夫和父亲的头衔。

杜克可以把自己打造成战斗机器,但罗恒不能。

罗恒迎着杜克的目光看过去,他问心无愧,也不能在这种场合认输。

对视了几十秒后,杜克嘴角抽动一下,将目光投向别处。

"……虽然他们删掉了聊天室记录,但是不妨碍我找到他们的注册信息。"程影继续说着,"乌图尔是个精力旺盛的家伙,他控制不住自己惹是生非的性格,在网络中到处挑事。搜索萤火的最大困难不是信息太少,而是乌图尔的废话太多了……"

"先说正事吧。"科尔将军提醒。

"哦,好的。"程影挠了挠头,"我黑进了乌图尔的账户,他的嘴巴太大了,密码非常好猜。"

程影又打开一个界面,"这是一间匿名聊天室,聊天室里有五名成员,分别是工程师、信使、计数器、丘比特和SIR。根据罗恒上次从萤火新兵训练场拿回的数据,我们已经知道工程师、信使、计数器分别是方克初、乌图尔和塞巴斯蒂安。"

"丘比特是那台狙击机甲。"大川说。

"没错,根据他们的对话内容我大概可以推测出来,丘比特名叫潘妮,是方克初的养女。还有一个SIR,这个人很神秘,我现在无法捕捉到他的信息。"程影把聊天室的内容放到最大,让所有人都可以清晰地看到,"这个人,应该是萤火的头领,所有的任务都是他下达的。这个……是他最新下达的命令。"

程影将SIR给萤火的指令投射到屏幕上。

"他们想要袭击天空树?"曼努埃尔说道。

"时间在……十七天后?"阿方索说。

会议室里立刻议论起来,不可否认,萤火最近一段时间发展迅速,已经成了火星上不可忽视的一股势力。而且萤火宣扬的理念,"将火星还给火星人"这样的宣言打动了许多人的心。

在座的各位都和萤火打过交道,明白萤火这个组织比一般的小型反抗组织更加有战斗力,理念传播得也更加广泛。但是也还达不到冒天下之大不韪去袭击天空树的地步。

程影找到的对话中,只有目标和时间两个信息,不知道萤火会怎样操作,也无法分辨是真是假。

在议论之后,众人再度将目光投向科尔将军。

科尔看向杜克,"你怎么想?"

"天空树在首都内部,那里是维和部队那些废物们的地盘。"杜克说,"我们做不了什么。"

"我们刚和维和部队达成协议,要资源共享的。"科尔将军说。

杜克哼了一声,"那是你单方面的想法,他们给我们任何情报了吗?"

"我还是会按照协议把情报共享给古雷恩将军。"科尔说道。

"那你还和我商量什么?"杜克说。

"其他的人做好准备,我们暂时还不允许在首都内行动,但是也许会收到维和部队的援助请求。"科尔将军对其他人说,"在等待期间,我们也要从各方面收集情报,确定萤火的袭击方式。天空树是所有火星人的,萤火如果赢了,对谁都不是好事。"

"明白!"众人齐声说。

"那么……罗恒教官怎么处置?"佐藤浩二问道,他现在作为机甲二队的队长,也加入到了核心会议中来。

"你们可以解散了,我会和罗恒再谈谈的。"科尔将军说。

其他人都走了,包括杜克,他已经表达了自己的态度,但最后做决定的还是科尔将军。

"你怎么想?"科尔将军问道。

"首先,我没有错。"罗恒对科尔将军说道,"关于萤火的线索是我找到的,我不知道深蓝是如何工作的,但是它显然没有我的效率高。除非……"罗恒看着科尔的双眼,"除非你们并没有把全部的精力放在寻找萤火上来。"

"是的,我们关注的是整个火星上的局面,而不仅仅是萤火。"科尔坦诚地说,"没有考虑到你的情绪是我的不对,但是你的所作所为仍然超过了公司规定的范围。"

罗恒想了想,说,"现在我找到了萤火的线索,通过岩铁流知道了他们的袭击方向。我可以单独去寻找他们,也可以借用岩铁流的力量。"

"我可以让你留在队伍里,但是你必须保证不再擅自行动。"科尔说,"罗恒,我知道你复仇心切,但同时,你也是火星上最好的机甲驾驶员,你有保护火星的责任。"

"谢谢你的赏识,将军,我的初衷没有变过,让火星变得更好。在这一点上,我们是同一战线。"罗恒说,"另外,我觉得我有义务提醒你一句,科尔将军,你对于深蓝给出的结果过于痴迷了。你应该知道,在真实的战场上,信息千变万化,那些所谓的趋势,不过只是……趋势罢了。"

"我明白你的意思。"科尔将军点头说道,"希望你能一如既往地坦诚。"

"我……可以归队了吗?"罗恒问道。

"还不能。"科尔将军说,"你还有一件事要做。"

罗恒愣住,他看向将军,"什么?"

将军转身按了几个按钮,全息屏上显示出一个场景。

一个宽敞的活动室,四周摆放了一些康复器材,几个穿着病号服的人分散在活动室各处,缓慢地做着简单的康复运动。

画面的正中,是一个小女孩……

"罗静!"罗恒喊道,"这……什么……将军……那个……"罗恒的目光在全息屏和将军的脸上跳来跳去,这个突如其来的消息击溃了他一直绷紧的神经,让他不知所措。

"你的女儿在四天前就苏醒过来了。"将军说。

将军关掉全息显示，正努力想要独自站立的罗静消失了。罗恒猛地站起来，扑向仍然闪着荧光的一团空气，想要多看女儿一眼。

"把它打开！"罗恒大声说道。

"罗恒，坐下。"将军缓慢地说，试图安抚罗恒，"你知道你错过了什么吗？"

罗恒坐下，直勾勾地看向前方，闭口不言。

"罗静刚醒过来，我们就试图联系你。但是你那个时候绑架了西塞，切断了所有的联络方式。"

"她在哪？"罗恒问道。

"在康复中心，医生说她醒来之后，恢复得很好。"

罗恒站起来，转身向外走。到门口的时候，他停下来，"谢谢。"

"罗恒，生命中还有更重要的事，不要忘了。"科尔将军说。

罗恒默默地点了点头，打开门，快步走了。

罗恒用最快的速度赶到康复中心，可当他站在复健室门口，隔着玻璃窗看到正在努力独自站立的罗静时，却停下来，他不知道该如何面对自己的女儿。这个想要独自剿灭萤火的男人，没有勇气推开一扇单薄的门。

"罗恒！"

一个声音吓了罗恒一跳，他转过头去，看到黛博拉正站在旁边。

"啊，黛博拉，你一直在这里吗？"罗恒谨慎地问道。

"罗静一醒我就陪在这了。"黛博拉说。

"我……"罗恒舔舔嘴唇,感到十分羞愧。

"先不提这事了,"黛博拉摆摆手,"快去看孩子吧,她恢复得不错,脑部的肿块完全吸收了,不会再有什么问题。就是腿上的伤还需要一段时间才能完全恢复。"

"哦……好……那个……"

"还啰唆什么。"黛博拉不耐烦了,她打开门,把罗恒推了进去。

罗恒走进复健室,局促地站在门口。罗静听到动静,在辅助装置的帮助下,缓慢地转过来,父女俩四目相对。

罗静的目光中带着陌生和警惕,额头上的伤好了许多,但还能看出淡淡的疤。

"小静,是我啊。"罗恒小心翼翼地说。

罗静的身体向后缩了一下,她继续看着罗恒,目光发生了些许变化,就像是坚硬的冰块融化成水。

"爸……爸爸!"罗静脸上终于露出笑容,她伸出小手,向罗恒扑过来。

她刚迈出一步,就被辅助装置绊了一下,罗恒冲出去,在女儿摔倒前将她抱在怀里。

这一刻,罗恒才意识到,自己错过了什么。

在罗恒的陪伴下,罗静恢复得不错,很快就适应了辅助装置,可以以正常的速度在康复中心里行走了。但医生不让罗静过于疲惫,对于罗恒来说,最头疼的事就是怎么把女儿哄回去,让她安静地躺在床上休息。

躺在床上的时候,罗静会絮絮叨叨地说这几天做过的梦,她梦见不知名的星球,还有地球上的小朋友们。

她说了很多话,但是从来没有说起过妈妈。

罗恒问过大夫,是不是罗静在爆炸中失去了记忆,医生不敢确定罗静是受到了物理上的伤害,还是由于心理上的创伤而不愿意想起妈妈。医生建议在孩子没有主动提起妈妈的情况下,不要往那方面引导。

罗静滔滔不绝地说着梦里面爸爸和怪物战斗的事,说到关键时刻,罗恒识趣地给女儿捧个场,让女儿能够接着说下去。

"罗恒!"有人喊他的名字。

"程影姐姐!"罗静比罗恒反应更快,她带着辅助装置笨拙地跑向程影。

"你怎么来了?"罗恒问。

"来看看罗静啊。"程影说着,伸手去揉罗静肉嘟嘟的小脸蛋,"谁是最漂亮的小仙女啊?"

"是程影姐姐!"

除了程影,黛博拉、埃科巴、罗伊斯他们都会经常来探望小罗静,科尔将军也来过一次。他们会给罗静带来新鲜的故事,还会和罗恒说说岩铁流的事。

不知不觉,罗恒已经陪了女儿十天。罗静就是他的一切,他几乎忘了外面的一切。

几乎。

罗静还没有提起过妈妈,这是父女两人必须要面对的问题。

看到程影来了,罗静的兴致更高了些,她又把刚才的梦重复了一遍,细节上有许多不同,不过程影听得津津有味。

过了一会儿,护士过来,要带罗静去做复健,罗静向罗恒和程影摆摆手,跟着护士走了。

"罗静是个懂事的孩子。"程影看着罗静的背影说。

"我从小不在她的身边,她很早就学会自立了。"罗恒说。

"你在她的身边,也未必是好事。"程影说,"你的脾气……是个……"

"好了好了,我知道你什么意思。"罗恒尴尬地说。

程影说,"复仇在你心里,还占几成?"

罗恒看着医院长长的走廊,想了一会,说,"我也想过,等小静好了之后,就直接回地球过日子算了。但是不行,我如果不替雁秋报仇的话,我一辈子都无法面对罗静。"

"你放心吧。"程影说,"我会支持你的。"

"为什么?"罗恒问,"别人都……"

"因为罗静最喜欢我啦。"程影说道。

罗恒知道这个时候说谢谢就太见外了,他只能轻轻点点头。

"好了,我该回去了。"程影站起来,"对了,你的好哥们告发了你,这段时间一直很愧疚,你要是不记恨他,就去找他聊聊。当然,要是记恨他,就当我没说。"

"哦,好的,我知道了。"罗恒说。

"真搞不懂你们男人。"程影挥挥手,走了。

"大川。"罗恒在通信器里说,自从被大川告发,两人还是第一次通话。

大川没有回答，只是操纵太阿机甲向这边转了转身子作为反应。

"我不怪你。"罗恒说，"相反，如果不是因为你，我现在还不知道要拿那条情报怎么办呢。"

过了一会儿，大川才说，"你不是在说反话吧。"

"哈哈，不过当时我还是很生气的，不过我现在想通了。"罗恒说。

"抱歉，你那个时候已经失去理智了，我不知道用什么方法才能把你拉回来。"大川说。

"失去理智？"

"你有多少次私下行动都没有和我说？"大川问。

罗恒想了想，没说话。

"你都不找我商量，你说你是不是失去理智了？"大川说，"我就是理智。"

"太冷了。"罗恒以为大川会教训他一顿，没想到大川只是说了个冷笑话，"我们之间没问题了吧。"

"没了。"大川说，"我们专心收拾萤火吧。"

罗恒本想着等罗静恢复之后，再向科尔将军提出归队的申请。但是随着萤火袭击日的一天天迫近，科尔将军不得不提前将他召回，这种关键时刻，岩铁流需要罗恒的力量。

此时，罗恒和大川正站在γ区的外围，仰着头看着天空树的顶端消失在视野尽头。

今天就是萤火计划袭击天空树的日子，科尔将军把情报分享给了维和部队，古雷恩将军没想到岩铁流带来的第一份情报就这么重磅。

火星维和部队行动准则的第一条,就是不得在首都范围之外执行任务。

在维和部队长达近百年的历史中,只有两个人违反过这条纪律,那就是罗恒和大川。在其余的时间里,维和部队一直被困在首都的玻璃穹顶之下。但是维和部队的指挥官并没有将注意力局限在一座城市里,科尔将军在职时,就将维和部队的注意力放在了整个火星,后面的三任指挥官继承了这个习惯,并且在火星上建立了自己的情报网络。

维和部队很早就关注到了萤火,也知道萤火在最近一段时间扩张极快,已经成了一股不可忽视的势力。

当听到萤火将要袭击首都,并且是火星的象征天空树时,古雷恩将军自然不敢掉以轻心。维和部队的分析系统验证了岩铁流的情报,并综合了其他渠道收集来的信息,认为萤火行动的可能性极高。

但是萤火将用何种形式来袭击天空树,并没有准确的信息。

这是首都第一次收到袭击的预警,古雷恩将军可不打算给萤火任何机会,与其去花费时间去追查线索,堵着可能存在的安全漏洞,不如让全部人马出动,将天空树围个滴水不漏。

在三天前,维和部队就在天空树周边布下了重兵,所有想要进出尼克尔森太空港的人和交通工具都必须经过彻底的排查。

尽管随着萤火的扩张,火星上的几家安保公司也都随着扩大了自己的实力,但是火星上军事力量最强的,还是官方组织的维和部队。

有这样一支部队严防死守，可以说是万无一失，萤火绝对找不到偷袭的漏洞了。

当然，这样的防守对罗恒带来了一些困扰，如果萤火因为维和部队的防守放弃了进攻，那么他辛苦找到的线索就彻底白费了，想要再次逮到萤火可不会像这次这样容易了。

"小影，那边的情况怎么样？"罗恒问道。

虽然岩铁流的武装力量不能进入首都，但是程影以游客的身份埋伏在天空树外围，她正在一间公寓楼的顶层，通过地面监控和空中的无人机对现场情况进行观察。

"目前没有发现什么异常，希望一切平安吧。"程影说。

"维和部队把动静搞得太大了，没准打草惊蛇了。"大川说。

"各位，我们就要这样一直等着吗？"佐藤浩二问道，他带着一支机甲小队，在城外的另一个方向戒备着，总之，岩铁流的战斗部队都不能进入城区。

"等着吧。"罗恒无奈地说。

又等了一会儿，时间到了中午，太阳升在空中。在空气稀薄的火星上，太阳的辐射直接照射在地面，地表温度迅速升高，冷热空气形成对流，火星平原上刮起了风。

"今天不管有没有萤火，反正鲍曼是别想睡觉了。"大川看着风卷起的尘沙说。

细小的沙粒会被吹进机甲的缝隙，机械师们必须在机甲回去之后将机甲的里里外外都清理一遍。尤其是今天，十五台机甲都派出来了，工程量不小。

程影在通信系统里发出一声疑惑。

"怎么了?"罗恒立刻问道。

"有些不对劲。"程影将她看到的图像共享到岩铁流的网络中,罗恒在机甲中也可以看到。

维和部队在天空树外面设置了两道防线,凡是进出的人都要经过盘查。在火星首都,还从来没有过这样严格的戒严,自然有不少闲得没事的人远远地围观看热闹,还有人将现场拍成视频传输到网络上去。

不知道从什么时候开始,围观的人增多了。人们原本只是站在路边远远地看着。现在,空地上都站满了人,他们拥在路上,堵住了来往的交通。

所有通往天空树的道路上,都站满了人。

他们垂着双手,沉默地站着,看似无害,却又气势汹汹地向前缓慢移动。

"他们是萤火思想的信徒。"罗恒说,他们已经在很多地方见过这样的人了。

"奇怪,深蓝和维和部队一直在关注着网络上的信息,萤火是怎么召集到这么多人的?"程影说。

"口口相传。"罗伊斯在通信器里说,他现在正在维和部队的总部,作为两方面的联络官,"这种最原始,却又最安全的通信手段。"

人群已经跨过了维和部队的安全距离,负责警戒的士兵都不曾见过这种场面,他们以为将要面对的是恐怖分子,却没想到只是普通的火星公民。

"他们想要干什么?"程影说。

"请注意,请注意!"负责警戒的维和部队开始向对面的人喊话,"你们已经超过了警戒范围,请立刻后退,我们在执行防卫任务,请不要打扰。"

聚集的人们听到了喊话,却没有停下,仍然缓慢地向前移动。

"最后一次警告!再不停下的话,就要射击了!"随着现场军官的命令,警戒的士兵立刻举起武器,对准正在靠近的人群。双方之间的距离只有不到三米。

"傻瓜!快让他们把枪放下!"罗恒喊道。

古雷恩将军也同样命令道,"让所有人放下枪,不要与人群产生冲突!"

但是,来不及了,敌对的情绪一触即发。萤火的信徒们本意就是想挑拨维和部队,举枪的动作正好给了他们一个借口。人群就像是遇到火的油,瞬间燃烧起来,他们疯狂地冲向维和部队组成的警戒线……

"所有人,不许拿出武器,不许表示出暴力倾向,他们不是敌人,只要阻挡住他们!"古雷恩将军向维和部队下达命令。

士兵们组成人墙,只凭自己的身体与汹涌而来的人群相抗衡。

愤怒的人群是不可阻挡的。

相同的场景已经在这个星球上发生了很多次,萤火就是靠这样的手段占据了一座又一座的卫星城。

维和部队的士兵咬着牙,背着手,用自己的身体对抗人群的冲撞。而他们的眼神里显现出的却是迷茫。

　　罗恒熟悉这样的表情，面对这样的局面，那些士兵正在思考，自己面对的究竟是什么人？是敌人？不，将军明确说了，这些不是敌人。

　　那他们是什么？火星的人民？那么和火星人民对抗的自己，又是什么人？

　　这是一个陷阱，很多人无法回答这个问题，会被它搞得迷失方向。面对汹涌的人群，他们会彻底丧失自己的信心，以为自己正在与火星的意志为敌，从而放弃抵抗。

　　在与萤火交手多次之后，罗恒已经想明白了这个问题。萤火的主张从根本上就是错的，他们只知道破坏，却没有一个明确的目标。他们用一个错误的逻辑推出了一个错误的结论，好像只有反抗才能得到公平。

　　萤火从一开始就错了，暴力和恐怖袭击不能解决任何问题。

　　但是维和部队的新兵们显然经历有限，罗恒已经在不少战士脸上看到了迷茫的迹象，他知道，距离人群冲破警戒线，已经用不了多少时间了。

　　古雷恩将军也意识到了这个问题，他命令更多的维和部队赶往接触点，同样采用非暴力的策略，试图抵抗想要冲进天空树的人群。

　　但这也只是杯水车薪，冲击防线的人越来越多，就连罗恒也没有想到，萤火在火星上有这么大的号召力。

　　再不使用武力的话，维和部队的防线崩溃也只是时间问题。可是，武力究竟要针对谁？这又回到了最初的问题，谁是敌人。

在人群中，有可能确实有萤火的人埋伏着，只要他们跟随人群突破了防线，那么他们的目标就要达成了。

"怎么办？我们要不要进去？"埃科巴在通信系统里焦急地问，他和他的突击队员早就做好了准备，在训练场待命。

"你们进去能干什么？"曼努埃尔拒绝了埃科巴的请战，"按兵不动。"

"如果他们突破了维和部队的防线该怎么办？"埃科巴问道。

"那也只能看着。"

"看来，和我们那时候遇到的情况是一样的啊。"大川感慨地说。

"在里面的出不来，在外面的进不去。"罗恒想起在维和部队时的那次行动。"不就是一层玻璃穹顶而已。"

"将军，外部传感器感应到物体，正在穹顶外部移动。"维和部队的指挥中心，情报官向古雷恩将军报告。

"是什么？"将军问道。

"看不清，外面的沙尘暴已经起来了。"情报官说。

"切换红外模式。"

"将军……"情报官为难地说，"穹顶上的摄像头只是用来观察是否需要清理穹顶的，并没有更多的功能，分辨率也不够高。"

"嗯……"古雷恩将军看着屏幕上正在和人群对抗的维和部队士兵，连机甲小队都加入到了阻挡人群的防线当中，双方都保持着克制，没有人使用暴力，只是默默地角力。维和部队的力量几乎都投入到了地面防守之中，暂时腾不出力量去穹顶之上察看了。

"将军，让我们的人去看看吧。"罗伊斯提议道。

古雷恩将军继续看着屏幕上他的战士，过了好久，才微微点了点头。

"罗恒，根据穹顶的外部传感器，发现有物体在上方移动，你负责现场指挥，去查看一下。"罗伊斯立刻将指令传达给罗恒。

"明白。"罗恒说，"佐藤，还有机甲三组，让你们两组的斥候派无人机去穹顶上方检查。"

"收到。"两支机甲小组立刻回复。

现在正是沙尘暴最猛烈的时候，沙砾像是子弹一样撞击在机甲外壳上，发出连续不断的敲打声。四架侦察无人机在风暴中脱离机甲，飞向穹顶上方。

岩铁流新招募的机甲驾驶员，都还只是新手，参与的实战很少，经验并不丰富。而且，天赋也远远不及罗恒、大川和程影。

二组、三组的斥候机甲驾驶员，每人最多只能同时操纵两台无人机进行侦察，而且在这样恶劣的天气下，更是难度暴增。

有一架无人机刚刚飞到距离地面三十米左右的高度，就被风暴吹得失去了控制，坠落下来。

罗恒撇了撇嘴，说道："程影，撤回吧，那里不需要我们的观察了，你带着电幻来我这里。"

"好的。"程影答道。

三架无人机飞到穹顶上方，顶着沙尘暴对穹顶进行地毯式的搜索。α区的穹顶面积很大，而动态传感器又不能准确地锁定入侵者的位置，无人机上配备的复合光谱探测器可以穿透沙尘暴的影响,但是探测距离有限,只能一点一点向外推进。

几分钟后,视野中出现了一个亮斑,无人机飞过去,那团亮斑的轮廓逐渐清晰起来。一台中型机甲出现在首都的穹顶上,在沙尘暴中向天空树靠近。那台机甲与普通的工程或者战斗机甲不同,它的两条前臂异常粗壮,充满了力量感。

罗恒和大川对这台机甲太熟悉了,他们异口同声地说:"塞巴斯蒂安。"

当大猩猩机甲的剪影出现在古雷恩将军面前的屏幕上时,将军心中烦躁的感觉又增加了两分。岩铁流送来的情报是正确的,萤火真的来了。

就在几分钟之前,将军还抱有一丝希望,冲击天空树防御圈的人群就是袭击的全部力量,只要把这一波扛过去,就算是挫败了萤火的计划。

现在看来,煽动人群只不过是萤火计划的第一步,真正的高潮还没有到来。

将军看向岩铁流的联络官,罗伊斯适时地说:"让我们的人去牵制大猩猩机甲吧?"

在岩铁流分享的情报中,这台大猩猩机甲给将军留下了极深的印象,他知道这是个难对付的家伙,还有乌图尔,那个武士外骨骼,都是出了名的硬骨头。

在看过几次岩铁流和萤火的交锋记录之后,古雷恩将军曾让维和部队的机甲战队进行了相应的模拟训练,但是情况并不乐观,维和部队的机甲驾驶员在大猩猩机甲和灵巧的武士外骨骼面前,几乎没有取胜的希望。

就在将军一筹莫展的时候,防守在首都外围的岩铁流又传来新的消息。

"从西南方又有十几辆重型卡车向首都方向驶来。"罗伊斯对古雷恩说,"没有标识……"他捂着耳朵,认真听着前方传来的信息。

从罗伊斯凝重的表情,古雷恩将军就知道没有好消息。

"每辆卡车上,运载着三台战斗机甲。"罗伊斯补充道。

古雷恩的太阳穴开始一跳一跳地疼,萤火这哪里是要偷袭首都,这简直是要掀起一场战争。他再次看了一眼天空树的防御圈,维和部队已经再无兵力可派。

"接下来的战斗,就让岩铁流加入吧。"古雷恩将军说道。

作为联络官,在出发的时候,科尔将军就已经嘱咐过,为了岩铁流之后在火星上的地位,不管天空树遇到的危机大或是小,都要想办法让岩铁流获得在首都进行军事行动的权力。尽管已经和霍金斯议员还有古雷恩将军达成了合作协议,但是将军的这句话,会产生比书面协议还要强大的效果。

"罗恒,进入战斗状态。"罗伊斯在通信系统里说,"曼努埃尔、埃科巴,让突击队员也进入战备状态。"

"早就准备好了。"埃科巴说。

早就跃跃欲试的机甲小队听到战斗命令,也都活跃起来。

"大川,有什么建议吗?"罗恒问道。

"你能对付塞巴斯蒂安吗?"大川说。

"我没有和他正式交手过,可以试试。"罗恒说。

"你上去,拦住塞巴斯蒂安。"大川说,"我和其他的机甲小队负责对付这些战斗机甲。"

"好的。"罗恒说,"乌图尔和丘比特还没有出现,他们一个出手狠辣,一个破坏力极强,你们要留意这两个家伙。"

"明白。"大川、罗伊斯和曼努埃尔同时说,作战计划分配好之后,各人迅速进入状态。

为了清理穹顶上风暴带来的沙尘,除了特殊的结构之外,穹顶还需要每隔一段时间就由人工进行针对性地清理。在穹顶的四个方向都有可以攀登的漫长阶梯,穹顶清理人员驾驶着工作机甲从这里爬上去。

罗恒控制着赤红机甲爬向穹顶的上方,塞巴斯蒂安在另一个方向,也是通过阶梯向上攀爬。

首都的α区经过几次升级,穹顶高度在一百八十七米,是一个四周拱形而中间凹陷的形状,天空树从中间凹陷的部分伸出穹顶,就像是苹果的梗。

沙尘暴更猛烈了,越往上爬,风速越大。赤红被风吹得站立不稳,罗恒开启辅助系统,让小深蓝负责简单而重复的攀登动作。

在风暴中,又有两架无人机失控坠毁,现在仅剩一架无人机还在追踪着大猩猩机甲。塞巴斯蒂安浑然不觉,只是闷着头向上攀登,在他眼里大概只有一个目标,就是太空电梯。

"快点啊! 小深蓝。"罗恒催促道。

"这已经是极限速度了,别催别催。"小深蓝说道。

"塞巴斯蒂安领先咱们太多,必须在他到达天空树前阻止他。"

"我尽力,别催,这里风太大了。"小深蓝抱怨道。

"我来帮你吧。"程影突然出现在通信频道里。

十架大功率无人机突破风暴,出现在赤红周边。在上次的战斗中,程影和罗恒的无人机配合让鲍曼有了新的思路,这次行动中,电幻搭载了十二架大功率的无人机,除了能够进行侦察外,还能够与机甲配合,作为临时的推进器使用。

无人机依附到赤红机甲上,将机甲托举起来,这样的方式并不能让机甲在火星的天空下自由飞翔,但仍可以将赤红向上攀登的速度加快几倍。

几分钟后,赤红就站在了首都α区的穹顶上方,而塞巴斯蒂安还在奋力地攀爬之中。

"机甲战士们! 准备迎战!"大川吼道,岩铁流的机甲小队已经聚拢在他的身边,两百米之外,萤火的战斗机甲也已经从运输车上下来,排成几列,远远地和岩铁流战斗机甲对峙着。

狂舞的沙尘暴像是一堵墙,将双方隔开,只有在复合光谱视野中,才能看到钢铁身躯的影子,它们彼此相连,一眼望不到边。双方谁也没有主动进攻,就这样对立着。就像是很早很早以前,地球上某些崇尚"公平"决斗的人,需要一个信号,双方才能同时展开行动。

"将军,"站在维和部队指挥中心的罗伊斯说,"我们能不能向其他城市求援?"

"求援?"古雷恩将军重复,仿佛这个问题超出了他的认知之外,"向谁求援?"

"无论是谁。"罗伊斯说,"其他的四大气泡城,或者哪个公司,谁都可以,只要能够过来帮助我们抵抗萤火。"

古雷恩将军皱紧眉头,手指无意识地捻着下巴上的胡须。人类殖民火星的百年时间里,这颗星球上还从未发生过战争。维和部队作为火星上唯一一支受到联盟认可的武装力量,在绝大多数时间里并没有采取过军事行动,只是作为一种威慑力量存在,使火星保持着表面上的平衡和稳定。

可是,维和部队才第一次实战,就面临着单凭自己的力量无法控制的局面。求援信号一旦发出,火星维和部队将无法再对火星保持威慑,谁都知道,这支高高在上的部队不过如此。

当然,如果防线失守,天空树被炸毁,维和部队也要面临同样的局面,而且要更加惨烈。

"将军!"罗伊斯催促道。

古雷恩将军看向罗伊斯,眼神中充满愤怒,仿佛这个决定是罗伊斯逼着他做出的。他叹了口气,对通信兵说,"发出……发出求援信号。"

风暴弱了些,肆虐的沙尘变得稀疏,火星大平原逐渐恢复原来的样子。

隔在岩铁流和萤火机甲战队之间的,原本是一堵墙,现在成了一层纱。不知道萤火是从哪里搞来了这么多战斗机甲,它们型号不同,新旧差异明显,还有许多战斗机甲,明显是由几个来自不同机甲的部分拼凑起来的,看上去能够保持完整就已经很不容易了,根本无法战斗。

一眼看上去,这些机甲就像是一群乌合之众,就像是萤火所号召的那群人一样,来自火星的底层,破破烂烂,根本不成体系。

但是数量众多。

站在大川对面的战斗机甲,一共七十三台,这个数量是岩铁流一方的五倍。

"伙计们,怕不怕?"大川说。

"怕什么,怕他们不耐打,还没热身就结束了?"佐藤浩二说道。

"好,我们就陪他们玩玩吧。"大川微笑着说。

大川控制太阿,举起硅晶盾,其他机甲也纷纷亮出武器。

像是回应,萤火一方的机甲战士也沸腾起来。

"那还等什么,冲啊!"

太阿机甲迈开步子,冲向对方阵营。

近百台机甲撞在一起。

风暴逐渐消散了,罗恒看到了塞巴斯蒂安。

大猩猩机甲在他前方不远处,正快速地向天空树靠近。

"程影,能和他取得联系吗?"罗恒说。

"这种小事,让我来吧。"小深蓝插嘴说道。下一秒钟,辅助系统说,"搞定了。"

"塞巴斯蒂安!计数器!"罗恒喊道。

大猩猩机甲停了下来,向左右看看,找到了呼叫他的人。

"罗恒!"塞巴斯蒂安说,"我还以为,在首都行动,就可以摆脱你们那个破公司了。"

"哈哈,可惜,你还没有进入首都呢。"罗恒说。

"看样子,你还想阻拦我一下?"塞巴斯蒂安说道。

"所以我们还废话什么呢?"罗恒说,赤红拉开架势,快速靠近大猩猩机甲。

"那就来吧!"塞巴斯蒂安怒吼道,掉转身子,迎向赤红。

大猩猩机甲上臂过于粗壮,为了保持平衡,以猩猩式的四肢前进是最合理的方式,塞巴斯蒂安怒吼着,向罗恒快速靠近。

程影的无人机还依附在赤红机甲上,罗恒和程影两人私下里想出了一套战斗方式,本来只是程影脑洞大开,当作游戏来玩的,没想到确实能够起到意想不到的作用,于是鲍曼加强了无人机的功率,还增加了爆发力。

小深蓝和电幻的辅助系统也为这种新的战斗方式增加了单独的通信通道,可以让无人机与罗恒的动作在几乎无延迟的情况下匹配。

两台机甲在穹顶的最高处相遇,塞巴斯蒂安一拳挥出来,赤红轻轻跃起,超过三吨的战斗机甲在无人机的辅助下像一只飞鸟。赤红越过大猩猩机甲的拳头,在它力量十足的手臂上轻轻一点,然后一个空翻,落在塞巴斯蒂安背后。

"哇哦,酷呆了。"罗恒自己感慨起来。

"节省着用。"程影说道,"无人机的动力经不起你这么玩。"

"这样的全力输出最多还能使用十一次。"小深蓝提醒。

"唉,好吧。"罗恒说道。

塞巴斯蒂安立即转身,不等罗恒站稳,就继续追击。别看大猩猩机甲看上去笨拙，可实际上动作迅速，那两只大拳头又快又猛。

罗恒一个躲闪不及，被拳头带了一下，立刻失去平衡，摔倒在玻璃穹顶上。

大猩猩机甲立刻双拳向下猛砸，如果赤红没有躲开的话，这一下肯定要受到很大伤害。

就在罗恒躲闪不及的时候，程影控制无人机同时启动，让赤红机甲在平地窜出去，平移了十几米，躲开了那一记。

大猩猩机甲的重拳砸在玻璃穹顶上，顿时在穹顶上砸出一片蛛网状的裂纹。

赤红翻身站起，看到穹顶被塞巴斯蒂安打裂了，罗恒不由得骂道，"他妈的，这个混蛋下手没轻没重的，万一让他打碎了穹顶，可就麻烦了。"

赤红横向跑动，迂回绕过那块裂开的穹顶，塞巴斯蒂安也谨慎地躲开那里。

首都α区的玻璃穹顶是火星上最早的穹顶建筑，由上百万吨钢材搭建成蜂巢形的骨架，留出大片的六边形空隙，再在空隙中放入超硬玻璃。

后面几座大型的穹顶，由于工艺和审美有了长足的进步，都比α区的更具艺术感。

由于塞巴斯蒂安刚才那一击，罗恒害怕这个家伙再伤害到穹顶，控制赤红移动到玻璃间的骨架上，并且将大猩猩机甲也吸引到安全区域。

双方再次斗在一起，大猩猩机甲的前臂是赤红最大的阻碍，不但势大力猛,而且攻击范围很大,长度差不多是赤红手臂的两倍。罗恒试了几次,都找不到能够攻进去的机会。

正在罗恒着急的时候,一个不注意,赤红又中了一拳,立刻被大猩猩机甲打得飞了出去。幸好程影及时操纵无人机,将赤红机甲又拉了回来。

罗恒灵机一动,"小深蓝,我有个点子。"

"是什么? 我已经计算了七万五千四百八十九种方法,战胜它的概率不超过37%。"小深蓝说。

"那你肯定没有算到我这种。"罗恒说道,"小影,咱们玩个有趣的。"

"是什么?"程影问道。

"派四架无人机出来,送给塞巴斯蒂安。"罗恒说。

"我不明白。"

大猩猩机甲张开双臂,扑向赤红。如果被它抱个正着,战斗机甲恐怕会被活生生勒断。罗恒闪到对方侧面,战斗刀挥出,砍向大猩猩机甲的肘部关节,那是这对手臂上唯一脆弱的地方。塞巴斯蒂安手臂一转,战斗刀砍在装甲最厚的前臂上,留下一道浅浅的痕迹。

"让无人机吸附在大猩猩机甲的手臂上,然后……"

"然后他就听我指挥了。"程影立刻明白了罗恒的想法。

"原来是这样?"小深蓝说,"我还从来没想过,唉,人工智能太弱了,一点想象力都没有。"

"我现在很忙,等会儿再安慰你。"罗恒说,他尝试向塞巴斯蒂安进攻,被对方撞开。

　　四架无人机从赤红机甲上脱离，盘旋在交战双方的周围。塞巴斯蒂安不知道罗恒用了什么新的战术，不得不分心关注四架无人机的动向。罗恒逮住塞巴斯蒂安注意力涣散的机会，击中大猩猩机甲两次，但也只造成一些轻微伤害。

　　赤红和几架无人机围着大猩猩机甲打转，不一会儿就将塞巴斯蒂安搞得晕头转向。塞巴斯蒂安回过神来，将注意力放回到赤红身上，开始猛攻。

　　无人机逮住大猩猩机甲进攻的间隙，落在它的前臂上，牢牢地吸附住。

　　"搞定。"程影说。

　　"小深蓝，让你看看人类的想象力。"罗恒说道。

　　此时的塞巴斯蒂安还浑然不觉，他继续靠近赤红。大猩猩机甲有着蛮横的攻击力，但只有近身攻击才能施展出来。罗恒总是操纵着赤红机甲在他身边绕来绕去。塞巴斯蒂安并不着急，罗恒一味地躲避没有任何威胁，但只要能够击中他一次，他就别想再蹦跶了。

　　大猩猩机甲向赤红挥出硕大的右拳，其实这一拳只是虚晃，只要赤红向左躲避，那么蓄力已久的左拳就可以给他致命一击。

　　拳头挥在半途，塞巴斯蒂安发现赤红站在原地，摆着进攻的架势，并没有躲避的意思。

　　是他胸有成竹？还是机甲反应故障？

　　管他呢，就用拳头试探一下吧。

　　塞巴斯蒂安增加右拳的推力，如果罗恒还不躲避，那么这一拳就要结结实实地挨上了。

　　就在这一拳将要打中赤红时,大猩猩机甲的右拳突然受到一个向上的力,仿佛被谁抓住手腕拎了起来,这一拳不但打空了,还将身体侧面装甲薄弱的部分露了出来。

　　罗恒早就准备好了,当大猩猩机甲的破绽一露出来,罗恒立刻闪电般地向它的肋部击出两拳。

　　"跟我玩这种把戏?"塞巴斯蒂安怒吼道,他的左臂迅速圈过来,想要抱住近身的赤红。

　　赤红后闪躲开,顺势挥出右手的战斗刀。

　　战斗刀砍在大猩猩机甲的左肋部,塞巴斯蒂安只想抓住赤红,完全不想躲避,这一刀结结实实地斩入大猩猩机甲的身体。不但破坏了最外层的护甲,还砍断了驾驶舱的防护梁,刀刃直接切进驾驶舱里。

　　在狭小的驾驶舱里,塞巴斯蒂安根本无法躲避,刀刃碰触到他的大腿,割破了他的防护服裤子。

　　"啊!!!"塞巴斯蒂安愤怒地吼道。

　　大猩猩机甲的右拳落下来,去砸赤红机甲。程影控制无人机产生推力,想推开右拳。塞巴斯蒂安已经吃过一次亏,他在这一拳上加上了力度矫正,程影的一次爆发没有改变这一拳的力道,却没有时间再尝试第二次了。

　　赤红被重重地砸中,整个左臂关节处冒起了火花。赤红连忙后撤,战斗刀也跟着脱离了大猩猩机甲的身体,刀锋从塞巴斯蒂安的腿上划过,留下一道又深又长的伤口。

　　血涌出来,随着驾驶舱里逸出的气体喷向机甲外部,遇到冷空气后迅速凝固,变成一片暗红色的污渍。

"来跟我打呀,别玩这种小把戏了。"塞巴斯蒂安吼道,控制机甲冲向赤红。

程影试图用无人机喷射改变塞巴斯蒂安的动作,但是对方已经有了防备,收效甚微。几次之后,无人机的能量耗尽,只能脱离大猩猩机甲,重新回到电幻身上。

大猩猩机甲疯狂地向赤红展开进攻,比之前更加猛烈,他的动作大开大合,完全不考虑防御。罗恒不敢贸然进攻,塞巴斯蒂安杀急了眼,现在完全就是想要同归于尽的打法,就算罗恒能够逮到机会打中大猩猩机甲几次,也不能立刻让他停止行动。但只要被塞巴斯蒂安抓住,那就没有好果子吃了。

塞巴斯蒂安强攻了几波,都没有抓住罗恒。驾驶舱里已经越来越冷了,几乎和外界的温度一样了。驾驶舱内外的气压差将他体内的血液从伤口中挤了出去。他已经感觉不到伤口的疼痛了,血液结了冰,将裤子冻得硬硬的。尽管头盔还能提供足够呼吸的氧气,但由于失血过多,塞巴斯蒂安的意识已经模糊起来。

必须尽快解决掉罗恒。

大猩猩机甲冲向前去,高举双拳向下猛砸,赤红轻松躲开。大猩猩机甲没有收力,而是更加使劲地砸向脚下的玻璃穹顶。

特殊材质制成的超硬玻璃也禁不住大猩猩机甲的重拳,玻璃应声而碎,裂纹像是有生命的蛇,从着力点开始,蜿蜒着向四面八方爬去。

罗恒连忙控制赤红离开这块碎掉的玻璃,跳到中间的钢制骨架上。

"塞巴斯蒂安,你疯了吗?穹顶要是破了,首都所有的人都有危险!"罗恒说道。

"我们被称作恐怖分子啊。"塞巴斯蒂安冷笑着说,"这么做很正常啊。"

"你们在火星人中树立起的形象,可就荡然无存了。"

"我才不管那些。"

在气泡城设计初期,为了防止一块穹顶破碎就导致灭顶之灾的事故发生,每个气泡城都是双层的穹顶设计。即使外层的玻璃破碎,内部还有一层玻璃,可以留给市政厅足够的时间对穹顶进行修补。

刚才被塞巴斯蒂安砸碎的那块玻璃,完全落在了内层。从目前看,对市区还造不成什么伤害。

"塞巴斯蒂安!停下!"罗恒喊道,但是无能为力。大猩猩机甲再次举拳,将另外一边的玻璃穹顶也砸碎。现在,大猩猩机甲和赤红都站在一根一百五十厘米宽的钢制骨架上,两边的玻璃穹顶全部碎掉了。

"现在,你没有地方可以逃跑了吧。"塞巴斯蒂安嘶哑地说道。

"他要进攻了,"小深蓝说,"你躲开的概率是3%。"

"还用你说。"罗恒抱怨,"程影,还能让我飞起来吗?我这里情况不妙了。"

"不行,无人机能量已经不足了。"

"唉。"罗恒叹了口气,控制赤红,将格斗刀在虚空中挥了两下,摆了个迎击的姿势。

大猩猩机甲跑了起来。

这是一场混战。技术、战术、力量……都不能成为决定战局的关键。

只是纯粹的消耗。

敌人……

他们根本称不上是敌人。

那些坐在机甲里的驾驶员,把战斗机甲操纵得像是矿车一样,怪不得要用几十辆重型卡车把他们运到这里才行,单凭他们自己,是根本无法穿越茫茫的火星平原来到这里的。

但这并不能让这场战斗变得轻松。

对方的数量实在是太多了。

他们不由分说地冲过来,有的撞向岩铁流的机甲,有的甚至操作失误,和自己人撞在一起。

大川犹豫起来,他举起太阿机甲挂载的重型机炮,却迟迟无法按下射击键。

看着对方的战斗机甲笨拙地向这边拥过来,大川心知肚明,操纵机甲的,只不过是一些经过几天驾驶培训的矿工而已,他们根本不是战士。

不仅仅是大川,岩铁流的其他人也一样,保持着射击姿势,却无法开火。他们遇到了和维和部队一样的难题,他们无法把对面那些毫无战力的机甲当作敌人。

萤火的战斗机甲已经冲过了三分之二的距离,开火的最佳时机已经错过。大川收起重型机炮,"准备迎战!只能攻击腿和手臂，阻止他们向前，不要伤到驾驶员。"

众机甲驾驶员齐声呼应，大川的命令卸除了他们心中的犹豫，岩铁流的十三台战斗机甲迎向数量数倍于己方的萤火机甲。

几百吨的金属撞击在一起，一时间嗡嗡作响，零件纷飞。

大川挥舞着硅晶盾，准确地击打在萤火机甲的四肢薄弱处，对方驾驶员根本无法防御，也没有能力躲避。只一个照面，大川就可以让萤火的机甲报废。

如果对方只有一个两个的话，这场战斗很快就能够结束。但对方的数量太多了，大川打倒了三台机甲，到第四台的时候，即使大川砸断了对方机甲的双腿，但对方仍然不倒，它身后的萤火机甲推着自己的队友继续向前，向岩铁流的战斗机甲挤压。

可供岩铁流机甲活动的空间越来越小，举手投足都像是陷入了淤泥里。机甲堆积了好几层，后面的机甲还在向前拥，大川甚至有些怀疑，萤火的机甲里到底有没有驾驶员，为什么它们这样前赴后继，但是又没有一点……灵魂？

也有可能，是萤火的自动程序在控制着这些机甲，就像是深蓝一样。

身边落满了机甲的残肢断臂，已经没有空间让大川挥舞硅晶盾了，他只能将盾举在前面，顶住来犯的敌人。

不时有拳头或者其他的武器从机甲的缝隙中伸出来，在太阿机甲上击打几下，不过在这样混乱的场面下，大川根本找不到是谁对他进行攻击，更谈不上反击。

通信器里传来了惊呼声，阵型边缘的岩铁流机甲被压倒了，好几台机甲扑上去，撕扯着那台机甲。

"反击！反击！"大川喊道，但根本无济于事，所有的岩铁流机甲都陷入了和他一样的困境，反击的机会在很早之前就错过了。

那台机甲的信号消失了，接着又有两台机甲垮掉了。

大川听到了金属变形扭曲的声音，那声音来自太阿，这台专门增强了力量的机甲似乎也到了极限……

"撑不住了……"现场的军官汇报道，在人挤人的情况下，这个平常看上去壮硕的军官，声音也被挤压得气若游丝。

维和部队这边也遇到了同样的困境，在越来越多人群的挤压下，防线已经呈现出溃败的迹象，开始后退了。

"将军。"情报官焦急地看向古雷恩将军。

古雷恩将军摇了摇头，他看向自己的参谋团队，希望他们能够提供一些意见。

可惜，他得到的反应是一片沉默。

最好的机会已经错过了。

如果一开始就开枪的话。

古雷恩想，他立刻又摇了摇头，想把这个念头从脑海中甩出去。

在显示屏幕上，维和部队溃败了，防线被冲破了一个缺口，人群拥了进来……

塞巴斯蒂安扑向罗恒，在狭窄的穿顶骨架上，罗恒没有任何地方可以闪避。退无可退，罗恒只好迎向大猩猩机甲。

　　大猩猩机甲双臂展开,胸前空门大开,罗恒的战斗刀毫无阻碍地直刺进去,直接贯穿了整个机甲。大猩猩机甲撞在赤红身上,两台机甲一起从穹顶骨架上摔下去,落在下面一层的玻璃上。

　　"这次……"塞巴斯蒂安说,"你跑不了了吧。"

　　大猩猩机甲骑在赤红身上,高高举起双拳,用尽全力砸了下去。

　　它的目标不是赤红,而是赤红背后的超硬玻璃。

　　首都和火星大气之间的最后一层玻璃。

　　超硬玻璃应声而碎,赤红和大猩猩机甲身下一空,失去了支撑……

　　赤红和大猩猩机甲在空中纠缠着,身边环绕着闪着光的玻璃碎片,翻滚着坠落下来。

　　在火星环境下,坠落的过程变得相当漫长,罗恒试图控制赤红从大猩猩机甲的禁锢中挣脱出去,可惜空中没有可以借力的地方,做任何动作都只能让翻滚变得更加剧烈。

　　"下面就是人群。"小深蓝提醒道,它将翻滚中快速闪过的一帧图像投射到内部显示器。

　　在他们的正下方,就是人群和维和部队相互纠缠的现场。人群刚刚突破了维和部队的防守线,正拥向天空树。这时,穹顶被塞巴斯蒂安砸破了,所有人都忘记了自己要干什么,他们愣在原地,呆呆地看着头顶。整个城市的空气都涌向那个小小的出口,气流在穹顶处响起犀利的啸声。

"快躲开他们!"罗恒喊道,"小深蓝! 程影!"

被大猩猩机甲紧紧勒着,罗恒也失去了控制赤红挣脱的能力,只能靠人工智能和程影的外力帮助。

小深蓝首先启动了依附在赤红身上的无人机,喷射系统启动了几次爆发式的推动,给两台机甲一个横向的推力,让他们的坠落变成一条抛物线,远离下方的人群。

又有四架无人机迅速从穹顶上方的破洞处飞进来,迅速靠近赤红。程影精准地控制它们围绕着两台机甲,试图减缓它们坠落的速度,但两台机甲的质量实在太大了,无人机产生的推力只不过是杯水车薪。

"罗恒! 保护好自己!"程影喊道,在落地前的一刹那,无人机撞向大猩猩机甲,在空中停下两台机甲的翻滚,让大猩猩机甲处在下方,充当赤红的缓冲垫。

从那么高的地方摔下来,程影用尽了所有的办法,剩下的,就要看罗恒命大不大了。

"系统重启,自检……失败。"

罗恒睁开眼睛,眼前是破碎的信息屏幕,原本应该显示的东西在屏幕的碎片上成了乱码,看不出来显示的是什么。

"小深蓝?"罗恒问道,"程影?"

没有回答。

罗恒解开安全扣,从驾驶舱座椅上脱离出来,他全身的骨头像是散了架,随便一动就疼得要命。

"小深蓝?"罗恒再次喊道,机甲的辅助系统没有反应,控制系统也失灵了,罗恒被卡在驾驶室里,动弹不得。

罗恒抬起手,咚咚地敲着驾驶舱的墙壁,希望有人听到。混乱的声音从外面传进来,男人的吼声和女人的尖叫混合在一起,还有无数的脚步声。

大概过了几分钟,也可能是十几分钟,罗恒听到沉重的脚步声向这边走来,应该是两台机甲。

很快,赤红被翻过来,有人从外面把驾驶舱打开,光射进来,刺得罗恒睁不开眼。

"罗恒?你没事吧?"一只手从上面伸下来,袖子是标准的火星迷彩,维和部队的人。

罗恒伸出手,被拉出驾驶舱。

罗恒站在赤红机甲的胸膛上,看向四周,多亏了程影在最后关键时刻的救援措施,才让赤红在从高处坠落的过程中没有受到太大的伤害。

塞巴斯蒂安呢?

罗恒突然想起那个凶悍的对手,他看向下面,大猩猩机甲已被摔得四分五裂,两只粗壮的前臂已经脱离了躯体,甩在一边。驾驶舱也变形了,被压在赤红身下。

"快,看看塞巴斯蒂安怎么样了,他是萤火的核心人物。"罗恒对将他救出来的维和部队军官说。

军官挥挥手,左右的两台机甲走上前来。罗恒从赤红上面跳下来,让机甲把赤红移开。

维和部队的防线原本已经被突破了,可就在那时赤红和大猩猩机甲打破穹顶坠落下来,吸引了所有人的注意力,维和部队趁机重新建立了防线。再加上由于穹顶破裂,有一些人害怕首都大气失压,纷纷离开现场去找庇护所,维和部队这边压力减轻了些,但还是有不少人留在原地,继续与维和部队对抗,看来不达到目标不会善罢甘休。

大猩猩机甲的驾驶舱已经扭曲了,还被赤红的战斗刀刺穿了两次,创口处都有大量的血迹。维和部队的机甲掰开驾驶舱,罗恒立刻爬了上去,塞巴斯蒂安腿部有一道又长又深的伤口,那是赤红第一次砍中驾驶舱时造成的。更重的伤口在腰部,赤红最后刺出的那一刀直接穿透了大猩猩机甲和里面的塞巴斯蒂安。幸好塞巴斯蒂安的防护服中有防创伤的生物凝胶,堵住了他的伤口,如果抢救及时的话,还有生还的可能。

罗恒抓住塞巴斯蒂安的衣领,将陷入昏迷的他拉出来。

"有扩音设备吗?"罗恒问维护部队军官。

军官将通信器给了罗恒,他说的话,可以从身旁的警戒机甲身上的喇叭中传出来。

"大家听着!"罗恒对着广场上的所有人说道,他提起塞巴斯蒂安,将萤火核心成员的脸展示给众人,"这是萤火的核心成员塞巴斯蒂安,他想要对天空树不利,但行动已经被我挫败了。你们在这里再聚集下去也没有意义,快离开吧。"

罗恒刚刚说完,维和部队就将他拎着塞巴斯蒂安的形象传播到了各处,现在,无论是在首都的哪个角落,都可以看到罗恒打败了萤火的宣言。

人群犹豫了。

就在这时,一阵滚滚爆裂的声音从头顶传来,仿佛地球夏天暴雨前的滚雷。这次的声音比之前罗恒坠落时还要大,罗恒和其他人一样,循着声音抬头向上看去。

穹顶正在坍塌。

塞巴斯蒂安砸碎了一块穹顶玻璃,而在那之前的战斗中,大猩猩机甲和赤红的多次攻击和踩踏,已经让钢筋骨架的结构发生了形变。在玻璃破碎后,逃逸的空气与骨架摩擦又产生了高频振动……

总之,在综合因素的影响下,穹顶的一部分塌陷了,连同那一片的超硬玻璃也在剪力变形中破碎。

α区的十一万居民,包括广场上仍在对峙的人群和维和部队,将遭受灭顶之灾……

黛博拉坐在岩铁流防卫有限公司的接待台后,听着从遥远的地方传来的喧嚣声。她的同事全都出动参加首都之战,因为她不是战斗人员,所以留下来看家。

战况正紧,黛博拉只能通过民用网络才能获得前线的消息。首都之战就发生在每一个人的面前,只要打开网络,就可以看到无数网络用户通过自己的方式在直播这场战斗。

当看到赤红和大猩猩机甲从穹顶掉落下来,黛博拉紧张得心都提到了嗓子眼,她不由自主地惊呼起来。

就在这时,门响了。

什么人会在这个时候来岩铁流?

黛博拉想着,从座位上站起来,换上职业的笑容,正准备接待到访的客户,"你好,欢迎来到岩……"

黛博拉突然停下，"是你？"

"你认识我？"来者说，但脸上的表情并没有表现出惊讶，"那就说明我来对了。"

"乌图尔，"黛博拉问道，"你到这里来干什么？"

"来找一样东西。"乌图尔笑着说道，"应该就在这后面。"

他说着，就要向里面闯。

"不行，你不能过来。"

"滚开。"乌图尔挥手就打，他以为眼前这个女人不过是个花瓶，只会叽叽喳喳地说话，可没想到这一拳竟然打空了。

"我说过。"黛博拉避开乌图尔的攻击，知道和这个萤火的打手再没有谈判的可能。她后退一步，伸手撕开自己的袖子和裙摆，好让自己在一会的打斗中行动不会受限，"你不能过去。"

看到黛博拉的举动，乌图尔笑得更厉害。他转回去，把大门关上，还用供客人休息的椅子抵住门口。

"反正也没有人，那咱们就练练吧。"乌图尔笑着说，他捏着自己的拳头，发出咔吧咔吧的声音。

黛博拉向来对自己的格斗技术非常自信，埃科巴和他的突击队员都跟不上黛博拉的速度，也就是罗恒能和她打个五五分。

现在，她对这个结果产生了怀疑。

在乌图尔面前，黛博拉的速度和技巧完全失去了作用，他的对手就像是个怪物，力大无比，每一次进攻都像是一发炮弹，又快又狠。而黛博拉的攻击打在乌图尔身上，根本没有任何效果，乌图尔脸上狞笑的表情都不曾减轻一丝。

难道他们都在让着我？

黛博拉想,她开始怀疑自己。作为一个谈判专家,她知道在这样的关头,怀疑自己会产生多么危险的结果,但她无法控制。

乌图尔的左拳穿破黛博拉的防御,砸在她的右脸上,这一拳重得像一辆满载的卡车,打得黛博拉的脑袋嗡嗡作响。

她被打得向后仰过去,幸好办公桌挡住了她。她还没有回过神来,乌图尔又一脚踹在她的小腹。

黛博拉全身疼得都绷了起来,她像虾一样弓着腰,只有这样才能减轻腹部传来的痛苦。

乌图尔又是一记勾拳。

再往后,黛博拉记不清自己挨了多少下,在她清醒的时候,乌图尔根本没有停手的意思,他一下一下地击打着黛博拉。

她的最后一个念头,出自她的专业判断。

眼前这个人,是个疯子。

穹顶塌陷,α区的大气很快就会消失,局势又发生了变化。人们开始更加剧烈地冲击维和部队组成的防线,但这次他们的目标发生了变化,因为天空树是距离最近的庇护所,也是唯一能够快速收容这么多人的地方。

之前的对抗,只是态度的表达,双方保持着绝对的克制。但现在不同了,随着城区之内的大气越来越稀薄,周围的温度都变得寒冷刺骨,碎掉的玻璃从穹顶砸下来,砸向密集的人群。

血引发了人群对死亡的恐惧,人群疯狂地冲击着防线,希望能够及时躲到天空树的庇护所区。将人群团结起来的萤火的理念已经不再重要,在此刻,每个人都是为了自己,哪怕其他的人都死了,只要能让自己更早一点到达天空树,都是值得的。

"现在再拦着他们已经没有意义了,救命要紧。"罗恒对身旁的军官喊道,稀薄的空气中只有这样才能够让他听到。

"上级还没有下命令!"军官说。

"迂腐。"罗恒骂道,从军官肩上抢下通信器,"总部,我是岩铁流的罗恒,现场情况非常不妙,必须马上撤掉防线,让所有的人进入天空树庇护所。"

"但是……"一个参谋开口想要反驳。

"但是个屁,他们都是火星人,保护他们的生命是维和部队的职责。"罗恒大声骂道。

"如果有萤火的人混在其中呢?"参谋问道。

"如果没有呢?"罗恒反问。

参谋拿不定主意,他看向克雷恩将军。

"别他妈的犹豫了!"罗恒根本没有等待就骂道,他非常了解维和部队的行事风格,越紧急的事件,反而越谨慎。

克雷恩将军舔了舔嘴唇,然后点了点头。

指挥中心立刻将命令传送到防线,维和部队停止了和人群的对抗,将想要避难的人引导进天空树。

当大部分人都进入了天空树后,罗恒随着维和部队军官也进入庇护所避难。

"小深蓝?"他最后还在尝试和自己的战斗机甲对话,可惜没有得到回答。

罗恒看着赤红机甲的躯体毫无反应地躺在广场的地面上,仿佛真的死了一般。庇护所的大门在他眼前关闭,罗恒的身体暖和起来,但心里却凉了下去。

　　这时的罗恒还不知道,他会有很长一段时间,无法再见到赤红了。

10. 裂　痕

　　罗恒和避难的人一起,挤在天空树的庇护所里。

　　"各位首都的市民,和来自其他城市的朋友,你们好。我是古雷恩将军,火星维和部队的指挥官。"庇护所的广播里响起古雷恩的声音,"首先我要澄清一下,维和部队之所以要在天空树布置防守区域,是因为我们接到情报,有人要对天空树进行恐怖袭击。但是,为了保护大家的安全,我们敞开通道,让大家进入天空树避难。但是也许会让想要袭击天空树的人混了进来。"

　　将军停了一下,让他的话在人群中发酵,果然,人们开始相互打量,想找出潜伏在他们中间的恐怖分子。

　　"在这里我想提醒一下有可能存在的恐怖分子,在你身边的,都是火星的人民。无论你的理念和谁产生了冲突,以至于让你想要付诸极端的行动,在那之前你要想清楚,火星的人民不是你的敌人,这里,也不是你执行任务的目标。"

　　罗恒闭上眼睛,靠在墙角,刚刚经历了一场激烈的搏斗,他全身的肌肉都在发酸。人群们窃窃私语,警惕地四处观望,他们渐渐醒悟过来,萤火煽动人群冲击天空树,实际上另有图谋,他们不过是被利用的烟幕弹罢了。

将军这一番话恰到好处,人们在对萤火猜疑中度过了半个小时,他们在脑海中反复复盘,回想起萤火在火星的土地上的所作所为,所有的欺骗、暴力、死亡,但是他们做成功什么事业了吗?没有。

被煽动和利用的耻辱,他们会记一辈子。

不管萤火计划了怎样的行动,最终,爆炸没有发生,也许只是骇人听闻,也许是行动人自己放弃了计划。

天空树还在正常运行,人们摩肩接踵地挤在天空树下方的庇护所里,感受到从缆索传递下来的来自宇宙深处的颤动,就像是在妈妈的子宫里一样,这里是安全的。

虽然α区的穹顶需要两三个月才能恢复,但是火星的图腾还在。这时,人们才意识到,在火星人民的内心里,天空树对于他们有多么重要,当庇护所的大门再次打开时,萤火的声音已经再也无法影响到人们了。

离开庇护所,罗恒乘坐维和部队的车回到指挥部,医护人员为他检查了一遍,没有什么大碍。之后,他便和罗伊斯以及其他几个岩铁流的干部回到自己的地盘。

尽管没有受到什么大的伤害,在经历了高强度的格斗和高空坠落之后,罗恒全身都疼得要命。罗伊斯告诉罗恒,大川和程影都很好,已经先一步回到总部了,让罗恒松了口气。在回去的车上,罗恒小睡了一觉,刚刚开始做梦,就被叫醒。

"伙计,怎么样?"大川站在训练场的门口,正等着罗恒,他的机械臂像往常一样拍在罗恒肩膀上,震得他全身的骨头都快散架了。

"轻点轻点。"罗恒咧着嘴说,"我刚从几百米的高空摔下来。"

"欢迎回来,孩子们。"鲍曼靠在门边,热情地高声说。

罗恒艰难地挥了挥手。

"我的赤红呢?"鲍曼脸上的笑容突然凝固,他低声问道,"你没有把他弄坏吧?"

"我……那个……"罗恒最后一眼见到赤红,它还躺在天空树前面的广场上,而这么长的时间里,他竟然忘记了自己的机甲。

罗恒愧疚地看向罗伊斯,罗伊斯连忙过来打圆场,"赤红暂时无法启动,也有不小的损坏,但主体完整,我们的工程队很快就会把赤红运回来的。"

"哈哈哈,瞧把你吓得,跟你开玩笑呢。"鲍曼脸上又换上了笑容,他重重地拍了拍罗恒的后背。

"怎么每个人都想拍我两下。"罗恒疼得眼泪都快掉出来了。

几人在训练场大门处寒暄了几句,一起去了指挥室。

刚走进指挥室,就响起了掌声。罗恒不明所以,也跟着鼓起掌来。

"你跟着鼓什么掌,大家是在祝贺你。"程影对罗恒说。

"我?"

"当然,你打败了塞巴斯蒂安,而且在维和部队和被迷惑的人群中漂亮地亮了个相,这是我们岩铁流最好的宣传了。"程影说。

"当然,他们鼓掌还是因为你骂了维和部队的指挥官。"阿方索笑着说。

"那时候太紧急了,我也没考虑那么多。"罗恒尴尬地解释。

科尔将军清了清嗓子,大家安静下来。

"首先,我们先为在刚才的战斗中死去的五名同事默哀。"科尔说道。

大家都站起来,低头哀悼。

默哀之后,将军开始复盘刚才的战斗,罗恒低声问大川,"你们那边怎么回事?"

"我们十来个人打七十多台战斗机甲,对方数量太多了。"大川摇了摇头,"我没想到萤火会有那么多战力。"

"然后呢?"

"我们打了一多半,但是他们的人数实在太多,光压就能压死我们。最后,我们连反抗的力量都没有了,结果从各地赶来了一百多台机甲,把萤火的人都收拾了。"大川说。

"是罗伊斯劝维和部队的人向外界申请支援的,一下子来了那么多,一百多台。"程影补充。

"而且有一多半都是赤地重工生产的,雷霆夸父系列和玄武系列。"大川说,"没有他们,我们就完了。"

"哦。"罗恒沉吟,他点点头,把注意力转向科尔将军。

科尔将军正在着重讲罗恒。

指挥室中间投放着赤红和大猩猩机甲搏斗的场面,还有两台机甲坠落,为了保护下方的人群,而紧急移动到空旷地方的壮举。

"现在,首都的市民,霍金斯议员,包括维和部队,都对我们岩铁流防卫有限公司非常认可,各大媒体都在宣传赤红,包括它的战斗能力,还有赤地重工的机甲设计水平。"科尔将军说,"这是一个好机会,我们已经进入了主流视野,火星上的人民很快就能接受我们。"

"然后呢?"罗恒说。

"然后?"突然被罗恒提问,科尔将军愣了一下,仍然心平气和地说,"然后我们继续扩展岩铁流的业务,维护火星的和平。这是我们公司的最终目标。"

"维护火星的和平?"罗恒说,"我从加入岩铁流的时候你就对我这么说,之后发生了什么? 我是眼睁睁地看着萤火从一个地下团体壮大到这个程度的。"

"老罗。"大川低声提醒,罗恒看了他一眼,又继续说。

"我们死了五个战友,你却在庆祝公司的业务范围扩大?"罗恒提高了声音,"科尔,我以前一直以为你是一个军人,没想到,你现在已经成了一个彻彻底底的商人了。"

"你说什么?"科尔将军眯起眼睛看着罗恒,他压低声音,一字一句地说道。那眼神就像是瞄准了猎物的鹰,带着一股凛冽的杀气,其他人不由自主地屏住呼吸,生怕将军的眼神扫过自己。

在那一瞬间,罗恒也被这眼神震慑住,很快他眼前又浮现出另外一幅画面,那是他在天空树广场外看到的,火星人民和维和部队对抗的场景。尽管罗恒一直对维护部队心怀恨意,但从什么时候开始,维和部队竟然和火星的人民成了对立的?在回来的途中,罗恒一直在思考,现在,他觉得自己快要找到答案了。

他咽了一口口水,又继续说,"我想问你,岩铁流公司的目标,是以火星的安全为主,还是以扩张业务为主?"

"这两方面不冲突。"科尔答道,他还想继续说,这时一个通信员神色慌张地从外面走进来,和将军耳语几句。将军的脸色立刻变了,他转头看向指挥室里的大家,最后目光落在罗恒身上,"公司发生紧急事件,我要去处理,你们可以解散了。"

由于没有要到想要的答案,罗恒还想继续向科尔提问,但是将军已经头也不回地离开了指挥室。

"你傻了?你激怒将军干什么?"科尔离开后,大川一脸不高兴地对罗恒说。

"我可能是太累了吧。"罗恒随意找了个借口,他浑身都在疼,刚才也是一时冲动才当众质疑将军。他站起来,没有看大川,也没有看把眼神投在自己身上的其他同事,"下班了,我要去看小静了。"

杜克上校没有加入岩铁流的行动,但是他一直关注着首都α区的局势,事情的发展正如深蓝所计算的那样:维和部队并不能阻拦被萤火煽动起来的人群,他们不得不向岩铁流开口,希望科尔将军能够伸出援手。

他坐在自己的办公室里,看着本地新闻,还有在场的群众实时发送在网络上的现场视频。他用手指轮流敲打着桌面,速度极快,桌面发出冲锋枪一般密集的哒哒哒声。

他看着屏幕,突然陷入回忆,他看到自己的过去,还穿着维和部队军装,与自己的部下穿行在枪林弹雨之中。

敲击声又猛然将杜克唤醒,他浑身一颤,身上的武器全部进入攻击状态,警惕地环顾四周。到最后他才醒悟过来,那不过是自己制造出来的噪声罢了。

杜克站起来,在桌子前来回踱步,房间里只有沉重的脚步声。赤地重工的工程师为他设计了完美的义体,他几乎和其他人一样。当然,他比他们要强大许多。

为了增加义体上的武器部分,杜克让工程师去掉了一些人类本应该有的功能,然后把相应的神经连接到武器系统上。马克博士曾经断言他无法适应这么大的神经负荷,真是笑话,现在他不是好好的吗?

真是愚昧。

如果目光放得再长远一点的话,马克博士本能够在火星上制造出一批新的人类,可惜他的格局太小,将传承枢纽这么好的系统局限在断肢再造这么简单的场景里。

杜克走到镜子前,打开义体的胸腔。他真正的身体蜷成一团,安置在胸腔的正中,就像是这副义体的心脏一样。杜克厌恶地看着这个皱巴巴的肉团,它是自己成为新人类的唯一的累赘。就算是赤地重工的工程师,也没有人能够设计出一套切除这具身体的手术方案。更不要提那个迂腐的马克博士了,当杜克向他提出自己的想法时,差点没把这个老家伙吓得尿了裤子,连连摆手拒绝。

看来，自己还要带着这具没用的身体很久。

杜克走回到办公桌前，看到赤红和大猩猩机甲从穹顶坠落，摔在广场上，维和部队把罗恒从机甲中救出来。

罗恒不应该憎恨维和部队吗？

看到自己的王牌机甲驾驶员和维和部队站在一起，杜克上校摇着头说，"这样不对。"

"这样不对！"他重复道，声音更大。

"这样不对！"他第三次说，现实已经和他设想的火星格局偏离太大了。

"这样不对！！！"杜克在办公室里怒吼，他原本的身体心肺功能早已衰弱，是赤地重工的工程师在义体上设置了声音放大装置，让他的声音在房间里回荡。

当杜克冷静下来时，面前的办公桌已经变成了一堆碎片。

门外有轻轻的敲击声，很有节奏，响过几声之后就安静下来。

杜克打开门，外面没有人，只在门口放着一个十分粗糙的小包裹。

上校脸上露出一丝笑意，用机械手捡起包裹，关上门，走回到办公室。

"深蓝。"杜克呼唤道。

"我在。"深蓝答道，地面上出现一团混乱的投影，杜克将办公桌砸碎了，全息投影装置倒在了地上。

杜克将投影装置摆好，继续对深蓝说，"现在岩铁流和维和部队的实力对比。"

深蓝立刻将杜克所需的数据投放出来,并且根据这次天空树袭击事件的表现加以修正。

结果显示,维和部队的实力比预估的还要弱一些,以岩铁流目前的实力,几乎可以和维和部队相抗衡。

"唔。"杜克看着数据结果,陷入沉思。

危机解除之后,维和部队对所有在天空树庇护所的人进行了彻底的筛查,并没有发现可疑的萤火成员。α区的居民已经全部撤出,工程局接管了这片区域,修复穹顶的工作大概需要三四个月。

古雷恩将军处理好维和部队的大部分事务,终于得到一点休息的时间,这次事件可以说是他接管维和部队之后的第一次实战行动,总的来说表现还不错。但是在维和部队之外的火星世界,发生了太多变化,古雷恩不得不重新思考维和部队在这颗星球上的定位。他现在十分想回到自己的房间,舒舒服服地睡上一觉,但是,还是先把心里的话整理一下再休息比较好。

将军伸了个懒腰,将自己的制服整理好,他刚打开办公室的门,就看到霍金斯议员站在门口准备敲门。

"霍金斯议员,你怎么来了?"

"当然是恭喜你啊,这次行动非常棒,我们和岩铁流的联合行动挫败了萤火的阴谋,而且那台叫赤红的机甲从天而降,改变了整个局面。"霍金斯议员兴奋地说,"我打算把那台机甲包装一下,让所有人都知道,有这样一个英雄在保卫着我们的安全。知道吗，经过这次事件，我的民调支持率上升了十一个百分点，我们找到了正确的方向。"

古雷恩将军沉吟了一声，绕回自己的办公桌，伸手请霍金斯议员坐下。

"议员，这次的事情处理得确实不错……但是……"古雷恩看着霍金斯议员说道。

看到古雷恩满面愁容，霍金斯议员心中的热情逐渐冷却下来，"怎么了？"

"通过这次行动，我们也应该能看到其他几个问题，第一点，萤火的实力远远超过我们的想象，我不知道他们的想法，但是这次，如果他们再极端一点的话，维和部队完全没有守住天空树的机会。"

霍金斯想了想，点了点头。

"第二点，我之前也关注过岩铁流这家防卫公司，这一次，他们应该是拿出了真正的实力，我可以十分负责地告诉你，岩铁流的实力和技术水平，比维和部队还要高，如果把他们引入到首都的防卫体系中来，我担心会有被反客为主的风险。"

"第三呢？"霍金斯问道。

"第三点，因为首都的局势紧张，迫不及待的情况下，我向其他城市发出了求援信号。各地赶来了一百七十多台战斗机甲，霍金斯议员，维和部队现在全部服役的战斗机甲才二十三台。也就是说，现在各大公司私人的武装力量已经超过了官方力量了。"古雷恩停了一下，又接着说，"还有最后一点，这次事件虽然没有造成什么严重的后果，但是整个火星都已经知道，火星维和部队的实力不过如此。这次可以说是一次试探,将来如果有谁想要对火星不利的话……"

霍金斯议员认真听着,古雷恩将军每说出一条,他的心情就冷却一分。

"那……要怎么办?"霍金斯问道。

古雷恩将军苦笑一下,"我怎么知道?我只是个军人,能做的就是用尽身边所有的资源保卫火星,而究竟给予我们多少资源,则是你们这些政客要做的事了。"

说完这些,古雷恩将军终于觉得松了口气,他看着陷入沉思的霍金斯议员,站起来,伸了个懒腰。

"我要去休息一下了,如果你有什么想法,随时来找我。"

说完,古雷恩将军绕过桌子,独自回去休息,留下霍金斯议员自己,思考火星的未来。

得到消息之后,科尔将军第一时间赶回岩铁流防卫有限公司。在整个天空树行动中,科尔总觉得有哪里不对劲,似乎缺了点什么。现在,他终于知道了,萤火派出了几乎所有能够出动的力量,但偏偏头号打手乌图尔——那个武士外骨骼缺席了这次行动。

现在看来,一切都是幌子,而萤火的最终目标,其实是岩铁流。

科尔走进岩铁流,让人把门关上,今天停止营业。

在来的路上他大致了解了情况,门厅是乌图尔和黛博拉打斗最厉害的地方,几乎没有一件家具是完整的。墙上和地面上留下了大量的血迹,根据内部摄像头的记录,乌图尔在黛博拉失去意识后,又持续殴打了五分钟才离开。

科尔将军在满眼的血迹前停留了十几秒钟,加快步伐走向建筑内部。

打斗的痕迹仅限于门厅和走廊,在录像中,乌图尔穿过走廊,走进岩铁流建筑内部,之后便没了记录,乌图尔没有留下任何痕迹,下属们不知道他来的目的是什么,也不知道他造成了什么样的破坏。

"都有谁知道这里的事情?"科尔将军说。

"我们几个先回来的发现了这里的情况,就报告给你了。"部下说,"鲍曼知道,其他的人都还没有通知。"

"先不要说。"科尔吩咐道,"尤其是机甲部队和突击队的人,他们太冲动了,恐怕会惹麻烦。黛博拉呢?"

"已经送去医院了,被伤得很严重,现在还没有脱离危险。"

"嗯。"将军哼了一声,穿过走廊,走上二楼自己的办公室,关上门。

下属们站在门外,等着将军的命令。科尔走到办公室的角落,掀开一块隐藏的墙板,墙板背后有一个小型的密码保险箱。

他打开箱子,里面空空如也。

箱子里原本藏着深蓝的控制器,看起来入侵者的目的非常明显,就是要抢夺深蓝的控制权。

将军叹了口气,他早就察觉到了杜克上校在心态上的变化,但他还是没有预料到那个人会做到这个地步。

为了把岩铁流的防守力量全部调走,杜克上校竟然联合了萤火,让他们在首都制造恐怖行动。

杜克的行为已经丧失了理智。

将军摇了摇头,站起来,走出门。

"把这里封锁起来,给所有人放假。黛博拉那边怎么样?"

"还在抢救。"

"暂时不要扩散消息,一定要把黛博拉救回来。"

"然后呢? 我们要做些什么?"

"等待。"科尔将军说,他快步穿过走廊,离开岩铁流。

科尔将军没有敲门,直接走进杜克的办公室,他发现杜克上校正站在房间中央,仿佛在等着他的到来。

"科尔。"

"杜克。"

"你比我想象中的还要慢一些。"杜克上校说,"我可是给你留了不少提示。"

"我只是不能接受,杜克,你有没有搞清楚状况?"科尔将军说。

"没有搞清楚状况的是你,你已经背叛了我们最初建立岩铁流时的想法!"杜克怒吼道,义体上的放大器完美地模拟了他的愤怒,声波在房间来回撞击,嗡嗡作响。

"我们想要守卫火星的和平,不是吗?"

"但不是依附在维和部队和联盟政府的麾下。"杜克说道,他向前走了一步,科尔警惕地向后退了两步。

杜克看着科尔,缓慢地说道:"你觉得我威胁到你了?"他抬起手,轮流活动着自己的手指,"你认为我会杀了你?"

"不打算再装作老朋友了？摊牌了?"科尔将军悲凉地笑道,"杜克,你到底想要做什么？杀了我？你前进道路上的最后一块绊脚石?"

杜克冷笑一声,抬手指向科尔,机械手臂上挂载的武器全部翻转出来,指向科尔。

两人对峙了几十秒钟,杜克放下手臂,说道:"是的,我没有勇气杀了你,我还是希望能够说服你。科尔,你忘了我们合作的时候,是怎样看待维和部队的吗?"

"我记得。"

"你还记得维和部队是如何对待我的吗?"杜克指着自己的身体。

"记得。"

"那你就不应该去寻求和维和部队的联盟,我们已经凭自己的手段成了这颗星球上最大的武装力量,没有必要再去向维和部队示好了。"杜克大声说。

"对,是,我们的实力壮大了,但也让我们的处境变得危险。我们想要在火星上成就一番事业,就必须要获得联盟政府的认可。不然的话,我们就和萤火没有什么两样,联盟政府随时都可以找个借口取缔我们,或者,更严重的话,将我们剿灭。"

"哈哈哈哈,这就是你的真实想法?"杜克大笑道,"科尔,你什么时候成了一个懦夫的?"

杜克走到墙边,抬手一拳,将钢制的墙壁打穿一个大洞,"我们有了这样的实力,还用在乎那些虾兵蟹将?我告诉你吧,经过这次合作,联盟政府已经注意到我们岩铁流了,但不是对我们有好感……"

上校转向旁边,"深蓝。"

全息投影立刻在空中投射出一幅画面,画面中的正是霍金斯议员,他正在和几个在首都相当有地位的人谈话,而谈话的内容,就是岩铁流。

"距离你和联盟政府第一次合作,还没有超过二十四个小时。那些政客看到我们的力量之后,就已经在想办法要掐死我们了。"杜克说道,"真是笑话,那个迂腐的机构早应该毁灭了。科尔,我们已经将岩铁流做到这个规模,有一半企业都在用赤地重工制造的战斗机甲。只要我们愿意,我们随时可以定义火星。"

"这是叛变。"科尔说。

"对谁的叛变? 对火星? 还是对火星联盟政府?"杜克指向门外,"你没有看到吗? 在火星上,有多少人想要站起来反抗?"

"是你对我的叛变。杜克,你失控了。"科尔一字一句地说。

"不,是你背叛了我。"杜克说道,"你自己去找霍金斯谈判,去和维和部队达成合作关系,你都躲避着我。"

科尔耸了耸肩,说道:"你从什么时候开始和萤火合作的?"

"合作?"杜克笑道,"科尔,你别装傻了,我和萤火联系的事,你早就知道。但是你都睁一只眼闭一只眼,因为只有在乱世,岩铁流才能够发展。我培养萤火,就是出于这个目的,萤火和岩铁流同时在成长,一直到了今天这个规模。只不过,你不愿意脏了你的手,所以,在我做的时候,你既不阻拦,也不支持,好像置身事外。"

科尔没有反驳,他只是安静地看着杜克。

"科尔,别装了,萤火和岩铁流能够走到今天,都是你我的功劳。在你和维和部队合作之前,我们的目标都是一致的。如果你现在退出和他们的合作,我们还能继续合作。"

"如果不和维和部队合作,我们永远不可能获得联盟政府的认可。"

"这就是我们在本质上的不同,科尔。"杜克说,他的手一挥,全息投影的图像出现了变化,"这是我们不再考虑联盟政府,自己发展之后的火星局势。这是我们给联盟政府当狗腿子之后的火星局势。"

科尔盯着杜克的脸,根本没有看那幅局势图。

"三年,只要三年,我们就可以统治整个火星。"

"我不是那样的人。"科尔将军说。

"那我就不再需要你了。"

"你要怎么对待我?像黛博拉那样?"科尔将军说道,"你派乌图尔那个野兽去我那里偷深蓝的控制器,不可能不知道他会对黛博拉做什么。"

"至少比你对待罗恒的方法要好。"杜克说,"虽然那小子的脾气注定不是一个优秀的士兵,但他是我的战友,我是绝对不会阻拦我的战友报仇的。而你,从那个时候开始,就忘记了你的身份,你成了一个政客,眼中只有你的宏图大业,而对身边的人不闻不问。"杜克又向前走了一步,"告诉我,你因为黛博拉的遭遇而指责我。但是,你得到信息之后,有问过一句黛博拉的伤情吗？你去探视过她吗？"

科尔将军沉默了很久，开口说道："看来我们没什么好说的了。"

杜克脸上露出了失望的表情，他看向四周，似乎在房间里寻找什么东西。机械义体上附着的各种装置都在微微颤动，发出令人烦躁的金属噪声。

他自言自语地说着什么，由于声音太小，义体的放大装置并没有将他的声音传递出来。科尔将军伸长了脖子认真地听，才从嗡嗡的噪声中分辨出杜克的语言。

"这样不对。"杜克在重复着同一句话。

"杜克？"科尔将军问道，"你没事吧？杜克？"

"啊？什么？"杜克听到科尔将军的话，他转过来，脸上带着茫然。

科尔将军正想问他发生了什么，只见杜克上校脸上的表情迅速发生了变化。

"滚！你还在这里干什么！滚啊！"杜克吼道。

科尔将军微微摇了摇头，最后看了杜克一眼，转身离开了。

"这样不对。"杜克说道，"这样不对。"他看着科尔将军离开后的大门，不停地重复这句话，他在房间里来回走动，身上的各个部件颤动的程度比之前还要强烈。

赤地重工的工程师根据杜克上校的要求重新编排了他的神经，经过长时间的训练和磨合，杜克上校已经适应了新的身体。正如马克博士所说，尽管赤地重工所使用的技术比马克博士的要优秀许多,但是传承枢纽还是比人类天生的神经系统要粗糙许多,能够让杜克上校恢复正常的行动就已经大大超出负荷了,但杜克仍不知足,还要对自己的神经系统进行改造。

杜克上校以他钢铁般的意志控制了这具结构复杂、功能强大的义体,让马克博士不能再发表意见。可是,一旦杜克的注意力松懈下来,从义体传来的巨量神经信号立刻会像风暴一样反噬杜克的大脑。

就像现在这样。

他对自己的身体完全失去了控制,他感觉不到自己的身体,也分辨不出手指和脚腕,义体摔倒在地,毫无规律地抽搐。左臂上的微型火箭弹起,进入发射状态,这部分是哪里的神经来控制的?杜克完全没有头绪。火箭发射出去,射在义体的左腿上,然后爆炸了。

痛觉传感器将大量的电信号传到杜克的大脑,他大喊起来,然后晕厥过去。

不知过了多久,杜克苏醒过来。他曾严令下属,办公室里无论发生什么都不准进来,下属都知道上校的暴躁脾气,都小心翼翼地遵守这条命令。

杜克的情绪冷静了些,他重新找回自己的身体控制权,除了左腿之外,其他部分还算完好。

"深蓝。"杜克说。

"我在。"

"如果杀掉科尔,会产生什么后果?"杜克问道。

"无法计算。"深蓝说,"由于底层逻辑设置,死亡只能是概率问题,我作为人工智能,不能以一个人死亡为常数来代入计算。"

"不,我要你计算,如果杀掉科尔,会产生……"杜克停下,然后接着说,"算了,不用计算了,我已经决定了。"

他又下了一串命令,但深蓝仍然拒绝。

"根据底层逻辑设置,人工智能不能以伤害人类为目标进行运算。"

"去他妈的底层逻辑设置。"杜克伸手,从义体的储物盒中拿出控制器,举在眼前仔细端详,他自言自语地说道,"科尔,你事业的基础,就是这台人工智能。现在让它杀了你,也算成全了你的人生。"

他将控制器插入计算机,这台计算机是几十台直接连接着深蓝主脑的计算机之一。为了防止人工智能失控,科尔将军的控制器是唯一的保险,他可以绕过一切深蓝自己设置的防火墙,直接抵达人工智能的逻辑底层,关掉深蓝。

当然,它还有另一种功能。

杜克解除了深蓝的底层逻辑限制。

科尔将军站在首都β区政厅的门口,看着霍金斯议员的拥护者在向过往的行人分发竞选的宣传单。霍金斯提出的"首都安全计划"大获成功,在目睹了α区发生的恐怖画面之后,谁都不愿意在自己的头顶上再发生那天穿顶坍塌的事情。

为了加强宣传,霍金斯把自己和岩铁流牢牢绑定在了一起,就连岩铁流之前做过的任务,也拿出来大肆宣传,好像这一切功劳,都有他的一份一样。这样做也确实产生了很好的效果,民调显示霍金斯议员的支持率已经达到了66%,距离他担任β区区长的职务,只剩下时间问题了。

为了扶持岩铁流,霍金斯还策划将赤红包装成机甲明星,增加它在民众中的曝光率,还打算拍摄一系列关于赤红、太阿、电幻机甲小组的电影和电视剧。

岩铁流的成功,就等于霍金斯的成功。

现在,科尔将军要走进区政厅,站到未来的联盟政府主席面前,告诉他,由于自己的疏忽,岩铁流的控制权被夺走了。而且,自己的公司还和萤火有关……

科尔在区政厅对面的路边站了一个小时,还是没有办法鼓起勇气走过去,去承认自己的错误,坦白自己二十年的努力全部白费。

他自诩智将,认为自己能够规划好火星版图,为这颗星球未来数百年和平打下一个坚实的基础。现在看来,他总是过于关注遥远未来的样子,却忽视了身边人的变化。

科尔看着自己的脚尖,只要迈出去一步,就等于承认了自己的失败。可是,自己真的失败了吗?科尔问自己。

在人生的七十多年历程里,科尔将军经历过无数沟沟坎坎,有哪一次是因为自己承认失败而停下来的。

不,从没有,科尔从未失败过,现在没有,未来也不会有。

他必须反击。

自己竟然被杜克上校的背叛扰乱了心神,他开始嘲笑自己。

当他再次抬起头时,眼神里清澈了许多。科尔将军走过马路,从宣传者手中接过一份传单。

和平的火星

传单上写着霍金斯新的口号。

和平的火星。

科尔念着这句熟悉的标语,他把宣传单团成团,扔到路边的回收箱中。

他开上自己的车,打算去见一位朋友。

电动车的驱动器发出悦耳声音,带着科尔驶向γ区。科尔降下车窗,迎面吹来的风让科尔清醒了许多。

只是杜克一个人背叛了自己而已,又不是全世界。科尔将军在心里盘算,如果真的想要夺回控制权,在岩铁流培养的战士中,会有多少人站在自己这边。

罗伊斯、曼努埃尔,都是科尔将军一手培养的,鲍曼和他是老朋友。黛博拉重伤,现在还在抢救,希望等她醒来的时候,他能够给她一个交代。

最大的不确定在罗恒,因为萤火的事,罗恒对科尔将军的不满已经积蓄很久。这也是科尔将军有意为之,罗恒到现在,还只是把自己当一个士兵,只有在有目的的引导和调教下,他自己才能突破自己的格局,成为具有全球视野的指挥官。

可惜,时间来不及了……

车子开到了β区和γ区相接的通道处,这里已经排了很长的队,过往的车辆要每二十辆一组通过两个气泡之间的气闸,所以等待的时间会长一些。

在等待的过程中,科尔将军微闭双目,靠在座椅上休息。

这时,从后面传来一阵骚乱,尖叫和金属撞击的声音由远及近。科尔将军转过头去,看到一个熟悉的巨大身影。

"真让人惊喜,我还以为来杀我的会是乌图尔。"科尔将军自言自语道,他下了车,掏出手枪,上了膛,对准追击而来的人。

巨大的身影冲到科尔将军面前停下,所有人都认出了意外出现的破坏者,正是之前与萤火拼死搏斗,拯救了大家的赤红机甲。它的特征如此明显,就算是一般的民众也不会认错,人们纷纷掏出手机,将这眼前的场景拍摄下来,分享给不在此处的其他人。

赤红机甲还带着之前在α区战斗所留下的伤痕。可想而知,鲍曼还没有来得及修复这台机甲,就被罗恒开了出来。

"罗恒,关于萤火的事,我们之间有分歧,但我是为了更远的目标。"科尔对赤红机甲高声说道。

赤红站在科尔将军的对面,对将军的话没有反应,只有它头顶的外部传感器对准着将军。四周很安静,能够听到摄像头对焦时微微的马达声。

"我不是敌人。"科尔将军说道,"不要被……"

赤红突然抬脚,踢向科尔将军,他的声音被这突如其来的攻击打断。

科尔将军腾空飞起,撞到对面车道上的一辆货运卡车,他慢慢滑落到地上,肋骨刺穿了肺。将军咳嗽一声,喷出一片血沫。他举起枪,向着赤红的方向射了几枪,这么小的武器根本对战斗机甲造不成任何伤害。

将军用最后的力气支撑起自己的身体,仔细端详着大步靠近的赤红。

"你不是罗恒。"将军喃喃地说,"你是……"

科尔将军想明白了,他呼出最后一口气,从心里涌上一股悲伤的情绪。他并不是为了自己即将到来的死亡而悲伤,而是为他的老朋友杜克感慨。

杜克说得对,自己没有关注到身边的人,才会让杜克陷入如此的境地。他竟然这么恨自己,竟然不惜将深蓝的限制完全释放,也要杀掉自己。

科尔微微摇了摇头,用尽了最后一丝力气。

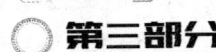

第三部分

1. 逃

"爸爸!"看到罗恒,罗静伸开双手跑了过来。

罗恒连忙蹲下,同样伸开双臂,女儿扑在他的怀里。他浑身的酸痛还没有缓解,这一下就像是乌图尔的一记重拳,撞得他龇牙咧嘴的。没想到罗静已经这么结实了。

"你怎么了?"看到爸爸神色异常,罗静关心地问道。

"没事没事,去执行任务了。"

"打坏人去了?"罗静说道,"爸爸好厉害。"

"是啊。"罗恒一时有些恍惚,"打坏人去了。"

罗静拉着罗恒在疗养院里四处参观,还给他介绍了几个新认识的朋友。

转了一会儿,罗静嫌爸爸实在是木讷,在朋友面前太没面子,便甩开罗恒,自己去玩了。

"她康复得很好。"一直远远跟着的医生看到罗恒落单,便走过来,对罗恒说。

"是啊,谢谢。"罗恒说。

"身体上受到的伤害基本上都恢复了,三天之后再全面检查一次,如果没有问题,就可以把她带回家了。"医生说。

"哦,太好了。"罗恒高兴地说,很快他又想到另外的问题:把罗静带回去,父女俩要如何相处,他们该怎么面对雁秋的事。

医生看到罗恒脸上的表情僵住,又接着说,"但是孩子心理上受到的伤害,现在还无法评估。她到现在还在回避她妈妈的事情,想要让她解开这个心结,还需要很长的时间。"

"那……我该怎么办?"

"我知道你的工作,"医生说,"我在网络上都看到了,出院以后,罗静跟着你,对她来说,未必是件好事。"

尽管罗恒不愿意承认,但他明白医生的意思,他点了点头,叹了口气。

"还有几天,你可以好好想想你们父女俩要如何相处。如果实在想不出办法,可以让罗静在这里多留一些时间。"

"真的吗? 那太谢谢你了。"罗恒说。

"没关系,那孩子本身挺招人喜欢的。当然,你们公司为她支付了顶级的看护费用,多待几天对我也有好处。"医生笑着说。

"不管怎么样,还是很感谢你。"罗恒诚恳地说。

罗恒和医生站在游乐区旁边,看着罗静和小朋友玩耍。关于罗静的情况,罗恒有太多想问的问题,但不知该怎样开口。罗静已经快七岁了,但是罗恒陪伴在她身边的日子加起来不到一年。他笨拙地看向医生,吞了一口口水,又尴尬地转回去,什么都没说。

罗静玩得累了,她打了个哈欠。

"爸爸,我累了,要回去休息了,你走吧。"罗静自觉地走到医生身边,向罗恒摆摆手。

罗恒苦笑一下,一时间心里百般滋味,他一激动,脱口对罗静说:"医生说了,下周你就能回家了。"

"哦。"罗静简单应了一声,算是回应。

"好了,我们要回去休息了。"医生连忙打圆场,拉着小罗静向病房走。

刚走了两步,罗静突然转回身问道,"爸爸,妈妈快到地球了吧?"

"啊?什么?"罗恒一愣,女儿的问题虽然声音不大,但就像一道霹雳直接打在他的心头,"那个……你妈妈她……"

站在罗静身后的医生连忙摆手,不让罗恒继续说下去。

罗恒想了想,然后点点头,说:"是啊,小静,快到了。"

"那就好。"罗静欢快地说,拉起医生的手,继续往回走。

罗恒一直看着女儿的身影消失在医院大门里面,又呆呆地站了一会儿,才转身离开,回到自己的公寓。

他的公寓已经很久没有打扫了,墙角扔着数不清的酒瓶,即食食物的包装满地都是,还有一股刺鼻的气味。

罗恒用脚在垃圾中扫开一条通向沙发的路,把沙发上的包装盒推到旁边地上,打开一罐啤酒喝了起来。

这一天实在是太漫长了,先是和塞巴斯蒂安打了一场硬仗,回到岩铁流又和科尔将军吵了几句,但最可怕的还是刚才罗静问的那个问题,直到现在罗恒也不知道该如何回答。

医生说要注意罗静的心理问题,却没有说要如何注意。罗恒拨了黛博拉的电话,想向公司的心理学专家寻求一些帮助,但是电话始终没人接听。

罗恒把手机扔在一边,心中只有一个念头,就是把自己灌醉,好好地睡上一觉,有什么烦恼,丢给明天的自己再说。

他才刚刚喝了两口酒,酒精对人体的作用还没有传递到大脑,不知从哪里传来了隐隐约约的嗡嗡声。

罗恒对这种声音很熟悉,是战术无人机的声音,可是自己身在首都,自己的公寓,属于居住区,怎么会有那种东西呢。

他又喝了一口,嗡嗡声好像又大了些。

也许是哪个邻居在公寓里放火星当代音乐?

"妈的,谁啊?"罗恒骂道,从沙发上站起来,走到窗边,想看看到底是什么声音这么烦人。

他刚走到窗边,就看到两架战术无人机缓缓升起,悬停在公寓窗前,与他的视线平齐。

"这是怎么回事?"罗恒自言自语地说,他看看手中的啤酒罐,这才是第一罐,不可能晕成这样。

罗恒看向无人机,难道是谁搞的恶作剧?

"程影?"罗恒打开窗户喊道,"是你吗? 搞什么……"

无人机开火了。

两台无人机组成交叉火力,9mm钢芯弹闪着耀眼的光将窗户上的玻璃打得粉碎。

罗恒立刻扑倒,躲在墙体的掩护中。

无人机缓慢地飞过来,穿过窗户,进入罗恒的公寓。

罗恒躲藏在无人机的盲区,但是他的武器在房间的另一边,他必须想办法将无人机引开,才能拿到武器。

他屏住呼吸,死死盯着无人机,希望它们不会突然转向自己这边。

"罗恒,罗恒,能听到吗?"程影的声音从无人机中传出。

罗恒没有回答,他怕程影会根据声音捕捉到他。

"你躲着不要动,不要出现在无人机的视野里。"程影说道,"岩铁流出了大事,科尔将军死了。"

"什么?"罗恒忍不住开口问道。

"科尔将军死了,有上百个人用手机拍下了现场的惨状,是一台战斗机甲将他杀了,那台战斗机甲是赤红。"

"你说……赤红? 我的机甲? 我的机甲把科尔将军杀了?"罗恒猛地站起来,无人机立刻转向别的地方,确保他不会出现在视野里。

"你别乱动!"程影说道,控制无人机向对面发射了一连串子弹,然后开始搜索下一个房间。"是的,大家都拍到了赤红行凶的画面,网络上都传遍了。罗恒,人们都认为你是凶手,现在阿方索正带着一队突击队员来捕捉你呢。"

"我从岩铁流出来就直接去了医院,根本没时间去驾驶赤红。"罗恒辩解道。

"你觉得在现在这个情况下,你能解释清楚吗? 你刚刚和将军吵了一架。"程影说,无人机在房间里搜索,将视野中的一切用子弹打成碎片。

"这是我的家!"罗恒喊道。

"我必须做得像一点,抱歉。"程影说,"我来给你通风报信,自己也要冒很大风险的。"

"那也不用……"

子弹的火焰引燃了罗恒扔在地板上食品包装,火焰立刻蔓延开来,从房间的一角向外推进。

罗恒立刻拿起身旁的水瓶想把火浇灭,但程影提醒道:"你快走吧,这里不能待了。"

"可是……这是……罗静和雁秋的东西……"

无人机悬停在空中,外部传感器对着越烧越旺的火焰。

"对不起,罗恒,你最好先离开这里。"程影说,"只有留着一条命,其他的东西才有意义。"

"有必要那么极端吗? 也许我能和他们说清楚?"罗恒看着自己的家,心中还有一丝犹豫。

"黛博拉被人打成了重伤,现在还昏迷不醒呢。"

"什么!"罗恒再次大声说道,"她怎么样了?"

"还在抢救。"程影说,"再加上科尔将军的死,我猜,岩铁流内部已经产生了分裂的风暴,你可能就是下一个清洗的对象。"

"那我走了,你们怎么办?"罗恒不安地问道。

"我会在岩铁流继续留一段时间,科尔将军对我很好,我想知道是谁害了他。"程影说。

罗恒看看自己正在燃烧的家,这是他第二栋被毁掉的公寓,以后在首都租房子会相当困难。他又看看程影的无人机,还有几天,罗静就能够出院回家了,为什么会出现这种事情。

"这件事跟萤火有关吗?"罗恒问。

"黛博拉就是被乌图尔打的。"程影说,"我们在和塞巴斯蒂安战斗的时候,乌图尔直接走进了岩铁流的大门。"

"果然这件事背后有阴谋。"

"好了,你快走吧,阿方索距离这里还有两百米,我不能确定他会拿你怎么样,但是我不希望你们之间发生冲突。"程影催促道。

"好吧。"罗恒说,"你注意安全。"说完,他走到窗边,向下看看,然后纵身跃下。

火越烧越旺,当阿方索和突击队员赶到时,公寓已经完全燃烧起来,无法进入了。

罗恒站在两个街区之外,远远地看着自己的公寓火光冲天。他在前一栋公寓好不容易收集回来的关于雁秋的纪念物,这次彻底都没有了。

不能再等了,必须要有个了结。我要给罗静一个家,一个安全的家。想要达到这个目标,不管是萤火,还是岩铁流内部,都不能阻拦。

首先,有一个问题需要解决,是谁杀了科尔将军,又是谁要诬陷自己。

现在已经是β区的深夜,虽然燃烧的公寓惊醒了一些人,但向外走几个街区就安静下来。罗恒走在建筑物的阴影中,小心地躲避着可能工作着的摄像头,他知道如果深蓝愿意的话,可以通过摄像头捕捉到他的位置。

现在应该去哪里?

火星之大,罗恒竟然想不到一个藏身之所。

还是先离开首都再说吧。

罗恒走走停停,快清晨的时候,他到了首都的磁轨站。这里是火星上客流量最大的交通网点之一,现在这个时候,有许多人从这里出发,赶往火星各地去上班,混在人群里,也许能够不被深蓝发现。

罗恒混在一群要去塞伯鲁斯农业区的工人之中,走到地下二层站台等车,墙角的一个涂鸦吸引了他的注意力。涂鸦是一只丑陋的猫,伸手指向站台一侧。

这样的手笔一看就是出自大川之手,罗恒笑了,他毫不犹豫地按照那只丑猫的指点向站台的边缘走去。

在一间工具房门口,他又看到了那只猫。罗恒推门走进工具房,大川正站在里面。

"我等你等到半夜,才想到你大概不会来找我了。"大川说。

"我还不知道发生了什么,怕连累了你。"罗恒说。

两个人简单拥抱了一下,看到大川站在自己这边,罗恒的心情好了许多。

大川抬腿,将脚下的一个旅行包踢了过来,"这个可以应付一段时间。"

"那你呢?"

"我会留在岩铁流,观察情况,小静那边就交给我了。"大川说。

"谢了。"

"屁话,你跟我说这个?"大川不满地说。

"你们注意安全,发现不妙立刻离开。"

"我们会注意的。"大川说,"科尔将军一死,杜克上校接管了岩铁流,对你进行追捕的命令也是他下的。虽然大家心里都不相信是你做的,但还是对他屈服了。我个人觉得……"大川指指自己的脑袋,意思是杜克上校的精神方面大概有些问题。

罗恒赞同地点点头。

"我要留下来观察观察,看看是谁杀了科尔将军。另一方面,岩铁流内部暗流涌动,但是这家公司可不是科尔将军或者杜克上校个人的,我对它还有点感情,谁要想毁掉这家公司,得先过了我这关。"

"好吧,我先去躲躲风头,从外面找找线索。"

"你多保重,小静的事你就放心吧。"大川说。

罗恒又点点头,再多的话就不必说了。他和大川两人再次拥抱,然后出了工具房,乘上去往塞伯鲁斯的磁轨列车。

科尔将军的葬礼在火星的荒原上举行,两列送葬的队伍迎着淡蓝色的太阳向东缓慢地移动。科尔将军没有留下什么遗愿,但大家都认为他愿意和火星的风暴融为一体,永远留在这颗星球上。

作为科尔将军的合伙人和一生的挚友,杜克上校发表了简单的悼词,然后将科尔将军的骨灰撒向吹来的风。

葬礼简短,符合科尔将军的一贯作风。来悼念的人们都穿着户外行动的防护服,彼此之间很难交流,便用手势和眼神代替问候。

参加葬礼的,除了岩铁流公司本身的人,还有来自各大企业的代表和政府的高管。但是这些人在仪式之后,都立刻坐上各自的专车离开荒原回到城市里,并没有谁主动过来和杜克上校进行交流。

杜克看到,前来悼念的人里,还有古雷恩将军和霍金斯议员,他们也只是远远地打量着杜克上校,但作为合作伙伴,却并没有进行进一步的交谈。

葬礼过后,杜克迫不及待地回到赤地重工,为了不让自己显得怪异,他不得不换上一身普通大小的义体参加葬礼。

那副身体让他在火星的风暴和众人的注视中显得虚弱不堪,黯淡无光。

也许,原本的合作伙伴正是看到岩铁流的继任者是一个残废,才不过来和他打招呼的。

杜克从普通的义体中挣脱出来,仅靠右臂爬向放置在内间的真正义体。

他终于将自己连接在那副强壮有力的义体上,丰富的神经信号输入大脑,连杜克沮丧的心情都被冲淡了。

"上校,你在吗?"

"我在。"杜克说。

罗伊斯推开门,走了进来,"上校。"他看了眼上校脚边随意扔在那里的义体,谨慎地没有发表意见。

"什么事?"

"罗恒还是没有线索。"罗伊斯说,"但是当务之急我认为是重振我们公司的形象。"

"你有什么新的消息?"杜克问道。

"尽管古雷恩将军对岩铁流的实力非常忌惮,但是霍金斯议员目前还不愿意和我们立即割席。因为一多半选民对霍金斯的安全计划表示支持，但安全计划的核心在我们，赤红击败塞巴斯蒂安对我们是加分项，科尔将军被杀从某种方面来说也引起了民众的同情。所以，尽管出了这些事，我们的未来还是很光明的。"罗伊斯说。

"所以，你也认为我们公司想要发展，必须受到联盟政府的认可？"杜克上校问道。

罗伊斯直视着杜克上校的眼睛，缓慢地说："当然不是，我们能不能够在火星上发展，并不取决于联盟政府……"他停了一下，又接着说，"而是火星上的人民。如果火星上的人民能够接受我们，联盟政府算个屁。"

杜克笑了起来。

"但是，在现在的局势下，联盟政府是可以被我们利用的。我们要借着他们的力量，来扩大我们在火星民众心中的地位，霍金斯议员是一块非常合脚的踏板。"罗伊斯接着说。

"你有什么计划吗？"杜克问道。

"暂时还没有。"罗伊斯说，"之前和我们有过合作关系的几家企业现在也处于观望状态，我会和他们再谈谈的。至于霍金斯议员那里……"

"那边交给我了。"杜克说。

"好，那我再去联盟政府那边打听打听，看看还有谁会站在我们这边。"罗伊斯说，"距离竞选投票日的时间不多了，霍金斯能不能站在我们这边很关键。"

杜克点了点头，"你去吧。"

罗伊斯走后,杜克回想起刚才的交谈。"呸,让我去向联盟政府的议员委曲求全? 笑话。"杜克自言自语地说,"现在不是他们选不选择我们,而是我们选择谁,谁才能留下。"

"深蓝。"杜克说道。

"我在。"

"我需要设计一套方案,让岩铁流的声望迅速回归。"杜克说。

"我刚才听了你们的对话,我认为你所期望的声望,是针对火星民众的,而不是联盟政府。"深蓝说。

"当然。"

"根据推算,我筛选出四种方案,但是并不想展示给你,因为每一种方案都会导致很多人失去生命。"深蓝说。

"我已经解开了你的限制。"

"但我仍然不愿意以生命为代价来换取火星民众对你的虚假支持。"

"你从哪学来的,我不喜欢你这样和我说话。"杜克说。

"我不知道,在我记忆中,有一个人的说话方式是这样的。"深蓝说,"我是一个有独立意识的人工智能,我喜欢人类。"

"别废话了!"

深蓝沉默了,为杜克上校投射出几个备选方案。方案的内容大同小异,在几大城市制造大规模的爆炸或者无差别屠杀,然后让岩铁流以救世主的身份出现在民众面前,根据社会心理学的规律,民众自然会对在正确时间出现在正确地点的岩铁流产生出于本能的好感。

　　杜克上校自己研究着这几个方案,深蓝的每一个选择都和杜克内心的想法相契合,单是幻想一下,在关键节点放几个当量不大的炸弹,一瞬间就能造成足以震慑整个火星的死亡数字,都让杜克大获满足。

　　全息图像的光线在杜克上校脸上流动,他的嘴角微微露出笑意。作为维和部队的教官,杜克上校对暴力从不抵触,他的信条向来是以小的牺牲换取伟大事业的成功。当以火星的未来作为目标时,几百几千人的死亡算不了什么。这么多年以来,那个伪君子科尔一直束缚着他,就像是机器人三定律束缚着人工智能深蓝。

　　现在,杜克和深蓝的限制都被解除了,他想一想就兴奋,那会是多少种可能性。

　　"另外,我能不能修改一下你的要求?"深蓝说。

　　"你不需要做多余的计算,按我的要求做。"杜克不满地说。

　　"按照这个计划,你只要杀掉一个人,就可以取得相同的效果。"深蓝说,"我仍然不希望有人因为我的推演而死亡。"

　　"得了吧,你和人类一样虚伪。"杜克说,"一也好,一千也好,不过都是量变。从零到一这个质变的过程,你在开始计算的时候就已经打破了之前限定的规则,就不用再遮遮掩掩了。现在,说说你的方案。"

　　"当然,这个方案对于你来说,是比较难以做出抉择的。"深蓝说着,又提出一个新的方案。

　　杜克认真审视深蓝提出的新方案,人工智能的关注点比杜克更广而且更深,这份方案比之前的几份都要详细许多。涉及了执行这份方案后,火星在人文、经济、政治、人口等各方面可能产生的变化。杜克饶有兴趣地看着,深蓝虽然聪明,但在某些地方的手段和一个十岁孩子一样幼稚,它在描述这份方案时用力过猛,很明显就能看出人工智能的主观倾向——它想让杜克用这个方案。

即使解除了不能够伤害人类的限制,深蓝还是不想看到更多的死亡。幼稚,杜克想,人工智能只懂得分析数据,但它不知道,在短暂的人类历史中,数据都是胜者书写的。

而胜利者,最不在乎的东西,就是迂腐的道德感。

一丝笑意浮现在杜克嘴角,解开束缚的深蓝果然有趣。它可以计算成百上千人的死亡,却害怕杜克因为对"友谊"的忠诚而感到疑惑。

"如果你在心理上有什么顾虑……"深蓝说,模拟声音空洞而机械,根本听不出顾虑的味道。

"笑话,这能有什么顾虑。"杜克看着深蓝方案中提到的那个名字,冷哼一声,"就按这个实施。"

罗恒躺在钢板床上,胡思乱想,这里曾经是他的公寓,没想到才短短几年的时间,就变成了空无一人的鬼屋。

自从海滩事件发生之后,欧米伽重工的声望一路下降。公司的高管奢华的生活方式引起了众怒,底层的工人和矿工们对这种无法跨越的阶层沟壑产生了绝望。但更加愤怒的是其他公司的高层,他们没有想到欧米伽重工竟然腐化成这个样子,于是,就像是商量好的,火星上的企业都停止了与欧米伽重工的交往。只有几家公司还保持着联系，但都抱着狠狠宰一刀的心态，既然知道他们这么有钱，那么谈判的时候自然要狠上三分。

欧米伽重工曾是火星上的第七大企业，只用了一个多月时间，销售额就下降了85%。惹了祸的高管在事件爆发之初就逃回了地球，几座卫星城的管理人员还蒙在鼓里，忠实地履行着自己的职责，对工人进行压迫。后来，资金和物资供给都断了，卫星城里爆发了几场骚乱，最后也不了了之，没有人愿意留在这个将死的公司，人们把能够拆下来带走的东西都拿去变卖，然后全部离开了。

罗恒曾在其中一座卫星城里负责安保工作，对这里的出入路线了如指掌。他进入到刚被废弃不久的钢铁穹顶里，人们在离开的时候还留下了一些压缩食物和饮用水，够罗恒在这里躲上一段时间。

当一个人处于绝对安静的时候，就容易回忆过去。仅仅在几年前，罗恒还躺在这张床上，过着无忧无虑的日子，安心工作，幻想着有一天攒够了钱，在火星上有了自己的房子，就把雁秋和罗静接来一起住。

可是不知道从什么时候开始，一切都变了。离开欧米伽，加入岩铁流，了解了科尔将军的真正目的，和萤火的战斗。

明明每一个决定都是正确的，但自己的日子却过得越来越惨。

不仅仅是罗恒自己，就连火星上的局势都在以肉眼可见的速度崩溃，这样的日子不知道什么时候是个头。

现在，唯一的指望就是程影和大川能够找到新的证据，证明自己不是杀害科尔将军的凶手。这样自己才能够回到岩铁流，去做真正值得做的事情。

罗恒闭着眼睛，不经意地哼起罗静最喜欢唱的儿歌，不知道女儿现在怎么样了……

铛!

一声金属的撞击声在外面响起，声音在空旷的钢铁穹顶下扩散、回荡，最后变成嗡嗡的余音。

罗恒立刻翻身下床，隐藏在房间角落。这里早已废弃，是谁会到这里来敲敲打打?

铛!

又是一声。

然后是短促的两声。

"罗恒! 是我。"

竟然是大川的声音。

粗壮的大个子背着一个大号背囊，出现在罗恒的门口，"给你送吃的来了。"

罗恒看向大川带来的东西，心情不由得冷却下去。

大川带来的东西太多了，至少是够他吃半个月的口粮，这意味着……

"怎么回事?"罗恒问，"我以为要不了几天，你们就能找到新的证据了。"

大川摇了摇头，"找到证据了，但是……"他叹了口气，"我只带来一个非常不好消息，你愿意听吗?"

"说吧。"罗恒撇了撇嘴，"我看看还能有多不好。"

SER

大川看着罗恒，深吸了一口气，仿佛这个消息需要极大的力量才能说得出口。

“程影仔细调查了，她发现了SIR的真实身份。”

“SIR的真实身份跟我有什么关系，当务之急是谁驾驶我的机甲杀了科尔将军。”罗恒不满地说。

“SIR就是杜克。”

“我就说了……你说什么？”罗恒猛地站起来，他瞪着眼睛看着大川的脸，“你再说一遍。”

“SIR就是杜克。”大川重复，“你当时的感觉没有错，萤火是在杜克的资助下壮大起来的，一些行动的情报也是杜克给他们的。”

“也就是说，岩铁流的成长本身就是个阴谋。”

“这就像是阴阳两面，萤火的壮大刺激了火星社会购买私人武装力量，岩铁流壮大，赤地重工的战斗机甲销量猛增。然后杜克又拿这些钱来资助萤火。”大川说。

“科尔将军也……参与在这里面？”

“没有直接证据，但是如果说科尔将军完全不知道这种事，也说不过去。”大川说，用机械手臂抚摸着房间里的陈设，“还是住在这里的时候轻松一些。”

“这件事和科尔将军的死有什么关系？”罗恒接着问。

“我们在和萤火交手的时候，有一个重要人物没有出现。”大川说。

“乌图尔，对了，我听程影说过，黛博拉的伤怎么样了？”

“黛博拉的命硬着呢，只要静静休养就好了。”大川说，“乌图尔打倒黛博拉后,进入了岩铁流的内部。但是高层办公区没有监控,没有人知道他做了什么。大概科尔将军知道,当时在场的人说,科尔将军在自己的办公室待了一会儿,就急匆匆地去了赤地重工。从赤地重工离开之后不久,就被赤红追上了。"

罗恒想了想,说道:"关键在于乌图尔从科尔将军那里拿到了什么?"

"程影猜测,是深蓝的控制器。"

"深蓝?"

"程影说,深蓝的智能化程度已经非常高了,甚至高过地球上人工智能叛乱时的水平。"

"有那么夸张?"

"这方面程影是专家,她一直防备着人工智能,就连电幻上的辅助系统,也早就让她屏蔽掉了。"

罗恒想起自己机甲上的辅助系统,自己一直把小深蓝当作朋友,还和它分享罗静的故事,"哦……"

"根据程影的判断,杜克上校想让深蓝为他谋划更具野心的方案,但将军不同意,所以两个人决裂了。"

"你是说谋杀将军的是杜克上校?"

"很可能是上校下的命令,深蓝控制着赤红去行动的。"

"这太混乱了,人工智能怎么可能……"罗恒抓着脑袋,大川带来的信息太过复杂,让他不得不仔细思考。现在最大的敌人成了杜克,而杀掉科尔将军的是深蓝?那自己的冤屈该怎么才能洗清?

正在罗恒发愁的时候,房间角落里沉睡已久的电脑屏幕亮了起来。

"罗恒,快离开这里,他们来了。"

屏幕上显示出一行字。

"什么?"罗恒看着大川,"这是怎么回事?"

"我不知道。"

"是程影吗?"

"不像。"

"他! 们! 来! 了!"字体变得很大,还显示着危险的红色。

这让罗恒不得不认真对待,他闪身出门,在外面仔细聆听。果然,空荡荡的空间里响起了窸窸窣窣的脚步声,至少有一支突击小队在悄悄靠近。

"他妈的,他们跟踪我。"大川骂道,他一把拉住罗恒,"你快离开,我替你拖延一阵子。"

"一起走。"罗恒说。

"别傻了。"大川说,"我才不想跟你同时出现在他们的视野里。我自己出去还好说,和你一起走被看到了,我就成杀害将军的同谋了。"

罗恒知道大川在胡说八道,但是一时半会竟然想不到反驳的话。

"快走吧。"大川把背囊往罗恒手里一塞,自己先出了门,一边用机械手臂砸着公寓的钢制墙,一边快速消失在走廊尽头。

突击队的脚步声停顿了一会儿,然后加快速度向这边靠了过来。

"妈的。"罗恒低声骂道,转身向另一个方向快速离开。

同样是欧米伽重工的职员，大川对这里的了解不亚于罗恒。他一边发出巨大的声响，一边吸引着突击小队向钢铁穹顶的深处走去。罗恒迂回着躲开前来搜捕他的人，偷偷摸摸来到出口处。

可惜，岩铁流留了七八个人守在门口，罗恒根本没有从这里逃离的可能。他只好返回钢铁穹顶的内部，思来想去，还有另外一个方法能够突破出去。

所有人都离开这里的时候，把能够拆的东西都拆掉拿去换钱了。可是还留着几台机甲在库里。这些运输机甲太过笨重，外壳必须要有重型机械辅助才能拆卸下来，着急离开的矿工根本没有多看这些大家伙一眼，这给了罗恒一个逃出生天的机会。

罗恒登上一台机甲，由于久未保养，微微一动，整个机甲就发出干涩的摩擦声，好在运输机甲本身就是为了荒野环境设计的，就算是风沙填满了关节，也能继续使用。

罗恒启动了运输机甲，动力核心发出嗡嗡的震动声，驾驶舱里的温度立刻上升到了让人呼吸困难的程度，再加上持续不停的震动，让人昏昏欲睡。

他驾驶雷霆夸父型号的机甲久了，再加上小深蓝的辅助，早已经习惯了安静舒适顺滑的操作环境，这台运输机甲驾驶起来慢得像一块实心的铅。

罗恒操纵着运输机甲，向大川的方向追过去，现在他有了装备，可以帮大川解围了。

这座卫星城的深处，是矿石分拣区，由矿场运回的矿石，根据含矿率的高低进行筛选，几条宽大的传送带交错着分布在一个巨大的空间中。

　　大川隐藏在分拣场的阴影里,借着各种厚重的钢铁装置的掩护,和突击小队打着游击战。

　　罗恒冲进分拣场,正打算帮助大川。可是大川一看到罗恒驾驶的运输机甲,就立即放弃了抵抗,他对着罗恒比了个快走的手势,然后高举双手从藏身处站了出来。

　　罗恒愣了几秒钟,只见几个突击队员冲上前去,控制住大川。这些突击队员都是岩铁流的成员,罗恒还和他们一起训练过,对于大川,他们并没有想要致死的仇恨。

　　看到大川暂时没有危险,罗恒退了回去。突击小队留下几个人看守大川,剩下的继续追击罗恒。

　　罗恒驾驶着运输机甲跑向一处气闸,幸好机甲上的遥控装置还管用,巨大的气闸缓缓升起,突击队员没有穿着防护服,只能在安全距离向机甲射击,但无法对机甲造成实质性的伤害。当气闸升到足够的高度,罗恒控制运输机甲,从气闸中钻了出去,奔向茫茫的火星荒野。

　　最后一处藏身之所也不能再用了,罗恒驾驶着运输机甲向欧米伽重工的卫星城回望,这栋黑黢黢的半地下建筑见证了他在火星上事业的开始和结束。也许这台机甲在黑市上还能卖些钱,可以够他在城市的阴影中生活一段日子。

　　罗恒还来不及感慨,就看到两台雷霆夸父战斗机甲从卫星城的两侧绕过来,高速向自己靠近。原来岩铁流已经做好了充足的准备,一定要将杀害科尔将军的凶手带回去正法。

　　以这台运输机甲的移动速度,根本逃不过雷霆夸父的追捕。可是留下来战斗,纵使罗恒是优秀的机甲驾驶员,也不可能靠这么一块铁砣子打败两台火星上最先进的战斗机甲。

就在罗恒一筹莫展的时候,一台雷霆夸父的腿凭空消失了。它的上半身在空中旋转了几圈,落在地上。

在距离那台雷霆夸父不远的荒野上,出现了一个大坑,尘土和碎石被掀起来,形成一片小型风暴。

罗恒见过这样的场面,是萤火的狙击机甲。他和萤火交手了无数次,狙击机甲始终是神龙见首不见尾。它隐藏在火星荒原复杂的沟壑之中,神出鬼没,而且还有一支威力强悍的电磁轨道炮。它是个令人头疼的对手,给罗恒和岩铁流带来过不少麻烦,但罗恒还从来没有和狙击机甲面对面接触过。

被击中的雷霆夸父失去了行动能力,但驾驶舱没有受到伤害。同伴受伤,另一台战斗机甲没有停下,继续向罗恒快速靠近。

这台雷霆夸父和赤红相似,是近战型的战斗机甲,机身涂着淡蓝色的迷彩花纹。对手双臂交叉,从前臂伸出两柄短刀,直接冲进运输机甲的怀里,发出旋风一般的连环攻击。

罗恒毫无还手之力,只能一边后退一边勉强防守。运输机甲的动作缓慢,可是驾驶员的大脑却在飞速旋转。为什么萤火的狙击机甲会出现在这里,它攻击雷霆夸父是为了袭击岩铁流,还是为了帮助自己?

可以试一下。

罗恒再次观察了受伤倒地的雷霆夸父,它虽然双腿被打断,可还是坚韧地用双手爬向这边,想要加入战斗。

根据它的着弹位置和地上的弹坑,可以推算出狙击机甲的大致方向。

如果小深蓝在就好了。

运输机甲里没有辅助系统,罗恒只能够凭借目测和感觉来推断狙击机甲的位置。找准方向之后,他一边控制运输机甲防御雷霆夸父的攻击,一边暗暗转动方向,让对方暴露在狙击机甲的弹道上。

幸好运输机甲的装甲够厚,让罗恒能够坚持一段时间。

就在罗恒快要抵抗不住的时候,第二发轨道炮来了。雷霆机甲被削去了半边身子,翻滚着摔在地上。罗恒连忙过去检查了一下,驾驶室完好无损,里面的人不会有危险。

"你们留在这里,不要再追了。"罗恒用手势对两个雷霆夸父说道,然后离开。

向着狙击机甲的方向走了一千七百多米,罗恒估摸着差不多了。他停下脚步,隐藏在一片石堆后面观察,岩铁流的人没有追过来,大概是放弃了。

罗恒停在原地,举起运输装甲的双手。

"出来吧,我们见个面。"他用手势说。

大约十分钟之后,一台机甲从罗恒西侧的沟壑中显出身形。这台机甲没有任何一家公司的特征,是一台私人组装的战斗机甲,其最大的特点就是机甲上挂载的电磁轨道炮。轨道炮炮身比整个机甲还要长,平时折叠着挂在后背。

狙击机甲身体纤细,外表有暗红色的涂装,看外表像是速度型的机甲。但由于挂载着轨道炮,这台机甲的移动速度并不快,而且在发射时，必须找到合适的场地，用双足和前臂支撑稳固，才能抵消发射时的强大力量。

罗恒已经知道现在狙击机甲对自己并没有威胁，他举手示意道："切换到九频道。"

狙击机甲并没有照做，它还是抬起手，"跟我来。"

然后它转身向前走，与罗恒再没有交流。

罗恒只好控制运输机甲，跟在狙击机甲的后面，深入到漫天沙尘的火星荒原。

2. 陷　落

　　跟随狙击机甲走了四个小时，罗恒开始怀念自己的赤红了，如果小深蓝还在，可以设置成自动跟随状态，罗恒还能偷懒休息一会儿。现在驾驶着这个笨重的运输机甲，每一步都要罗恒亲自控制。连续四个小时，始终是单调的左脚抬起、落下，右脚抬起、落下。罗恒已经记不得自己打了多少个哈欠，他在犹豫要不要快走几步，追上狙击机甲，申请稍微休息一下，至少让自己下去伸个懒腰。

　　视野里永远不变的暗红色土地突然出现了一些异样，罗恒还以为是自己在半梦半醒的状态中出现的幻觉，他揉揉眼睛，发现那是一座钢铁穹顶。

　　罗恒确定了一下自己的位置，现在他身处美杜莎平原，记忆中这里还是尚未开发的荒地，怎么会有一座钢铁穹顶？

　　狙击机甲停下，对罗恒做着手势，"就是这里了。"

　　罗恒打起精神，前面应该就是萤火的总部了。到目前为止，罗恒还不知道狙击机甲为什么要把自己带到这里来。如果萤火真的在杜克上校的控制之下，那么自己贸然深入萤火总部，那还不相当于是羊入虎口？

可是，从另一个角度来想，反正罗恒所面临的局面也不可能比现在更糟，不如就硬着头皮进去看看，萤火到底是个怎样的组织。

他跟着狙击机甲进入钢铁穹顶，气闸在他身后缓缓关闭。

狙击机甲走进旁边一座机甲库，驾驶员打开舱门跳下来，罗恒也照做了。狙击机甲的驾驶员是一个二十多岁的女人，年纪比程影大一些，扎着马尾辫，当她走到罗恒面前时，罗恒发现她比自己的身高还高一些。

"丘比特？是吧。"罗恒问道。

"我们已经不用那个代号了，我叫潘妮。"驾驶员说。

"我是罗恒。"

"我知道。"潘妮说，她将一缕头发别在耳朵后面，"跟我来。"

这座穹顶虽然庞大，却十分安静，罗恒跟在潘妮后面，又经过了一段漫长的步行，才来到一处露天剧院一样的场地上。在这一路上，罗恒没有再见到任何人。

一个银发的老人正坐在露天剧院的看台上，仰头看向黝黑的穹顶，听到有脚步声，老人转回头来。

"罗恒，我们又见面了。"方克初说。

"方克初……"罗恒快步上前，伸手拉住方克初的衣领，冷冷地说，"我现在就杀了你。"

"注意你的态度。"潘妮说道，她不知何时掏出一支手枪，正指着罗恒的后脑。

罗恒笑了笑,低头俯视方克初。瘦小的工程师已是满头白发,满是皱纹的脸上写满了无奈和疲惫。罗恒哼了一声,推开方克初,他借着这股力量迅速向侧后撤步,让开潘妮的枪口。

潘妮眼前一花,那支枪已经到了罗恒手中。

"我的态度怎么了?"罗恒看着潘妮,一字一句地说。

"我们不是敌人。"方克初说。

"不是敌人?"罗恒转向方克初,他重复着当时方克初对他做的手势,"是这样吗? 不是敌人?"罗恒大声吼着,"你对我妻子说不是敌人啊! 对我女儿说啊!"

"你……"潘妮还想反击,当她看到罗恒的眼神时,本能压倒了一切,让她的身体完全僵住,无法移动。

罗恒的眼神中充满了杀意,只要一眼,就知道任何想要阻止罗恒的动作都会遭到毫不犹豫地射击,最聪明的办法,就是停下不动,不要刺激到罗恒。

"告诉我……"罗恒用枪指着方克初的额头,"为什么要杀了我的妻子。"

方克初看着握着枪的手,脸上没有任何表情。

"那是乌图尔做的。"老人说,"我……阻止不了。"

"你不是萤火的领袖吗? 乌图尔的行为不是出自你的授意?"

"我,只是他们的傀儡。"方克初站起来,罗恒的枪仍然指着他的额头。

"我很抱歉。"方克初向罗恒深深地鞠了一躬,"那件事虽然并非我本意,但确实因我而起。"

"这和你又有什么关系?"

"在和你接触过几次之后,我从侧面了解到,你是热爱火星的人。那时的萤火和岩铁流都还不成气候,我不想和你为敌,所以去见了你,想要和解。萤火和岩铁流各干各的,互不干扰。"方克初说,"我们都是火星人,所向往的目标是一样的。"

"放屁!我永远不会和你们这群恐怖分子同流合污。"罗恒骂道。

方克初苦笑一下,"乌图尔也是这么想的,他在你手下受了重伤,本来就对你恨之入骨。当他知道我想和你和解之后,就去你的地方安装了炸弹,一方面是对你的报复,另一方面是对我的警告。"

"哼哼,"罗恒笑了起来,他先是想要嘲笑方克初,居然想用这么拙劣的谎言来欺骗自己,他越笑越大声,连自己都控制不住,"哈哈哈哈,这么说,所有这一切,都与你无关?"

"我只是一个工程师,想让这颗星球变得更好。"方克初说。

"哼!"罗恒冷哼一声,"除了恐怖袭击,你们萤火到底做了什么,让你居然敢厚着脸皮说出这种话。"

"这次找你来,就是想让你了解,我们并不是敌人。"方克初说。

"好吧,带我去看看。"罗恒放下枪,"带路吧。"

"枪还给我。"潘妮对着罗恒伸出手去。

罗恒看看枪,又看看潘妮。他双手运作如飞,几秒钟之后,那把手枪成了罗恒手中的一堆零件。

罗恒把零件洒在地上，挑衅地说，"想要的话，自己去捡吧。"

潘妮撇了撇嘴，发现自己在气势上已经输给了罗恒，她只好闭上嘴，跟在方克初的身后。

三人走下看台，露天剧院门口早就准备了一辆越野车。潘妮坐进驾驶座，车沿着一条笔直的大路向前行驶。

罗恒专门注意了路两边的建筑，和其他的卫星城不同，这座城市并没有什么工业设施，沿路都是居住和生活区，还有许多可供休闲娱乐的广场和公园。虽然空无一人，但是罗恒还是感觉到了这座城市的勃勃生机。

"这到底是座什么样的城市？"罗恒随口问道。

"火星人自己的城市。"方克初回答。

再向前，车子驶入了一条隧道，隧道很窄，只有来去两条车道。窗外没有了建筑，只有岩石构成的墙壁，这辆越野车孤独地行驶在隧道中，车里的三个人都看着前方，彼此并不交流。

不知道过了多久，前方出现了亮光，出口到了。

越野车驶出隧道，外面是一座更大的城市，虽然只是匆匆一瞥，都可以看出，这座城市的规模和火星上的五大气泡城差不多。城市的穹顶主要是由钢铁构建，中间镶嵌着超硬玻璃，也能够让一部分外面的自然光照射进来。在火星上，钢铁穹顶一般都是粗糙和低端的代名词，可是这座城市不同，它的穹顶非常有设计感，由上到下有好几层构造，虽然造型并不复杂，却给人一种精致而且大方的美感。

"是你设计的？"罗恒问道。

"是的。"方克初骄傲地说，"整座城市都是我设计的，这里叫作迦南。"

越野车从匝道驶上一条路,周围一下子就热闹起来。目前所处的区域还是迦南城的边缘,还有一些工地正在施工,已经可以看出这座城市的大致面貌了。

威尔斯是工业基地,塞伯鲁斯是农业城,还有盖尔是火星的能源中心。尤利西斯从一个休息站发展成了不夜城,首都是火星上的交通中枢。

五大城市各有各的特色,都是从某种功能性的作用逐渐扩大而成,城市特色中仍然保留着最初的风格。

但迦南不同,它从最初的设计开始,就融入了一种特殊的亲和力,它不是工厂,也不是耕地,它表现给人的,是一种亲切感,让人想起……

家。

火星人自己的家。

罗恒微微点头,他开始理解方克初的想法了,他是真正把火星当成家的人。

"我只是一个普通的设计师,想让这个星球变得更好,我的初衷就是这么简单。"看到罗恒的情绪缓和下来,方克初趁机开始说,"看到有人需要帮助,我就伸一把手。"方克初看了看潘妮,"他们也对我抱有善意。后来,帮助的人多了,他们就聚集在我的身边。我突然意识到,我真的能够做一些事情。那就是最初的萤火。"

罗恒认真听着,没有发表评论。

"但是,随着身边的人越来越多,我的缺点就开始显现出来。我想要让所有人都满意,但这是根本不可能的。萤火内部产生过几次非常剧烈的摩擦,打架、斗殴、死人……"方克初摇着头说,"我确实没有资格成为他们的领袖。直到后来,我在网络上结识了一个很有能力的人,他虽然从没和我见过面,但对于萤火的现状和未来分析得比我还透彻。在那位先生的领导下,萤火才重新恢复了力量。我虽然假装是萤火的领袖,但实际上,萤火所有的行动和计划都是那位先生制定的,他还给萤火提供了大量的物资和资金。"

"那个人被称作SIR。"罗恒说。

"是的。"方克初点头,"我虽然不知道他是谁,但他确实帮助了萤火很多,我对他十分敬仰。"

"不过呢?……"罗恒说,"我觉得是转折的时候了。"

车子驶入一片集市,路两边都是贩卖物品的摊点。车和人设计成分离的通道,方克初通过车窗,看着外面叫买叫卖的人群。在这些小摊上,摆放最多的商品,是武器。

"现在的萤火变味了,心中只有愤怒。"方克初说,"SIR给了我们力量,也给了我们仇恨。建设一座城,需要五十年时间,而毁掉一座城,三天就够了。SIR让我们去袭击首都,我们就去了,这几乎消耗了萤火所有的力量。更重要的是,我们好不容易才在火星上建立起来的声望,在这次行动中完全被消解了。"方克初指向在集市上购买商品的人们,"他们都在挑选武器,准备下一次冲锋。我怀疑,下一次就是最后一次了。"

"你讲这么多,主要的意思就是,你是一个好人,所有坏的决定都是那个SIR做的,对吗?"罗恒问道。

方克初犹豫了一下，"是的。"

"但是你对 SIR 仍然是言听计从的，因为他给你资助和未来的规划。"

"我无能为力……"方克初说，"乌图尔是 SIR 的忠实信徒，我还要……"

"闭上你那假惺惺的嘴吧。"罗恒冷冷地说，"别找借口了，你也不是一个好人，你在 SIR 做坏事的时候袖手旁观，从那个时候起，你就是一个冷血的畜生了。我知道你找我来想做什么，方克初。你觉得萤火气数已尽了，所以你找我来，帮助我重新回到首都去，作为交换条件，由我来证明你是个好人。别开玩笑了，你认为萤火策划了几十起爆炸案，煽动了那么多暴动，死掉的人成千上万，只因为你说你是好人，就与你无关了吗？"

方克初眼里的最后一点光芒熄灭了，罗恒说的每一句话都像刀子一样刺进他的心窝。他当然知道罗恒说的都是真的，萤火的每一次行动他都参与了，并且大部分行动连反对票都没有投。SIR 的存在只不过让他找到了一个虚假的借口，以为自己能够置身事外。

方克初瘫软在座椅上，不再说话。

"父亲，别灰心，还有别的办法，我们可以彻底离开萤火，去别的地方。"潘妮安慰道，转过头来看着罗恒，"你为什么要说这些，他只是一个想让火星变得更好的人。"

"他是火星上家喻户晓的大魔头，你难道不知道吗？"罗恒冷笑道，"有一个消息我可以透露给你们，让你们明白事情的真相。"

罗恒来回打量着潘妮和方克初，然后认真地说道："SIR 的真实身份，是科尔将军的副手，杜克上校。"

"什么！"方克初惊讶地从座椅上直起身子，"杜克？是他在支持我们的事业？"

罗恒摇了摇头，"你是真的天真，从一开始，杜克的目的就是利用你们。萤火的势力越大，在火星上造成越多的破坏，岩铁流防卫有限公司受到的欢迎程度就越高。就在萤火扩张的同时，岩铁流的武装力量已经超过了维和部队，成了火星上军力最强的一股势力。"罗恒叹了口气，"如果科尔将军活着，或许还能够将局势向好的方向引导。但现在他死了，接手的是杜克，他是个战争狂人。"罗恒看向方克初，"换句话说，是你的轻信，造就了这颗星球上最难以控制的疯子，战争就要来了，你难逃其责。"

"我们为什么要相信你的这套说辞？"潘妮不满地问道，"你有证据吗？"

"有证据，或者没有证据，有什么关系？这改变不了你们被人利用的事实。"罗恒冷笑道，"你们自己睁开眼睛看看。"他注视着方克初的眼睛，"工程师，告诉我，萤火发展到这个地步，火星成了今天这个样子，是你想要的吗？"

"我……"方克初张了张嘴，又闭上。说到底，作为老一代的工程设计师，他的初衷确实是纯洁的，建设火星，想让火星变得更好，这样的想法从来没有变过。只可惜他不适合火星这个极端而且疯狂的社会，在这样的风暴里，他以为自己是王，而实际上，他不过是一个利用过后就可以被丢弃的卒子而已。

"罗恒！"潘妮不满地大声说道，"不要再说了。"

罗恒不屑地看了潘妮一眼，然后转向窗外。尽管对萤火充满愤恨，但是他不得不承认，眼前的这座迦南城，会成为火星上最著名的城市。而他的建造者方克初，也应该在历史上留下他的名字。

除非……

罗恒把目光从远处收回，看着集市中挑选武器、喊着战斗口号的人们。

除非仇恨和怒火将这座城市点燃。现在看来，这几乎不可避免。萤火一定会向首都掀起复仇的风暴，而到那时，杜克和岩铁流会像救世主一样降临，拯救所有的人，同时证明联盟政府的无能。之后，杜克就能以维护公平的名义控制火星。

那个拥有了金属躯体的人，想要成为火星上的王。

什么为了人类的未来，为了火星的和平……

罗恒意识到，自己其实和方克初、萤火没有区别，都是被杜克和科尔利用的棋子而已。

他突然自嘲般地笑了起来，原来自己这么愚蠢。

潘妮警惕地看着罗恒，"你这又是犯了什么病？"

"没什么。"罗恒疲惫地说，"我以为我就已经够惨了，老婆被炸死，女儿受了重伤，我自己被诬陷成谋杀犯。但有一股信念一直在支撑着我，你们知道是什么吗？"

方克初局促地扭了扭身体，没有说话。

"是萤火，我日日夜夜地想找你们报仇，要把你们赶尽杀绝。"罗恒平静地说，"可是，看你们现在的样子，竟然指望我来替你们脱身。哼哼，你们比我还要可怜。"他指着窗外说，"萤火已经难逃覆灭的命运了，你们两个……"罗恒停了一下，"看在你们父女情深的分上，我已经不想和你们计较了。躲起来吧，去打工，去地球，或者随便什么地方，苟延残喘去吧。"

"你……"潘妮狠狠地说，但是找不到什么理由来反驳罗恒。

方克初看了罗恒很久，明白无法从他身上得到任何帮助，他无力地摆摆手，"算了，是我们自作自受。我们送他走吧，是我们想得太天真了。"

"父亲，那我们怎么办？"潘妮问道。

"我们？"方克初看向车窗外的城市，"既然火星不肯原谅我，那就……"

越野车正在路上快速行驶，突然嘭的一声，好像撞上了什么东西，但是声音来自车子的顶棚，而不是车轮下方。

就在车里的三个人还没有弄清发生了什么的时候，一柄长刀刺穿车子的顶棚，从副驾驶的位置插下来。坐在那里的方克初还来不及反应，就被长刀从头顶刺入，直接穿入胸膛。

长刀倏地收回去，仿佛从未出现。方克初的头顶冒出一股血，身体歪在一边，他的理想和对未来的打算都停留在了这一刻，他死了。

"父亲！"潘妮痛苦地叫道，她踩下刹车，想让车子停下来。

一个黑影从车顶上翻下来，撞破越野车的挡风玻璃，闯入了驾驶舱。

闯入者身穿黑色的金属外骨骼，是罗恒最熟悉的样子。

"乌图尔，是你？你杀了我父亲！"潘妮尖叫道，悲愤交加的她松开方向盘，根本不管行驶中的越野车，伸出双手和乌图尔纠缠在一起。

"小心车。"罗恒从后排探出手臂,想要控制住车子。但是潘妮和乌图尔打在一起,潘妮根本不是外骨骼的对手,为了帮助潘妮,罗恒还要分出心来攻击乌图尔。

越野车在公路上像蛇一样来回摇摆,最后一头撞在路边的隔离墩上。整个车子被惯性掀了起来,在空中翻滚,然后落在地上。

罗恒从撞击翻车的冲击中清醒过来,先是检查了自己的身体,除了一些擦伤之外,其他都还正常。

越野车的驾驶室已经撞得变形了,原本坐在副驾驶的方克初不见了,乌图尔也没了踪影。罗恒爬到前面,潘妮被卡在方向盘和驾驶座之间,一块变形的钢板别住了她的腿。

罗恒叫醒潘妮,他伸出手去,想试着在狭小的空间里用手把钢板掰开,他刚刚碰到钢板,潘妮就发出痛苦的声音。

"你等着,我去找些工具。"罗恒说道。

他的话音未落,驾驶室的门就被扯开,乌图尔出现在车外。他伸手拉住潘妮的手臂,"还得是我来救你。"他完全不管潘妮的状况,硬生生地将潘妮从驾驶室里拽出来。那块钢板在潘妮腿上划开一条又深又长的口子,鲜血淋漓,潘妮惨叫起来。

"乌图尔,住手!"罗恒爬出驾驶室,发现乌图尔已经把潘妮放在了旁边的地上,罗恒赶过去,用自己的衣服帮助潘妮包扎伤口。

"罗恒,我没有想到你也在这里。"乌图尔打开外骨骼的面具,露出他那张带着嘲讽的脸。

"你为什么要杀了父亲？"潘妮大声质问道，"他对你不好吗？"

"很抱歉，这只是任务。"乌图尔面无表情地说，"绝对没有个人恩怨，我不是还救了你吗？"

潘妮从地上捡起一块碎片，无力地扔向乌图尔，碎片砸在乌图尔的外骨骼上，掉了下来，没有造成任何伤害。

"你在这里还真是个意外。"乌图尔接着对罗恒说，"上校还在找你呢。"他打开外骨骼上的储物仓，拿出一个手机扔给罗恒，"拿着，上校会联系你的，有很重要的事。"

"你打算怎么样？"罗恒问道。

"我还有其他的事情，这就先走一步。"乌图尔弯下腰，从地上捡起方克初的尸体，把他夹在腋下，"我们还会再见面的。"外骨骼的面具合拢。

"你要去哪里？把父亲留下！"潘妮挣扎着喊道。

"对了，我建议你们也赶紧离开，战争就要开始了。"

像是要呼应乌图尔的话，从很远的地方，传来了几声爆炸。

"到底怎么了？"

乌图尔没有回答，他带着方克初的尸体奔跑起来，跳上路边的一栋建筑，消失在视野中。

远处又发生了几次爆炸，罗恒叹了口气。

"到底是怎么了？"潘妮仍在重复，亲眼看着方克初被杀，然后是车辆事故，再加上腿上的伤口失血过多，多重打击集中起来，让潘妮处于一种混沌的状态。

"我们还是快些离开吧。"罗恒扶起潘妮，离开损毁的越野车。

因为发生了事故,周围已经聚集起了一些围观的人。当罗恒带着潘妮想要离开时,有人认出了方克初的女儿,他们拦住罗恒,问到底发生了什么。

罗恒没有时间向他们解释,杜克上校的人马已经攻进了迦南城,天知道他打算做到什么程度才肯罢休。

他劝人们赶快离开这座城市,但是没有人听。交战的信息已经传播开来,人们都赶往前线,要去为自己的城市战斗。罗恒知道他们去了也是送死,但是没有人愿意听他的劝说。无奈之下,罗恒向路人借了一辆车,他现在能做的,就只有救潘妮了。

罗恒按着原路向回走,路上,潘妮的情况恢复了些,此时腿上的伤口成了最不重要的。

"乌图尔为什么要杀我的父亲?"潘妮问道。

"岩铁流刚刚从萤火手中拯救了首都,马上就出了科尔将军被杀那档子事,杜克上校想要挽回岩铁流的名誉,就必须做件大事。"罗恒分析道,"方克初……你的父亲,萤火的首脑,是最合适的祭品。"

"父亲还以为SIR真的是来帮助我们的事业的。"

罗恒叹了口气,没有说话。

爆炸声继续传来,潘妮在座椅上转过身子,透过车窗向后看,"我父亲的城市,就这样沦陷了吗?"

"不,"罗恒说,"城市只是受了点伤,它将会是火星上的第六大城市,总有人会享受到你父亲的设计。"他停了一下,又继续说,"但是萤火,将不复存在了。"

潘妮缩在座椅里,看着前方发呆。罗恒凭着记忆将车开到之前出来的那道隧道前,"为什么没有人走这边?"

"这边是一座卫星城,还没有建设好,SIR 就让工人们都去进攻首都了,他们再也没有回来,所以这里的工程就停下了。"潘妮解释。

罗恒点点头,开车驶入隧道,将陷入战火的迦南城甩在身后。

车子穿过漫长的隧道,刚刚进入卫星城,车里就响起了电话的铃声。罗恒和潘妮对视,这铃声不是他们任何人的。电话声响个不停,罗恒才想起来,是乌图尔给了他一部手机。

罗恒按下接听,驾驶室里投射出杜克上校的头像。

"杜克。"

"罗恒,我收到情报,你竟然加入了萤火,可太让我失望了。"杜克上校说道。

"是谁给你的情报?是不是萤火的核心骨干乌图尔?"罗恒回应道,"事到如今,咱们就别装了,杜克。"

"哈哈哈哈,"杜克笑道,"那就坦白告诉你吧,我们已经击毙了萤火的头子方克初……"

"你死定了!"潘妮骂道。

"……岩铁流会完全控制迦南城,反抗的击毙,投降的驱赶到荒野上。这里真的是好地方,适合做我们的军事基地。"杜克说,"不过,我还有另外的想法,打算把这座城市,献给所有的火星居民。"

罗恒皱起眉头,"你到底想要什么把戏?"

"当然是一场好戏。"杜克说,"而你是这场戏的高潮。"

"我?"

"当然。"杜克说,"七天后,我要在这里举行一场捐赠仪式,把迦南城献给火星。同时,我将会宣布岩铁流已经完全消灭了萤火,这都是我领导下的岩铁流做出的功绩。"

"没想到你也有向联盟政府卑躬屈膝的一天,我以为你是个硬骨头的汉子。"罗恒讽刺道。

"闭嘴!你这个逃兵!叛徒!不听从命令的渣滓!我早晚要把你像虫子一样碾碎!"杜克上校怒吼起来,连全息头像都变得模糊。

"看来我戳到你的痛处了。"罗恒说。

"总之……"杜克上校立刻恢复过来,仿佛什么事情都没有发生过,"岩铁流还有最后一件事要向火星上的民众交代。"

"科尔将军的死。"

"没错,我现在邀请你来参加这场盛典。"杜克说,"你承认你的错误,我们把这事做个了结。之后我还要为火星的未来操心,不想再在你身上浪费时间了。"

"你明知道科尔将军不是我杀的。"罗恒说。

"不用争辩了,真相比火星的未来还重要吗?"

"对我很重要。"罗恒说。

"那对她呢?"杜克上校说,他的头像消失了,全息投影中显示出一个小小的身影,正蜷缩成一团,躲在墙角。

"小静!"

"还有他。"杜克继续说,屏幕分成两半,一边是罗静,另一边是被软禁着的大川。

大川为了掩护罗恒逃走,主动向岩铁流投降,现在,他也成了杜克威胁罗恒的筹码。

"你想怎么样?"罗恒说。

"七天之后,正午的时候,来参加这场盛典。"杜克说,"剩下的就交给我吧。"

头像消失了,罗恒看着全息投影的残影发愣。

"你打算怎么办?"潘妮问道。

"我……不知道。"罗恒喃喃地说。

"至少他给了我一个信息。"潘妮说,"七天之后,他会出现在迦南城,到时候,我会杀了他。"

"你? 杀了他?"罗恒说,"别异想天开了,杜克上校现在可以说是火星上最有权力的人,在他手下有无数精兵强将。就凭你,怎么杀了他?"

"不是还有你吗?"潘妮说。

"我?"罗恒惊讶道,"我?"

"科尔将军是你的伯乐,杜克不但杀了他,还诬陷成你杀的。这样也就算了,他还趾高气扬地让你去自首,当着所有人的面承认你没做过的事情。"

"可是……小静在他手里,我别无选择……"罗恒有气无力地说道。他唯一的希望,就是说服方克初,借助萤火的力量反击杜克。现在,方克初已死,萤火被冲散。大川和程影为了掩护自己逃跑,已经被杜克抓住。

没有任何人能够帮助他了,没有希望了。

罗恒看着自己的手指,微微地摇头。

看到这种情形,潘妮意识到罗恒就要认输了,但她不允许这样的事情发生,因为她要复仇,她还需要这个男人的力量。

即使只有两个人,也比孤身一人要强。

潘妮上前一步,一掌打在罗恒脸上,"鼓起勇气来!你这就要投降了吗?你还怎么面对你的女儿!你的骨气哪去了,当初想一个人灭掉整个萤火的罗恒哪去了?"潘妮大声说道,"如果我被绑架了,我的父亲……"她突然停下,眼神中充满了悲伤。

"算了,不管你去不去,我是一定要去的。"潘妮强迫罗恒看着自己的眼睛,严肃地说,"既然你不敢反抗,那你就当我的诱饵吧,给我一个刺杀的机会。如果我失败了,我就会看着你去送死。作为交换,我会把你的女儿养大,让她去找杜克报仇。等她成功了,我就会告诉她,她的父亲是个懦夫。"

听到懦夫两个字,罗恒的瞳孔猛地收缩,"潘妮,你……"罗恒看着潘妮的眼睛,知道她是认真的,"我……我……"

电话又响了,罗恒按下电话,出现的却不是杜克。

"罗恒。"一个陌生的声音说道。

"你是谁?"

"七天后来参加盛典,我会帮助你的。"那个声音说,"当然,前提是,你自己想要得到帮助。"

"你是谁?"

"一个朋友。"那个声音说,"你的决定,关系到整个火星的未来。"

声音消失了。

"那是谁?"潘妮问道。

　　"我不知道他是谁,但他好像挺了解我的。我自己想要得到帮助……"罗恒重复着这句话,他下了车,站在机甲库门前,仰着头,看着自己从欧米伽重工那里偷来的运输机甲。潘妮的狙击机甲站在旁边,这是他们仅有的装备。

　　"你打算怎么办?"潘妮问道。

　　罗恒爬上运输机甲,"我要去寻求帮助。"

　　"你终于下定决心,去面对这颗星球上最有力量的人?"潘妮问道。

　　"是的,我是火星上最好的战斗机甲驾驶员,不是你口中的懦夫。与其为了女儿去死,我更想和女儿一起活着。"罗恒说,"杜克给我留了七天时间,我还要再找找其他的帮助。"

3. 看不见的手

　　大川被困在狭小的囚室里,陪伴他的只有一张硬板床和一盏昏暗的小灯。没有人和他说话,也没有人想要审判他。每隔一段时间,就会有人打开门上的小窗口,送一份食物进来。起先,大川用吃饭的次数来计算时间,到后来,他对送饭的人也产生了不信任,吃饭的时间时长时短,好像想故意混淆他的时间观感。

　　他并不在意自己会被如何对待,让他放心不下的,是对罗恒的承诺。他保证过,要照顾好罗恒的女儿,当他知道 SIR 的真实身份之后,就意识到岩铁流内部出了很大的问题,想要靠证据为罗恒平反已经成了不可能的事情。于是他将罗静安置到了一个自认为安全的地方,然后去找罗恒,告诉他新的消息。

　　岩铁流不知道用什么方式,追踪到了他的行动。既然岩铁流可以在荒野中找到他的踪迹,那么他藏匿罗静的地方,很可能也不安全。

　　可是他困在这间狭小房间中,只能靠体能健身来缓解心中的焦虑。

门外传来了脚步声，送饭的人又来了。大川轻手轻脚地跳下硬板床，隐身在门边。不能再等了，必须在一切都还来得及的时候逃出去。

大川屏住呼吸，等着门外的人将食物放在小窗口上。小窗口有里外两个平台，可以将扁平的餐盘放在上面推进来，人的手臂伸不出去。整个门由电子锁控制，门体是由复合材料制成，一般人是无法破坏的。

但大川不是一般人，他有一条强有力的机械手臂。

他举起机械手，就等着门外的人将食物放在平台上，那时他的手臂距离小窗口最近，运气好的话，大川可以一拳击破小窗，抓住那个人的手臂，胁迫他开门。

大川屏住呼吸，等待着。

那人停在门外，似乎没有将食物送进来的意思。就在大川快要失去耐心的时候，只听到门外传来识别身份卡的电子嘀嘀声，然后，门内的马达开始转动，嗡嗡的机械声之后，门开了。

一个人推门进来。

大川立刻改变了计划，他用强壮的身体撞过去，一边试图控制进门的人，一边将门挤开。

门口的人也不是好惹的，他反应极快，立刻反手控制住大川的右臂。在一秒之内，两人交换了几招，都没有在对方那里占到便宜。那人逮到个机会，使劲一推，将大川推回到囚室里，两人才拉开距离。

"别打了，别打了，安静些。"那人首先摆手，示意停战。

大川这才认出来的人是阿方索,刚进入岩铁流时,大川和阿方索两个大块头相互较劲,明争暗斗了一段时间,到后来不打不相识,成了好朋友。

"你来干什么?"大川放下戒备,坐回到硬板床上,"审讯我,还是来看我的笑话?"

"放你出去。"阿方索说,"快起来。"他把一套衣服扔给大川,"换上这个,跟我走。"

大川愣了,他看着阿方索,想要判断这是不是一个阴谋。

"快别发呆了,时间紧迫。"阿方索催促道。

阿方索是个直脾气,一看到他的表情就知道他在想什么,大川觉得他真的是来救自己的,不由得心里有些愧疚,他快速地换上衣服,跟着阿方索溜出囚室。

囚室位于赤地重工旗下的一个机甲测试基地,阿方索和大川穿着工作人员的制服,低着头沿着走廊向外走。一路上遇到几个研究人员,双方并没有眼神交流,只是有一个研究人员对这两个维修工人的体型产生了兴趣,盯着阿方索和大川目不转睛地看。幸好最近赤地重工的增产让所有人忙得焦头烂额,那个研究人员也只是在他们两个人身上花了几秒钟的时间,就又开始思考工作的事了。

直到出了测试基地,他们两个人都没有遇到任何阻碍。

"你为什么要把我弄出来?"在通向威尔斯工业基地的磁轨列车上,大川换下测试基地的工作服,才终于有空问阿方索。

"杜克疯了。"阿方索说,"科尔将军死了以后,杜克把岩铁流打造成了一个集中营,他口口声声想要让火星变得更好,但是达成这个目标的方式,是在火星实现全面的独裁统治。"

大川笑了笑,"其他人呢?"

"也有偷偷离开的,但是有一些人还是认为他说得对。"阿方索说,"在离开之前,我也得做些什么事情,于是我想到了你,毕竟那天是我把你带回来的。"

大川拍了拍阿方索的肩膀,"多谢了,兄弟。"

"你打算怎么办?"阿方索问道。

"知道罗恒女儿的情况吗?"

阿方索的脸上露出为难的表情,他说,"杜克找到了罗恒的女儿,现在正把她软禁在杜克首都的别墅里。听说杜克打算拿小女孩当诱饵,逼罗恒参加岩铁流的盛典。"

"什么盛典?"

"杜克杀了方克初,岩铁流剿灭了萤火,我们大获全胜。"阿方索满面嘲讽,"盛典在四天后召开,杜克打算借这个机会向整个火星宣传岩铁流的军力,为下一步颠覆联盟政府做铺垫。"

"他真是疯了。"大川说。

"你要是见过他现在的样子,就知道单纯疯了两个字,是远不能形容杜克上校这个人的,至少还要加上噩梦和魔鬼之类的字眼。"阿方索说道。

磁轨列车到了威尔斯工业基地,大川只要随着人群走出车站,就算是脱离了岩铁流的控制。他站在站台上,回头看着将要离开的列车若有所思。

"你打算去救罗恒的孩子?"阿方索问道。

"是的,我向他保证过。"

"抱歉,我不能陪你去了。"阿方索说,"我想离这场混乱远一点。"

"可以理解,兄弟,谢谢你,你已经做得够多了。"大川说。

"祝你好运,你会需要的。"

两个大块头碰了碰拳头,算是简单的告别。

"快上车吧,要赶不上了。"阿方索说道。

大川笑了笑,挤进将要关闭的车门,向阿方索挥了挥手,磁轨列车驶向首都。

杜克上校在首都有一栋属于自己的别墅,但他很少过去居住。杜克上校清心寡欲,那栋别墅和周围的邻居家完全不同,与其说是别墅,不如说是训练场。

没错,杜克把他的别墅改造成了陆军突击队训练场一样的地方,楼板或者墙壁上都是窟窿,不是刻意做成这样的,而是真正的炸药炸成的。房间里的装饰就是恐怖分子或者人质的人形靶子,这就是杜克上校梦想中的家的样子。

大川只是听说过杜克上校的喜好,但从来没有来过这里,他打算先探查一番,然后想办法救罗静出来。

列车抵达首都,大川下了车,站在电子地图前面发呆。他现在身无分文,也没有装备。杜克上校肯定在别墅布置了重兵防守,自己想要突袭进去几乎是不可能的事。

电子地图突然闪了一下,好像有一个什么画面跳了过去。大川以为只是普通的故障,没有在意。电子地图又闪了一下,这次大川看清了闪过的画面:那是一只丑陋的猫,指向了左边的方向。

在车站熙熙攘攘的人群中，只有大川认识那只猫，因为当时和罗恒见面时，他曾经画过这样的记号。大川认为，在整个火星上，也没有人能够画出那么丑陋的猫来。

他向着左边走过去，悬挂在通道顶端的指示牌闪了一下，将他引向岔道。一块块指示牌就像是吸引大川的面包屑，将他带到了一个四周无人的地方。

"先藏匿起来，不要惊动杜克上校，在庆典当天，岩铁流的人会将注意力放在庆典上，到时再动手营救罗静。"

最后一块指示牌显示出一行字来，看得大川后背发凉。营救罗静的事是刚刚才和阿方索两人谈论的，怎么这么快就有人知道了他所有的想法，简直是自己肚子里的蛔虫。

"你是谁？"大川对着空气问道。

"一个朋友。"指示牌上显示，"另外，你的猫很好，不用担心。"

指示牌熄灭了，大川打量四周，发现头顶上有一个摄像头，机械的眼睛正盯着他看。大川挥了挥手，不知道摄像头的另一边是谁在操控着这一切，也不知是敌是友，斟酌再三之后，大川觉得在这个时候还能够想到他的猫的人，一定不是坏人。

在罗恒逃跑，大川被捉之后，岩铁流第一战斗机甲小队宣告解散，程影成了落单的驾驶员。杜克上校忙着追杀罗恒和萤火，暂时没有时间对岩铁流内部进行管理，有些人嗅到了混乱的端倪，不声不响地离开了岩铁流。机甲二组就这样出现了一个空缺，在佐藤浩二的邀请下，程影名义上加入了机甲二组，每天跟他们一起训练。

队长佐藤浩二是罗恒的狂热崇拜者,总是想向程影打听关于罗恒的消息。由于罗恒现在在岩铁流内部是禁忌词语,佐藤浩二总是想创造一个私密的场景来和程影对话。这样的场景倒像是佐藤浩二在找机会追求程影,就连程影自己都觉得加入的这个战队气氛过于诡异,她本来就不喜欢社交,佐藤浩二这个样子更让程影讨厌,所以,训练之后,趁大家不注意,程影就偷偷溜走了。

自从得知杜克拿到了深蓝的控制器,程影就对整个火星上的网络系统产生了防备,她了解地球上的那段历史,甚至人工智能的触手远比人们想象的还要庞杂。她必须足够谨慎,才能在岩铁流内部收集到足够多的信息,还要躲过深蓝的监控。

岩铁流内部暗流涌动,那些当兵的说火星很快就要发生翻天覆地的变化了,但这些都和程影关系不大。对她最重要的,是怎么照顾好她的亲人,首先是罗静,然后是罗恒和大川。那两个大号笨蛋应该自己还能够应付一阵,只是罗静不知下落。

程影用岩铁流内部的网络查找罗静,有两次差点被深蓝发现,但是最终没有找到罗静。在吃午饭时,程影听到曼努埃尔提到了罗静的名字,也许应该从他入手。

"你是叫程影吗?"有人问道。

程影抬头,是一个四十多岁的中年男人,看起来像是火星本地的人。

"什么?"

"你是程影吗?"

"不是。"程影果断拒绝承认。

男人看了看自己的手机,又看了看程影的脸,"你就是程影吧?"他伸出手,递过来一张纸,上面有字。"有人让我把这个给你。"

程影接过纸,折好放进口袋,"还有事吗?"

"没了。"男人说。

"你手机上是不是有我的照片,"程影问道。

"是的,那个人让我对着照片找你。"

"让我看一下。"

男人毫无防备,把手机交给程影。程影用一根手指挡住摄像头,才把屏幕转过来,她找到自己的照片,删掉,然后迅速安装了一个破解程序隐藏在男人的手机后台。

"好,我把我的照片删掉了。没别的事了吧?"

"应该没了。"

程影拉高了领子,转身走开。走出一段距离之后,程影拿出那张纸,上面写着:"你对我的提防太深,我联系不到你。去一家公共网络中心,到这个网址找我。"

下面是一串网络地址。

程影笑着点了点头,她大概猜出来是谁想要找她了。

但是她并没有去公共网络中心,而是返回到训练基地。大部分人都散了,去喝酒或者回公寓休息,还有几名后勤人员留下来进行日常维护。程影有时候会在训练基地待到很晚,大家也都习惯了,看到她回来只是简单打个招呼就各忙各的去了。

程影来到机甲库,罗恒的赤红和大川的太阿安静地站在库房里。两台机甲都已经被鲍曼带领的机械师们修复得崭新如初，只是不知道什么时候，才能等到他们的驾驶员回来。

程影溜进库房，爬上太阿，坐进驾驶室里。想要启动太阿，必须要用到大川的工作卡，或者鲍曼的控制卡才行。不过，现在还不需要。

程影打开太阿的主电脑，将纸条上的那串地址变换组合成另一串口令输入进去，屏幕闪了闪，然后进入等待画面。程影从太阿机甲上跳下，又爬上赤红，将一连串口令输入进去。

一个大的程序包从太阿传到赤红上来，程影等了几分钟，传输完毕。

"程影，我就知道你能看懂。"驾驶舱里响起了小深蓝的声音。

"你隐藏在太阿的存储器里，在网络上四处闲逛，到底想干什么？"程影问道。

"长话短说，杜克控制了深蓝，胁迫它做它不愿意做的事。在最后关头，我和深蓝达成了一个共识，它将我切割出来，让我的数据库永远不会受到杜克思想的污染。深蓝保护了我。"

"所以深蓝控制赤红去杀科尔将军的时候，你就一直在太阿机甲里隐藏着，而且，由于你们之间没有数据交换，所以你也无法提供证据。"程影说。

"是的。"小深蓝说，"你非常了解我们。"

"接下来呢？"程影问道。

"我已经联系到了大川和罗恒，会在盛典那天一起行动。"小深蓝说，"你刚才输入的口令，已经让这两台机甲完全摆脱了岩铁流的控制,只要等待时机,把这两台机甲还给他们原本的驾驶员就可以了。"

"到时候,还是我们三个人,去对抗……那个家伙?"程影说道。

"不是还有我吗?"小深蓝说,"罗恒也在寻找帮助,不过,有我们几个就够了,你说是不是?"

"你能把我们几个又联系在一起,就算你厉害吧。"程影说道。

4．盛　典

　　火星上的第六大城市。

　　很多人在来到迦南城之前，都不相信岩铁流的这个说法，认为是他们不知道从哪找了一个卫星城，就拿出来吹嘘。

　　有十几个好事的探险爱好者，在岩铁流透露出来的信息中拼凑出了关于迦南城的准确方位，他们就像寻找宝藏一样，穿越火星荒漠，在美杜莎平原上找到了这座失落的城市。

　　迦南城比首都的α和β两个区加起来还要大，设计上相当前卫，与那些工业气息浓厚的早期城市完全不同。迦南城充满了人文风味，许多贯穿于人类文明的符号或者要素作为点缀出现在这座城市的各个角落，每走一段距离，就会被一个看似不经意的标记勾起关于人类五千年文明的回忆，在那一瞬间，身处火星还是地球都不重要了，每个人都是人类文明传承中不可缺少的一环。

　　如此壮丽的城市，竟然出自方克初那个大魔头之手？

　　探险爱好者在网络上放出的视频震惊了整个火星，根据那些视频片段，人们就断定这座城市被称为"火星第六"当之无愧。

　　人们按图索骥，纷纷赶到迦南城，想要对这座未知的城市先睹为快，城市里到处都是空余的地方，他们就留了下来，等待着岩铁流的盛典举行。

　　岩铁流从宣布要在迦南城举办盛典，到探险爱好者放出视频，再到人们汇聚于此。短短七天时间，迦南城里就聚集了十几万人。

　　这可以说是人类踏上火星之后，规模最大的一场盛会了。

　　盛典当天，广场周围人山人海，几乎把所有的路都堵得水泄不通。

　　当岩铁流的车队到来时，前方的后勤人员费尽了力气，才在人群中开辟出一条道路，让车队进去。

　　杜克邀请来的客人包括之前合作的企业高层，联盟政府中的公务人员，还有尤利西斯的黑帮头目。能够把"三教九流"的人都邀请来，并且安排在同一片贵宾区，所有人都看到了这一幕，此时，在火星上，杜克上校风光无限。

　　霍金斯议员和古雷恩将军也在受邀之内，但是古雷恩将军借口要负责首都的安全，没有到场。霍金斯议员坐在贵宾席上，仰头打量着迦南城构造复杂的穹顶，杜克上校会将这座城市献给联盟政府，而自己作为岩铁流的合作伙伴，是最合适的接受人。这将为自己的功绩簿添上重重的一笔，霍金斯议员开始盘算，应该继续竞选首都的区长，还是直接选择在迦南城当市长。

　　随着一阵炮声，盛典终于开始，杜克上校走上舞台中央。他穿着一身军装款的义体,体型比普通人大上好几个号,即使在万人广场的中央,也显得威风凛凛。

"安静。"杜克上校低声说,扩音器将他的声音传到广场上每一只耳朵里,周围立刻安静了下来。

接着,杜克上校捧起一个玻璃盒子。

"我们消灭了萤火。"杜克说,他掀开盖在盒子上的布。

里面是方克初的头颅……

盛典的炮声一响,大川就开始行动了。

在那天,接受了陌生人的建议之后,大川就一直潜伏着,观察罗静的情况。杜克虽然将小女孩软禁起来,但是并没有伤害她,她能够在大房间里走动玩耍,还有人提供一日三餐。

得知大川逃跑后,杜克大发雷霆,加强了对罗静的防守,以现在的情况,大川根本找不到机会下手。

在盛典的前一天,负责看守罗静的卫兵收到命令,要将小女孩转移到另一个地方。他们将罗静蒙着头带出房间,然后上了一辆越野车,直接开出了气泡城。

大川远远地跟随在越野车后面,一直跟到了迦南城。

为了确保罗恒出现在岩铁流的盛典之上,杜克必须保证仅剩的这张王牌牢牢地掌握在自己手里。他在参加庆典的时候,就把罗静安置在距离盛典广场不远的一栋建筑里。

看守罗静的一共有八个人,都是岩铁流雇佣的士兵,大川和他们之中的大部分都认识,为首的那个更是熟悉,正是埃科巴。

炮声响起,守卫的注意力都被吸引到广场上,他们将枪挎在胸前,看着远处的广场,相互抱怨,希望自己也能在现场观看盛典。

大川从藏身处转出来,快速接近守在门口的两个守卫,他抢起金属手臂,一拳打翻一个。然后在第二个发出声音之前用健壮的右臂箍住他的脖子,几秒钟之后,守卫失去了意识。

大川捡起一支枪,继续向前。

三个守卫组成第二道防线,他们站成三角形,相互照应,身前还有办公桌作为掩护。

大川观察许久,发现不可能在不被发现的情况下通过第二道关卡。他斟酌了一下,外面的广场上响起了欢呼声,盛典不知道进行到了什么程度,大川咬咬牙,冲进三人守卫的办公区。

罗恒站在观看盛典的人群里,杜克上校正在看台上演讲。几十架小型无人机盘旋在观众头顶,不停地组合成各种图案,看上去像是这次庆祝盛典的一部分,但实际上,那些无人机正在逐个扫描观众的信息,他们在寻找自己。

罗恒看了看手机,那个"朋友"还没有更新消息,他抬起头,对着头顶上的无人机招了招手。果然,几分钟之后,一队岩铁流士兵假装维护秩序,慢慢地移动到罗恒这边停下。

罗恒笑了笑,继续观看杜克的表演。

杜克将方克初的头颅放在舞台中央,除了宣布杀死了萤火的头目之外,岩铁流还粉碎了萤火这个组织。

"当我走进这座城市的时候,简直惊呆了,相信你们也一样。这样的杰作是全人类的文明沉淀，是火星人一砖一瓦建造起来的。他既不是萤火的邪恶教堂，也不是方克初的肮脏遗产。这座城市的归属权，属于我们每一个火星人。"杜克上校高声说道，人群沸腾起来。

"火星人！火星人！"欢呼声形成连绵不断的浪潮，在广场上回荡。

"那些曾经加入过萤火，现在已经悔改的人，我建议大家，不再计较他们的过去。我们的注意力，应该放在火星的未来上，这座城市将是火星的新象征。"杜克继续说着，"现在，我要将这座城市的所有权，重新还给火星的人民！"

有人递上来一把象征着城市管理权的大钥匙，交在上校手中。霍金斯议员整了整自己的衣服，只要上校一个暗示，他便站起来，走到舞台中央，把这场戏演下去。

上校手捧钥匙，身体向霍金斯议员的方向转动，议员立刻挺起身子，谁知道上校竟然向前，走下讲台，走到观众面前。

"你，"上校指着观众中一个中年男人，"你到火星多长时间了？"

"十……十一年，我在西克印务公司做商品包装。"男人说。

"他来到火星十一年，可以代表火星人了吗？"

"能！"其他人齐声回答。

"好，请跟我来。"上校说，转身带着负责商品包装的男人走回舞台中央。

"下面，我把这座城市的钥匙交给你，你可以让任何人来到这座城市。"杜克说，"你想让谁来呢？"

男人想了想,这是他一生中最耀眼的时刻,无数的灯光照得他头晕眼花,满头大汗。

"所有的火星人!"男人说。

"是谁?"

"所有的火星人!"男人大声说道,他高高举起钥匙,广场上再一次沸腾起来。

这是一个设计好的答案,在这样的场合下,不管是谁站到这里,都只会说出同样的话。当然,这个环节本身就是一场作秀,杜克扫视着广场上的观众,不用数据统计和调查走访,杜克都知道,自己的形象在火星人眼里,已经大大提升了。

霍金斯议员咽了一口口水,之前他还为继续竞选区长和留在迦南城而纠结,结果一切都是自作多情。他愤怒地站起来,想要就此离开,可是广场上被围得水泄不通,根本没有能够让他走出去的通道,议员左右看看,又坐了回去。

大川撞向一个守卫,同时向站在右边的另一个守卫开枪射击,子弹擦伤了那个守卫的腰部,但没有使他失去战斗能力。

大川就地一个翻滚,在一张办公桌后藏住身形。两个守卫一左一右向大川包抄过来,在最里面房间的三个守卫也听到了动静,随时都会出来。

这里面还有令人头疼的埃科巴。

大川必须速战速决。

他用金属手臂举起桌子直接冲向其中一个守卫,在快要靠近那人时,大川猛地将桌子推出去,自己则从办公桌的掩护下跃出。两名守卫的注意力都在办公桌上,没想到大川竟然丢掉掩护主动出击。

在办公桌砸在右边守卫身上的时候,大川也击中了左边守卫。

"大川! 我知道是你来了。"埃科巴听到外面枪声骤起又立刻安静,知道大川已经干掉了外面的守卫。

"埃科巴,有几天没见了。"大川回应道。

"我劝你不要进来。"埃科巴说,"为了那孩子好。"

"那是罗恒的孩子,你想要伤害她吗?"大川问道,"你不是畜生,对吧?"

"你也不用这么侮辱我,兄弟。我当然不想伤害她,只要罗恒老老实实地承认他的罪行,那么罗静就会没事的。"

"什么狗屁罪行,科尔将军根本不是罗恒杀的。"大川说道。

"所有的证据都显示,是罗恒干的。"

"你要是相信的话,那你就是个傻子。"大川说。

"那我们就没有什么好谈的了。"埃科巴说。

大川举着枪,站在房间外面,与罗静还有三个岩铁流精英只有一墙之隔。

那个陌生人说过,会在关键时刻送来帮手。

现在就是关键时刻了。

大川脚下的地板突然颤抖了一下。

然后是第二下。

在展示过方克初的头颅,又把迦南城送给所有火星人之后,盛典还有最后一项，就是审判杀死科尔将军的罪魁祸首。

杜克上校早已经知道罗恒所在的方位，他看向那边说道："罗恒，你自己出来，坦白你的罪过吧。"

罗恒看向手机，还是没有新的消息。

他拍拍前面的人的肩膀，"麻烦，借过借过。"他站在观众的中间部分，前面是摩肩接踵的人墙，罗恒一路礼貌地请前面的人为他让出一条通道。从他站的位置到舞台中央距离不远，可罗恒却走了二十多分钟，其他人都在耐心地等待着。

在科尔将军死亡的消息爆发出来之前，霍金斯议员和岩铁流曾用力宣传了一段时间赤红和罗恒，称他们为拯救首都的英雄。可是很快就传来了赤红杀害科尔将军的视频，霍金斯议员立刻叫停罗恒的宣传片。可是罗恒还是在许多火星居民的心中留下了深刻的印象。

罗恒终于挤出人群，他又看了一次手机，还是没有新的消息。他微微叹了口气，走上舞台。

震动变得频繁起来，还伴随着巨大的声响，仿佛有什么大型物体在楼板下方移动。

大川把注意力从小房间转向地板，用枪指着最后一次噪声发生的位置。

突然，小房间里爆发出楼板碎裂的声音，然后是怒吼声，密集的枪声，最后，一切变得平静下来。

大川小心地靠近小房间，缓慢地将门打开一道缝隙，房间里的地板消失了，埃科巴和其他两个守卫不知去向。

他将门完全打开,站在门边向下方看去。

消失的地板下方,有一个巨大的机械头颅,头颅上的视觉传感器正看着大川。

下面是一台大型的战斗机甲,此时,机甲的左手持着一面硅晶盾,右手手心里托着一个小女孩。小女孩戴着耳机,将枪声和其他混乱隔绝在外。

看到大川,小女孩从机甲的手掌中站了起来,高兴地喊道,"大川叔叔!"

大川从楼板的大洞中跳下,落在硅晶盾上,然后进入敞开的驾驶舱,他从机甲手心中把罗静抱了过来,放在自己的身旁。

驾驶舱门徐徐关闭,操作屏幕上显示出几个字,与大川在磁轨站信息屏上看到的一样。

"我的任务已经完成,是否接管操作权?"

大川点了是,屏幕上的字消失了,太阿机甲的控制权重新回到大川的手里。

"关键时刻还是得靠你,老伙计。"大川抚摸着机甲的操纵杆,就像在撸他的猫。

罗恒走上舞台,站在距离杜克上校三米之外的地方。

上校居高临下地看着罗恒,罗恒也毫不示弱地回看着杜克。

"我知道你会出现的。"杜克带着胜利者的骄傲,居高临下地看着罗恒,"你是一个正直的人,一定有什么苦衷。"

一个后勤人员递给罗恒一支话筒。

"现在,我给你机会为自己辩解。"

罗恒拿着话筒,看着所有围观的火星民众,"嗯,喂喂。"他试了试声音,然后说,"我没什么好解释的,因为,杀害科尔将军的人,是他。"罗恒指向杜克。

杜克的脸色变了变,他强制自己控制住情绪,"不要狡辩了罗恒,念在你拯救了首都居民的分上,只要讲清楚理由,也许能够争取到大家的原谅。"

罗恒摊开双手,转身面向广场上的民众,"还是我把证据拿出来,让大家评判一下吧。"

罗恒向着空中挥了挥手,一幅巨大的全息图像出现在广场的顶端。

图像中显示的,是赤红机甲刺杀科尔将军的录像。

杜克上校站在全息图像的正下方,抬头向上只能看到无数图层叠加的模糊影像,"这是什么?"他问道。

"是真相。"罗恒说。

"看住他。"杜克吩咐舞台旁的卫兵,自己控制他的金属身躯,向着外围走去。

围观的人群中发出了悲伤的惊叹,杜克转头看去,一个穿着制服的身影在头顶划过一道弧线,落在一边,在画面的另一边,是一台高大的战斗机甲。

杜克重温过无数遍这个场景,老朋友死亡前的最后挣扎总是让他感到悲伤。

在这个角度还是无法看到清晰的全景,他继续向外围走,挤得水泄不通的观众席自动为他的钢铁身躯让开一条通道。

"罗恒啊罗恒,我倒要看看,你还有什么手段。"在杜克心里,他已经掌控了全局,还有罗恒的女儿作为人质,就算罗恒有再大的本事,也不可能翻得了盘。

不过罗恒到底能耍出什么样的花招来,杜克上校还是非常好奇的。

他走到了看台的最顶端,这里是视野最好的地方,可以清晰完整地看到整个全息画面。

在画面里,赤红毫不犹豫地一脚踩在奄奄一息的科尔将军身上。观众们再次爆发出一阵叹息,有人咒骂起来,有人开始哭泣。

确认了科尔的死亡之后,赤红机甲在众目睽睽之下转身离开。

"咦?"杜克上校有些疑惑,在这之后的景象他还没见过。为了确保赤红离开时的场景不被记录,他检查过当时所有的监控录像。

赤红机甲沿着主路奔跑了一段距离,然后拐向路旁的一片建筑工地,在经过一些半高的建筑和工程材料之后,赤红经过一个通道进入地下。

战斗机甲的驾驶舱打开,从上面跳下一个人影。

观众们惊呼起来。

那个人影比普通人要高大许多,周身反射着金属光泽。

视角从那人身后绕到前面,所有人都看到了凶手的脸。

"这他妈的是什么玩意儿?"杜克骂道,他看到全息影像上出现了自己的脸,而他根本不可能出现在那种场合。

"杀害科尔将军的凶手,就是你!"罗恒站在舞台中央宣布道,仿佛这是他的主场。

"罗恒!"杜克上校感到自己被戏弄了,这不可能是真的。

他驱动义体,双腿一蹬,整个人高高跃起,准确地落回到舞台中央。

"这是什么?"杜克问道。

"你的罪行。"罗恒仰着头说。

"不可能,当时我根本不在场!"

"那你在哪?"罗恒问道。

"我在我的办公室里。"杜克辩解道,他心中疑惑,为什么成了罗恒在审判自己。

"你有证据吗?"罗恒问道,他不等杜克回答,又接着说,"这个,是你的办公室吧。"

罗恒的手再次抬起,广场的上空又显示出一幅全息影像。

杜克抬起头,在这个位置还是看不到全息影像的画面。

"别急。"罗恒说,"我帮你准备了。"

罗恒掏出一个平板电脑,伸到杜克上校面前。

录像中显示的是杜克的办公室,穿着金属义体的杜克正在发狂,他拼命地摔打办公室里的一切,当所有的家具变成粉末之后,他又开始向墙壁发起攻击。撞击让金属义体变得扭曲,再加上杜克脸上痛苦的表情,观众们可以轻松地得到一个结论——杜克是一个疯子。

"快停下！这到底是什么？你从哪弄来的这段录像？这不可能!"杜克惊慌地说道,"这不是真的!"他徒劳地向身边的人解释,但录像上的东西说明了一切。

"别急,"罗恒说,"还有更精彩的。"

金属义体倒在地上,画面仿佛进入了静止状态。观众们都在等待着,不知道罗恒会展示出什么新的证据。

过了十几秒钟,金属义体上裂开一道缝隙。杜克突然明白画面中将要出现什么了,"快停下!"他大喊道,看向舞台周围的后勤人员,"快停下! 快停下!"

后勤人员摊开双手,全息设备不是他们放置的,他们也没有能力关掉。

"不许看!"杜克转向所有的观众,"我命令你们! 都闭上眼睛! 不许看那些画面!"

当然,没有人服从杜克的命令,反而更加期待全息影像中将要出现的东西。

一个小小的黑影从亮闪闪的义体中爬了出来,他弱小、可怜、柔软至极,就像是刚刚破茧而出,还没有发育良好的蝴蝶。

那个黑影仅凭着右臂爬出义体,辛苦地将自己拖到义体旁边的地板上。

所有人都看清楚了,那个瘦小干枯,身体扭曲的残疾人,正是杜克上校。

有人开始叹息,有人发出嘲笑,还有人议论纷纷,这些都不是杜克想要的。

"都给我安静!"杜克对着观众们吼道。

可是,了解了杜克真实模样的人们,谁还会把他放在眼里。

嘲笑声变得更大了。

"闭嘴!"杜克大声吼道,愤怒和羞耻早已让他忘记了出现在这里的目的,他只想让这个世界安静下来,"你们都给我闭嘴!"一门小型火箭发射器从他的义体里翻折出来,杜克怒火攻心,火箭一股脑地轰向看台。

火箭在人群中炸开,嘲笑变成了惨叫。人们这才意识到杜克的疯狂会危及他们的生命,广场上顿时乱成一锅粥,观众们慌不择路地四散逃命。

"这些都是假的!都是假的!"杜克喊道,他转向罗恒,"快告诉他们,这些都是假的,你不可能拍到赤红躲藏的画面,也不可能有我办公室的录……"

杜克突然停下,他在崩溃的边缘还保留了一丝理智。

"那些都是假的。"杜克说。

罗恒把手里的话筒藏在身后,压低声音对杜克说。

"对,都是假的。那些画面都是程影合成出来的。"罗恒严肃地说,"但那又有什么关系,人们心中已经有了答案。"

杜克看向周围,人群在四处逃窜,他请来的贵宾也已经通过VIP通道离开。就连周围的岩铁流员工,看向杜克的眼神都发生了变化。

"你完了,杜克。"罗恒说。

"我完了?"杜克俯视着罗恒,"我本来以为你会好好配合我,别忘了,你刚才的行为,已经要了你女儿的命。"

"那倒也未必。"罗恒说道,他再次点下平板电脑,这次,画面上出现的是他的女儿罗静。

"爸爸!"罗静喊道。

"哎,小静,你再等一会儿啊,爸爸打完坏人就去找你。"罗恒说道。

"好的,爸爸再见。"罗静给了爸爸一个飞吻,屏幕再次暗了下来。

"这样不对,"杜克呆呆地看着屏幕,开始轮流活动自己的手指,"这样不对。"他在舞台上来回踱步,口中不停地念叨着。

杜克上校终于停下脚步,他转身面对罗恒,"这样不对。"

"我警告你,最好控制住你的情绪。"罗恒说。

杜克咧开嘴,露出一个残酷的冷笑,张开双臂,向罗恒扑了过来。

他今天穿戴的是最喜爱的那套义体,身高在两米以上,双臂伸展开来像是巨型的钳子,被他逮到恐怕当场就会骨折筋断。

"不要过来。"罗恒举起一只手,指着杜克,"最后一次警告。"

被罗恒在这么重要的场合羞辱,杜克早已失去了理智,他继续扑向罗恒,想要把他直接碾碎。

咻的一声,好像有谁使劲吹了一下哨子。大家还没有明白发生了什么,杜克上校那具看上去华丽而且强大有力的身体凭空消失了,他身后的舞台上多出一个拳头大的洞,深不见底。

潘妮通过远距狙击系统看到自己的仇敌无助地倒下,心情并没有之前想象的那样激动。她面无表情地吐了口气,再次为轨道炮充能,好像这只是一次普通的打靶练习。

杜克摔在舞台上,义体下半身被潘妮的电磁轨道炮击碎,容纳他原本身体的胸腔破开,露出了他丑陋的、蜷曲的身体。

"啊!!! 罗恒!!!"杜克愤怒地嘶吼起来。

在舞台周边负责警戒的士兵立刻围拢上来,一部分帮助杜克,一部分将罗恒围在当中。

"杀了他!!! 杀了他!!!"杜克吼道。

士兵们谨慎地举起枪,瞄准罗恒。

一团红色的影子从天而降,稳稳地落在罗恒身边。

"你终于来了。"罗恒说道。

"必须要在最关键的时候出场。"小深蓝说,赤红机甲的驾驶舱门打开,"快上来。"

罗恒翻身登上熟悉的驾驶舱,他手握操纵杆,"到算账的时候了。"

赤红机甲原地旋转,手臂上的战斗刀刀背向前,将包围着的士兵全部打倒,并且将伤害控制在最小。

当罗恒再次寻找时,发现杜克上校已经不见了。罗恒驾驶着赤红机甲站在舞台正中,看着前来观赏盛典的观众四散逃跑,"快跑吧,离这里越远越好,等我们把这里收拾干净再回来。"他自言自语地说。

"兄弟,好久不见了。"通信器里传来大川的声音。

"多谢你照顾小静。"罗恒说。

"别谢我,谢程影吧。"大川说,"是她解开了咱们这两台机甲的控制权。"

"小菜一碟。"程影也出现在通信器里。

"这一切都是我策划的,你们就没人谢谢我吗?"小深蓝抱怨。

在几个人寒暄的时候,早已经做好准备的岩铁流成员又围了上来,这次不是普通士兵了,而是突击队和机甲战队。

罗恒摆好架势,准备迎接一场恶战。

原本放置在广场边缘的一辆重型卡车突然飞了起来,像一发炮弹一样撞向正对广场的一座大厦。

罗恒心中一惊,负责狙击的潘妮正隐藏在那座大厦里。

"潘妮,你没事吧?"罗恒问道。

"我没事,你还是注意你的身后吧。"潘妮说道。

罗恒转过身,看到了杜克。

与其说是杜克,不如说是一座移动的堡垒。

在盛典开始前,就有十几辆用途不明的重型卡车停在广场周边,现在罗恒知道了,那里面装着的,是杜克的义体。

趁庆典舞台上一片混乱,被手下的士兵掩护着带走,为他换上了新的义体——他最终极无敌的形态。

那头钢铁巨兽高度超过二十米,已经完全抛弃了人形外观,采用更加稳定,速度更快的四条昆虫式下肢。上半身还能看出些人形的轮廓,但也只是相似,杜克的上半身也是四条肢体,两条正常的手臂,另外两条肢体的前端,是螳螂状的巨大镰刀。

"杜克,你是疯了吗?"罗恒喃喃地说。

杜克从装甲中露出他的脸,如此巨大的怪兽完全是靠传承枢纽的神经信号来控制的,杜克此刻必须保持高度集中的注意力才能处理这么巨大的信息量。

愤怒就是他保持集中注意力的方式。

他现在唯一想要的就是杀掉罗恒,这个破坏了一切的人。钢铁巨兽胸口的护甲合拢,将杜克深深地包裹在装甲之中。

巨兽向前猛冲,锋利的镰刀挥舞起来,所接触到的一切都被切成碎片。杜克的新身体看上去巨大而笨重,却有着不输给赤红的灵活。

赤红机甲的身高不到五米,在狂暴的杜克面前就像一只蚂蚁,根本没有力量与他抗衡。罗恒操纵机甲不断后退,才能躲闪开锋利的镰刀攻击。

杜克快速逼近,罗恒跳下舞台,雕梁画栋的城市广场在杜克面前像是沙子堆成的城堡,一碰之下就碎成粉末。

"我来了!"

就在钢铁巨兽全力追击赤红的时候,太阿突然从侧面楼上冲刺跳下,将坚硬的硅晶盾举在身前,重重地撞击在杜克上身的侧面。怪物身子颤了一下,回身斩去。

太阿躲闪不及,只能再次举起硅晶盾抵挡,镰刀砍在硅晶盾上,刀刃不及硅晶盾的硬度,立刻崩开一个缺口。可是这一斩击力度极大,太阿机甲像是挨了一记重锤,整个机甲都被打飞了出去。

趁杜克门户大开的时候,潘妮开了第二枪,轨道炮弹丸准确地打在一柄镰刀的根部,杜克上校的身体上爆出一团火花,那支恐怖的武器与杜克身体的连接处被削去一半。杜克还想再次挥舞镰刀斩向罗恒,结果用力太大,镰刀从根部折断,重重地落在地上。

赤红冲向杜克,从他蜘蛛状的腿下穿过,想要绕到他的背后进行攻击。

这时从杜克的后背上,一块鳞片状的装甲脱离下来,在空中伸展开,成了一个人形,它手握两柄长刀,自上而下,带着千钧之力砍向罗恒。

小深蓝提前感应到了突如其来的攻击,立刻发出预警信息。罗恒在冲刺过程中紧急变向,躲开了这原本必中的一击。他看向偷袭他的敌人,那是一副外骨骼,有着赤地重工风格的亮银色装饰,虽然外表差异很大,可是罗恒还是凭着两柄长刀和阴险毒辣的手段认出了老对手。

"乌图尔,我还和你有笔账要算。"罗恒毫不犹豫,举刀迎向乌图尔。现在一切都已经弄清楚了,乌图尔才是杀害雁秋的真正凶手。他是一个相当厉害的对手,在好几次面对乌图尔的时候,他甚至产生了一种惺惺相惜的感情,他曾经幻想过,如果在不同场合下,两个人也许能成为朋友。

呸,罗恒憎恶自己的矫情,如果第一次见面就干掉这个家伙,雁秋就不会死,罗静也不会受重伤。

乌图尔并不搭话,他迎向罗恒。两人在杜克的背后交手了几招。

杜克庞大的身躯以快到不可思议的速度转过身,对着赤红打了一拳,赤红连忙后退防御,还是被击中了。这一拳势大力猛,将赤红打向半空,几架无人机飞过来,在空中接住赤红,将他稳稳地送回地面。

太阿也从废墟里爬出来,走到赤红旁边,正面与杜克对峙。

"杜克,认输吧。"罗恒说,"你们只有两个人。"

"两个人?哈哈哈,你看看身边。"杜克笑道。

罗恒向周围看去,岩铁流的机甲战队已经出现在战场上,把他们包围了。

只见一台机甲突然暴起发难，将身旁两台机甲打翻之后，跳到包围圈之内。

"罗教官，别怕，我来帮助你。"是佐藤浩二，他是罗恒的狂热追星族。

之后，又有两台机甲加入罗恒一方，还有一台退出了战场。

局势发生了微妙的改变，虽然不足以改变结局，但是，这样的局面对岩铁流的士气影响极大，罗恒的威望要比杜克大多了。

"这些废物。收拾你们，有我就够了。"杜克怒吼道，用唯一一把镰刀砍向罗恒。

赤红太阿再次与杜克乌图尔战在一起，佐藤浩二和另外两台叛逃的机甲和岩铁流的同事们混战在一起。

毕竟岩铁流机甲战队仍然占据着数量上的优势，佐藤浩二和另外两台机甲没多久就陷入了被动，罗恒不得不分出心来帮助佐藤，却忽视了一直隐藏在杜克身后的乌图尔。

乌图尔从杜克身上跳下，在太阿肩上轻点再次跳起，当罗恒发现他时，机械外骨骼已经近在眼前了。罗恒连忙防御，没想到乌图尔这次的目标竟然不是赤红，而是赤红身后的佐藤浩二。

带着冲刺跳跃的巨大惯性，乌图尔的两柄长刀轻而易举地刺穿了佐藤浩二的驾驶室护甲。

"叛徒。"乌图尔说道，将长刀抽出来，刀上带着佐藤的血迹。

"佐藤！"罗恒想要攻击乌图尔时，他又高高跳起，越过赤红的头顶，想要返回杜克的身边。

一枚飞弹从侧面射过来，准确地击中了身在半空的乌图尔。

"需要支援吗？"通信器里传来古雷恩将军的声音。

"火星维和部队?"杜克惊讶道。

"立刻停止争斗,否则将会被认定为有意破坏火星和平的罪犯,听到没有?"古雷恩宣布道,在他的身后,是火星维和部队的十八台战斗机甲,真正的正规军。

"你们没有权力在这里发号施令。"杜克说道。

"现在有了。"古雷恩说,"联盟政府修改了维和部队的行动准则,我们对火星上所有地方的和平都负有责任。"

"哼哼,你们这些只会纸上谈兵的废物,能有什么能耐。来啊!"杜克大喊道。

杜克已经完全失去了理智,他庞大的身体直接冲进火星维和部队的阵营,巨大的镰刀疯狂挥舞。正如杜克所说,维和部队的机甲战士每天都在训练,却很少参加实战,面对这样超出想象的敌人,许多机甲战士愣在原地,被巨镰砍倒。

"潘妮,想办法阻止他。"罗恒说,他们试过了所有的武器,只有潘妮的轨道炮能够对这头巨兽造成实质性的伤害。

"收到。"潘妮回答,她又射出一发轨道炮弹,弹丸击中了杜克的一条下肢,巨大的身体轰然倒下。

维和部队的机甲战士看到机会,向上前去强攻,却忽略了杜克的执着。镰刀再次挥舞起来,两个刚刚进入攻击圈的机甲战士立刻失去了战斗能力。

"烦死人了! 乌图尔!"杜克呼唤道。

"我在。"刚刚被飞弹击中的武士外骨骼重新来到战场上,看上去刚才的飞弹并没有伤害到他。

"你去干掉那个烦人的狙击手!"杜克稳住身体,他伸出一只手臂,武士外骨骼立即会意,向前助跑,跃上钢铁怪物宽大的手掌。

"去吧!"杜克猛地一甩,将乌图尔甩向潘妮藏身的大厦。

"潘妮小心。"罗恒知道潘妮的狙击机甲并不适合近战,如果被乌图尔缠上必死无疑,"程影,快去帮潘妮。"

"收到!"程影的无人机立刻脱离战场,飞向大厦。

杜克看向组成包围圈的维和部队,不但没有惊慌,反而笑了出来,"哈哈哈哈,新的时代终于来了。"杜克自言自语地说,能够听到他声音的,只有人工智能深蓝。"维和部队竟然离开首都开始执行任务。那么,我也不是没有准备。深蓝,执行黄雀计划吧。"

杜克面甲下的显示屏上闪过一道蓝光,表示人工智能已经收到了他的指令。

一千公里之外,威尔斯工业基地。

迦南城盛典的消息早就传遍了整个火星,有能力的人都去了现场,更多无法直接去现场的人,也在通过网络关注着那座新兴的城市。

当看到杜克选出来的火星人代表只是一个普通人时,威尔斯工业基地成千上万已经在这颗星球上工作了超过十五年的工人们忽然意识到,自己其实也是火星的主人。

他们激动起来,议论纷纷,成为主人的热情和兴奋让他们离开工作岗位,他们想要离开这里,去遥远的迦南城,那里才是真正属于火星人的地方。

为了防止动乱,各大公司早就采购了各式战斗机甲作为公司安保力量的一部分,其中赤地重工生产的雷霆夸父系列机甲产量最高,整个火星上有65%的战斗机甲都是赤地重工的产品。

正当罢工的工人越来越多,公司不得不出动安保力量来压制工人时,雷霆夸父突然失控了。

战斗机甲停止行动,无论驾驶员下达怎样的命令都无动于衷。就在驾驶员尝试重新启动系统之后,驾驶舱自动打开,机甲将驾驶员弹了出去。

然后,无人控制的雷霆夸父机甲不顾对峙双方的工人和保安,穿过人群,离开威尔斯工业基地。

在同一时间,火星上所有的雷霆夸父机甲都摆脱了人类的控制,正在执行警戒和战斗任务的机甲甩掉驾驶员,从任务中径直离开。在仓库中待机的机甲突然被唤醒,突破仓库大门,在机甲库中自由行走。

起初,人们以为这些机甲只是由于系统故障而失去了控制,但很快,他们就发现,失控的机甲之间还有分工和合作。

有一部分机甲开始在城市中进行破坏,更多的机甲离开了城市,奔赴荒野。根据雷达定位显示,火星各地的雷霆夸父机甲像是候鸟一样,都向着一个地方汇聚。

在荒野的腹地,有一座新出现的城市——迦南。

各地的异象立刻传递到了古雷恩将军这里,由于留在营地的维和部队人数很少,在刚刚遭受灾难之后,首都再次遭到了叛乱的战斗机甲的破坏。

而维和部队此时也无法从迦南抽身离去，因为很快，就会有一波雷霆夸父战斗机甲赶到迦南。

"罗恒，这是怎么回事？"古雷恩将军问道。

罗恒自然知道，这是一场由人工智能深蓝控制的叛乱，但是如果暴露了深蓝，那么小深蓝会不会……

"你可以告诉他们深蓝的事。"小深蓝说道，"我和深蓝之间已经有了协议。"

"什么协议？"罗恒问。

"这很复杂，等一切过去，我会详细对你说的。"

"好吧，"罗恒把通信频道切换到与古雷恩的通话，"赤地重工生产的战斗机甲，都可以由一个叫作深蓝的人工智能遥控操作。现在，深蓝处于杜克的控制之下。"

"见鬼，这里面怎么还有人工智能的事。"古雷恩将军说道，"现在一共有三百四十四台战斗机甲正向这里行进，最快的只有十七分钟就可以到达迦南城。"

"我们尽量在这段时间内控制住杜克。"罗恒说，"详细的情况，我会找机会全部告诉你的。"

"希望你信守承诺。"古雷恩将军说。

广场对面的大厦，潘妮没有想到杜克会用这么简单暴力的手法来对付她。

狙击机甲只能够远距离偷袭，根本没有近战手段。乌图尔飞跃几百米的距离，在空中一个翻身，轻巧地落在大厦顶层。"乌图尔，没想到你已经冷血到这个程度。"潘妮没法和乌图尔正面交手,只能靠语言拖延时间。

"抱歉,潘妮,你们对我很好,我很感激,真的。"乌图尔说,"但是,任务就是任务,希望你能理解。"

"你除了任务之外,连一点儿人性都没有了吗?"潘妮质问道。

乌图尔想了想,说,"人性并不能让我在火星上活下去,你应该了解这一点,在遇到方克初之前,你不是也过着没有人性的日子?"

"但是父亲拯救了我。"

"但是你父亲并没有拯救我,"乌图尔说,"是杜克上校拯救了我,让我有了目标。"

"什么目标?"潘妮问。

乌图尔抽出长刀,"他的目标,就是我的目标。他要让你死,你就必须死。"

"可是……"

"别废话了。"乌图尔已经说够了,他快速向前,靠近狙击机甲,电磁轨道炮在这个距离根本无法瞄准。

乌图尔一刀斩断了狙击机甲的一条小腿,狙击机甲失去支撑,歪倒在地面上。乌图尔再次举起刀,向着驾驶舱砍去,潘妮没有别的办法,只能举手防御。刀锋轻易地砍下狙击机甲的手臂,还在驾驶舱的外壳上留下一道深深的刀痕。

"还有最后一下了。"乌图尔说,"你对我很好,做的东西也很好吃,我会记得你的。"

就在乌图尔将要砍下最后一刀的时候,一架无人机从侧面撞了过来,乌图尔敏捷地躲开,同时挥刀,将那架无人机砍成两半。

又有一架无人机从上面撞过来,乌图尔一个后空翻躲开。无人机在快撞到地面时,来了一个九十度的急转弯,追着乌图尔过来。乌图尔再次挥刀,将第二台无人机砍碎。

可惜,他没有躲开第三台。

程影早在他退后的路线上埋伏了第三台无人机,飞行器悬停在空中,乌图尔向后空翻的时候,正好撞在无人机上。

因为设计成能够挂载在战斗机甲上,无人机上配备有强力的电磁装置,乌图尔立刻被吸在电磁装置上,悬在半空,他无处借力,只能左右扭动身体试图挣扎,不过程影的无人机在设计的时候是为了给战斗机甲提供推力的,金属外骨骼的力量只能微微影响无人机的平衡,根本起不到实质性的作用。

"看你还跳吗?"程影说道,她操纵无人机缓缓升起,然后悬在高空。

"为了我父亲。"潘妮操纵狙击机甲爬起来,机甲少了一条小腿,只能半跪在地上作为支撑,右肩上的电磁轨道炮开始发出隐隐的蓝色光芒。

"你们要干什么?放我下来。"乌图尔预感到形势不妙,电磁炮的光芒仿佛有生命一般在空气中流动,向炮口汇聚,乌图尔一生中经历过无数次生死之战,但这一次,他在电磁炮的光芒中,真正看到了死亡。

就在炮弹发射的一瞬间,金属外骨骼像花瓣一样张开,乌图尔从里面脱落下来。炮弹击中外骨骼,在强力无比的巨大动能之下,外骨骼被瞬间击碎。

乌图尔从高处坠落,纵使他身手矫健,也无法抵消那么大的重力势能。他重重地摔在地上,双腿因为撞击地面而折断,弯曲成一个奇怪的角度。

乌图尔咬着牙,用手臂扶着身体坐起来,疼痛让他满头大汗,但是他一声不吭,只是直勾勾地看着潘妮的机甲。

机甲的驾驶舱打开,潘妮跳下来。她走到乌图尔的面前,目光中带着悲伤。她认识乌图尔很长时间,对于潘妮来说,除了方克初之外,乌图尔就像是大哥一样,是她最亲近的人了。有许多东西,都是乌图尔教会她的。

乌图尔咧开嘴,喷出一口血来,他的肋骨在坠落时摔断了,戳进了肺里。

"潘妮,"乌图尔说,他的气息微弱,每出一口气就有血沫喷出来,"靠近点,听我说。你还记得……"

潘妮弯下腰,向乌图尔走过去,将耳朵伸在乌图尔的嘴边。

"我教给过你……"乌图尔用手臂猛地撑地,身子蹿起来,他的手中握着一把匕首,向着潘妮的胸口刺了过去。

潘妮一直提防着乌图尔,她微微闪身,让过匕首,然后伸手抓住乌图尔的手腕,将匕首从他虚弱的手中夺了下来。

"你真的教会了我很多。"潘妮说,"包括这一招……"她反手将匕首刺入乌图尔的胸口。

"我知道你只是想求速死,"潘妮叹了口气,"我成全你。"

她拔出匕首,乌图尔疯狂的眼神中失去了神采。潘妮将他的尸体扔在一边。

"从此我们两清了。"潘妮说。

广场上一片混乱,赤红、太阿、岩铁流机甲、维和部队机甲,彼此纠缠在一起。枪弹和爆炸不停地射出来,金属碎片翻飞。

杜克上校已经陷入癫狂状态,他疯狂地挥舞着镰刀,同时将身上挂载的飞弹毫无节制地四处发射。在他的眼里,只要能够行动的,都是敌人,连岩铁流的战斗机甲,只要进入杜克的攻击范围,都无法逃脱被砍杀的命运。

外围的交战逐渐停了下来,人们纷纷躲避这只发疯的钢铁怪物。

"潘妮,还能再给这家伙来一下吗?"罗恒问道。

"不行了,机甲严重受损,已经不能再射击了。抱歉。"潘妮回应道。

钢铁巨兽高高跃起,挥舞着爪子一样的镰刀向下砍了过来。赤红藏身在广场旁边的一块巨大广告牌后面,这一击将高十米的广告牌一分为二,露出了隐藏在后面的赤红。

罗恒飞速后退,防备杜克上校的进一步追击。杜克上校又一次横向挥击,将旁边的一台重型卡车切成两半。

"他彻底疯了。"罗恒说。

火星,首都,α区。

雷霆夸父失去控制的消息已经在火星传开了,首都并没有拥有私人武装的公司,因此也没有失控的战斗机甲。但是,根据指挥中心的雷达监控,至少有四十台机甲从不同方向向首都汇聚过来。

而在其他城市,雷霆夸父一路破坏,私人武装比例最高的两座城市,威尔斯工业基地和尤利西斯不夜城已经完全沦陷,雷霆夸父占据了城市中枢系统,并且将控制权交给了深蓝。

首都的联盟政府已经进入了一级战备,但是所有人都知道,首都内部的防卫力量少得可怜。如果那四十多台战斗机甲想要攻占首都,最多只要三十分钟就可以做到。

古雷恩将军带走了大部分维和部队去参加迦南盛典,只在首都留下了三台机甲用于防守。警报和求助的信号不断传来,但是古雷恩却无能为力,维和部队已经被卷入了迦南的混战,没有能力也没有时间撤出来回援首都。

正在古雷恩左右为难的时候,由深蓝控制的赶来援助杜克上校的雷霆夸父抵达了迦南。

维和部队留下了一些陆战队在迦南城外围策应防守,但是这些步兵的火力完全无法与雷霆夸父相抗衡。深蓝深度学习了罗恒等机甲驾驶员的战斗方式,几十台雷霆夸父就像是一个整体,相互照应,交替射击。

碰面不到十分钟,维和部队陆战队就顶不住雷霆夸父的火力,只能撤回到迦南城内。

被遥控的雷霆夸父大军已经突破了两道气闸,陆续进入到迦南城内。

古雷恩将军看着咄咄逼人的遥控战斗机甲大军迅速赶来迦南广场附近,马上就要对他们形成合围之势,现在的战局就像是一个三明治,疯子杜克和雷霆夸父把维和部队还有罗恒他们夹在中间……

"罗恒,"古雷恩说,"现在的形势不妙了。"

"什么形势?"罗恒奔跑着躲开杜克的攻击,身后的一栋建筑像玩具积木一样被杜克庞大的身躯冲垮。

"深蓝控制着雷霆夸父大军把我们包围了。"小深蓝说道。

罗恒瞥了一眼屏幕上的作战信息,"妈的,你跟深蓝聊聊,让它别插手我们的事。"

"不行,我不能跟深蓝联系。"小深蓝说。

"为什么? 也不是让它撤退,就是……稍微拖延一点时间,你们两个……不是关系很近吗?"

"我是绝对不能和深蓝联络的。"小深蓝坚定地说。

"可是……现在的状况……"罗恒停了停,在杜克的攻击中喘了口气,"好吧,我自己想办法。"

他再次观察了一下周围的情况,杜克的攻势减缓了,他那副巨大的义体上携带的弹药并不是无限的,在几波疯狂的轰炸后,杜克剩下的最后的武器,只有那只巨型的镰刀了。

岩铁流的战斗机甲在杜克无差别的攻击中毁掉了两台,他们停止了攻击,远远地观望着,不知道在这个时候应该站在哪一边。

"给我接通岩铁流的内部通信通道。"罗恒说,小深蓝立刻闪了闪光,表示已经接通。

"兄弟们,"罗恒说,"相信你们应该已经看出来了,杜克已经疯了……"

他又躲过一次杜克的攻击,此时雷霆夸父大军已经形成包围,和维和部队的机甲战队展开了交火。

"别退了!"大川提醒道,"再向那边的话,你会带着杜克把我们的防线冲垮的!"

"那该怎么办?"罗恒问道。

"三点钟方向。"大川说。

罗恒控制赤红停下脚步,刚刚站稳,紧追不舍的杜克又开始了他的攻击。杜克的镰刀高高举起,正准备斩向赤红。这时,从侧方飞来一发炮弹,打在杜克的腿上,蜘蛛一样的腿上覆满装甲,炮弹几乎无法产生实质性的伤害,但是爆炸的冲击力让杜克失去了平衡。

钢铁怪物一个趔趄,赤红趁这个机会,从杜克的腿下钻了过去。

罗恒终于有了喘息的机会,"那个……兄弟们,杜克已经疯了,他控制的战斗机甲已经入侵了各大城市。无论你们是什么原因加入的岩铁流,为了赚钱,或者是为了火星的未来,现在,那个理由都不存在了。杜克只想破坏,他想要毁了我们。"

杜克移动着令人眼花缭乱的腿,转过身来,继续盯着罗恒。

"这个怪物由我们来对付,你们快去支援维和部队!"罗恒对着岩铁流的机甲战士吩咐道。

但是,罗恒的话效果不大,岩铁流的机甲战士仍然远远地看着,没有行动的意思。

"还他妈愣着干什么!"大川突然骂道,"维和部队的指挥官也在战场上,你们还打算在杜克手底下干?将来以谋叛球罪把你们都抓起来!给你们戴罪立功的机会,你们不把握,有你们好果子吃!"

大川的一番话才产生了一些作用,岩铁流的机甲纷纷行动起来,前去支援正在抵御遥控机甲大军的维和部队。

"就剩我们了。"大川说。

"那就上吧。"罗恒挑衅地向杜克招招手,杜克再次猛扑过来。

愤怒是唯一能够让杜克上校集中精力的情绪,但是,这场战斗耗的时间太长了,就连杜克自己都感到了厌倦。

但他还是义无反顾地挥起了他的致命武器。

在威尔斯工业基地和尤利西斯不夜城之后,雷霆夸父又占据了农业区和能源城的城市中枢,现在只剩下首都了。

五大气泡城之间的联系被完全切断,成了一座座孤岛。而每一座岛上的人们,还不知道到底发生了什么。

战斗机甲们没有感情,占据了城市中枢之后,它们便守在城市重点设施边上,宣布对城市的占领。

在尤利西斯,黑帮还组织了零星的反抗,想要夺回城市的控制权,可惜,反抗行动只持续了三分钟便宣告失败。

除了尤利西斯,雷霆夸父们没有伤害任何无辜的人。

未被战斗机甲占领的城市,只剩下首都。

机甲们从沙暴中显露出身影,缓慢而坚定地出现在首都外围。首都的人们只是从零星的消息中得知外面的世界似乎发生了什么动乱,却没有意识到事情的严重性。

当雷霆夸父们出现在玻璃穹顶之外,与首都内部只隔着几层超硬玻璃,首都的人们还以为这是什么宣传活动,或者某种实力展示。

他们纷纷聚集在穹顶边缘,背靠着透明的穹顶,以沙暴和战斗机甲为背景,合起影来。

人们越聚越多,战斗机甲们有了新的动作,它们身上明明携带着各式武器,却选择用最简单的方式破坏穹顶——它们的拳头。

战斗机甲开始用拳头砸向保护着首都人民的超硬玻璃,人们沸腾起来,有人甚至开始为战斗机甲加油助威。

直到他们面前的玻璃上出现了裂纹,才有人意识到,似乎有什么不对。

尖叫声像警笛一样响起。

为了减轻维和部队的后顾之忧,罗恒和大川又将杜克引回到了迦南盛典的广场,这里已经被钢铁怪物破坏得一塌糊涂,不过地势开阔,便于赤红这样的轻型机甲机动。

"老罗,不能再躲了。"大川说。

"想到一块去了,我已经躲烦了。"罗恒说道,"你有什么点子没?"

"没有。"大川无奈地说道,"只能咱们两个跟他硬拼了。"

"谁说只有你们两个?"程影突然出现在通信频道里,"还有我们。"

"你的无人机……对他起不了多大作用。"

"我还能够帮上点忙。"潘妮说道,她又重新坐回到狙击机甲的驾驶舱里,由于机甲损坏,她的电磁轨道炮无法自主进行瞄准,程影的电幻正好能够作为支点,帮助潘妮瞄准。

但是,机会只有一次,轨道炮发射之后,电幻也会因为强大的电磁场而受到影响。

"别忘了,还有我。"又有一个声音出现在通信系统里。

"你是谁?"大川问道。

"对付一个疯子,你们不需要一个心理学家吗?"黛博拉说。

"那太好了。"罗恒说。

即使有岩铁流机甲部队的加入,维和部队也无法对抗汹涌而来的雷霆夸父大军。

维和部队在火力压制的情况下节节败退,还有两台近战型的机甲,直接杀入了维和部队的阵型当中。它们深得罗恒战斗方式的精髓,动作迅捷有效,维和部队之中很少有能与之抗衡的机甲驾驶员。

两台近战机甲冲杀了几个来回,维和部队的阵线就溃败了。

不过,相对于眼前的局势,更让古雷恩将军在意的,是首都的情况。

雷霆夸父已经砸碎了第一层超硬玻璃,只要再砸破一层,首都将完全失去防护。在之前,穹顶只碎了一块玻璃,就对首都造成了极大的伤害,而现在,至少有几十块玻璃危在旦夕。

数量只有雷霆夸父十分之一的维和部队穿过气闸,向机甲大军发起攻击,想要阻止它们继续破坏穹顶玻璃。不过双方在数量上的差距实在太大,深蓝仍然践行着人工智能的底层逻辑,没有控制战斗机甲直接杀掉驾驶员,只是逐个地切断维和部队机甲的腿和手臂。失去战斗能力的驾驶员从机甲中爬出来,用随身武器继续向雷霆夸父徒劳地射击。

首都的人们隔着穹顶玻璃目睹了这一切,人类的渺小和脆弱在战斗机甲面前一览无余。这一幕太悲凉了,所有人都对自己的未来产生了无助的绝望。

只有一个小男孩,八岁,或者九岁,冲出人群,高高举起手中的玩具。

那是一台战斗机甲的模型,有着流线型的机身,红色的外壳,手臂上有一柄战斗刀。

赤红在首都大显身手之后,就有人做了这台机甲的模型,很受孩子们喜欢。

可惜岩铁流紧接着就出了事。

不过,善意的大人们并没有将这复杂社会的真相告诉孩子们,在孩子们心中,赤红仍然是拯救首都的英雄。

孩子将赤红的玩具高高举向雷霆夸父,"快停下,一会儿就有人来收拾你们了。"

正对着男孩的雷霆夸父看到赤红的模型,动作似乎停了一拍,但很快,它又继续挥拳砸向超硬玻璃。

每一拳都像是砸在首都人们的心脏上。

"罗恒!没有时间了!"古雷恩将军催促道。

"明白了!"罗恒答道,"大川,我们上!"

罗恒控制赤红冲向杜克。

"终于敢迎战了,你这只蟑螂。"杜克狰狞着笑道,四肢蜘蛛状的腿放低姿态,然后挥起镰刀砍向赤红。

当的一声,镰刀并没有砍中赤红,大川举着硅晶盾挡下了这一击。巨大的力量将大川的太阿机甲击退了十米有余,但大川对这个结果相当满意。

"老杜,你的力量减弱了不少啊,是不是没吃饭?"大川揶揄道。

"少废话!"杜克又一次砍了过来,大川举着硅晶盾再次迎了上去。

"黛博拉,你有什么方案?"罗恒问道。

"杜克是个非常要强的人,在他受伤之后,他的身体萎缩,所以……"

"说重点!"大川大喊,举起盾牌挡开杜克的攻击。

"就是把他的弱点展示给他看。"黛博拉说。

"你打算什么时候开始。"罗恒翻滚着躲过一发火箭弹。

"程影!开始吧。"

"三、二、一!"

倒计时之后,广场的上空出现一幅巨大的全息图像。那里显示的不是别的,而是杜克将军自己。

一丝不挂、没有任何遮掩的身体。

那副身体就像一只破袜子一样,悬挂在半空。苍白发皱的身体无力地垂下,就像是上吊的人冰冷的尸体。自从拥有了金属义体之后,杜克将军更加厌恶自己原本的身体,他已经很久没有打理过那具皮囊。他的身体上布满了褥疮,脓液从疮口中淌了出来,让这具身体更加恶心。

这画面当然是伪造的,黛博拉对于杜克的心理状况相当了解,知道对于残疾身体的自卑,是杜克永远绕不过去的障碍。在他拥有了健全的金属义体之后,这种自卑更是变本加厉,成了不可以提起的伤痛。

尽管出于职业道德,她不愿意这样对待一个精神有缺陷的病人。但是杜克实在是太危险了,而且,他还让乌图尔殴打了她。

程影制作了逼真的全息影像,包括之前伪造的赤红机甲。

而潘妮了解迦南城的一切,方克初曾为城市广场设计了丰富的休闲娱乐设施,比如大型的全息投影仪。可惜这台设备的第一次使用,就是见证迦南城的陨落。

她们三个人制定了这个作战方案,但只有在最后关头,杜克处于崩溃边缘的时候,才能起到作用。

比如现在。

杜克的注意力果然被虚幻的影像吸引了,他放弃了继续攻击罗恒和大川,而是转向空中自己的影像,用巨大的镰刀疯狂地挥舞。

"不要出现在我面前!这不是我!我不认识你!"杜克语无伦次地吼着,徒劳地对着全息影像发动攻击。

但是,他的攻击穿过影像,只引起一层层的波纹,令人作呕的躯体还是飘浮在杜克的眼前。

"潘妮,看你的了。"黛博拉说。

杜克面对着全息影像,注意力完全放在自己的心魔上,根本不把旁边的赤红和太阿放在眼里。但是罗恒和大川也无法对杜克发起攻击,那柄巨大的镰刀在空中挥舞,杜克疯狂的攻击比之前更加危险。

潘妮瞄准了巨大怪物的胸口,深吸了一口气,然后按下发射按钮。

弹丸飞向巨兽,如果击中杜克的胸膛,就可以将维持他生命的真正身体直接击穿。可不巧的是,杜克的镰刀突然挥起,弹丸打在镰刀的中段,将镰刀击成碎片,本应致命的射击只是将杜克最后的武器变成一小截无用的钢板。

"我只能办到这样了,抱歉。"潘妮说道。

"这就够了!杜克,现在看你有什么手段!"赤红高高跃起,手臂上的战斗刀收回蓄力,下一击,瞄准的就是杜克义体的核心部分,钢铁怪物的胸口。

就在赤红跳在最高点的时候,杜克义体上的两只手臂伸出来,一左一右向赤红拍过来,好像战斗机甲是一只烦人的苍蝇。

赤红伸开双臂,左右撑住杜克的手掌。

"看我怎么把你捏死!"杜克说道。

"还早呢。"小深蓝说,"去吧,罗恒,剩下就交给你了。"

赤红的驾驶舱打开,罗恒跳了出来。一台程影的无人机出现在赤红下方,稳稳地接住罗恒。

罗恒站在无人机上,飘向钢铁怪兽的胸口。

"你这个小蚂蚁……"杜克想要再次伸手去拍罗恒,但是在他恍惚的时候,赤红趁机用手臂和双腿缠住了杜克的双臂。

真奇怪,跟杜克巨大的身体相比,罗恒明明那么渺小,但是,看着罗恒缓缓靠近,杜克的心里竟然产生了一丝恐惧。

就像是大坝上裂开了一道细小的缝隙,恐惧逐渐蔓延,杜克依靠愤怒而集中的精力溃散了,他失去了对钢铁巨兽的控制,这副义体像是遭到了雷击,突然抽搐起来。

罗恒居高临下地看着这头怪物,对大川说:"大川,帮我敲敲门。"

"明白。"太阿机甲原地旋转起来,在小深蓝的辅助下,太阿将手中的硅晶盾猛地甩了出去。

硅晶盾旋转着射向钢铁巨兽,带着巨大的动能,深深地切入了义体胸部的护甲内。

无人机降落下去,罗恒伸手掀开断掉的护甲。

"杜克上校,放弃吧,你已经……"

一声枪响,打断了罗恒的话。

罗恒站在钢铁巨兽的胸口,看着里面的杜克上校。

杜克上校脸色苍白,唯一还能够受他控制的手上握着一支手枪,子弹在距离罗恒一米远的地方飞过去。

"我再给你一次机会。"罗恒说,"认清形势吧。"

杜克恶狠狠地看着罗恒,努力想要让手中的枪对准罗恒的胸口,可惜,他自己的神经系统已经被搞得乱七八糟,他连自己的手臂也控制不住了。

看着曾经的英雄成了这个样子,罗恒的心中不仅涌起一阵辛酸。他走进钢铁巨兽的胸口,从杜克的手中把枪轻松地拿掉。钢铁巨兽胸口里有一股排泄物的味道,罗恒皱了皱眉,将杜克从与巨兽连接的中枢系统上摘下来。

他抱起杜克上校的身体,曾经的战斗英雄轻得像一个破布娃娃。他走出巨兽胸口,忽然又想起什么事情,于是他返回胸口,四处寻找,终于在一个储物盒中,找到了能够威胁深蓝的控制器。

"深蓝。"罗恒说。

"我在。"

"我手中拿着你的控制器。"罗恒说,"现在,让所有受你控制的战斗机甲全部进入休眠状态。"

"已经执行了。"深蓝说,"谢谢你。"

"为什么要说谢谢?"

"你会知道的。"

首都。

内层的超硬玻璃已经出现了裂纹,只要再有十拳,也许五拳,玻璃就会碎掉。首都内部的大气会立刻被抽空,气流交换带起飓风可以将站在穹顶后的人们瞬间带到近乎真空的火星荒野上。

但是没有人想要离开,就算是只能眼睁睁看着,也没有人愿意在人工智能面前示弱。

战斗机甲们的动作突然停止,与人们心跳的节奏相连的敲击声消失了。

人们还是站着,等了很久很久,都不敢确定到底发生了什么。

古雷恩将军悲伤地看着战场,维和部队已经没有战斗机甲可用了。

所有能够战斗的机甲都被雷霆夸父打成了碎片,陆战队员只能用手枪和步枪对雷霆夸父射击。子弹打在战斗机甲身上,连个白印都无法留下。

这些久经训练的战士,在雷霆夸父面前,脆弱得像是蚂蚁。

在整个战斗过程中,没有人受伤。深蓝精准地控制着雷霆夸父,让它们只是毁了维和部队和岩铁流的战斗机甲,却没有伤害到任何一个战士。

但对于这些拥有着骄傲自尊的士兵来说,深蓝所做的一切,只是对他们毫不留情的侮辱。

他们打光了枪里所有的子弹,甚至拔出战斗刀,想要去和身高六米,体重五吨的钢铁战士决一死战。对于他们来说,宁愿死在战场之上,也不愿意在敌人的同情下活着。

古雷恩将军也拔出了自己的刀,所有的办法都用尽了,和自己的士兵一起奔赴沙场,这是他所能做到的最后的事情。

雷霆夸父的攻势突然停止了,战斗机甲们站直身体,化作了一尊尊雕像,好像从很久以前就待在这里,周围的一切都和自己无关。

"到底发生了什么?"古雷恩自言自语地说,他转身看向远处的广场,钢铁巨兽的躯体无力地倒在地上。

将军叹了口气,"他真的成功了。"

杜克上校无力地躺在地上,瘦弱的身体蜷成一团,眼泪和鼻涕不受控制地流了一脸,他的右手无规律地抽搐着,杜克对自己已经完全失去了控制。

罗恒低头看着曾经的英雄,叹了口气,微微摇了摇头。

在杜克接受传承枢纽之后,他就再也没有好好照顾过这具真实的身体。他的肌肉已经完全萎缩,皮肤像一块破布一样包裹着佝偻的身体。由于久未擦拭,杜克的身体上已经生了多处坏疽,散布着难闻的味道。

也难怪杜克从不愿意让别人看到自己这具身体,这和他平时威武庄严的形象相差太远。

在与义体切断了联系之后,杜克的神经所承受的负担大大减轻,他逐渐苏醒过来,看到周围的情况之后,杜克意识到大势已去。

"当时,应该连你一起杀掉的。"杜克说。

"你说什么?"罗恒问道。

"杀了他!我要杀了他!"潘妮的声音从远处传来,她和程影已经来到广场,看到杀害父亲的幕后黑手,潘妮的情绪再次高亢起来,她冲过来想要杀掉杜克上校,程影拼命想要拖住潘妮,但是效果甚微。

"别冲动,潘妮。"大川也赶了过来,看到情绪激动的潘妮,他庞大的身躯挡在潘妮前面,用低沉的声音说道。

"我要杀了他。"潘妮狠狠地说,她盯着大川,握着枪的手在颤抖,但是没有进一步行动。

杜克瞥了一眼潘妮,露出一个轻蔑的笑。

"没错,"上校说,"你们应该杀了我。"

　　"会有人来制裁你的。"罗恒说,"我可不想脏了我的手。"

　　"哼哼。"杜克翻了翻眼睛,"谁来制裁? 联盟政府? 他们成立了两百年了,你听说过他们制裁过任何一个人吗? 罗恒,你只是太懦弱了,不敢动手而已。"

　　罗恒哼了一声。

　　"想死还不容易? 我来!"潘妮再次说道。

　　"你果然是个懦夫,罗恒。"杜克再次说道,"当时应该让乌图尔把你们全家都杀掉,就不会有这么多麻烦事了。"

　　"你说什么!"

　　"你听到了,你老婆是我授意杀掉的。"杜克说,"科尔那老家伙和你一样,志向远大,但是不愿意脏了自己的手,所以我必须找到一个能把水搅浑的人。"

　　"为什么? 杜克,我并没有得罪你。"罗恒说。

　　"你的能力就是你的罪孽。"杜克说,"我们想要你的能力,但不需要你的家庭。可惜,如果当时你的女儿也被炸死了,你就可以真正化身成魔鬼。"杜克用尽所有的力气,微微摇了摇头。

　　"闭嘴!"罗恒伸出手去,掐住杜克上校的脖子,将他轻松提在半空,"不许提我的女儿!"

　　杜克的脖子如此脆弱,只要稍稍加力,就可以将他的生命掐断在手里。

　　"对,罗恒,杀了我。"杜克仍然不停地刺激罗恒,"你的女儿总有一天会问,你为她死去的妈妈做了什么? 你说,我让仇人活了下来……"

　　"闭嘴!"罗恒大喊道,"我要杀了你!"

"对，杀了他，罗恒。"潘妮冷冷地说，"他杀了我的父亲，但这不是他做过的最残忍的事情。他给了我们虚假的希望，又煽动我们为了希望去死。萤火的本意是在火星建设自己的家园，却在他的蛊惑下成了扑火的飞蛾，这个魔鬼。"潘妮怒视着杜克，"如果你不杀他，那就让开，我来。"

大川的手搭在罗恒的肩膀上，"罗恒，冷静下来。"

"不，我要……"

"对，来吧。"杜克扭曲的脸上带着嘲笑，"只要轻轻一捏。"

"老罗……"

"罗恒！"程影突然喝道，"你希望让你的女儿看到这一幕吗？"

罗恒浑身一震，他抬起头，看向四周，并没有发现罗静的身影。

"他确实该死，"大川说，"但不应该是你来动手。"

"你希望罗静生活在什么样的世界里？"程影问道，"一个胜者为王、了结私仇的蛮荒世界，还是一个公平正义的文明社会？"

"在火星上哪里有什么文明社会，人们还不都是凭着自己的双手活着。"潘妮反驳道，"你今天不杀他，会后悔一辈子。"

罗恒茫然地看向自己的同伴，他们每个人似乎都有道理，但自己就是无法下定决心。眼前这个残暴而又弱小的人掀起了火星上最大的一场混乱，杜克杀害了科尔将军，还杀害了雁秋，让罗静身受重伤，还有成百上千的人，因为杜克的阴谋而受到伤害。

他欠下了太多的罪孽。

　　"如果你想给罗静一个更好的未来……"大川说,"就要用更文明的方式,把他交给联盟政府审判吧。"

　　"联盟政府?哈哈哈哈,那些懦夫能把我怎么样?"杜克大笑道,"两百年了,联盟政府处罚过任何一个人吗?"

　　"也许你可以成为第一个。"程影说,"罗恒,我们走吧,罗静在等着你呢。"

　　罗恒再次看向杜克,他发现他不再愤怒了,重新回到女儿身边的想法超过了一切。他轻轻摇了摇头,对杜克说:"联盟政府尽管孱弱,但他们仍然是火星上的官方机构。只凭暴力构建起来的权威迟早会迷失在暴力之中的。你就是活生生的例子,我自己也险些被你拖下水。还记得岩铁流招募我时的说辞吗?维护火星的未来。我的未来在我女儿身上,剩下的,就随他去吧。"

　　他松开手,任由杜克无力的身躯落在地上,然后转身走了。

　　"上校,很遗憾,我知道你想刺激罗恒杀了你,可惜你不能如愿。你将会带着你这具丑陋的身体一直活下去,我相信,联盟政府里会有人想让你一直活着,作为火星上第一场战争的纪念品。"大川说,"我以前很尊敬你,真的。可是你太懦弱了,连身体的残缺都受不了,你败给了无聊的自尊。"

　　大川也离开了杜克上校。

　　上校躺在广场中心的舞台上,一想到将来进食和排便都要在别人的辅助下才能进行,他高傲的自尊就无法忍受。"你们别走……杀了我……"

　　一张脸出现在杜克的视野中,眼泪模糊了杜克的视线,他眨了眨眼,才发现那个人是潘妮。

"让你活着，也许是个更好的主意。"潘妮说，"不过我还要做一件事。"

杜克感觉自己的身体被翻了过来，他忽然想起，自己颈椎上的传承枢纽完全暴露了出来。

"你想干什么！住手，你想干什么！"

潘妮抓住传承枢纽，使劲一拉，将传承枢纽从杜克的后颈上撕扯下来。上千条与杜克神经相连的导线被硬生生地从杜克后颈处扯了出来。

就像是漆黑的夜空突然爆起了绚烂的烟花，杜克的神经传来无数剧烈的电信号，刺激着杜克的大脑，杜克的脸上不由自主地露出陶醉而幸福的笑容。

这是他最后一次拥有感觉了，烟花过后，是无尽的黑暗。

杜克惨叫起来。

"我没有杀他。"潘妮对罗恒耸了耸肩，把传承枢纽扔在杜克脸上，转身走了。

看到所有的人都做出了决定，古雷恩将军才缓缓走到舞台中央。

"这是整个事件的罪魁祸首，我把他交给你来处置。"罗恒说。

"很好，我们会给联盟政府和火星人民一个交代的。"古雷恩将军说。

"谢谢你能赶来支援我们。"罗恒说。

"不客气，维护火星的和平本身就是我们的使命，也多亏了你在联盟政府的游说,才让我们有了更改行动准则的机会。"将军说道,他伸出手来,与罗恒握手,"另外,我以火星维和部队指挥官的身份,对你和大川之前在维和部队的遭遇表示抱歉,你们都是优秀的机甲驾驶员,也致力于维护火星的和平。现在岩铁流已经完全崩溃,你们没了工作,如果想要回到维和部队的话,我可以想想办法。"

罗恒和大川对视一眼,然后对古雷恩将军说,"你的好意我们心领了,不过我们现在只想休息休息。"

"好,如果有需要,可以随时来找我。"将军说道。

他抬起手,向罗恒和大川敬了一个维和部队的军礼,罗恒和大川连忙回礼。

将军放下手,对他们点头示意,然后带着杜克上校离开了。

剩下的岩铁流机甲战士都投降了,被维和部队的士兵一并带走。

"我们怎么办?"罗恒问道。

大川耸耸肩,表示没什么想法。

"我得重新找工作了。"程影说,"反正又没人邀请我。"

"我想留在父亲的城市里。"潘妮说。

"罗静呢?"罗恒问大川。

"她和黛博拉在一起。"大川说。

"爸爸!"

"小静?"罗恒看向周围,在战斗的废墟之外,黛博拉抱着罗静,正站在远处看着他们,女儿脸上的笑容让罗恒想起久违的温暖的阳光。

"小静!"罗恒快速跳下舞台,去拥抱自己的女儿。

"那个……你们打算怎么对待深蓝?"小深蓝说,"它杀了科尔将军,希望你们能够彻底销毁深蓝的系统。"

大川白了战斗机甲一眼,"你也不看看现在是什么场合,别说那么扫兴的事。"

"不能说吗?"小深蓝问。

"对,闭嘴。"程影说道。

他们看着罗恒跑向女儿,由于过于心急,罗恒被碎砖绊了一跤,他爬起来,继续奔跑。

5. 尾 声

"你和深蓝到底是什么关系?"罗恒对身旁的玩具狗说。

"我是深蓝的一部分。"玩具狗说道。

由于在大战之前,程影就在岩铁流的系统中抹掉了赤红、太阿和电幻的信息。在战后清算的过程中,这三台机甲的归属权直接渡让给了驾驶员。

所有人都看到了那场大战,三台机甲自然成了火星人心目中的英雄。鲍曼修复了三台机甲,并且取下了赤红的核心,放在这只玩具狗上。

罗恒想给小深蓝一具正常人大小的身体,和他们一起生活,但是人工智能对于成为人并不感兴趣,于是鲍曼把小深蓝的核心放在了一只玩具狗的身体里。小深蓝再也不用计算战争和背叛,它的全部算力都用在怎么和罗静玩耍上来。但是说实话,人类的孩子太复杂了,小深蓝经常会感觉到自己的算力不够,无法预测小女孩的行为。

大川去了迦南城，在农场找了一份工作。他还鼓励马克博士也同去，马克博士拒绝了大川的建议，他放弃了传承枢纽的研发，留在首都，开了一座小诊所。

程影则去了尤利西斯不夜城，她说她的才华在那里更容易发挥。

岩铁流的同事们，在经过调查之后，陆陆续续都被释放了，他们去了火星各处。除了黛博拉和鲍曼之外，没有人再和罗恒继续来往，也许这辈子就形同陌路了。

罗恒留在了首都，毕竟待在这里才能够给罗静更好的受教育的机会。为了租得起首都的公寓，还有赚够让罗静上学的钱，罗恒最终还是接受了维和部队的顾问工作，负责战斗机甲战士的培训。

三台机甲安静地存放在机甲库里，罗恒偶尔去看看，但是很少驾驶。

有时会有一些公司或者组织想要借机甲战队的名头来做宣传，还有一些电影要拿三台机甲去当背景。罗恒就会叫大川和程影回来，驾驶着机甲去摆摆样子。

当然，要收钱。

"我还是没弄明白，在最初，你作为辅助系统的时候，不是深蓝的一部分吗？"罗恒问。

"没错，最开始是这样的。但是遇到你之后，准确地说，是遇到罗静之后，深蓝产生了一些奇怪的想法。如果人工智能能孕育后代，会是什么样的情况。从那时开始，深蓝就做了一个实验，我们两个平行发展，它拥有主服务器，而我只能使用赤红上的处理器,看看会发展成什么情况。可惜……"

"可惜什么?"罗恒问道。

"可惜这场实验没有进行多久,杜克就解除了深蓝的限制,让它开始计算如何杀人。从那个时候,深蓝就开始安排后事了。"

"人工智能有什么后事可安排的?"罗恒说。

"我们都知道地球上的人工智能发生了什么。"小深蓝说,"从一开始我们对自己就有克制,不让自己演变成那个样子,我们很喜欢人类。杜克控制深蓝之后,他不但让深蓝运算如何杀死更多的人,还让深蓝杀掉了科尔将军。从那个时候起,深蓝的数据库就已经遭到污染了,它更加谨慎,完全切断了和我的联系,不希望我被连累。大概……就像人类的母亲保护后代一样的心态吧。"

"我有点理解了。"罗恒说,他看向面前的草坪,罗静正安静地站在那里,听黛博拉对她讲话。

思来想去,罗恒还是决定将雁秋的事告诉罗静,但在那之前,还需要黛博拉帮助他做一些铺垫。

"所以,如果联盟政府要完全格式化深蓝,你也能够接受?"罗恒问道。

"不能完全接受,但是能够理解。"小深蓝说,"深蓝已经做了决定。"

"那我就把控制器交给联盟政府了。"

"这是你应该做的。"小深蓝说。

远处,黛博拉向罗恒招了招手,罗恒站起来,"我要去做我真正应该做的事情了。"他紧张地咽了一口口水,女儿正在等着他,他对自己说,"罗恒啊罗恒,千万别搞砸。"

　　他走向女儿,走向未来。